U0636057

中國古典文學基本叢書

李太白全集

第一册

〔唐〕李　白　著
〔清〕王　琦　注

中華書局

圖書在版編目(CIP)數據

李太白全集:典藏本/(唐)李白著;(清)王琦注. —北京:中華書局,2015.8(2023.12 重印)
(中國古典文學基本叢書)
ISBN 978-7-101-11066-1

Ⅰ.李… Ⅱ.①李…②王… Ⅲ.李白(701~762)-全集 Ⅳ.I214.222

中國版本圖書館 CIP 數據核字(2015)第 149067 號

責任印製:管 斌

中國古典文學基本叢書
李太白全集(典藏本)
(全五册)
〔唐〕李 白 著
〔清〕王 琦 注
*
中華書局出版發行
(北京市豐臺區太平橋西里 38 號 100073)
http://www.zhbc.com.cn
E-mail:zhbc@zhbc.com.cn
三河市宏達印刷有限公司印刷
*
850×1168 毫米 1/32 · 63½印張 · 10 插頁 · 1300 千字
2015 年 8 月第 1 版 2023 年 12 月第 6 次印刷
印數:8401-9400 册 定價:298.00 元

ISBN 978-7-101-11066-1

出版説明

李白字太白，生于唐武后長安元年（公元七〇一年），死于肅宗寶應元年（七六二年）。他經歷了唐代開元的盛世和安史之亂，到他死後的下一年，安史之亂才告平定。

他的祖先在隋末曾經被流放到西域的碎葉（在今中亞細亞）。五歲時，他父親李客帶他回到綿州昌隆縣（今四川江油縣）。從他後來説的，在揚州「不逾一年，散金三十餘萬」（見本集一四五四頁）看來，他的父親大概是個大商人。他「十五好劍術」（見一四四八頁），喜任俠。「十五觀奇書，作賦凌相如」（見七〇四頁），就致力於文學創作。當時正是唐代開元盛世，農業和手工業經濟都比較發達，國勢也比較强盛。加上李白在年輕時已有建功立業的遠大抱負，這就促使他去追求實現自己的理想。他的理想是「申管晏之談，謀帝王之術。奮其智能，願爲輔弼，使寰區大定，海縣清一」。然後「浮五湖，戲滄洲」（見一四三一頁）。他不僅想建功立業，還想訪道求仙，這跟當時封建統治階級求仙風氣的盛行是分不開的。他二十六歲離開四川，到各地去漫游。他不願走科舉考試的路，想憑藉他的文才，「遍干諸侯」，「請日試萬言，倚馬可待」（見一四四九頁），希望得到地方長官的賞識，推薦他進入朝廷。他這個目的雖没有達到，但他在漫游中創作了大量詩歌，已經名揚海内。天寶元年（七四二年），他四十二歲時經過他的朋友道士吴筠的推薦，唐玄宗召他進京，命他供奉翰林。

那時，唐王朝已在走下坡路，豪强地主的兼併破壞了均田制。唐玄宗過着荒淫奢侈的生活，大量浪費財物，加重了對人民的剥削。他追求享樂，把政事交給宰相李林甫。李林甫排擠陷害有才能的人，政治越來越黑暗。在這樣的情況下，李白的遠大抱負是無法實現的。在長安三年，玄宗把他當作御用文人，要他寫些宫廷應制詩。他「徬徨庭闕下，歎息光陰逝」（見一〇五五頁），感到苦悶。加上他「揄揚九重萬乘主，謔浪赤墀青瑣賢」（見四四九頁），戲弄了權貴，遭到玄宗親信太監高力士等人的毁謗，賜金放還。在這三年的長安生活中，他對唐王朝的腐朽政治有了進一步認識，他用詩歌來進行揭露和批判，加强了他的詩歌的思想性。

離開長安以後，他又在南北各地漫游，到過河北，看到安禄山割據謀叛的活動極爲猖獗，感到痛心。在這段時期裏，唐朝的腐朽政治有惡性發展。李林甫陷害有才能的大將王忠嗣，自毁長城。又怕漢人任邊帥，立功後要入朝做宰相，因此專用胡人任邊帥，猛將精兵集中在邊境，造成外重内輕的局面。宰相楊國忠爲了立邊功，發動對南詔（在雲南）的非正義戰争，先後死了將近二十萬人，給人民造成極大的苦難。加上玄宗對安禄山的盲目寵信，把平盧、范陽、河東三個重鎮都交給他節制，統治階級的内部矛盾日益嚴重，終於釀成安史之亂。

安史之亂爆發後的第二年（七五六年），李白五十六歲，他感嘆道：「吾非濟代人，且隱屏風疊」（見六五一頁），在盧山隱居。七月，肅宗在靈武（在寧夏）即位。九月，山南東道、嶺南、黔中、江南西道節度都使，江陵大都督永王璘到了江陵（在湖北），準備起兵。肅宗命令他「歸覲於蜀」，他不聽。十二月，他起兵東下，過廬山時，請李白參加他的幕府。李白寫了《永王東巡歌》「樓船跨海次揚都」，「更取金陵作小山」，説明永王璘要占領揚州和南京。當時，永王璘的轄境，東面是江南西道，即今江西省。他離開自己的轄境，要去占領唐王朝直接統治的揚州、南京。李白的詩又説「帝子金陵訪古丘」（見五〇六到五一五頁），那是指次年二月，永王璘進據丹陽，準備進攻南京。他的部將集議，認爲兵鋒一交，「死於鋒鏑，永爲逆臣矣」（《通鑑》至德二載），都逃跑了。那時肅宗已部署了迎擊的部隊，永王璘在部將逃跑後就覆滅了。李白因此受到連累，流放夜郎（今貴州東部），途中遇赦。他回來後，「聞李太尉（光弼）大舉秦兵百萬出征東南，懦夫請纓，冀申一割之用，半道病還」（見八六五頁）。他的報國的雄心還很强烈。他六十二歲，客死在安徽當塗縣令李陽冰處。

李白一生的活動，雖然有隱居、任俠、求仙，但從他年輕時的「遍干諸侯」到年老時的「請纓」，都是要爲國家建功立業，熱愛祖國。「濟蒼生」，「安社稷」，是他一生中占主導地位的思想。他的從永王璘，是爲了平叛，也是熱愛祖國的表現。「諸侯不救河南地，更喜賢王遠道來」。他是希望永王璘直接進攻安禄山盤據的洛陽的。「南風一掃胡塵静，西入長安到日邊」。他是希望永王璘收復兩京，建立大功的。永王璘的部將認爲從永王璘進攻南京，就是背叛唐王朝，這是按照封建禮法的觀點。李白由於他的出身、教養、愛好任俠，傲視權貴，不受封建禮法的約束。他對永王璘要占領南京，説是「我王樓艦輕秦漢，卻似文皇欲渡遼」（見五一三頁），認爲那是爲了進攻安史叛軍的巢穴作準備的，所以他認爲從永王璘和忠於唐王朝並不矛盾，因而在進軍途中，唱出「齊心戴朝恩，不惜微軀捐」（見六五四頁）了。他崇拜魯仲連，説：「齊有倜儻生，魯連特高妙」（見一一二頁）。魯仲連主張「輕世肆志」，也是不受世俗禮法約束的。從李白的一生行動看，熱愛祖國，要爲國家建功立業，是他的主導思想。

毛澤東同志説：「無産階級對於過去時代的文學藝術作品，也必須首先檢查它們對待人民的態度如何，在歷史上有無進步意義，而分別採取不同態度。」根據這個指示來看李白詩歌：就它所反映的生活來看，有寫抗擊少數民族侵擾戰爭的，如：「大漢無中策，匈奴犯渭橋。」「命將征西極，横行陰山側」（見三四七頁）。是對唐太宗擊敗突厥侵擾的歌頌。更深刻的是暴露楊國忠爲了立邊功而發動的對南詔的非正義戰爭。當時，「楊國忠遣御史分道捕人，連枷送詣軍所」，「於是行者愁怨，父母妻子送之，所在哭聲振野」（《通鑑》天寶十載）。詩裏指出這些被拉去的「怯卒非戰士，炎方難遠行。長號別嚴親，日月慘光晶。泣盡繼以血，心摧兩無聲」。那還不是「困獸當猛虎，窮魚餌奔鯨。千去不一回，投軀豈全生！」最後指出「如何舞干戚，一使有苗平？」（見一五六頁）認爲對南詔根本不該用兵，暴露封建統治階級的罪惡。又説：「君不見李北海，英風豪氣今何在！君不見裴尚書，土坟三尺蒿棘居。」（見一〇六八頁）這是對李林甫殺害李邕、裴敦復的感嘆，從中透露出封建統治上層的黑暗。在揭露封建統治上層的權力爭奪上，他指出「君失臣兮龍爲魚，權歸臣兮鼠變虎」，那就會造成「日慘慘兮雲冥冥，猩猩啼烟兮鬼嘯雨」（見一八九頁）的悲慘局面。揭出安禄山割據謀叛的罪惡，完全是「君王棄北海，掃地借長鯨」造成的，使得安禄山的聲勢「呼吸走百川，燕然可摧傾」（見六六九頁），他對此只好呼天慟哭。

李白寫了不少游仙的詩，有和政治結合的，像「西上蓮花山」，正在游仙，忽然「俯視洛陽川，茫茫走胡兵。流血塗野草，豺狼盡冠纓」（見一一三六頁）。這跟屈原《離騷》的正登上神山，「忽反顧以流涕兮，哀高丘之無女」的不忘楚國的愛國感情，是一脉相承的。再像「西海宴王母，北宫邀上元」。「靈跡成蔓草，徒悲千載魂」（見一六九頁），這是借游仙來諷刺帝王貪圖享樂追求長生的。他又通過游仙來表達不能對封建腐朽勢力屈服，像「安能摧眉折腰事權貴，使我不得開心顔」（見八二八頁）。跟這相反，他寫了對勞動人民的感愧，同情和贊美的詩，雖然這在集中是極少見的。像看到「田家秋作苦，鄰女夜舂寒」，使他「令人慚漂母，三謝不能飡」（見一一九五頁）。像「吴牛喘月時，拖船一何苦！一唱《都護歌》，心摧淚如雨」。看到在天旱水枯時搬運大石的勞苦，「君看石芒碭，掩淚悲千古！」（見三九四頁）像「爐火照天地，紅星亂紫烟。赧郎明月夜，歌曲動寒川」（見五〇二頁）。這是對冶鍊工人的贊美。就是他寫飲酒的詩，像「金樽清酒斗十千，玉盤珍羞直萬錢。停杯投筯不能食，拔劍四顧心茫然」。在飲酒詩中透露出受封建腐朽勢力排擠的苦悶，所以「閑來垂釣碧溪上，忽復乘舟夢日邊」（見二二七頁），還是忘不了迫切的建功立業的用心。

李白的詩歌創作，在反映生活的廣度、表達思想的深度和藝術創作的高度上，都有杰出成就。尤其是積極浪漫主義的精神，在唐詩中最爲突出，在中國文學史上也有巨大的影響。

李白詩歌中的積極浪漫主義精神，是通過一種積極向上昂揚熱烈的理想來表達的。這種精神使他的作品具有明快生動振撼人心的力量。像《大鵬賦》裏寫自己的遠大抱負，好比大鵬的超越「蓬萊之黄鵠」，「蒼梧之玄鳳」，有「塊視三山，杯觀五湖」的大氣魄（見六—十頁）。他繼承《離騷》，用神話傳説來表達他的理想，像「閶闔九門不可通，以額叩關閽者怒」（見二〇六頁），表達要撞開天門的不屈精神。在景物描寫上，寫出驚心動魄的場面，和祖國河山的壯麗，如「西岳崢嶸何壯哉！黄河如絲天際來」（見四五三頁），像「飛流直下三千尺，疑是銀河落九天」（見一一五四頁），都極爲傳誦。

李白寫隱居、求仙、飲酒的詩，不可避免地有它的消極面。像寫求仙的：「我來逢真人，長跪問寶訣。粲然啟玉齒，授以鍊藥説。」「吾將營丹砂，永世與人别」（見一一五頁）。這是對服藥求仙的迷信。再像寫飲酒的：「處世若大夢，胡爲勞其生。所以終日醉，頽然卧前楹」（見一二五一頁）。那就未免有些頽廢了。李白的詩雖然有這些消極面，但總的來看他在詩歌創作上的成就是杰出的。

李白在詩歌創作上的杰出成就，是跟繼承和發展了古典文學的優秀傳統，吸取了民間文學的營養分不開的。除前面指出他繼承了屈原《楚辭》的傳統外，他寫了大量的樂府詩，大都是繼承了漢魏樂府而賦予新的内容和思想，有了新的創造。他的民歌體的詩，是繼承了民間文學自然清新的風格。這些，對我們在新詩的創作上，怎樣向民歌和古典詩歌學習，提供了有益的借鑑。

李白的詩文集注，傳世的有南宋楊齊賢注的《李翰林集》二十五卷，元代蕭士贇刪補楊注而成的《分類補注李太白集》二十五卷，有明代胡震亨的《李詩通》二十一卷。以上三家都只注李白的詩，到清代王琦注《李太白文集》三十六卷，才是李白詩和文的合注，是李白詩文集中最完備的注本。

王琦，字琢崖，清代錢塘（今浙江省杭縣）人，是清代乾隆時的有名學者。他花了幾十年功夫專心致志來注李白詩文。他還有《李長吉歌詩匯解》五卷，並幫助趙殿成注釋《王右丞集》中的佛教典故。這三部書的注釋，當時就極有名。

三家注中開創的楊注，繁瑣而有錯誤，蕭注仍嫌繁蕪而有疏漏，胡注對樂府詩闡發較多，有發明，在典實上注得極少，只注前人誤注漏注的地方，王注彙集了三家注的長處，改正了他們的錯誤，補充了他們的疏漏，注釋體例也很謹嚴，但引文不免稍繁。王注輯録有關李白的資料，比較豐富，可供研究者參考。王注雖有這些優點，但也不免有考核欠精的。如《蜀道難》，胡注已經指出「自爲蜀詠，言其險，更著其戒」，不信蕭注認爲「諷玄宗幸蜀之非」(見二〇二頁)。王注還兼採兩説,他的識解就落在胡注之後〔一〕。在注釋方面也免不了有疏漏〔二〕。王注雖有不足處,但他的詳盡的注釋,對我們理解李白詩文還是極有幫助的。

王注的《李太白文集》不止一個本子,較早的本子,王琦序作「嘗讀錢蒙叟、顧修遠諸家杜注」,另一本把「錢蒙叟」改作「張邇可」。錢蒙叟即錢謙益。這跟《清詩别裁》初印本選了錢謙益的詩,到重印本删去了錢謙益的詩一樣〔三〕,證明另一本是較晚的。這兩個本子的注也稍有不同,如一本卷六《豫章行》注末無「胡震亨曰」一段,另一本有,多三百數十字。又卷二十二《郢門秋懷》「豈見三桃圓」,另一本注:「胡本作『桃三圓』。」又「朔風正摇落」,另一本注:「《楚辭·九辯》:『蕭瑟兮草木摇落而變衰。』」這兩個注,較早的本子裏也都没有。本書即據較晚的本子排印。

這次排印,加了標點,把注音移入正文内,注文加上注碼,分開排。改正了原刻的一些錯字,如卷二二《入彭蠡》注五,原作「木華《海賦》」,據《文選》改作「郭璞《江賦》」,卷四《獨漉篇》六解之注一「鮮白不辨其形」,「形」字原脱,據引文補。又據《唐詩紀事》、《唐宋詩醇》、《全唐詩》、《全唐詩逸》、《全唐文》等輯録了詩四首,斷句三句,文一篇,係王注本所未收者，今作爲補遺附入。又王注本的目録，根據楊、蕭注本，但删去楊、蕭注本的十九目改稱古近體詩，〔四〕那就看不出分十九目的用意。現於本書目録中補出，以便查檢。另編篇目索引附在後面。

中華書局編輯部

〔一〕《蜀道難》見於殷璠編的《河岳英靈集》，據殷璠自序，這書最晚編成於天寶十二載（七五三年），在安史之亂前，那末胡注是而蕭注誤。

〔二〕《大獵賦》：「陽烏沮色於朝日，陰兔喪精於明月。」錢鍾書先生指出這兩句本於左思《吴都賦》：「思假道於豐隆，披雲霄而高狩，籠烏兔於日月，窮飛走之棲宿。」「欲上天圍獵，豪情壯語。李白賦則更進一解，謂金烏玉兔惴惴恐獵人上天爲所弋獲。王注未識其本左思語而誇飾也。」

〔三〕乾隆二十六年（一七六一年）十一月朱批：「沈德潛來京進所選《國朝詩别裁集》」，「披閲卷首，即冠以錢謙益。伊在前明曾任大僚，復仕國朝，人品尚何足論。」因此下令删去了錢謙益的詩。到乾隆三十四年六月朱批：「今閲其所著《初學集》《有學集》，荒誕悖謬，其中詆謗本朝之處，不一而足。」下令銷毁。王琦《李太白文集》初版刻於乾隆二十三年，在乾隆下令删去錢謙益詩以前，故序中稱「錢蒙叟」，再版當在二十六年以後，故序中改「錢蒙叟」爲「張邇可」，但當時還没有禁毁錢謙益的書，故杭世駿序還保留錢蒙叟的名字未改，倘再版在三十四年後，恐怕連杭序中的錢蒙叟也不敢保留了。

〔四〕十九目爲歌吟、贈、寄、留别、送、酬答、游宴、登覽、行役、懷古、紀閒適、懷思、感遇、寫懷、詠物、題詠、雜詠、閨情、哀傷。

目録

卷之四　樂府三十七首

卷之六　樂府三十八首

卷之七　古近體詩共二十八首

歌吟

卷之八　古近體詩共五十三首

歌吟

卷之九　古近體詩共四十三首

贈

卷之十　古近體詩共二十四首

贈

卷之十一　古近體詩共三十二首

贈

卷之十二　古近體詩共二十五首

贈

卷之十三　古近體詩共二十五首

寄

卷之十四　古近體詩共二十六首

寄

卷之十五　古近體詩共三十五首

留別

卷之十六　古近體詩共二十一首

送

卷之十七 古近體詩共四十四首

送

卷之十八　古近體詩共三十五首

送

卷之二十　古近體詩共六十首

游宴

卷之二十二　古近體詩共五十八首

行役

懷古

卷之二十三　古近體詩共四十七首

紀聞適

卷之二十五　古近體詩共九十首

題詠

雜詠

閨情

卷之二十六　表書共九首

卷之二十七　序二十首

卷之二十八　記頌讚共二十首

卷之二十九　銘碑祭文共九首

卷之三十　詩文拾遺共五十七首

李太白全集卷之一

錢塘王琦琢崖輯注
王縉端臣王思謙藴山較

古賦八首

大鵬賦并序

《莊子》：北冥有魚，其名爲鯤。鯤之大，不知其幾千里也。化而爲鳥，其名爲鵬。鵬之背，不知其幾千里也。怒而飛，其翼若垂天之雲。是鳥也，海運則將徙於南冥。南冥者，天池也。齊諧者，志怪者也。諧之言曰：鵬之徙於南冥也，水擊三千里，摶扶摇而上者九萬里，去以六月息者也。湯之問棘也是已。窮髮之北，有冥海者，天池也。有魚焉，其廣數千里，未有知其脩者，其名爲鯤。有鳥焉，其名爲鵬，背若泰山，翼若垂天之雲。摶扶摇羊角而上者九萬里，絶雲氣，負青天，然後圖南，且適南冥也。斥鴳笑之曰：「彼且奚適也？我騰躍而上，不過數仞而下，翱翔蓬蒿之間，此亦飛之至也。而彼且奚適也？」此小大之辯也。

余昔于江陵見天台司馬子微〔一〕，謂余有仙風道骨，可與神游八極之表〔二〕，因著《大鵬遇希有鳥賦》以自廣〔三〕。此賦已傳于世，往往人間見之。悔其少作〔四〕，未窮宏達之旨，中年棄之。及讀《晉書》，覩阮宣子《大鵬贊》〔五〕，鄙心陋之。遂更記憶，多將舊本不同〔六〕。今復（蕭本、繆本俱作「腹」，非）存手集，豈敢傳諸作者，庶可示之子弟而已。

〔一〕唐時江陵郡即荆州也，隸山南東道。《大唐新語》：司馬承禎，字子微，隱于天台山，自號白雲子，有服餌之術。則天、中宗朝，頻徵不起。睿宗雅尚道教，稍加尊異，承禎方赴召。無何，苦辭歸，乃賜寶琴、花帔以遣之。

〔二〕《淮南子》：廓四方，拆八極。高誘注：八極，八方之極也。

〔三〕《神異經》：崑崙山有大鳥，名曰希有，南向張左翼覆東王公，右翼覆西王母，背上小處無羽，一萬九千里，西王母歲登翼上會東王公也。其《鳥銘》曰：「有鳥希有，緑赤煌煌，不鳴不食，東覆東王公，西覆西王母。王母欲東，登之自通，陰陽相須，唯會益工。」

〔四〕楊修《答臨淄侯牋》：修家子雲，老不曉事，强著一書，悔其少作。

〔五〕《晉書》：阮修，字宣子，嘗作《大鵬贊》曰：「蒼蒼大鵬，誕自北溟。假精靈鱗，神化以生。如雲之翼，如山之形。海運水擊，扶摇上征。翕然層舉，背負太清。志存天地，不屑雷霆。鷽鳩仰笑，尺鷃所輕。超然高逝，莫知其情。」

〔六〕《韻會》：將，與也。

其辭曰：

南華老仙（一作「仙老」）發天機于漆園〔一〕，吐崢嶸（音撑横）之高論，開浩蕩之奇言，徵至（一作「志」）怪于齊諧〔二〕，談北溟之有魚，吾不知其（繆本脱「其」字）幾千里，其名曰鯤。化成大鵬，質凝胚（音坯）渾〔三〕。脱鬐鬣于海島〔四〕，張羽毛于天門。刷渤澥（音解）之春流〔五〕，晞扶桑之朝暾（音吞）〔六〕。燀（音闡平聲。繆本作「炟」）赫乎宇宙〔七〕，憑陵乎崑崙〔八〕。一鼓一舞，烟朦沙昏。五岳爲之震蕩（繆本作「落」）〔九〕，百川爲之崩奔〔一〇〕。

〔一〕《唐書》：天寶元年，詔封莊子爲南華真人。《史記》：莊子者，蒙人也，名周，嘗爲蒙漆園吏。其學無所不闚，然其要本歸於老子之言。故其著書十餘萬言，大抵率寓言也。《正義》曰：《括地志》云：漆園，故城在曹州宛句縣北十七里。莊周爲漆園吏，即此。按：其城古屬蒙縣。

〔二〕陸德明《莊子音義》：齊諧，人姓名。

〔三〕郭璞《江賦》：類胚渾之未凝。李善注：胚胎渾混，尚未凝結。

〔四〕木華《海賦》：巨鱗插雲，鬐鬣刺天。李善注：鬐，魚背上鬣也。《增韻》：凡魚龍頷旁小鬐皆曰鬣。

〔五〕司馬相如《子虛賦》：浮渤澥。顔師古曰：渤澥，海別枝也。司馬貞曰：案《齊都賦》：海旁曰渤，斷水曰澥也。

〔六〕《淮南子》：日出於暘谷，浴於咸池，拂于扶桑，是謂晨明。《楚辭》：暾將出兮東方，照吾檻兮扶桑。王逸注：謂日始出東方，其容暾暾而盛貌。東方有扶桑之木，其高萬仞，日下浴于湯谷，上拂其扶桑，爰始而登，照耀四方。牛弘樂府：扶桑上朝暾。

〔七〕蕭士贇曰：「燀赫」舊作「烜赫」。《莊子》曰：驚揚而奮鬐，白波若山，海水震蕩，聲侔鬼神，燀赫千里。世本作「烜」字，由傳寫者作「烜」字之誤，人不能解，遂作「烜」字，今釐正之。《初學記》：四方上下謂之宇，往古來今謂之宙。或謂天地爲宇宙。

〔八〕《左傳》：馮陵我城郭。杜預注：馮，迫也。《博物志》：地部之位，起形高大者，有崑崙山，廣萬里，高萬一千里，神物之所生，聖人仙人之所集也。出五色雲氣，五色流水，其泉南流入中國，名曰河也。其山中應于天，最居中，八十城布繞之。中國東南隅居其一分。

〔九〕《説苑》：五岳：泰山東岳也，霍山南岳也，華山西岳也，常山北岳也，嵩山中岳也。

〔一〇〕《詩·小雅》：百川沸騰。謝靈運詩：岓岸屢崩奔。呂向注：水激其岸，崩頹而奔波也。

爾（繆本脫「爾」字）乃蹶厚地，揭太清〔一一〕，亘層霄〔一二〕，突重溟〔一三〕。激三千以崛（音掘）起〔一四〕，向九萬而迅征〔五〕。背業太山（一作「太虛」，繆本作「大山」）之崔嵬〔六〕，翼舉長雲之縱橫。左迴右旋，倏陰忽明。歷汗漫以夭矯〔七〕，羾（音貢，許本作「塌」）閶闔之崢嶸〔八〕。簸鴻蒙〔九〕，扇雷霆，斗轉而天動，山摇而海傾。怒無所搏，雄無所爭，固可想像其勢，髣髴其形。

〔一〕高誘《淮南子注》：太清，元氣之清者也。《抱朴子》：上升四十里，名曰太清。太清之中，其氣甚剛。

〔二〕霄，近天雲氣，天有九重，故曰層霄。

〔三〕孫綽《天台山賦》：或倒影于重溟。李善注：重溟，海也。

〔四〕《韻會》：勃起曰崛起。

〔五〕《天台山賦》：落五界而迅征。吕向注：迅，疾也。

〔六〕《爾雅》：石戴土謂之崔嵬。

〔七〕《淮南子》：徙倚于汗漫之宇。高誘注：汗漫，無生形，形生元，氣之本神也。故盧敖見若士者言曰「吾與汗漫期於九垓之上」是也。郭璞《江賦》：吸翠霞而夭矯。夭矯，飛騰貌。

〔八〕揚雄《甘泉賦》：登椽欒而羾天門。蘇林注：羾，至也。《淮南子》：排閶闔，鑰天門。高誘注：閶闔，始升天之門也。崢嶸，高峻貌。

〔九〕《莊子》：雲將東游，過扶摇之野，而適遭鴻蒙。陸德明《音義》：鴻蒙，自然元氣也。一云海上氣也。

若乃足縈虹蜺〔一〕，目耀日月，連軒沓拖〔二〕，揮霍翕忽〔三〕。噴氣則六合生雲〔四〕，灑毛則千里飛雪。邈彼北荒，將窮南圖。運逸翰以傍擊〔五〕，鼓奔飇（音標）而長驅〔六〕。燭龍銜光以照物〔七〕，列缺施鞭而啟途〔八〕。塊視三山〔九〕，杯觀（一作「看」）五湖〔一〇〕。其動也神應，其行也道俱〔一一〕。任公見之而罷釣〔一二〕，有窮不敢以彎弧（音胡）〔一三〕。莫不投竿失鏃，仰之長吁。

〔一〕《春秋元命苞》：虹蜺者，陰陽之精，雄曰虹，雌曰蜺。《初學記》：凡虹雙出，色鮮盛者爲雄，雄曰虹。暗者爲雌，雌曰蜺。

〔二〕木華《海賦》：翔霧連軒，長波沓浝。張銑注：連軒，飛貌。李周翰注：沓浝，延長貌。

〔三〕張協《七命》：翕忽揮霍，雲迴風列。劉良注：並飛走亂急也。

〔四〕王肅《家語注》：天地四方，謂之六合。

〔五〕郭璞《客傲》：藹若鄧林之會逸翰。翰，鳥羽也。

〔六〕奔飇，疾風也。

〔七〕《山海經》：西北海之外，赤水之北，有章尾山。有神，人面蛇身而赤，直目正乘，其瞑乃晦，其視乃明。不食、不寢、不息，風雨是謁，是燭九陰，是爲燭龍。郭璞注：《離騷》曰：日安不到，燭龍何曜？《詩含神霧》曰：天不足西北，無有陰陽消息，故有龍銜精以往照天門中云。謝惠連《雪賦》：若燭龍銜耀照崑山。

〔八〕揚雄《羽獵賦》：霹靂列缺，吐火施鞭。應劭曰：霹靂，雷也。列缺，天隙電光也。

〔九〕《史記》：海中有三神山，名曰蓬萊、方丈、瀛洲，仙人居之。

〔一〇〕《初學記》：《周官》：揚州，其浸五湖。案張勃《吴録》：五湖者，太湖之别名，以其周行五百餘里，故以五湖爲名。又虞翻云：太湖有五道，别謂之五湖。或説以太湖、射貴湖、上湖、洮湖、滆湖爲五湖。按《國語》：吴、越戰于五湖。直在笠澤一湖中戰耳，則知或説非也。

〔一一〕《鶡冠子》：至人不遺，動與道俱。

〔一二〕《莊子》：任公子爲大鉤巨緇，五十犗以爲餌，蹲乎會稽，投竿東海，旦旦而釣，期年不得魚。已而大魚食之，牽巨鉤錎没而下，騖揚而奮鬐，白波若山，海水震蕩，聲侔鬼神，燀赫千里。任公子得若魚，離而腊之，自制河以東，蒼梧以北，莫不厭若魚者。

〔一三〕《史記正義》《帝王紀》云：帝羿有窮氏未聞其姓，何先？帝嚳以上，世掌射正。至嚳，賜以彤弓、素矢，封之于鉏，爲帝司射，歷虞、夏。羿學射于吉甫，其臂長，故以善射聞。

爾其雄姿壯觀，坱軋（音近央札，蕭本作「映背」）河漢〔一〕，上摩蒼蒼〔二〕，下覆漫漫〔三〕。盤古開天而直視〔四〕，羲和倚日以（繆本作「而」）旁嘆〔五〕。繽紛乎八荒之間〔六〕，掩映乎四海之半〔七〕。當胸臆之掩晝，若混茫之未判〔八〕。忽騰覆以迴轉，則霞廓而霧散。

〔一〕賈誼《鵩鳥賦》：坱圠無垠。揚雄《甘泉賦》：忽軮軋而無垠。顔師古注：軮軋，遠相映也。坱圠、軮軋，音義俱同。《初學記》：天河謂之天漢，亦曰河漢。

〔二〕《莊子》：天之蒼蒼，其正色耶？其遠而無所至極耶？《晉書》：天了無質，仰而瞻之，高遠無極，眼瞀精絶，故蒼蒼然也。

〔三〕《楚辭》：路漫漫其修遠兮。此用其字，對上天體蒼蒼而言，蓋謂大地之形。漫漫，闊遠無有窮極之意。

〔四〕《藝文類聚》：徐整《三五曆紀》曰：天地混沌如雞子，盤古生其中，萬八千歲。天地開闢，陽清爲天，陰濁爲地，盤古在其中，一日九變，神于天，聖于地。天日高一丈，地日厚一丈，盤古日長一丈，如此萬八千歲，天數極高，地數極深，盤古極長，後乃有三皇。

〔五〕《山海經》：東南海之外，甘水之間，有羲和之國，有女子名曰羲和，方浴日于甘淵。羲和，帝俊之妻，生十日。郭璞注：羲和，蓋天地始生主日月者也。《廣雅》：日御謂之羲和。

〔六〕賈誼《過秦論》：囊括四海，并吞八荒之心。顔師古曰：八荒，八方荒忽極遠之地也。

〔七〕《爾雅》：九夷、八狄、七戎、六蠻，謂之四海。鄭康成《周禮注》：四海，猶四方也。

〔八〕《莊子》：古之人在混芒之中。陸德明注：混混芒芒，未分時也。

然後六月一息，至于海湄〔一〕。欻（音忽）翳（音意）景以横翥（音注，蕭本作「楮」）〔二〕，逆高天而下垂。憩乎泱漭之野〔三〕，入乎汪湟之池。猛勢所射，餘風所吹，溟漲沸（音費）渭〔四〕，巖巒紛披〔五〕。天吳爲之怵（音出）慄〔六〕，海若爲之躨跜〔七〕。巨鼇冠山而卻走〔八〕，長鯨（音擎）騰海而下馳〔九〕。縮殼挫鬣〔一〇〕，莫之敢窺。吾亦不測其神怪之（蕭本作「而」）若此，蓋乃造化之所爲。

〔一〕嵇康《琴賦》：俯闞海湄。吕向注：海湄，海畔也。

〔二〕欻，忽也。翳景，蔽遮日月之景也。

〔三〕司馬相如《上林賦》：過乎泱漭之野。張揖曰：《山海經》所謂大荒之野也。如淳曰：大貌也。

〔四〕謝靈運詩：溟漲無端倪。李周翰注：溟、漲，皆海也。王褒《洞簫賦》：雷霆輘輷，佚豫以沸渭。李善注：《埤蒼》曰：沸渭，不安貌。劉良注：沸渭，聲踴躍不定貌。

〔五〕又《洞簫賦》：飄風紛披。

〔六〕《山海經》：朝陽之谷，神曰天吳，是爲水伯。其爲獸也，八首人面，八足八尾，皆青黄。怵慄，恐懼貌。

〔七〕《初學記》：海神曰海若。王延壽《魯靈光殿賦》：虬龍騰驤以蜿蜒，頷若動而躨跜。李善注：躨跜，動貌。

〔八〕左思《吴都賦》：巨鼇贔屭，首冠靈山。吕向注：巨鼇，大龜也。靈山，海中蓬萊山，而大鼇以首戴之。冠，猶戴也。劉劭《趙郡賦》：巨鼇冠山，陵魚吞舟。

〔九〕《古今注》：鯨魚者，海魚也。大者長千里，小者數十丈，一生數萬子，常以五六月就岸邊生子，至七八月導從其子還大海中，鼓浪成雷，噴沫成雨，水族驚畏，皆逃匿莫敢當者。其雌曰鯢，大者亦長千里，眼爲明月珠。

〔一〇〕張衡《思玄賦》：玄武縮于殼中。

豈比夫蓬萊之黄鵠（音斛），誇金衣與菊裳〔一〕。恥蒼梧之玄鳳〔二〕，耀綵質與錦章。既服御（蕭本作「御服」）于靈仙，久馴擾于池隍〔三〕。精衛殷勤（繆本作「勤苦」）于銜木〔四〕，鶢鶋（與爰居同）悲愁乎薦觴〔五〕。天雞警曉（繆本作「曙」）于蟠桃〔六〕，踆（音逡，又音蹲）烏晰（音浙）耀于太陽〔七〕。不曠蕩而縱適，何拘攣（閭員切，戀平聲）而守常〔八〕。未若兹鵬之逍遥，無厥類乎比方。不矜大而暴猛，每順時而行藏。參玄根以比壽〔九〕，飲元氣以充腸。戲暘（音陽）谷而徘徊〔一〇〕，馮炎洲而抑揚〔一一〕。

〔一〕《西京雜記》：始元元年，黄鵠下太液池。上爲歌曰：「黄鵠飛兮下建章，羽肅肅兮行蹡蹡，金爲衣兮菊爲裳。唼喋荷荇，出入蒹葭，自顧菲薄，愧爾嘉祥。」按：太液池中起三山，以象瀛洲、蓬萊、方丈，故曰「蓬萊黄鵠」也。

〔二〕陳子昂詩：葳蕤蒼梧鳳，嘹唳白露蟬。又詩：崑山見玄鳳，豈復虞雲羅。

〔三〕《説文》：隍，城池也。有水曰池，無水曰隍。

〔四〕《山海經》：發鳩之山，有鳥焉，其狀如烏，文首、白喙、赤足，名曰精衛。其鳴自詨。是炎帝之少女，名曰女娃，游于東海，溺而不反，化爲精衛。常銜西山之木石，以湮于東海。

〔五〕《國語》：海鳥曰爰居，止于魯東門之外三日，臧文仲使國人祭之。展禽曰：「今兹海其有災乎？夫廣川之鳥獸，恒知而避其災也。」是歲也，海多大風，冬暖。《莊子》：昔者海鳥止于魯郊，魯侯御而觴之于廟，奏九韶以爲樂，具太牢以爲膳，鳥乃眩視憂悲，不敢食一臠，不敢飲一杯，三日而死。

〔六〕《述異記》：東南有桃都山，上有大樹曰桃都，枝相去三千里，上有天雞。日初出，照此木，天雞則鳴，天下之雞皆隨之鳴。《河圖括地象》：桃都山有大桃樹，盤屈三千里，上有金雞，日照則鳴。

〔七〕《淮南子》：日中有踆烏。高誘注：踆猶蹲也，謂三足烏。晰，明也。

〔八〕《後漢書》：帝知群寮拘攣。章懷太子注：拘攣，猶拘束也。

〔九〕玄根，道之本也。盧諶詩：處其玄根，廓焉靡結。李善注：玄，道也。張衡《玄圖》曰：玄者，無形之類，自然之根，作于太始，莫與爲先。

〔一〇〕《尚書》：分命羲仲宅嵎夷，曰暘谷。孔安國傳曰：暘，明也。日出于谷而天下明，故稱暘谷。《隋書》：東曰暘谷，日之所出。西曰濛汜，日之所入。

〔一一〕《十洲記》：炎洲在南海中，地方二千里，去北岸九萬里，亦多仙家。

俄而希有鳥見謂之曰：「偉哉鵬乎，此之樂也。吾右翼掩乎西極，左翼蔽乎東荒，跨躡（音誇捻）地絡（音落），周旋天綱〔一〕。以恍惚爲巢，以虛無爲場。我呼爾游，爾同（蕭本作「呼」）我翔。」于是乎大鵬許之，欣然相隨。此二禽已登于寥廓（音聊擴）〔二〕，而斥（繆本作「尺」）鷃之輩空見笑于藩籬〔三〕。

〔一〕《吴都賦》：包括於越，跨躡荆蠻。地絡者，地之脈絡，謂山川之屬。天綱者，天之綱維，謂南北二極不動之處。鮑照《游思賦》：仰盡兮天經，俯窮兮地絡。《漢書》：玉衡杓建，天之綱也。

〔二〕司馬相如《難蜀父老文》：焦朋已翔乎廖廓，而羅者猶視乎藪澤。顔師古注：寥廓，天上寬廣之處。

〔三〕陸德明《莊子音義》：斥，小澤也，本亦作尺。鷃，鷃雀也。今野澤中鴾鶉是也。

《古賦辨體》：太白蓋以鵬自比，而以希有鳥比司馬子微。賦家宏衍巨麗之體，楚《騷》、《遠游》等作已然，司馬、班、揚猶尚此。此顯出《莊子》寓言，本自宏闊，太白又以豪氣雄文發之，事與辭稱，俊邁飄逸，去《騷》頗近。

擬恨賦

古《恨賦》，齊、梁間江淹所作，爲古人志願未遂抱恨而死者致慨。太白此篇，段落句法，蓋全擬之，無少差異。《酉陽雜俎》：李白前後三擬《文選》，不如意輒焚之，惟留《恨》、《别賦》。今《别賦》已亡，惟存《恨賦》矣。

晨登太山，一望蒿里〔一〕。松楸骨寒，宿草（繆本作「草宿」）墳毁〔二〕。浮生可嗟〔三〕，大運同此〔四〕。于是僕本壯夫，慷慨不歇，仰思前賢，飲恨而没。

〔一〕《元和郡縣志》：泰山一曰岱宗，在兗州乾封縣西北三十里。蒿里山在乾封縣西北二十五里。《一統志》：泰山在泰安州北五里，亭禪山在泰安州西南五里，一名蒿里山，上有蒿里祠。古《蒿里曲》：蒿里誰家地，聚斂魂魄無賢愚。蓋古時蒿里爲塋墓之所，故言葬埋處多借「蒿里」爲名，猶之九原、北邙也。

〔二〕《禮記》：朋友之墓，有宿草而不哭焉。鄭康成注：宿草，謂陳根也。何遜詩：行路一孤墳，路成墳欲毁。

〔三〕《莊子》：其生也若浮，其死也若休。

〔四〕何晏《景福殿賦》：乃大運之攸戾。李周翰注：大運，天運也。

昔如漢祖龍躍〔一〕，群雄競奔〔二〕，提劍叱（尺栗切，嗔入聲）咤（丑亞切，嗏去聲）〔三〕，指揮（繆本作「麾」）中原〔四〕，東馳渤澥（音蟹），西漂（音飄）崑崙〔五〕。斷蛇奮旅（繆本作「怒」）〔六〕，掃清國步〔七〕，握瑶圖而倏昇〔八〕，登紫壇而雄顧〔九〕。一朝長辭，天下縞（音杲）素〔一〇〕。

〔一〕劉孝標《辯命論》：覩湯武之龍躍。

〔二〕《後漢書》：四方鋒起，群雄競逐。

〔三〕《史記》：高祖曰：「吾以布衣提三尺劍取天下，此非天命乎？」《字林》：叱咤，發怒也。

〔四〕《左傳》：晉楚治兵，遇于中原。

〔五〕揚雄《長楊賦》：横巨海，漂崑崙。李善注：漂，摇蕩之也。渤澥、崑崙，已見《大鵬賦》注。

〔六〕《史記》：高祖以亭長爲縣送徒酈山，到豐西澤中，止飲。夜乃解縱所送徒，曰：「公等皆去，吾亦從此逝矣。」徒中壯士願從者十餘人。高祖被酒，夜徑澤中，令一人行前。行前者還報曰：「前有大蛇當徑，願還。」高祖醉曰：「壯士行，何畏？」乃前，拔劍擊斬蛇，蛇遂分爲兩，徑開。行數里，醉困卧。後人來至蛇所，有一老嫗夜哭。人問何哭，嫗曰：「人殺吾子，故哭之。」人曰：「嫗子何爲見殺？」嫗曰：「吾子，白帝子也，化爲蛇當道，今爲赤帝子斬之。」人以嫗爲不誠，欲笞之，嫗忽不見。後人至，高祖覺，後人告高祖，高祖乃心獨喜，自負。《漢書・叙傳》：爰兹發跡，斷蛇奮旅。神母告符，朱旗乃舉。

〔七〕《詩・大雅》：國步斯頻。毛傳云：步，行也。

〔八〕徐陵《檄周文》：躬膺寶曆，嗣奉瑶圖。

〔九〕《藝文類聚》：《漢舊儀》曰：皇帝祭天，紫壇帷幄。楊升庵曰：漢行宫用紫泥爲壇，齊、梁《郊祀歌》所謂「紫壇」也。

〔一〇〕《戰國策》：天下縞素。《小爾雅》：繒之精者曰縞，縞之粗者曰素。

若乃項王虎鬭，白日爭輝。拔山力盡，蓋世心違（繆本作「微」）。聞楚歌之四合，知漢卒之重圍。帳中劍舞，泣挫雄威。騅（音追）兮不逝〔一〕，喑（於禁切，因去聲）噁（烏路切，汙去聲。繆本作「嗚」）何歸〔二〕。

〔一〕《史記・項羽本紀》：項王軍壁垓下，兵少食盡，漢軍及諸侯兵圍之數重。夜聞漢軍四面皆楚歌，項王大驚曰：「漢皆已得楚乎，是何楚人之多也？」起飲帳中，有美人名虞，常幸從，駿馬名騅，常騎之。于是項王乃悲歌慷慨，自爲詩曰：「力拔山兮氣蓋世，時不利兮騅不逝。騅不逝兮可奈何，虞兮虞兮奈若何！」歌數闋，美人和之，項王泣數行下，左右皆泣，莫能仰視。于是項王乃上馬騎，直夜潰圍南出，馳走。平明，漢軍乃覺之，令騎將灌嬰以五千騎追之。項王至東城，自度不得脱，乃自刎而死。

〔二〕《淮陰侯傳》：項王喑噁叱咤，千人皆廢。《索隱》曰：喑噁，懷怒氣也。

至如荆卿入秦，直度易水。長虹貫日，寒風颯（悉合切，音撒）起。遠讐始皇，擬報太子。奇謀不成，憤惋而死〔一〕。

〔一〕《戰國策》：燕太子丹質于秦，亡歸。見秦且滅六國，兵已臨易水，恐其禍至。荆軻見太子，太子曰：「丹之私計，以爲誠得天下之勇士使于秦，劫秦王使悉反諸侯之侵地。不可，因而刺殺之。此丹之上願，唯荆卿留意焉。」荆軻許諾。燕國有勇士秦武陽，年十三，殺人，人不敢忤視。乃令秦武陽爲副。太子賓客知其事者，皆白衣冠以送之。至易水上，既祖取道，高漸離擊筑，荆軻和而歌，爲變徵之聲，士皆垂淚涕泣。又前而爲歌曰：「風蕭蕭兮易水寒，壯士一去兮不復還。」復爲羽聲慷慨，士皆瞋目，髮盡上衝冠。于是荆軻遂就車而去，終已不顧。至秦，秦王見燕使者咸陽宫。荆軻奉樊於期之頭函，秦武陽奉地圖匣，以次進。至陛，秦武陽色變振恐，群臣怪之。荆軻顧笑武陽，前爲謝曰：「北蠻夷之鄙人，未嘗見天子，故振慴，願大王少假借之。」

起取武陽所持圖奉之。秦王發圖，圖窮而匕首見。因左手把秦王之袖，而右手持匕首揕之。未至身，秦王驚，自引而起。袖絶，拔劍，劍堅不可立拔，環柱而走，卒惶急不知所爲。左右乃曰：「王負劍。」王負劍，遂拔以擊荆軻，斷其左股。荆軻乃引匕首以提秦王，不中，中柱。秦王復擊軻，軻被八創，自知事不就，倚柱而笑，箕踞以駡曰：「事所以不成者，乃欲生劫之，必得約契以報太子也。」左右前斬荆軻。如淳《史記注》：《列士傳》曰：荆軻發後，太子自相氣，見虹貫日不徹，曰：「吾事不成矣。」後聞軻死，事不立，曰：「吾知其然也。」

若夫陳后失寵，長門掩扉〔一〕。日冷金殿，霜淒錦衣。春草罷緑，秋螢亂飛。恨桃李之委絶〔二〕，思君王之有違。

〔一〕《漢書》：孝武陳皇后擅寵驕貴，十餘年而無子，又挾婦人媚道，頗覺。上遂窮治之，使有司賜皇后策，罷退，居長門宫。

〔二〕《楚辭》：雖萎絶其亦何傷兮，哀衆芳之蕪穢。王逸注：萎，病也。絶，落也。

昔者屈原既放，遷于湘流〔一〕。心死舊楚，魂飛長楸〔二〕。聽江風（繆本作「楓」）之嫋（音鳥）嫋〔三〕，聞嶺狖（音又）之啾啾〔四〕。永埋骨于渌（音緑）水〔五〕，怨懷王之不收。

〔一〕《楚辭章句》：屈原與楚同姓，仕于懷王，爲三閭大夫。同列大夫上官、靳尚妒害其能，共譖毁之，王乃疏屈原。屈原執履忠貞，而被讒衺，憂心煩亂，不知所愬，乃作《離騷經》。是時秦昭王使張儀譎詐懷王，令絶齊交。又使誘楚，請與俱會武關，遂脅與俱歸，拘留不遣，卒客死于秦。其子襄王復用讒言，遷屈原于江南。屈原放在山野，復作《九章》。援天引聖以自證明，終不見省，不忍以清白久居濁世，遂赴汨淵，自沉而死。《楚辭·漁父》云：屈原既放，游于江潭。蓋原所遷之地，在江之南，湘水經流之處也。

〔二〕又《九章》云：望長楸而太息兮，涕淫淫其若霰。王逸注：長楸，大梓也。言顧望楚都，見其大道長樹，悲而太息，涕下淫淫如雨霰也。

〔三〕又《九歌》云：嫋嫋兮秋風。王逸注：嫋嫋，秋風摇木貌。

〔四〕又《九歌》云：猿啾啾兮狖夜鳴。劉逵《三都賦注》：《異物志》曰：狖，猿類，露鼻，尾長四五尺，樹上居，雨則以尾塞鼻。建安、臨海北有之。

〔五〕《韻會》：渌，水清也。張衡《東京賦》：渌水澹澹。太白詩中多用「渌水」字，疑本此。或有改作「緑水」者，非是。

及夫李斯受戮，神氣黯然。左右垂泣，精魂動天。執愛子以長別，嘆黄犬之無緣〔一〕。

〔一〕《史記》：二世二年，具李斯五刑，論腰斬咸陽市。斯出獄，與其中子俱執，顧謂其中子曰：「吾欲與若復牽黄犬，出上蔡東門逐狡兔，豈可得乎？」遂父子相哭而夷三族。

或有從軍永訣〔一〕，去國長違，天涯遷客，海外思歸。此人忽見愁雲蔽日，目斷心飛，莫不攢眉痛骨，抆（音刎）血霑（音詹）衣〔二〕。

〔一〕江淹《别賦》：寫永訣之情。

〔二〕又云：抆血相視。李善注：抆，拭也。

若乃錯繡轂〔一〕，填金門〔二〕，烟塵曉沓〔三〕，歌鐘晝諠〔四〕。亦復星沉電滅，閉影潛魂。

〔一〕《楚辭》：車錯轂兮短兵接。王逸注：錯，交也。《韻會》：轂者，居輪之正中，而爲輻之所湊也。

〔二〕填，塞也，滿也。揚雄《解嘲》：歷金門，上玉堂。應劭注：金門，金馬門也。

〔三〕《韻會》：沓，合也。

〔四〕《國語》：女樂二八，歌鐘二肆。韋昭注：歌鐘，歌時所奏。

已矣哉，桂華滿兮明月輝〔一〕，扶桑曉兮白日飛〔二〕。玉顔滅（蕭本作「滅」）兮螻蟻聚〔三〕，碧臺空兮歌舞稀。與天道兮共盡，莫不委骨同歸〔四〕。

〔一〕《酉陽雜俎》：舊言月中有桂。

〔二〕扶桑，已見《大鵬賦》注。

〔三〕宋玉《神女賦》：苞温潤之玉顔。

〔四〕鮑照《蕪城賦》：委骨窮塵。李善注：委，猶積也。

惜餘春賦

天之何爲令北斗而知春兮，迴指于東方〔一〕。水蕩漾兮碧色〔二〕，蘭葳蕤（儒追切，音緌）兮紅芳〔三〕。試登高而望遠，極雲海之微茫。魂一去兮欲斷，淚流頰兮成行。吟清風（繆本作「楓」）而咏滄浪〔四〕，懷洞庭兮悲瀟湘〔五〕。何余心之縹緲兮，與春風而飄揚。

〔一〕《鶡冠子》：斗柄東指，天下知春。何休《公羊傳注》：昏斗指東方曰春，指南方曰夏，指西方曰秋，指北方曰冬。

〔二〕蕩漾，水摇動貌。

〔三〕《楚辭・七諫》：上葳蕤而防露。王逸注：葳蕤，盛貌。《廣韻》：葳蕤，草木花垂貌。

〔四〕《韻會》：江水出荆山，東南流爲滄浪之水。《括地志》云：水出嶓冢山，爲沮、爲滄、爲沔、爲漢，至均州爲滄浪之水。《楚辭》：漁父歌曰：「滄浪之水清兮，可以濯吾纓。滄浪之水濁兮，可以濯吾足。」

〔五〕《一統志》：洞庭湖在岳州府城西南。《禹貢》：九江孔殷。注云：即洞庭也。沅、漸、元、辰、敘、酉、澧、資、湘九水，皆合于此，故名九江。又九江，沅、資、湘最大，皆自南而入，荆江自北而過，洞庭瀦其間，名爲五瀦。《戰國策》云，秦與荆戰，大破之，取洞庭五瀦是也。每歲六七月間，岷峨雪消，水暴漲，自荆江逆入洞庭，清流爲之改色。瀟水源出九疑山，南流至三江口，東北與沲水合。又東北流至永州府城外，北流至湘口，會于湘。湘水源出廣西興安縣陽海山，西北流至永州，與瀟水合，曰瀟湘。至衡陽與蒸水合，曰蒸湘。至沅州與沅水合，曰沅湘。會衆流以達洞庭。

飄揚兮思無限，念佳期兮莫展〔一〕。平原萋兮綺（音起）色〔二〕，愛芳草兮如剪。惜餘春之將闌〔三〕，每爲恨兮不淺。

〔一〕《楚辭》：與佳期兮夕張。

〔二〕《爾雅》：大野曰平，廣平曰原。後人合稱之以謂曠野之地。《説文》：綺，文繒也。顔師古曰：

即今之細綾也。

〔三〕《韻會》：闌，晚也，又盡也，衰也。

漢之曲兮江之潭〔一〕，把瑤草兮思何堪〔二〕。想游女于峴（胡典切，賢上聲，今人作硯音讀者，非）北〔三〕，愁帝子于湘南〔四〕。恨無極兮心氳（於云切，醖平聲）氳，目眇眇兮憂紛紛〔五〕。披衛情于淇水〔六〕，結楚夢于陽雲〔七〕。

〔一〕張衡《南都賦》：游女弄珠于漢皋之曲。《楚辭》：屈原既放，游于江潭。漢曲，謂漢水灣曲處。江潭，謂湘江深匯處。

〔二〕瑶草，草之珍美者，故以美玉喻之，猶琪花玉樹之謂。江淹詩：瑶草正翕艴。

〔三〕《詩·周南》：漢有游女，不可求思。《太平寰宇記》：峴山在襄州襄陽縣南十里。

〔四〕《楚辭》：帝子降兮北渚，目眇眇兮愁余。王逸注：帝子謂堯女也。堯二女娥皇、女英隨舜不反，墮于湘水之渚，因爲湘夫人。

〔五〕眇眇，好貌。氳氳，聚而不散之意。

〔六〕《詩·衛風》：淇水在右，泉源在左，巧笑之瑳，佩玉之儺。鮑照詩：發郢流楚思，涉淇興衛情。

〔七〕《太平御覽》：《襄陽耆舊傳》曰：楚襄王與宋玉游于雲夢之野，將使宋玉賦高唐之事。望朝雲之館，上有雲氣，崪乎直上，忽而改容，須臾之間，變化無窮。王問宋玉曰：「此何氣也？」對曰：「所謂朝雲者也。昔者先王游于高唐，怠而晝寢，夢一婦人，曖乎若雲，皦乎若星，將行未至，如浮如傾，詳而視之，西施之行。王悦而問焉，對曰：『我，夏帝之季女也，名曰瑶姬，未行而亡，封于巫山之陽臺。精魂爲草，實爲靈芝，媚而服焉，則與夢期。所謂巫山之女，高唐之姬，聞君游于高唐，願薦枕席。』王因幸之，去而辭曰：『妾在巫山之陽，高丘之岨，旦爲朝雲，暮爲行雨。朝朝暮暮，陽臺之下。』早旦視之，果如其言。故爲立廟，號朝雲焉。」江淹詩：相思巫山渚，悵望陽雲臺。《一統志》：陽臺山在夔州府巫山縣北，高百尺，上有陽雲臺遺址。陽雲臺即陽臺也。

春每歸兮花開，花已闌兮春改。嘆長河之流速（繆本作「春」），送馳波于東海〔一〕。春不留兮時已失，老衰颯兮逾疾。恨不得挂長繩于青天，繫此西飛之白日〔二〕。

〔一〕《上林賦》：馳波跳沫。

〔二〕傅玄詩：歲暮景邁群光絶，安得長繩繫白日。

若有人兮情相親〔一〕，去南國兮往西秦。見游絲之横路，網春輝以留人。沉吟兮哀歌，躑躅（音擲逐）兮傷别〔二〕。送行子之將遠〔三〕，看征鴻之稍滅〔四〕。醉愁心于垂楊，隨柔條以糾

（音九）結。望夫君兮咨嗟〔五〕，橫涕淚兮怨春華〔六〕。遥寄影（蕭本作「寄遥影」）于明月，送夫君于天涯。

〔一〕《楚辭》：若有人兮山之阿。

〔二〕《韻會》：躑躅，住足也。

〔三〕鮑照詩：居人掩閨卧，行子夜中飯。

〔四〕江淹詩：雲邊有征鴻。

〔五〕《楚辭》：望夫君兮未來。

〔六〕蘇武詩：努力愛春華，莫忘歡樂時。李善注：春華，喻少時也。

愁陽春賦

東風歸來，見碧草而知春〔一〕。蕩漾惚怳，何垂楊旖旎（音衣尼，又去聲作椅柅讀）之愁人〔二〕。天光青（蕭本作「清」）而妍（音近延）和〔三〕，海氣緑而芳新。野（蕭本少「野」字）綵翠兮阡眠（繆本作「芊綿」）〔四〕，雲飄颻（繆本作「飄飄」）而相鮮。演（音衍）漾兮夤（音寅）緣〔五〕，窺青（一作「新」）苔之生泉。縹緲兮翩綿，見游絲之縈煙。魂與此兮俱斷，醉（一作「對」）風光兮悽然。

〔一〕江淹《别賦》：春草碧色。

〔二〕《上林賦》：紛容蕭蔘，旖旎從風。張揖曰：旖旎，猶阿那也。王粲《柳賦》：覽兹樹之豐茂，紛旖旎以修長。《韻會》：旖旎，柔弱貌。

〔三〕鮑照詩：天色淨緑氣妍和。

〔四〕《楚辭》：望遠兮仟眠。《廣韻》：阡眠，廣遠也。陸機詩：林薄杳阡眠。吕延濟注：阡眠，原野之色。

〔五〕《説文》：演，長流也。演漾，水流而動貌。《吴都賦》：夤緣山岳之岊。《韻會》：夤緣，連絡也。

若乃隴水秦聲〔一〕，江猿巴吟〔二〕。明妃玉塞〔三〕，楚客楓林〔四〕。試登高而望遠，痛切（一作「咸痛」）骨而傷心〔五〕。春心蕩兮如波〔六〕，春愁亂兮如雪〔七〕。兼萬情之悲歡，兹一感于芳節〔八〕。

〔一〕《後漢書·郡國志》：隴州有大阪，名隴坻。劉昭注：《三秦記》：其坂九迴，不知高幾許，欲上者七日乃越。高處可容百餘家，清水四注下。郭仲産《秦川記》曰：隴山東西百八十里，登山嶺東望，秦川四五百里，極目泯然。山東人行役升此而顧瞻者，莫不悲思。故歌曰：「隴頭流水，分離四下。念我行役，飄然曠野。登高望遠，涕零雙墮。」

〔二〕《藝文類聚》：《宜都山川記》曰：峽中猿鳴至清，山谷傳其響，泠泠不絶。行者歌之曰：「巴東三峽猿鳴悲，猿鳴三聲淚沾衣。」

〔三〕明妃，即昭君也。晉人以文帝諱昭，改稱明君，後人又改爲明妃。《藝文類聚》：《琴操》曰：王昭君者，齊國人也，顔色皎潔，聞于國中。獻于孝元帝，訖不幸納，積五六年，昭君心有怨曠，僞不飾其形容。元帝每歷後宫，疏略不過其處。後單于遣使者朝賀，元帝陳設倡樂，令後宫妝出。昭君怨恚日久，乃便循飾善妝，盛服光暉而出，俱列坐。元帝謂使者曰：「單于何所願樂？」對曰：「珍奇怪物，皆悉自備，唯婦人醜陋，不如中國。」乃令後宫欲至單于者起。昭君喟然越席而前曰：「妾幸得備在後宫，粗醜卑陋，不合陛下之心，誠願得行。」帝大驚，悔之，良久，太息曰：「朕已誤矣。」遂以與之。昭君至單于，心思不樂，乃作《怨曠思惟歌》曰：「秋木萋萋，其葉萎黄。有鳥處山，集于苞桑。養育毛羽，形容生光。既得升雲，游倚曲房。離宫絶曠，身體摧藏。志念抑沉，不得頡頏。雖得餧食，心有徊徨。我獨伊何，改往變常。翩翩之燕，遠集西羌。高山峩峩，河水泱泱。父兮母兮，道里悠長。嗚呼哀哉，憂心惻傷。」謝莊《舞馬賦》：乘玉塞而歸寶。玉塞謂玉門關，乃入西域之路。昭君入胡之路，未必由此，蓋借作邊塞字用耳。

〔四〕《楚辭》：宋玉憐哀屈原忠而斥棄，愁懣山澤，魂魄放佚，厥命將落，故作《招魂》，欲以復其精神，延其年壽。其卒章曰：「湛湛江水兮上有楓，目極千里兮傷春心。」王逸注：言湛湛江水浸潤楓木，使之茂盛，傷己不蒙君惠而身放棄，曾不若樹木得其所也。或曰：水旁林木中，鳥獸所聚，不可居也。

〔五〕《高唐賦》：登高望遠，使人心悴。

〔六〕枚乘《七發》：陶陽氣，蕩春心。

〔七〕劉繪詩：心中亂如雪，寧知有所思。

〔八〕劉鑠詩：徘徊去芳節。梁元帝《纂要》：春節曰芳節。

若有一人（一作「我所思」）兮湘水濱，隔雲霓而見無因。灑别淚於尺波〔一〕，寄東流于情親。若使春光可攬而不滅兮，吾欲贈天涯之佳人。

〔一〕陸機詩：尺波豈徒旋。

《古賦辨體》：先用連綿字以起下句之意，是學《九辯》第一首。「若乃」以下，則是梁、陳體。

悲清秋賦

登九疑兮望清川〔一〕，見三湘之潺湲〔二〕。水流寒以歸海，雲横秋而蔽天。余以鳥道計于故鄉兮〔三〕，不知去荆、吴之幾千。

〔一〕《史記正義》：《括地志》云：九疑山在永州唐興縣東南一百里。《太平御覽》：《湘中記》曰：九疑山在營道縣，九山相似，行者疑惑，因名九疑。盛弘之《荆州記》曰：九疑山盤基數郡之界，連峰接岫，競秀爭高，含霧卷霞，分天隔日。

〔二〕《隋書·五行志》：巴陵南有地名三湘。《太平寰宇記》：湘潭、湘鄉、湘源，是爲三湘。《岳州府志》：三湘浦在臨湘縣南四十五里。《湘中記》曰：湘水至清，深五六丈，下見底了了，石子如樗蒲，白沙如雪霜，赤岸如朝霞。湖嶺之間，湘水貫之。凡水皆會焉，無出湘之右者。與瀟水合則曰瀟湘，與蒸水合則曰蒸湘，與沅水合則曰沅湘，故謂之三湘。琦按：湘水源出廣西桂林府，東北流至湖廣永州府城西，瀟水自南來會焉，至衡州府城東，蒸水自西南來會焉，又北流環長沙府城，東北至湘陰縣，達青草湖而入於洞庭，凡行二千五百餘里，大小諸水會入者頗衆。若沅水則不與湘會，而自入於洞庭，雖沅湘之稱起自屈平，但雙舉二水，並未言其會同相合也。三湘之名，恐未必由此。《廣韻》：潺湲，水流貌。

〔三〕庾信《麥積崖佛龕銘》：鳥道乍窮，羊腸忽斷。李善《文選注》：《南中八志》曰：交趾郡治龍編縣。自興古，鳥道四百里，以其險絶，獸猶無蹊，惟上有飛鳥之道耳。後人稱高峻之徑曰鳥道，本此。

于時西陽半規〔一〕，映島欲没。澄（音丞）湖練明，遥海上月〔二〕。念佳期之浩蕩，渺懷燕而望越。

〔一〕西陽謂西落之日，其半爲峰所蔽，僅見其半，如半規然。謝靈運詩：遠峰隱半規。

〔二〕謝惠連詩：分袂澄湖陰。《古賦辨體》：「澄湖練明，遥海上月」，與《赤壁賦》「人影在地，仰見明月」語意同，謂之倒語。若云「遥海上月，澄湖練明」，「仰見明月，人影在地」，語意一順，意味大減。

琦按：太白故鄉在西蜀，而荆、吴則其東也。燕地居北，越地居南，蓋登高而偏覽四方之意，翻作兩層抒寫，便覺變幻不可測。

荷花落兮江色秋，風嫋嫋兮夜悠悠〔一〕。臨窮溟以有羡〔二〕，思釣鼇于滄洲〔三〕。無修竿以一舉，撫洪波而增憂。歸去來兮，人間不可以託些〔四〕，吾將採藥于蓬丘〔五〕。

〔一〕《楚辭·九歌》：嫋嫋兮秋風。又《九辯》：襲長夜之悠悠。

〔二〕木華《海賦》：翔天沼，戲窮溟。窮溟，即《莊子》所云窮髪之北溟海也。《漢書》：古人有言曰：臨淵羡魚，不如退而結網。

〔三〕《列子》：龍伯之國有大人，舉足不盈數步，而暨五山之所，一釣而連六鼇。阮籍《爲鄭沖勸晉王牋》：臨滄洲而謝支伯，登箕山以揖許由。滄洲，謂滄海中之洲渚也。

〔四〕《楚辭·招魂》：歸來歸來，不可以託些。朱子注：些，《説文》云語辭也。沈存中云：今夔峽、湖湘及南北江獠人，凡禁呪句尾皆云「些」，乃楚人舊俗。

〔五〕《十洲記》：蓬丘，蓬萊山也，對東海之東北岸，周迴五千里。

《古賦辨體》：太白諸短賦，雕脂鏤冰，是江文通《別賦》等篇步驟。

劍閣賦 原注：送友人王炎入蜀。

《通志·地理略》：劍閣在劍州普安縣界，今謂之劍門。左思《蜀都賦》：緣以劍閣，阻以石門。劉逵注：劍閣，谷名，自蜀通漢中，道一由此。背有閣道，在梓潼郡東北。《一統志》：劍閣在劍州北三十里，兩岸峻拔，鑿石架閣而爲棧道，連山絶險，故謂之劍閣。秦司馬錯由此道伐蜀。

咸陽之南〔一〕，直望五千里，見雲峰之崔嵬。前有劍閣横斷，倚青天而中開。上則松風蕭颯瑟颸（音聿）〔二〕，有巴猿兮相哀。旁則飛湍走壑，灑石噴閣，洶湧而驚雷。

〔一〕《通典》：京兆郡咸陽縣東十五里，有故咸陽城，秦所都也。《三輔黄圖》：咸陽在九嵕山渭水北，山水俱在南，故名咸陽。今文士概指秦地曰咸陽也。

〔三〕《説文》：颶，大風也。《韻會》：颼颶，風貌。江洪詩：颼颶夕風高。

送佳人兮此去，復何時兮歸來。望夫君兮安極，我沉吟兮歎息。視滄波之東注，悲白日之西匿〔二〕。鴻別燕兮秋聲，雲愁秦而暝色。若明月出于劍閣兮，與君兩鄉對酒而相憶。

〔一〕鮑照《觀漏賦》：波沉沉而東注，日滔滔而西屬。曹植詩：白日忽西匿。

《古賦辨體》：其前有「上則」、「旁則」等語，是擎斂《上林》、《兩都》鋪叙體格，而裁入小賦，所謂「天吴與紫鳳，顛倒在短褐」者歟？故雖以小賦，亦自浩蕩而不傷儉陋。蓋太白天才飄逸，其爲詩也，或離舊格而去之，其賦亦然。

明堂賦 并序

按新、舊《唐書》及《通鑑》：隋無明堂，季秋大享，常寓雩壇。唐高祖、太宗時，寓於圜丘。高宗永徽二年，勑令所司與禮官學士，考覈故事，造立明堂。於是太常博士柳宣依鄭玄義，以爲明堂之制當爲五室。内直丞孔志約據《大戴禮》及盧植、蔡邕等義，以爲九室。諸儒紛爭，互有不同。乾封二年二月，詔以製造明堂宜及時起作，於是大赦天下，改元爲總章，分萬年縣置明堂縣，示必欲立之，而議者益紛然。乃下詔率意班其制度，至取象黄琮，上設鴟尾，其言益不經，而明堂亦不能立。則天臨朝，儒者屢上言，請創立明堂。則天以高宗遺意，乃與北門學士議其制，盡棄群言。垂拱三年春，毁東都之乾元殿，以其地立明堂，爲三層。下層象四時，各隨方色，中層法十二辰，上層法二十四氣，凡高二百九十四尺，廣三百尺。明堂以下，圜繞施鐵渠，以爲辟雍之象。四年正月，明堂成，號萬象神宫。證聖元年正月，爲火所焚，又令重造，規模率小於舊制。其上施一金塗鐵鳳，高二丈，後爲大風所損，更爲銅火珠，群龍奉之。天册萬歲二年三月，重造明堂成，號爲通天宫。玄宗開元五年，幸東都，將行大享之禮，以武太后所造明堂有乖典制，遂依舊拆改爲乾元殿。訖唐之世，季秋大享，皆寓圜丘。太白此賦，蓋在開元五年未復改乾元殿以前所作者也。考賦中所言，多係書傳所載古時規模制度，與則天所造明堂或有不同。蓋身在遠方，聞其事而賦之，固未親至東都，得之目見。以古準今，約當如是以修詞焉耳。

昔在天皇〔一〕，告成岱宗，改元乾封，經始明堂，年紀總章〔二〕。時締構之未集（繆本作「輯」）〔三〕，痛威靈之遐邁。天后繼作，中宗成之。因兆人之子來〔四〕，崇萬祀之丕業〔五〕。蓋天皇先天，中宗奉天〔六〕。累聖纂就，鴻勳克宣。臣白美頌，恭惟述焉。

〔一〕《册府元龜》：唐高宗上元元年八月，皇帝稱天皇，皇后稱天后，以避先帝、先后之稱。

〔二〕《舊唐書・高宗本紀》：麟德三年春正月戊辰朔，車駕至泰山頓。是日，親祀昊天上帝于封祀壇，以高祖、太宗配享。己巳，帝升山行封禪之禮。庚午，禪于社首，祭皇地祇，以太穆太皇太后、文德皇太后配享。壬申，御朝覲壇受朝賀，改麟德三年爲乾封元年。乾封三年二月丙寅，以明堂制度，歷代不同，漢、魏以還，彌更訛舛，遂增損古今，新制其圖。下詔大赦，改元爲總章元年。《初學記》：太山，《五經通義》云：一曰岱宗。言王者受命易姓，報功告成，必于岱宗也。岱者，代也，東方萬物始交代之處。宗，長也，言爲群岳之長。

〔三〕左思《魏都賦》：締構之初。李善注：締，結也。

〔四〕《韻會》：十萬爲億，十億爲兆。《左傳》：天子曰兆民，諸侯曰萬民。《詩・大雅》：庶民子來。

〔五〕萬祀，萬年也。《南都賦》：彌萬祀而無衰。司馬相如《封禪文》：天下之壯觀，王者之丕業。顔師古注：丕，大也。

〔六〕《周易》：先天而天弗違，後天而奉天時。孔穎達《正義》：先天而天勿違者，若在天時之先行事，天乃在後不違，是天合大人也。後天而奉天時者，若在天時之後行事，能奉順上天，是大人合天也。

其辭曰：

伊皇唐之革天創元也〔一〕，我高祖乃仗大順〔二〕，赫然雷發以首之。于是橫八荒，漂九陽〔三〕，掃叛换〔四〕，開混茫〔五〕。景星耀而太階平〔六〕，虹蜺滅而日月張〔七〕。

〔一〕革天，謂改革天命。創元，謂創造基業之始。

〔二〕劉琨《勸進表》：抗明威以攝不類，仗大順以肅宇内。

〔三〕《楚辭》：夕晞予身兮九陽。王逸注：九陽謂天地之涯也。

〔四〕《漢書》：項氏畔换。顔師古注：畔换，强恣之貌，猶言跋扈也。《詩·大雅·皇矣篇》曰：無然畔换。

〔五〕《子華子》：混茫之初，是名太初。此喻隋季擾亂，有若混沌茫昧之世也。

〔六〕《史記》：天精而見景星。景星者，德星也。其狀無常，常出于有道之國。孟康注：精，明也，有赤方氣與青方氣相連，赤方中有兩黄星，青方中有一黄星，凡三星合爲景星。《宋書》：景星，大星也，狀如半月，生于晦朔，助月爲明。《太平御覽》：孫氏《瑞應圖》曰：景星者，星之精也，先後月出於西方。王者不私人以官，使賢者在位，則見，佐月爲明。《漢書》：願陳泰階六符，以觀天變。孟康注：泰階，三台也。每台二星，凡六星。應劭注：《黄帝泰階六符經》曰：泰階者，天之三階也。上階爲天子，中階爲諸侯、公卿、大夫，下階爲士、庶人。上階上星爲男主，下星爲女主。中階上星爲諸侯、三公，下星爲卿、大夫。下階上星爲元士，下星爲庶人。三階平則陰陽和，風雨時，社稷神祇咸獲其宜，天下大安，是爲太平。三階不平，則五神乏祀，日有食之，水潤不浸，稼穡不成，冬雷夏霜，百姓不寧，故治道傾。《長楊賦》：玉衡正而太階平。

〔七〕《晉書》：虹蜺，日旁氣也，斗之亂精，主惑心，主内淫，主臣謀君，天子詘后，妃顓，妻不一。

欽若太宗〔一〕，繼明重光〔二〕。廓區宇以立極〔三〕，綴蒼顥（繆本作「昊」）之頹綱〔四〕。淳風沕穆〔五〕，鴻恩滂洋〔六〕。武義烜赫于有截〔七〕，仁聲駁踏（音颯踏，蕭本作「沓」）乎無疆〔八〕。

〔一〕《書・堯典》：欽若昊天。

〔二〕《周易》：大人以繼明照于四方。《書・顧命》：昔君文王、武王宣重光。蔡沈注：武猶文，謂之重光，猶舜如堯，謂之重華也。

〔三〕張衡《東京賦》：區宇乂寧。

〔四〕班固《答賓戲》：超忽荒而躆顥蒼。顔師古注：顥，顥天也。元氣顥汗，故曰顥天。其色蒼蒼，故曰蒼天。《晉書》：振千載之頹綱，落周、孔之繩網。《穀梁傳疏》：上下無序，綱紀頹壞，故曰頹綱。

〔五〕《北史》：扇之以淳風，浸之以太和。賈誼《鵩賦》：沕穆無窮兮胡可勝言。顔師古注：沕穆，深微貌。李善注：沕穆，不可分別也。

〔六〕《漢書・匈奴傳》：大化神明，鴻恩博洽。漢《郊祀歌》：福滂洋，邁延長。顔師古注：滂洋，饒廣也。

〔七〕《羽獵賦》：仁聲惠于北狄，武義動于南鄰。吕向注：武義，武事也。蕭士贇曰：按《詩》「赫兮咺兮」，「咺」字當作「烜」。《爾雅·釋訓》者曰：赫兮烜兮者，威儀也。郭璞注云：貌光宣。陸德明《音義》曰：赫，火格反。烜，吁遠反。烜者，光明宣著。唐、宋以前詩之「咺」字皆作「烜」，今作「咺」者，緣宋朝舊諱故改耳。《詩·商頌》：海外有截。鄭箋曰：截，整齊也。四海之外率服，截爾齊整。

〔八〕《廣韻》：駊騀，馬行也。喻仁聲之流行，如馬行之疾速也。《周易》：牝馬地類，行地無疆。

若乃高宗紹興，祐統錫羨〔一〕，神休旁臻〔二〕，瑞物咸薦。元符剖兮地珍見〔三〕，既應天以（蕭本作「而」）順人〔四〕，遂登封而降禪〔五〕。將欲考有洛，崇明堂，惟厥功之未輯兮〔六〕，乘白雲于帝鄉〔七〕。天后勤勞輔政兮，中宗以欽明克昌〔八〕。遵先軌以繼作兮〔九〕，揚列聖之耿光〔一〇〕。

〔一〕《甘泉賦》：卹胤錫羨，拓跡開統。應劭注：錫，與也。羨，饒也。言神明饒與福祥也。

〔二〕又《甘泉賦》：擁神休，尊明號。晉灼注：休，美也。言見祐護以休美之祥也。

〔三〕《長楊賦》：方將俟元符。李善注：元符，大瑞也。

〔四〕《周易》：湯武革命，順乎天而應乎人。

〔五〕《東京賦》：登封降禪，則齊德乎黄軒。薛綜注：登謂上太山封土，降謂下禪梁父也。

〔六〕輯，集也，古字通用。

〔七〕《莊子》：千歲厭世，去而上仙，乘彼白雲，至于帝鄉。

〔八〕《書·堯典》：欽明文思。孔安國傳：欽，敬也。鄭玄云：敬事節用謂之欽，照臨四方謂之明。《詩·周頌》：克昌厥後。

〔九〕《三國志》：敷弘大猷，光濟先軌。

〔一〇〕《書·立政》：以覲文王之耿光。

則使軒轅草圖〔一〕，羲和練日〔二〕。經之營之，不綵不質。因子來于四方〔三〕，豈殫稅于萬室〔四〕。乃准水臬〔五〕，攢雲櫟〔六〕，礱玉石于隴坂〔七〕，空瓌（音規）材于瀟湘〔八〕。巧奪神鬼，高窮昊蒼。聽天語之察察，擬帝居之將將（繆本作「鏘鏘」）〔九〕。雖暫勞而永固兮，始聖謨于我皇。

〔一〕《漢書》：上欲治明堂奉高旁，未曉其制。濟南人公玉帶上黄帝時《明堂圖》。

〔二〕孔安國《書傳》：重黎之後，羲氏、和氏世掌天地四時之官。《漢書·郊祀歌》：練時日，候有望。

顔師古注：練，選也。

〔三〕《詩·大雅》：經始靈臺，經之營之。庶民攻之，不日成之。經始勿亟，庶民子來。

〔四〕《廣韻》：殫，盡也。

〔五〕《周禮》：匠人建國，水地以縣，置槷以縣，眡以景。鄭康成注：于四角立植而縣以水，望其高下。高下既定，乃爲位而平地。槷，古文臬假借字。于所平之地中央，樹八尺之臬，以縣正之。眡之以其景，將以正四方也。何晏《景福殿賦》：制無細而不協于規景，作無微而不違于水臬。

〔六〕又曰：渙若雲梁之承天。張銑注：梁高如雲虹之狀。

〔七〕《通典》：天水郡有大坂，名曰隴坻，亦曰隴山。《三秦記》：其坂九迴，上者七日乃越。顔師古《漢書注》：隴坻謂隴坂，即今之隴山也。

〔八〕班固《西都賦》：因瓌材而究奇。吕延濟注：瓌，美也。《圖經》：瀟水去零陵縣三十里，源出九疑山，至永與湘水合。湘水在陵零縣北十五里，其源自全來，與瀟水合。二水合流，謂之瀟湘。

〔九〕《甘泉賦》：配帝居之懸圃兮。《西京賦》：仰福帝居。薛綜注：帝居，謂太微宫五帝所居。福，猶同也。言長安宫上與之法矣。《詩·大雅》：乃立應門，應門將將。毛傳云：將將，嚴正也。

觀夫明堂之宏壯也，則突兀曈曨〔一〕，乍明乍蒙，若（蕭本、繆本俱脱「若」字）大古元氣之結空。巃嵸（音竦，又音宗）頹沓〔二〕，若嵬若嶪〔三〕，似天閫地門之開闔〔四〕。

〔一〕突兀，高也。《説文》：曈曨，日欲明也。

〔二〕《子虚賦》：巃嵸崔巍。郭璞注：巃嵸、崔嵬，皆高峻貌。

〔三〕《西京賦》：狀嵬峩以岌嶪。張銑注：嵬峩、岌嶪，高壯貌。

〔四〕《甘泉賦》：天閫決兮地垠開。顔師古注：天閫，天門之閫也。

爾乃劃（音畫）岝（音宅）嶺（音額）以嶽立〔一〕，郁穹崇而鴻紛〔二〕。冠百王以（繆本作「而」）垂勳，燭萬象而騰文〔三〕。窙（音哮）惚恍以洞啟〔四〕，呼嵌（音近龕）巖而傍分〔五〕。又比乎崑山之天柱〔六〕，矗（音觸）九霄而垂雲〔七〕。

〔一〕《增韻》：劃，剖也。木華《海賦》：啟龍門之岝嶺。李善注：岝嶺，高貌。

〔二〕司馬相如《長門賦》：正殿嵬以造天兮，鬱並起而穹崇。《魯靈光殿賦》：彤彤靈宮，巋嶵穹崇。又云：羌瓌譎而鴻紛。劉良注：鴻，大也。紛，多也。言奇異之狀大而多也。

〔三〕《孝經鉤命訣》：地以舒形，萬象咸載。

〔四〕潘岳《藉田賦》：閶闔洞啟。

〔五〕《甘泉賦》：嵌巖巖其龍鱗。《韻會》：嵌巖，山險貌。

〔六〕《河圖玉版》：崑崙山，天中柱也。《神異經》：崑崙之山，有銅柱焉，其高入天，所謂天柱也。圍三千里，圓如削。

〔七〕《韻會》：矗，聳上貌。沈約詩：託慕九霄中。張銑注：九霄，九天仙人所居也。按道書，九霄之名，謂赤霄、碧霄、青霄、絳霄、黅霄、紫霄、練霄、玄霄、縉霄也。一説，以神霄、青霄、碧霄、丹霄、景霄、玉霄、琅霄、紫霄、大霄爲九霄。

于是結構乎黄道〔一〕，岧（音條）嶢乎紫微〔二〕。絡句陳以繚垣〔三〕，闢閶闔而啟扉〔四〕。崢嶸嶒（音層）嶷，粲宇宙兮光輝；崔嵬赫奕〔五〕，張天地之神威。

〔一〕謝脁詩：結構何迢遞。李善注：結構，謂結連構架以成屋宇也。《晉書》：黄道，日之所行也，半在赤道外，半在赤道内。

〔二〕李善《文選注》：《七略》曰：王者師天體地而行，是以明堂之制，内有太室，象紫微宫，南出明堂，象太微。

〔三〕《西都賦》：周以鉤陳之位。李周翰注：鉤陳，星名，衛紫微宫。今離宫別衛以取象焉。

〔四〕《魯靈光殿賦》：高門擬于閶闔。張載注：閶闔，天門也，王者因以爲名。《西都賦》：臨峻路而啟扉。張銑注：啟，開也。扉，門扉也。

〔五〕岧嶢、崢嶸、嶒嶷、崔嵬，並言山之高峻，借以喻室之高峻也。

夫其背泓黄河，垠(音銀)瀨清洛〔一〕。太行卻立〔二〕，通谷前廓〔三〕。遠則標熊耳以作揭〔四〕，豁龍門以開闕〔五〕。點翠綵于鴻(繆本作「洪」)荒〔六〕，洞清陰乎群山。及乎烟雲卷舒，忽出乍没。岌嵩嶀伊〔七〕，倚日薄月。雷霆之所鼓蕩，星斗之所伭扢(音骨，蕭本作「仡」)〔八〕。挈金龍之蟠(音盤)蜿(音剜)〔九〕，挂天珠之硉(勒没切，論入聲)矹(蕭本作「兀」)〔一〇〕。

〔一〕《廣韻》：泓，水深也。垠，岸也。《韻會》：瀨，《説文》：水流沙上也。師古曰：瀨，疾流也，又湍也。《元和郡縣志》：洛水在洛陽縣西南三里，河南縣北四里。郭璞《山海經注》：洛水出上洛冢嶺山，東北經弘農，至河南鞏縣入河。潘岳《藉田賦》：清洛濁渠，引流激水。

〔二〕《元和郡縣志》：太行山在懷州河内縣北二十五里。《河南志》：太行山在懷慶府城北，其山西自濟源，東北接河内、修武、輝縣、林縣，至磁州界，綿亘數十里。其間峰谷巖洞，景物萬狀。雖各因地立名，實太行一山也。爲中州巨鎮。

〔三〕曹植《洛神賦》：背伊闕，越轘轅，經通谷，陵景山。李善注：華延之《洛陽記》曰：城南五十里有大谷，舊名通谷。

〔四〕《史記正義》：《括地志》云：熊耳山在虢州盧氏縣南五十里。《水經注》：洛水之北有熊耳山，雙巒競舉，狀同熊耳。《東京賦》：太室作鎮，揭以熊耳。薛綜注：揭，猶表也。

〔五〕《歸田録》：西京龍門山夾伊水上，自端門望之如雙闕，故謂之闕塞。《一統志》：闕塞山，在河南府城西南三十里，一名伊闕，亦名闕口。大禹疏龍門，伊水出其間。漢服虔謂南山伊闕是也，俗名龍門山。

〔六〕鴻荒，大荒也，謂曠遠之地也。

〔七〕《史記正義》：《括地志》云：嵩高山亦名太室山，亦名外方山，在洛州陽城縣北二十三里。《元和郡縣志》：伊水在河南縣東南十八里。郭璞《山海經注》：伊水出上洛盧氏縣熊耳山東北，至河南洛陽縣入洛。

〔八〕《廣韻》：扢，磨也。

〔九〕《隋唐佳話》：明堂始微于西南傾，工人以木于中薦之。武后不欲人見，因加爲九龍盤糺之狀。其圓蓋上本施一金鳳，至是改鳳爲珠，群龍捧之。《東京賦》：龍雀蟠蜿。《韻會》：挐，《説文》：持也，又牽引也。蟠蜿，龍蛇動也。

〔一〇〕郭璞《江賦》：巨石硉矹以前卻。《廣韻》：硉矹，不穩貌。

勢拔五岳，形張四維〔一〕。軋（音揠）地軸以盤根〔二〕，摩天倪（音厓，又音霓）而創規〔三〕。樓臺崛（音倔）岉（音物）以奔附〔四〕，城闕崟（音吟）岑（音近層，蕭本作「嶔崟」）而蔽虧〔五〕。珍樹翠草〔六〕，含華揚蕤〔七〕。目瑶井之熒（音螢）熒〔八〕，拖玉繩之離離〔九〕。撳華蓋以儻（他曩切，湯上聲）漭〔一〇〕，仰太微之參差〔一一〕。

〔一〕《淮南子》：横四維而含陰陽。又曰：東北爲報德之維，西南爲背陽之維，東南爲常羊之維，西北爲號通之維。高誘注：四角爲維也。《初學記》：《纂要》曰：東西南北曰四方，四方之隅曰四維。

〔二〕《説文》：軋，輾也。《初學記》：《河圖括地象》曰：崑崙者，地之中也。地下有八柱，柱廣十萬里，有三千六百軸，互相牽制，名山大川，孔穴相通。《北堂書鈔》：《河圖括地象》云：崑崙之山，横爲地軸。

〔三〕《莊子》：和之以天倪。陸德明注：倪，李云分也，崔云或作霓，際也。天倪，謂天之邊際也。

〔四〕《魯靈光殿賦》：隆崛岉乎青雲。劉良注：隆崛岉，極高貌。

〔五〕《子虚賦》：岑崟參差，日月蔽虧。《思玄賦》：慕歷阪之嶔崟。張銑注：嶔崟，高貌。

〔六〕左思《魏都賦》：珍樹猗猗。曹攄詩：嚴霜凋翠草。

〔七〕《南都賦》：芙蓉含華。《吴都賦》：羽毛揚蕤。《説文》：蕤，草木花垂貌。

〔八〕鮑照詩：參差玉繩高，掩映瑶井没。瑶井，玉井也。《晉書》：玉井四星，在參左足下，主水漿以給廚。《博雅》：熒熒，光也。

〔九〕《太平御覽》：《春秋元命苞》曰：玉衡北兩星爲玉繩，玉之爲言溝刻也，瑕而不掩，折而不傷。宋均注曰：繩能直物，故名玉繩。溝謂作器。

〔一〇〕《甘泉賦》：撽北極之嶟嶟。應劭注：撽，至也。《説文》：撽，刺也。甘氏《星經》：華蓋十六星，在五帝座上。正吉，帝道昌。星邪傾，大凶。陸機《感時賦》：望八極之曭漭，普宇宙而寥廓。儻漭，即曭漭，廣大之貌。

〔一二〕《史記正義》：太微宮垣十星，在翼軫北，天子之宮庭，五帝之座，十二諸侯之府也。張衡《靈憲》：太微爲五帝之庭，明堂之房。《春秋合誠圖》：太微，其星十二，四方。

擁以禁扃（音駉）〔一〕，橫以武庫〔二〕。獻房心以開鑿〔三〕，瞻少陽而舉措〔四〕。採殷制，酌夏步〔五〕。雜以代室重屋之名〔六〕，括以辰次火木之數〔七〕。壯不及奢，麗不及素。層簷屹（魚乞切，銀入聲。蕭本作「屼」）其霞矯，廣廈鬱以雲布〔八〕。掩日道〔九〕，遏風路。陽烏轉影而翻飛〔一〇〕，大鵬橫霄而側度。

〔一〕禁扃，禁門也。

〔二〕《西京賦》：武庫禁兵。薛綜注：武庫，天子主兵器之宮也。

〔三〕《史記索隱》：《春秋説題辭》云：房心爲明堂，天王布政之宮。《晉書·天文志》：房四星爲明堂，天子布政之宮也。心三星，天王正位也。中星曰明堂，天子位。

〔四〕《魯靈光殿賦》：承明堂于少陽。《漢書》：少陽者，東方也。

〔五〕《考工記》：夏后氏世室，堂修二七，廣四修一，五室三四步，四三尺，九階。四旁兩夾窗，白盛，門堂三之二，室三之一。鄭康成注：夏度以步，令堂修十四步，其廣益以四分修之一，則堂廣十七步半。堂上爲五室，象五行也。三四步，室方也。四三尺，以益廣也。木室于東北，火室于東南，金室于西南，水室于西北，其方皆三步，其廣益之以三尺。土室于中央，方四步，其廣益之以四尺。此五室居堂，南北六丈，東西七丈。

〔六〕又《考工記》：殷人重屋，堂修七尋，堂崇三尺，四阿重屋。鄭康成注：重屋者，王宫正堂，若大寢也。其修七尋五丈六尺，放夏。周則其廣七尋七丈二尺也，五室各二尋。代室即世室也，唐以太宗諱，改世爲代也。蔡邕《明堂論》：夏后氏曰世室，殷人曰重屋，周人曰明堂。

〔七〕《春秋合誠圖》：明堂在辰巳者，言在木火之際。辰，木也。巳，火也。木生數三，火成數七，故在三里之外，七里之内。

〔八〕《漢書》：廣夏之下，細旃之上。師古注：廣夏，大屋也。夏、厦通用。《西都賦》：星羅雲布。

〔九〕《漢書》：日有中道，中道者，黄道，一曰光道。北至東井，去北極近。南至牽牛，去北極遠。東至角，西至婁，去極中。

〔一〇〕張協《七命》：陽烏爲之頓羽。李善注：《春秋元命苞》曰：陽成于三，故日中有三足烏。烏者，陽精。張銑注：陽烏，日中烏也。

近則萬木森下，千宫對出。熠（音逸）乎光碧之堂，炅（音憬）乎瓊華之室〔一一〕。錦爛霞駁，星錯波沏〔二〕。颯蕭寥以颼（音搜）飀〔三〕，窅（音杳）陰鬱以櫛密〔四〕。含佳氣之青葱〔五〕，吐祥烟之鬱嵂（繆本作「律」）〔六〕。

〔一〕《十洲記》：有墉城，金臺玉樓相鮮，如流精之闕，光碧之堂，瓊華之室。《韻會》：熠，盛光也。《廣韻》：炅，光也。

〔二〕《魯靈光殿賦》：霞駁雲蔚。木華《海賦》：激勢相沏。劉良注：沏，浪相拂也。錦爛霞駁者，言其鮮麗如錦彩之焕爛，雲霞之斑駁也。星錯波沏者，言其布列如天星之錯落，水波之疊起也。

〔三〕《吴都賦》：與風颾颺，颮瀏颼飀。張銑注：颼飀，風聲也。

〔四〕《韻會》：窈，深遠也，通作窅。馬融《長笛賦》：密櫛疊重。李善注：密櫛，密如櫛也。

〔五〕《論衡》：王莽時，謁者蘇伯阿能望氣，使過春陵城郭，鬱鬱葱葱。及光武到河北，與伯阿相見，問曰：「卿前過春陵，何用知其佳氣也？」伯阿對曰：「見其鬱鬱葱葱耳。」《爾雅》：青謂之葱。《淮南子》：青葱苓蘢。

〔六〕江總詩：幾遇祥烟初。郭璞《江賦》：時鬱律其如烟。李善注：鬱律，烟上貌。《玉海》：《洛陽宮閣疏》：偃師去宮四十三里，望朱爵、玉闕、德陽，其上鬱律與天連。

九室窈窕〔一〕，五闈聯綿〔二〕。飛檻磊（音壘）砢（音裸）〔三〕，走栱（音拱）夤（音寅）緣〔四〕。雲楣立岌以横綺〔五〕，綵桷攢欒（蕭本作「巒」）而仰天〔六〕。皓壁晝朗，朱甍（音萌）晴鮮〔七〕。赬（音檉）欄各落〔八〕，偃蹇霄漢〔九〕。翠楹迴合，蟬聯汗漫〔一〇〕。沓蒼穹之絶垠〔一一〕，跨皇居之太半〔一二〕。遠而望之，赫煌煌以輝輝，忽天旋而雲昏；迫而察之，粲炳焕以照爛，倏山訛而晷（音癸）换〔一三〕。蔑（蕭本作「誇」）蓬壺之海樓〔一四〕，吞岱宗之日觀〔一五〕。

〔一〕《三輔黄圖》：《大戴禮》云：明堂九室。《考工記》云：明堂五室。稱九室者，取象陽數也。五室者，象五行也。郭璞《爾雅注》：窈窕，閑隙也。《説文》：窈，深遠也。窕，深肆極也。

〔二〕《韻會》：闈，宫中之門也。《增韻》：宫中相通小門。《西京賦》：繚垣綿聯。薛綜注：綿聯，猶連蔓也。

〔三〕《魯靈光殿賦》：萬楹叢倚，磊砢相扶。李善注：磊砢，壯大貌。李周翰注：磊砢，參差不齊貌。

〔四〕栱，柱頭門栱也。夤緣，連絡也。《吴都賦》：夤緣山岳之岊。

〔五〕《西京賦》：繡栭雲楣。薛綜注：楣，梁也。吕延濟注：雲楣，畫雲飾之。

〔六〕《説文》：桷，榱也。椽方曰桷。《韻會》：欒，曲枅木也。柱上横木，承棟者謂之枅，曲枅謂之欒。

〔七〕《説文》：甍，屋棟也。

〔八〕《廣韻》：赬，赤色也。

〔九〕《西都賦》：神明鬱其特起，遂偃蹇而上躋。李善注：偃蹇，高貌。

〔一〇〕《吴都賦》：蟬聯丘陵。劉逵注：蟬聯，不絶貌。汗漫，空中元氣彌布之處。詳見《大鵬賦》注。

〔一一〕蒼穹，天也。《梁書》：感誓蒼穹。張華《鷦鷯賦》：或托絶垠之外。李善注：絶垠，天邊之地也。

〔一二〕何晏《景福殿賦》：備皇居之制度。《漢書》：今漢有天下太半。韋昭曰：凡數三分有二爲太半，有一分爲少半。

〔一三〕《景福殿賦》：遠而望之，若摛朱霞而曜天文；迫而察之，若仰崇山而戴垂雲。《博雅》：煌煌，光也。《説文》：晷，日影也。

〔一四〕《拾遺記》：三壺，海中三山也。一曰方壺，則方丈也。二曰蓬壺，則蓬萊也。三曰瀛壺，則瀛洲也。形如壺器，此三山上廣中狹下方，皆如工制，猶華山之似削成。

〔一五〕《水經注》：應劭《漢官儀》云：泰山東南山頂，名曰日觀，雞一鳴時見日始欲出，長三丈許，故以名焉。

猛虎失道〔一〕，潛虬（音求）蟠（蕭本作「登」）梯〔二〕。經通天而直上〔三〕，俯長河而下（蕭本作「復」）低。玉女攀星于綱户〔四〕，金娥納月于璇題〔五〕。藻井綵錯以舒蓬〔六〕，天牕赩（音奭，又音赫）翼而銜霓〔七〕。扶標川而罔足，擬跟（音根）絓（音卦）而罷躋〔八〕。要離欻（音忽）矐而外喪，精視冰背而中迷〔九〕。

〔一〕「失」字當是「夾」字之訛。猛虎夾道，謂刻爲猛虎以夾立道上。

〔二〕瀶虯蟠梯，謂鏤作虯龍以蟠繞梯側也。《楚辭章句》：有角曰龍，無角曰虯。謝靈運詩：瀶虯媚幽姿。

〔三〕蔡邕《明堂論》：通天屋徑九丈，陰陽九六之變也。高八十一尺，黄鐘九九之實也。二十八柱列於四方，亦七宿之象也。

〔四〕《楚辭》：網户朱綴。王逸注：網户，綺文鏤也。《雍録》：網户者，刻爲連文，遞相綴屬，其形如網也。宋玉曰「網户朱綴刻方連」是也。既曰刻，則是雕木爲之，其狀如網耳。

〔五〕鮑照詩：璇題納行月。吕向注：璇，玉也。題，椽頭也。《甘泉賦》：璇題玉英。應劭注：題，頭也。榱椽之頭皆以玉飾，言其英華相燭也。

〔六〕《西京賦》：蔕倒茄于藻井。薛綜注：藻井當棟中交木方爲之，如井幹也。《夢溪筆談》：屋上覆橑，古人謂之綺井，亦曰藻井，又謂之覆海，今令文中謂之鬭八，吴人謂之罳頂，唯宫室祠觀有之。《海録碎事》：藻井，屋棟之間爲井形而加水藻之飾，所以厭火災也。胡三省《通鑑注》：《風俗通》云：殿堂象東井，刻爲荷菱。荷菱，水物，所以厭火。杜佑曰：漢宫殿率號屋仰爲井，皆畫水藻蓮芡之屬以厭火。何晏《景福殿賦》：繚以藻井，編以綷疏。又王文考《靈光殿賦》：圓淵方井，反植荷蕖。蓋爲方井而畫荷蕖其上也。

〔七〕《魯靈光殿賦》：天窗綺疏。張載注：天窗，高窗也。

〔八〕《西京賦》：突倒投而跟絓。《説文》：跟，足踵也。毛萇《詩傳》：躋，升也。

〔九〕《韻會》：矐，失明也。要離事，用此處不合，恐誤。精視，亦未詳。

亘以複（音福）道（蕭本下多一「而」字）〔一〕，接乎宮掖（音亦）〔二〕。坌（房刎切，焚上聲）入西樓〔三〕，是（繆本作「寶」）爲崑崙〔四〕。前疑後丞（繆本作「前丞後疑」）〔五〕，正儀躅（音逐）以出入；〔六〕九夷五狄〔七〕，順方面而來奔。

〔一〕《韻會》：亘，横亘也。《廣韻》：通也。《增韻》：延袤也。《史記》：乃作複道。韋昭曰：複道，閣道也。

〔二〕《韻會》：宮掖，宮旁舍也。

〔三〕司馬相如賦：坌入曾宮之嵯峨。張揖注：坌，並也。

〔四〕《漢書》：濟南人公玉帶上黄帝時《明堂圖》，明堂中有一殿，四面無壁，以茅蓋。通水，水圜宮垣。爲複道，上有樓，從西南入，名曰昆侖。天子從之，入以拜祀上帝焉。

〔五〕《尚書大傳》：古者天子必有四鄰，前曰疑，後曰丞，左曰輔，右曰弼。天子有問無以對，責之疑。可志而不志，責之丞。可正而不正，責之輔。可揚而不揚，責之弼。其爵視卿，其禄視次國之君。

〔六〕《禮記》：昔者周公朝諸侯于明堂之位，天子負斧依，南鄉而立。三公，中階之前，北面東上。諸侯之位，阼階之東，西面北上。諸伯之國，西階之西，東面北上。諸子之國，門東，北面東上。諸男之國，門西，北面東上。九夷之國，東門之外，西面北上。八蠻之國，南門之外，北面東上。六戎之國，西門之外，東面南上。五狄之國，北門之外，南面東上。九采之國，應門之外，北面東上。四塞，世告至。此周公明堂之位也。

〔七〕《後漢書》：夷有九種，曰畎夷、于夷、方夷、黄夷、白夷、赤夷、玄夷、風夷、陽夷。《禮記正義》：東方謂之夷者，《風俗通》云：東方人好生，萬物觝觸地而生，夷者，觝也。其類有九，依《東夷傳》，九種，一曰玄兔，二曰樂浪，三曰高驪，四曰滿飾，五曰鳧臾，六曰索家，七曰東屠，八曰倭人，九曰天鄙。北方曰狄者，《風俗通》云：父子嫂叔同穴無别，狄者，辟也，其行邪辟。其類有五，李巡注《爾雅》云：一曰月支，二曰穢貊，三曰匈奴，四曰單于，五曰白屋。

其左右也，則丹陛嵦（音諤）嵦〔一〕，彤庭煌煌〔二〕，列寶鼎，敵金光〔三〕。流辟雍之滔滔，像環海之湯（音商）湯〔四〕。闢青陽，啟總章，廓明臺而布玄堂。儼以太廟，處乎中央〔五〕。發號施令，采時順方〔六〕。

〔一〕薛道衡《隋高祖頌序》：趨事紫宸，驅馳丹陛。《韻會》：陛，升堂之階也。

〔二〕《西都賦》：玉階彤庭。李善注：《漢書》曰：昭陽舍，中庭彤朱，而殿上髹漆。張銑注：彤，赤色也。以丹漆飾庭。

〔三〕《舊唐書》：萬歲通天元年，鑄銅爲九州鼎既成，置于明堂之庭，各依方位列焉。神都鼎高一丈八尺，受一千八百石。冀州鼎名武興，雍州鼎名長安，兖州鼎名日觀，青州鼎名少陽，徐州鼎名東源，揚州鼎名江都，荆州鼎名江陵，梁州鼎名成都，其八州鼎高一丈四尺，各受一千二百石。司農卿宗晉卿爲九鼎使，都用銅五十六萬七百一十二觔，鼎上圖寫本州山川物産之象，仍令工書人著作郎賈膺福等分題之，左尚方署令曹元廓圖畫之。鼎成，自玄武門外曳入，令宰相、諸王、南北牙宿衛兵十餘萬人并仗内大牛、白象共曳之。則天自爲《曳鼎歌》，令相倡和。九鼎初成，欲以黄金千兩塗之，納言姚璹曰：「鼎者神器，貴于質朴，無假别爲浮飾。臣觀其狀，先有五采輝焕錯雜其間，豈待金色爲之炫燿。」乃止。

〔四〕《大戴禮》：明堂外水曰辟雍。《藝文類聚》：《桓譚新論》曰：王者作圓池如璧形，實水其中，以圜雍之，名曰辟雍。言其上承天地以班教令，流轉王道，周而復始。《獨斷》：天子曰辟雍，謂流水四面如璧，以節觀者。李善《文選注》：《三輔黄圖》曰：明堂辟雍，水四周于外，象四海也。毛萇《詩傳》：滔滔，流貌。湯湯，水盛貌。班固《辟雍詩》：乃流辟雍，辟雍湯湯。

〔五〕蔡邕《明堂論》：明堂者，天子太廟，所以崇祀其祖，以配上帝者也。東曰青陽，南曰明堂，西曰總章，北曰玄堂，中曰太室。人君南面向明而治，故雖有五名，而主以明堂也。其正中皆曰太廟。取其宗祀之貌則曰清廟，取其正室之貌則曰太廟，取其尊崇則曰太室，取其向明則曰明堂，取其四門之學則曰太學，取其四面周水環如璧則曰辟雍，異名而同事，其實一也。

〔六〕《書·冏命》：發號施令，罔有不臧。高誘《淮南子注》：明堂，王者布政之堂，上圓下方，堂四出，各有左右房，謂之个，凡十二所。王者月居其房，告朔朝曆，頒宣其令。宋均《禮含文嘉注》：明堂者，布政之宫，在國之陽，三室四面，十二法十二月也。天子孟春上辛于南郊，總受十二月之政，還藏于祖廟，月取一政頒于明堂也。蔡邕《明堂月令論》：天子發號施令，祀神受職，每月異禮，故謂之月令。所以順陰陽，奉四時，效氣物，行王政也。成法具備，各從時月，藏之明堂，所以示承祖考神明，不敢褻瀆之義。

其閫域也，三十六户，七十二牖〔一〕，度筵列位，南七西九（繆本作「西八東九」）〔二〕。白虎列序而蹲踞〔三〕，青龍承隅而蚴（於九切，憂上聲）蟉（音柳）〔四〕。

〔一〕《大戴禮》：明堂凡九室，一室而有四户八牖，三十六户，七十二牖。

〔二〕《考工記》：周人明堂，度九尺之筵，東西九筵，南北七筵，堂崇一筵。五室，凡室二筵。

〔三〕《爾雅》：東西牆謂之序。邢昺疏云：此謂室前、堂上、東廂、西廂之牆也，所以序次分别内外親疏，故謂之序也。《尚書·顧命》云：西序東嚮，敷重底席。東序西嚮，敷重豐席。及《禮經》每云東序西序，皆謂此也。沈括《筆談》：今謂兩廊爲東西序，非也。序乃堂上東西壁，在室之外者。蹮跜，動貌，詳見《大鵬賦》注。

〔四〕《上林賦》：青龍蚴蟉于東廂。李善注：蚴蟉，龍行貌。

其深沉奥密也，則赤熛（音飄）掌火，招拒司金，靈威制陽，叶（音協，或作汁，亦讀爲協。蕭本作「汁」）光摧陰，坤斗主土，據乎其心〔一〕。

〔一〕《南齊書》：按《禮》及《孝經援神契》並云：明堂有五室，天子每月于其室聽朔布教，祭五帝之神，配以有功德之君。《藝文類聚》：《黄圖》曰：明堂者，明天地之堂也。所以順四時，行月令，宗祀先王，祭五帝，故謂之明堂。《尚書帝命驗》：帝者承天立五府，以尊天重象。蒼曰靈府，赤曰文祖，黄曰神斗，白曰顯紀，黑曰玄矩。鄭康成注：天有五帝，集居太微，降精以生聖人。故帝者承天立五帝之府，是爲天府。唐、虞之天府，夏之世室，殷之重屋，周之明堂，皆同矣。其蒼帝，靈威仰之府，名靈府，周曰青陽。其赤帝，赤熛怒之府，名文祖。火積光明文章之祖，故曰文祖，周曰明堂。其黄帝，含樞紐之府，名曰神斗。斗，主也，土精澄靜，四行之主，故謂神斗，周曰太室。其白帝，白招拒之府，名顯紀。紀，統也，金精斷割，萬物以成，故謂之顯紀，周曰總章。其黑帝，叶光紀之府，名曰玄矩。矩，法也，水精玄昧，能權輕重，故謂玄矩，周曰玄堂。據此，本文「坤斗」當是「神斗」之訛。

若乃熠（音揖）燿（音耀）五色〔一〕，張皇萬殊〔二〕，人物禽獸，奇形異模。勢若飛動，瞪（音橙）眄（音勉）睢（音揮）盱（音吁）〔三〕。明君暗主，忠臣烈夫。威政興滅，表示賢愚（繆本作「表賢示愚」）。此言室中圖畫之狀。

〔一〕《韻會》：熠燿，鮮明貌。

〔二〕《書·康王之誥》：張皇六師。《正義》云：皇，大也。

〔三〕《魯靈光殿賦》：齊首目以瞪眄，徒脈脈以狋狋。又曰：鴻荒樸略，厥狀睢盱。《廣韻》：瞪，直視貌。《說文》：眄，邪視也。睢，仰目也。盱，張目也。

于是王正孟月〔一〕，朝陽登曦〔二〕。天子乃施蒼玉，纆蒼螭（音鴟），臨乎青陽左个，方御瑤瑟而彈鳴絲〔三〕。展乎國容，輝乎皇儀〔四〕。傍瞻神臺，順觀雲之軌；〔五〕俯對清廟〔六〕，崇配天之規〔七〕。欽若肸（音迄）蠁（音響）〔八〕，維清緝熙〔九〕。崇牙樹羽〔一〇〕，熒煌葳蕤〔一一〕。納六（蕭本作「五」）服之貢〔一二〕，受萬邦之籍。張龍旗與虹旌〔一三〕，攢金戟與玉戚〔一四〕。延五更〔一五〕，進百辟（音璧）〔一六〕，奉（蕭本作「舉」）珪瓚〔一七〕，獻琛（音郴）帛〔一八〕。顒昂俯僂，儼容疊跡〔一九〕。乃潔菹(音趄)醢〔二〇〕，修粢盛〔二一〕，奠三犧，薦五牲，享于神靈〔二二〕。太祝正辭〔二三〕，庶官精誠〔二四〕。鼓大武之隱轔〔二五〕，張鈞天之鏗鍧(音轟，繆本作「訇」)〔二六〕。孤竹合奏，空桑和鳴〔二七〕。盡六變〔二八〕，齊九成〔二九〕，群神來兮降明庭〔三〇〕，蓋聖主之所以孝治天下而享祀窅(音杳)冥也〔三一〕。

〔一〕《春秋》：春王正月。《正義》云：正，是時王所建，故以王字冠之，言是今王之正月也。

〔二〕《廣韻》：曦，日光也。

〔三〕《淮南子》：孟春之月，天子衣青衣，乘蒼龍，服蒼玉，建青旗。東宮御女青色，衣青采，鼓琴瑟，朝于青陽左个，以出春令。高誘注：馬七尺以上曰龍。明堂中方外圜，通達四出，各有左右房，謂之个，猶隔也。東出謂之青陽，南出謂之明堂，西出謂之總章，北出謂之玄堂。是月天子朝日，告朔行令于左个之房，東向堂北頭室也。《甘泉賦》：駟蒼螭兮六素虬。呂向注：蒼螭，蒼龍也。凡稱龍者，皆馬也，言龍，美之也。

〔四〕班固《東都賦》：究皇儀而展帝容。呂延濟注：言盡帝王之容儀也。

〔五〕《太平御覽》：《禮統》曰：所以置靈臺者何？以尊天重民，備災禦害，豫防未然也。夫王者，當承順天地，禦節陰陽也。夏所以爲清臺何？明明相承，太平相續，故爲清臺。殷爲神臺，周爲靈臺何？質者具天而王天者稱神，文者具地而王地者稱靈，是其易也。《後漢書》：建初三年正月，宗祀明堂禮畢，登靈臺，望雲物。

〔六〕《左傳》：清廟茅屋。杜預注：清廟，肅然清静之稱也。《正義》曰：清廟者，宗廟之大稱。

〔七〕《孝經》：昔者，周公郊祀后稷以配天，宗祀文王于明堂，以配上帝。

〔八〕《上林賦》：肸蠁布寫。顔師古注：肸蠁，盛作也。李善注：司馬彪曰：肸，過也。芬芳之過，若蠁之布寫也。吕延濟注：肸蠁，天中游氣也，言香氣發越積浮而似之。

〔九〕《詩·周頌》：維清緝熙，文王之典。鄭箋曰：緝熙，光明也。

〔一〇〕又《周頌》：設業設虡，崇牙樹羽。毛傳曰：業，大板也，所以飾栒爲懸也，捷業如鋸齒。或曰畫之植者爲虡，横者爲栒。崇牙，上飾卷然，可以懸也。樹羽，置羽也。《正義》曰：設其横者之業，又設其植者之虡，其上刻爲崇牙，因樹置五采之羽以爲之飾。又云：虡者，立于兩端，栒則横入于虡。其栒之上，加于大板，側著于栒。其上刻爲崇牙，似鋸齒捷業然，故謂之業牙，即業之齒矣。以其形卷然，得挂繩于上，故言可以懸也。樹羽置羽者，置之于栒虡之上角。《漢禮器制度》云：爲龍頭及頷口銜璧，璧下有旄牛尾。《禮記》：夏后氏之龍簨虡，殷之崇牙，周之璧翣。鄭康成注：簨虡，所以懸鐘磬也。横曰簨，飾之以鱗屬。植曰虡，飾之以臝屬、羽屬。簨以大板爲之，謂之業。殷又于龍上刻畫之爲崇牙，以挂懸紘也。周人畫繒爲翣，載以璧，垂五采羽于其下，樹于簨之角上，飾彌多也。《正義》曰：殷之崇牙者，謂于簨之上刻畫木爲崇牙之形，以挂鐘磬。皇氏云：崇牙者，崇，重也，謂刻畫大板，重疊爲牙。杜氏《通典》：樂懸，横曰簨，竪曰虡，飾簨以飛龍，飾趺以飛廉，鐘虡以鷙獸，磬虡以鷙鳥，上則樹羽，旁懸流蘇，周制也。懸以崇牙，殷制也。飾以博山，後代所加也。

〔一一〕何晏《景福殿賦》：流羽毛之葳蕤。張銑注：葳蕤，羽毛美貌。

〔一二〕《周禮》：邦畿方千里。其外方五百里，謂之侯服，其貢祀物。又其外方五百里，謂之甸服，其貢嬪物。又其外方五百里，謂之男服，其貢器物。又其外方五百里，謂之采服，其貢服物。又其外方五百里，謂之衞服，其貢材物。又其外方五百里，謂之要服，其貢貨物。鄭康成注：此六服，去王城三千五百里，相距方七千里。公、侯、伯、子、男封焉。《書·周官》：六服群辟，罔不承德。正指此六服。又《益稷篇》云：弼成五服。則指甸、侯、綏、要、荒五服也。

〔一三〕《詩·周頌》：龍旂陽陽。《正義》云：龍旂者，旂上畫爲交龍。左思《魏都賦》：虹旌攝麾以就卷。李周翰注：虹旌，畫爲虹者。

〔一四〕《公羊傳》：朱干玉戚，以舞《大夏》。何休注：戚，斧也，以玉飾斧。

〔一五〕《禮記》：遂設三老五更，群老之席位焉。鄭康成注：三老五更，各一人也，皆年老更事致仕者也。天子以父兄養之，示天下之孝弟也。名以三五者，取象三辰五星，天所因以昭明天下者。《獨斷》：天子父事三老者，適成于天地人也。兄事五更者，訓于五品也。更者，長也，更相代至五也，能以善道改更己也，取首妻男女完具者。古者，天子親袒，割牲執醬而饋，三公設几，九卿正履，使者安車輭輪，送迎而至其家，天子獨拜于屏。其明旦，三老詣闕謝，以其禮過厚故也。又五更或爲叟，叟，老稱，與三老同義也。《通典》：大唐制，仲秋吉辰，皇帝親養三老五更于太學，所司先奏定三師三公致仕者，用其德行及年高者一人爲三老，次一人爲五更。

〔一六〕《詩·大雅》：百辟卿士，媚于天子。

〔一七〕《禮記·王制》：賜圭瓚，然後爲鬯。鄭康成注：圭瓚，鬯爵也。又《祭統》：君執圭瓚。康成注：圭瓚，祼器也，以圭璋爲柄。又《明堂位》：灌用玉瓚大圭。康成注：瓚形如槃，容五升，以大圭爲柄，是謂圭瓚。又康成《毛詩箋》：圭瓚之狀，以圭爲柄，黄金爲勺，青金爲外，朱中央矣。

〔一八〕《詩·魯頌》：來獻其琛。毛傳曰：琛，寶也。

〔一九〕《詩·大雅》：顒顒卬卬，如圭如璋。毛傳曰：顒顒，温貌。卬卬，盛貌。鄭箋曰：體貌則顒顒然敬順，志氣則卬卬然高朗。《史記》：一命而僂，再命而傴，三命而俯。服虔注：僂、傴、俯，皆恭敬之貌也。劉孝標《廣絶交論》：趨走丹墀者疊跡。此言俯僂者，狀其鞠躬將事；疊跡者，狀其駿奔在廟。

〔二〇〕《禮記》：水草之菹，陸産之醢。鄭康成注：水草之菹，芹茅之屬。陸産之醢，蚳蝝之屬。

〔二一〕《穀梁傳》：天子親耕以供粢盛。范甯注：黍稷曰粢，在器曰盛。

〔二二〕《左傳》：爲六畜、五牲、三犧以奉五味。杜預注：五牲，麋、鹿、麏、狼、兔。三犧，祭天、地、宗廟三者謂之犧。《東都賦》：于是薦三犧，效五牲，禮神祇，懷百靈。

〔二三〕《周禮》：太祝掌六祝之辭，以事鬼神示，祈福祥，求永貞。《唐書·百官志》：太祝六人，正九品上，祭祀則跪讀祝文。《左傳》：祝史正辭，信也。杜預注：正辭，不虚稱君美也。《正義》曰：正其言辭，不欺誑鬼神，是其信也。

〔二四〕《書·皋陶謨》：無曠庶官。

〔二五〕鄭康成《周禮注》：《大武》，武王樂也。武王伐紂，以除其害，言其德能成武功也。《上林賦》：隱轔鬱𡾰。是言堆壟不平之貌，此作樂聲用，未詳。或者即殷轔之訛。《甘泉賦》：振殷轔而軍裝。顔師古注：殷轔，盛貌也。

〔二六〕《史記》：趙簡子疾，五日不知人，七日寤，語大夫曰：「我之帝所甚樂，與百神游于鈞天，廣樂九奏萬舞，不類三代之樂，其聲動人心。」按《淮南子》：九野之名，中央曰鈞天。鈞天之樂，謂天樂也。《東都賦》：鐘鼓鏗鎗。《廣韻》：鏗鎗，鐘鼓聲相雜也。

〔二七〕《周禮》：孤竹之管，空桑之琴瑟。鄭康成注：孤竹，竹特生者。空桑，山名。《述異記》：東海畔有孤竹焉，斬而復生，中爲管。周武王時，孤竹之國獻瑞筍一株。空桑生大野山中，爲琴瑟之最者，空桑也。

〔二八〕《周禮》：凡六樂者，一變而致羽物及川澤之示，再變而致臝物及山林之示，三變而致鱗物及丘陵之示，四變而致毛物及墳衍之示，五變而致介物及土示，六變而致象物及天神。凡樂，圜鐘爲宫，黄鐘爲角，太簇爲徵，姑洗爲羽。雷鼓、雷鼗，孤竹之管，雲和之琴瑟，雲門之舞，冬日至，于地上之圜丘祭之。若樂六變，則天神皆降，可得而禮矣。鄭康成注：變，猶更也，樂成則更奏也。

〔二九〕《書·益稷》：簫韶九成。《正義》曰：成，謂樂曲成也。鄭云：成，猶終也，每曲一終，必變更奏。故經言九成，傳言九奏，《周禮》謂之九變，其實一也。《公羊傳疏》：鄭氏云：樂備作謂之成。王應麟曰：節奏俱備謂之成，備而更新謂之變。

〔三〇〕邢昺《孝經疏》：按《史記》云：黄帝接萬靈于明庭，明庭，即明堂也。《子華子》：黄帝之治天下也，百神出而受職于明堂之庭。

〔三一〕《孝經》：昔者明王之以孝治天下也。劉峻《辯命論》：未達窅冥之情，未測神明之數。窅冥，幽遠之意。

然後臨辟雍，宴群后〔一〕，陰陽爲庖〔二〕，造化爲宰〔三〕，餐（繆本作「飡」）元氣，灑（所蟹切，篩上聲）太和〔四〕，千里鼓舞，百寮賡歌〔五〕。于斯之時，雲油雨霈〔六〕，恩鴻溶兮澤汪濊（音穢）〔七〕，四海歸兮八荒會。哤（音厖）聒乎區寓〔八〕，駢闐（音田）乎闕外〔九〕。群臣醉德〔一〇〕，揖讓而退。

〔一〕《書·益稷》：群后德讓。

〔二〕《廣韻》：庖，食廚也。

〔三〕賈公彦《周禮疏》：宰者，調和膳修之名。

〔四〕《周易》：保合太和。

〔五〕《書·皋陶謨》：百僚師師。孔傳曰：僚，官也。又《書·益稷》：皋陶拜手稽首颺言，乃賡載歌曰：「元首明哉！股肱良哉！庶事康哉！」孔傳曰：賡，續也。

〔六〕趙岐《孟子注》：油然，興雲貌。

〔七〕《楚辭·九歎》：波淫淫而周流兮，鴻溶溢而滔蕩。《漢書》：澤汪濊，輯萬國。顔師古注：汪濊，言饒多也。司馬相如《難蜀父老文》：威武紛紜，湛恩汪濊。顔師古注：汪濊，深廣也。

〔八〕《説文》：哤，雜語也。聒，讙語也。馬融《長笛賦》：哤聒其前後。李善注：哤聒，雜聲也。寓即宇字，籀文從禹。

〔九〕王勃《游武擔山寺序》：龍鑣翠轄，駢闐上路之游。《古今注》：闕，觀也。古每門樹兩觀于其前，所以標表宫門也。其上可居，登之則可遠觀，故謂之觀。人臣將朝，至此則思其所闕，故謂之闕。其上皆丹堊，其下皆畫雲氣仙靈奇禽怪獸，以昭示四方焉。《韻會》：闕，《説文》：門觀也，蓋爲二臺于門外，作樓觀于上，上圓下方，以其縣法謂之象魏。象，治象也。魏者，言其狀巍巍然高大也。使民觀之，因謂之觀。兩觀雙植，中不爲門，闕而爲道，故謂之闕。

〔一〇〕醉德，即《詩》所謂飽德之義。

而聖主猶夕惕若厲〔一一〕，懼人未安，乃目極于天，耳下于泉〔一二〕。飛聰馳明，無遠不察，考鬼神之奥，推陰陽之荒。下明詔，班舊章〔三〕，振窮乏〔四〕，散敖倉〔五〕。毁玉沉珠〔六〕，卑宫頹牆。使山澤無間〔七〕，往來相望。帝躬乎天田，后親于郊桑〔八〕。棄末反本〔九〕，人和時康。建翠華兮萋萋〔一〇〕，鳴玉鑾之鉠鉠〔一一〕。游乎昇平之囿，憩乎穆清之堂〔一二〕。天欣欣兮瑞穰穰〔一三〕，巡陵于鶉首之野〔一四〕，講武于驪山之旁〔一五〕。封岱宗兮祀后土，掩粟陸而苞（蕭本作「包」）陶唐〔一六〕。遨游乎崆峒之上〔一七〕，汾（音焚）水之陽〔一八〕，吸沆（下黨切，杭上聲）瀣（音械）之精英〔一九〕，黜滋味之馨香。貴理國其若夢，幾華胥之故鄉〔二〇〕。（自「遨游」以下至「故鄉」三十五字，繆本作「遂遨崆峒之禮，汾水之陽，吸沆瀣之精，黜滋味而貴理國，其若夢華胥之故鄉」三十字）於是元元澹然〔二一〕，不知所在，若群雲從龍，衆水奔海，此真所謂我大君登明堂之政化也。

〔一〕《周易》：君子終日乾乾，夕惕若厲，無咎。王弼注：終日乾乾，至于夕惕猶若厲也。

〔二〕《太玄經》：目上于天，耳下于淵。

〔三〕《東都賦》：申舊章，下明詔。

〔四〕《禮記》：命有司發倉廩，賜貧窮，振乏絶。鄭玄注：振，猶救也。

〔五〕《史記》：敖倉，天下轉輸久矣，臣聞其下乃有藏粟甚多。《正義》曰：敖倉在鄭州滎陽縣西十五里石門之東，北臨汴水，南帶三皇山。秦時置倉于敖山上，故名敖倉。

〔六〕《東都賦》：捐金于山，沉珠于淵。

〔七〕《上林賦》：頽牆填壍，使山澤之民得至焉。劉良注：頽，崩也，言崩去苑牆，以通山澤之利。

〔八〕《東京賦》：躬三推于天田，修帝籍之千畆。吕延濟注：天田，天子之籍田也。何休《公羊傳注》：禮，天子親耕東田千畆，諸侯百畆，后、夫人親西郊采桑，以供粢盛、祭服，躬行孝道以先天下。

〔九〕《東都賦》：遂令海内棄末而反本，背僞而歸真。

〔一〇〕《上林賦》：建翠華之旗。顔師古注：翠華之旗，以翠羽爲旗上葆也。《説文》：萋，草盛也，言旗上之翠羽，萋萋然如草色之鮮縟也。

〔一一〕《楚辭》：鳴玉鸞之啾啾。王逸注：鸞，鸞鳥也，以玉作之，著于衡。《東京賦》：鸞聲噦噦，和鈴鉠鉠。薛綜注：鸞在衡，和在軾，皆以金爲鈴也。鉠鉠，小聲。玉鑾即玉鸞，字異而義同也。

〔一二〕《漢書》：受命于穆清。顔師古注：穆，美也，言天子有美德而政化清也。

〔一三〕《甘泉賦》：瑞穰穰兮委如山。顔師古注：穰穰，多也。

〔一四〕《唐會要》：貞觀式文，春秋仲月，命使巡陵，春則掃除枯朽，秋則芟薙繁蕪。據此，巡陵乃公卿事，文則借爲天子謁陵之稱矣。《漢書》：自井十度至柳三度，謂之鶉首之次，秦之分也。

〔一五〕《一統志》：驪山在陝西臨潼縣東南二里，因驪戎所居，故名。山之麓，温泉所出。《唐書》：開元元年十月癸卯，講武于驪山。驪山固唐時講武之地也。

〔一六〕《周易正義》：女媧氏没，次有大庭氏、柏黄氏、中央氏、栗陸氏、驪連氏、赫胥氏、尊盧氏、混沌氏、皞英氏、有巢氏、朱襄氏、葛天氏、陰康氏、無懷氏，凡十五世，皆襲庖犧氏之號也。苞、包，古字通用。邢昺《論語疏》：《書傳》云：堯年十六，以唐侯升爲天子，遂以爲號，或謂之陶唐氏。《書》曰：惟彼陶唐。《世本》云：帝堯爲陶唐氏。韋昭云：陶、唐皆國名，猶湯稱殷、商也。案經傳，契居商，故湯以商爲國號，後盤庚遷殷，故殷商雙舉。歷檢書傳，未聞帝堯居陶，而以陶冠唐，蓋以二字爲名，所稱或單或複也。

〔一七〕《莊子》：黄帝立爲天子，十九年令行天下，聞廣成子在于崆峒之上，故往見之。

〔一八〕又曰：堯治天下之民，平海内之政，往見四子藐姑射之山，汾水之陽，窅然喪其天下焉。

〔一九〕《楚辭》：飡六氣而飲沆瀣。王逸注：陵陽子《明經》言冬飲沆瀣者，北方夜半氣也。張衡《思玄賦》：餐沆瀣以爲粻。注云：沆瀣，夕霞也。吕向注：沆瀣，露氣也。

〔二〇〕《列子》：黄帝晝寢，而夢游于華胥氏之國。華胥氏之國在弇州之西，台州之北，不知斯齊國幾千萬里，蓋非舟車足力之所及，神游而已。其國無師長，其民無嗜欲，自然而已。不知樂生，不知惡死，故無夭殤。不知親己，不知疏物，故無愛憎。不知背逆，不知向順，故無利害。都無所愛憎，都無所畏忌。入水不溺，入火不熱，斫撻無傷痛，指擿無痟癢。乘空如履實，寢虚若處牀。雲霧不硋其視，雷霆不亂其聽，美惡不滑其心，山谷不躓其步，神行而已。黄帝既寤，怡然自得，召天老、力牧、太山稽，告之曰：「朕閑居三月，齋心服形，思有以養身治物之道，弗獲其術，疲而睡，所夢若此。今知至道不可以情求矣，朕知之矣，朕得之矣，而不能以告若矣。」又二十有八年，天下大治，幾若華胥氏之國。

〔三〕《後漢書》：下爲元元所福。章懷太子注：元元，謂黎庶也。《史記索隱》：《戰國策》云：制海内，子元元。高誘注：元元，善也。又按姚察云：古者謂人云善人也，因善爲元，故云黎元，其言元元者，非一人也。顧野王云：元元，猶喁喁，可憐愛貌。未安其説，聊記異也。《長楊賦》：海内澹然。李善注：澹，安也。李周翰注：謂晏然無事也。

豈比夫秦、趙、吴、楚，爭高競奢，結阿房與叢（蕭本作「崇」）臺〔一〕，建姑蘇及章華〔二〕。非享祀與嚴配〔三〕，徒掩月而凌霞。由此觀之，不足稱也。況瑶臺之巨麗〔四〕，復安可以語哉！

〔一〕《史記》：秦始皇以爲咸陽人多，先王之宫庭小，吾聞周文王都豐，武王都鎬，豐、鎬之間，帝王之都也，乃營作朝宫渭南上林苑中。先作前殿阿房，東西五百步，南北五十丈，上可以坐萬人，下可以建五丈旗。周馳爲閣道，自殿下直抵南山，表南山之巔以爲闕。爲複道，自阿房渡渭，屬之咸陽，以象天極閣道，絶漢抵營室也。阿房宫未成，成，更欲擇令名名之。作宫阿房，故天下謂之阿房宫。《水經注》：叢臺，六國時趙王之臺也。《郡國志》曰：邯鄲有叢臺，故劉劭《趙郡賦》曰「結雲閣于南宇，立叢臺于少陽」也。《一統志》：叢臺在廣平府邯鄲縣北，趙靈王所築，因其叢雜而名。

〔二〕《吳越春秋》：吳王起姑蘇之臺，三年聚材，九年乃成，高見三百里。《吳地記》：姑蘇臺在吳縣西南三十五里，闔閭造，經營九年始成。其臺高三百丈，望見三百里外，作九曲路以登之。《左傳》：楚子成章華之臺。杜預注：臺今在華容城内。《水經注》：離湖在華容縣東七十五里，湖側有章華臺，臺高十丈，基廣十五丈。左丘明曰：楚築臺于章華之上。韋昭以爲章華亦地名也。王與伍舉登之，舉曰：「臺高不過望國之氛祥，大不過容宴之俎豆。」蓋譏其奢而諫其失也。《太平寰宇記》：章華臺在荆州江陵縣東三十里。按《渚宫故事》云：楚靈王所築，臺形三角。

〔三〕《孝經》：孝莫大于嚴父，嚴父莫大于配天。

〔四〕《淮南子》：晚世之時，帝有桀、紂，爲旋室、瑶臺、象廊、玉牀。《新序》：紂作瑶臺，疲民力，殫民財。

敢揚國美，遂作辭曰：

穹（音芎）崇明堂倚天開兮〔一〕，巃嵸（音宗）鴻濛構瓌（音規）材兮，偃蹇坱莽（蕭本作「漭」）邈崔嵬兮〔二〕，周流辟雍岌靈臺兮。赫奕日，噴風雷。宗祀肸蠁，王化弘恢。鎮八荒，通九垓（音該）〔三〕。四門啟兮萬國來，考休徵兮進賢才〔四〕。儼若皇居而作固〔五〕，窮千祀兮悠哉〔六〕！

〔一〕司馬相如《長門賦》：欝並起而穹崇。李善注：穹崇，高貌。

〔二〕《羽獵賦》：鴻濛沆茫。顔師古注：鴻濛沆茫，廣大貌。巃嵸、瓌材、偃蹇，俱已見前注。坱莽，廣遠寥廓之意。《上林賦》：過乎泱漭之野。杜甫《八哀詩》：胡塵昏坱漭。泱漭、坱莽，其義同也。

〔三〕《封禪書》：上暢九垓，下泝八埏。服虔注：垓，重也，天有九重。

〔四〕《東都賦》：登靈臺，考休徵。劉良注：休，美也。徵，應也。

〔五〕張載《劍閣銘》：作固作鎮。

〔六〕左思《魏都賦》：雖踰千祀，而懷舊蘊于遐年。

《古賦辨體》：太白《明堂賦》：從司馬、揚、班諸賦來，氣豪辭豔，疑若過之，論其體格，則不及遠甚。蓋漢賦體未甚俳，而此篇與《大獵賦》，則悦于時而俳甚矣。晦翁云：「白有逸才，尤長于詩，而其賦乃不及魏晉。」斯言信夫。

大獵賦 并序

白以爲賦者，古詩之流〔一〕，辭欲壯麗，義歸博遠（蕭本作「達」）。不然，何以光贊盛美，感天動神〔二〕。

〔一〕班固《兩都賦序》：賦者，古詩之流也。李善注：《毛詩序》曰：詩有六義，二曰賦，故賦爲古詩之流也。

〔二〕子夏《詩序》：動天地，感鬼神，莫近於詩。

而相如、子雲競誇辭賦，歷代以爲文雄，莫敢詆訐。臣謂語其略，竊或褊其用心。《子虛》所言，楚國不過千里，夢澤居其大半，而齊徒吞若八九，三農及禽獸無息肩之地，非諸侯禁淫述職之義也〔一〕。

〔一〕司馬相如《子虛賦》：臣聞楚有七澤，臣之所見，蓋特其小小者耳，名曰雲夢。雲夢者，方九百里。烏有先生曰：齊東渚巨海，南有琅琊，觀乎成山，射乎之罘，浮渤澥，游孟諸，邪與肅慎爲鄰，右以湯谷爲界。秋田乎青丘，徬徨乎海外，吞若雲夢者八九，其於胸中曾不蔕芥。《上林賦》：亡是公曰：夫使諸侯納貢者，非爲財幣，所以述職也。封疆畫界者，非爲守禦，所以禁淫也。從此觀之，齊、楚之事，豈不哀哉！地方不過千里，而囿居九百，是草木不得墾闢，而民無所食也。《周禮》：一曰三農，生九穀。鄭康成注：鄭司農云：三農，平地、山、澤也。玄謂三農，原、澤及平地也。《左傳》：子駟請息肩於晉。杜預注：以負擔喻也。

《上林》云：左蒼梧，右西極〔一〕。考其實，地周袤（音茂）纔經數百〔二〕。

〔一〕《上林賦》：獨不聞天子之上林乎？左蒼梧，右西極，丹水更其南，紫淵經其北。文穎注：蒼梧郡屬交州。在長安東南，故言左。《爾雅》云：西至于豳國，爲西極。在長安西，故言右。

〔二〕《漢書》：武帝廣開上林，東南至宜春鼎湖，御宿昆吾，旁南山，西至長楊、五柞，北繞黄山，濱渭而東，周袤數百里。師古曰：袤，長也。

《長楊》誇胡設網，爲周阹（音區），放麋鹿其中，以搏攫充樂〔一〕。《羽獵》于靈臺之囿，圍經百里，而開殿門〔二〕。當時以爲窮（蕭本作「雄」）壯極麗，迨今觀之，何齷齪之甚也〔三〕。

〔一〕揚雄《長楊賦序》：上將大誇胡人以多禽獸，命右扶風發民入南山，西自褒斜，東至弘農，南驅漢中，張羅網罝罘，捕熊、羆、豪猪、虎、豹、狖、玃、狐、兔、麋、鹿，載以檻車，輸長楊射熊館，以網爲周阹，縱禽獸其中，令胡人手搏之，自取其獲，上親臨觀焉。是時農民不得收斂。雄從至射熊館，還，上《長楊賦》。李善注：李奇曰：阹，遮禽獸圍陣也。

〔二〕揚雄《羽獵賦》：帝將惟田于靈之囿。虎落三嵕，以爲司馬。圍經百里，而爲殿門。

〔三〕《吴都賦》：齷齪而算。張銑注：齷齪，局小貌。

但王者以四海爲家，萬姓爲子〔一〕，則天下之山林禽獸，豈與衆庶異之？而臣以爲不能以大道匡君，示物周博，平文論苑之小，竊爲微臣之不取也。

〔一〕《史記》：天子以四海爲家。《漢書·宣帝紀》：奉承祖宗，子萬姓。《陳書》：太建六年詔：王者以四海爲家，萬姓爲子，一物乖方，夕惕猶厲。

今聖朝園池遐荒，殫窮六合，以孟冬十月大獵于秦，亦將曜威講武〔一〕，掃天蕩野，豈荒淫（繆本作「淫荒」）侈靡，非三驅之意耶〔二〕？臣白作頌，折中厥美〔三〕。

〔一〕《西都賦》：耀威靈而講武事。

〔二〕《周易》：王用三驅，失前禽。《正義》曰：三驅之禮，先儒皆云，三度驅禽而射之也，三度則已。又《漢書》田狩有三驅之制。顏師古注：三驅之禮，一爲乾豆，二爲賓客，三爲充君之庖也。

〔三〕《楚辭》：令五帝以折中。王逸注：折，猶分也。分，明言是與非也。賦意謂分之而求其中，惟茲所頌美，較勝古人也。

其辭曰：

粵若皇唐之契天地而襲氣母兮〔一〕，粲五葉之葳蕤〔二〕。惟開元廓海寓而運斗極兮〔三〕，總六聖之光熙〔四〕。誕金德之淳精兮，漱玉露之華滋〔五〕。文章森乎七曜兮〔六〕，制作參乎兩儀〔七〕，括衆妙而爲師。明無幽而不燭兮〔八〕，澤無遠而不施。慕往昔之三驅兮，須生殺于四時。

〔一〕《莊子》：狶韋氏得之以挈天地，伏羲氏得之以襲氣母。陸德明《音義》：挈，司馬云：要也，得天地要也。崔云：成也。司馬云：襲，入也。氣母，元氣之母也。崔云：取元氣之本。

〔二〕葉，世也。自高祖至玄宗凡五世。葳蕤，草木盛貌，喻言其粲美如草木之盛也。

〔三〕《爾雅》：北戴斗極爲空桐。邢昺疏：斗，北斗也。極者，中宫天極星。其一明者，太乙之常居也，以其居天之中，故謂之極。極，中也。北斗拱極，故曰斗極。《長楊賦》：高祖奉命順斗極，運天關。李善注：服虔曰：隨天斗極星運轉也。《雒書》曰：聖人受命，必順斗極。宋均《尚書中候注》曰：順斗機爲政也。

〔四〕六聖者，高祖、太宗、高宗、武后、中宗、睿宗也。

〔五〕玄宗誕生于八月，故以「金德」「玉露」頌言也。古詩：緑葉發華滋。

〔六〕《初學記》：日月五星，謂之七曜。

〔七〕《河圖括地象》：《易》有太極，是爲兩儀。兩儀未分，其氣混沌。清濁既分，伏者爲天，偃者爲地。傅玄《洪業篇》：神聖參兩儀。

〔八〕劉琨表：陛下明並日月，無幽不燭。

若乃嚴冬慘切，寒氣凜洌〔一〕，不周來風〔二〕，玄冥掌雪〔三〕。木脱葉〔四〕，草解節〔五〕，土囊烟陰〔六〕，火井冰閉〔七〕。是月也，天子處乎玄堂之中〔八〕，滄（音創。繆本作「滄」）八水兮休百工〔九〕，考王制兮遵《國風》〔一〇〕。樂農人之閑隙兮〔一一〕，因校獵而講戎〔一二〕。

〔一〕凜洌，寒氣嚴猛之意。傅咸《神泉賦》：六合蕭條，嚴霜凜洌。

〔二〕《春秋正義》：《易緯通卦驗》云：立冬，不周風至。《史·律書》：不周風居西北，主殺生。

〔三〕《月令》：孟冬之月，其神玄冥。

〔四〕謝莊《月賦》：木葉微脱。

〔五〕《國語》：本見而草木節解。韋昭注：本，氐也，謂寒露之後十日，陽氣盡，草木之枝節皆理解也。

〔六〕宋玉《風賦》：盛怒于土囊之口。李善注：土囊，大穴也。盛弘之《荆州記》曰：宜都佷山縣有山，山有穴，口大數尺爲風井。土囊當此之類也。

〔七〕《華陽國志》：臨邛縣有火井，夜時光映上照。民欲其火，先以家火投之，頃許如雷聲，火燄出，通耀數十里，以竹筒盛其光藏之，可拽行終日不滅。鮑照詩：冰閉寒方壯。

〔八〕《月令》：孟冬之月，天子居玄堂左个。鄭康成注：玄堂左个，北堂西偏也。

〔九〕《説文》：滄，寒也。《三輔黄圖》：關中八水，皆出入上林苑。霸水出藍田谷，西北入渭。滻水亦出藍田谷，北至霸陵入霸。涇水出安定涇陽幵頭山，東至陽陵入渭。渭水出隴西首陽縣鳥鼠同穴山，東北至華陰入河。豐水出鄠縣南山豐谷，北入渭。鎬水在昆明池北。牢水出鄠縣西南，入潦谷，北流入渭。潏水在杜陵，從皇子陂西北流，經昆明池入渭。駱賓王詩：五緯連影集星纏，八水分流横地軸。許景先詩：千門望成錦，八水明如練。皆謂此八水也。《吕氏春秋》：霜始降則百工休。高誘注：霜降天寒，朱漆不堅，故百工休，不復作器。

〔一〇〕《東都賦》：若乃順時節而蒐狩，簡車徒以講武，則必臨之以《王制》，考之以《風》《雅》。李善注：《禮記・王制》曰：天子諸侯，無事則歲三田，田不以禮，曰暴天物。《風》，《國風》《騶虞》、《駟鐵》是也。《雅》，《小雅》《車攻》、《吉日》是也。

〔一一〕《左傳》：春蒐、夏苗、秋獮、冬狩，皆于農隙以講事也。

〔一二〕《漢書・成帝紀》：行幸長楊宫，從胡客大校獵。如淳曰：合軍聚衆，有幡校擊鼓也。《周禮》：校人掌王田獵之馬，故謂之校獵。顔師古曰：如説非也。此校謂以木自相貫穿爲闌校耳。校人職云：六廐成校，是則以遮闌爲義也。校獵者，大爲欄校以遮禽獸而獵取也。軍之幡旗，雖有校名，本因部校，此無豫也。《上林賦》：天子校獵。李奇曰：以五校兵出獵也。李周翰注：校獵，謂出校隊而獵也。

乃使神兵出于九闕〔一〕，天仗羅于四野。徵水衡與林虞〔二〕，辨土物之衆寡。千騎飈（音標）掃，萬乘雷奔。梢扶桑而拂火雲兮〔三〕，括月窟而搜寒（蕭本作「塞」）門〔四〕。赫壯觀于今古，業摇蕩于乾坤。此其大略也。而内以中華爲天心，外以窮髮爲海口〔五〕。豁咽喉以洞開〔六〕，吞荒裔而（繆本作「以」）盡取〔七〕。大章按步以來往〔八〕，夸（音誇）父振策而奔走〔九〕。足跡乎日月之所通，囊括乎陰陽之未有〔一〇〕。

〔一〕陸機《辨亡論》：神兵東驅，奮寡犯衆。九闕，即九門也。謝朓《郊祀曲》：整蹕游九闕，清簫聞八埏。

〔二〕《漢書》：水衡都尉，武帝元鼎二年初置，掌上林苑。應劭注：古山林之官曰衡，掌諸池苑，故稱水衡。張晏注：主都水及上林苑，故曰水衡。《周禮》有山虞、澤虞，皆掌山澤之官。今稱林虞者，變文言之也。

〔三〕扶桑在東方日出之地，詳見《大鵬賦》注。

〔四〕《長楊賦》：西壓月窟。服虔注：月窟，月所生也。《大人賦》：軼先驅于寒門。應劭注：寒門，北極之門也。

〔五〕《莊子》：窮髮之北。李注云：髮，毛也。司馬彪注：北極之下，無毛之地也。

〔六〕咽喉，謂險要扼塞之地。李尤《函谷關銘》：函谷險要，襟帶咽喉。潘岳《西征賦》：胸中豁其洞開。

〔七〕荒裔，荒服諸裔之地。班固《燕然山銘》：鑠王師兮征荒裔。《方言》：裔，夷狄之總名。郭璞

注：邊地爲裔，亦四夷通以爲號也。

〔八〕《淮南子》：禹乃使大章步，自東極至于西極，二億三萬三千五百里七十五步。使豎亥步，自北極至于南極，二億三萬三千五百里七十五步。高誘注：大章、豎亥，善行人，皆禹臣也。

〔九〕《列子》：夸父不量力，欲追日影，逐之于隅谷之際，渴欲得飲，赴飲河、渭，河、渭不足，將走北飲大澤，未至，道渴而死。棄其杖，尸膏肉所浸，生鄧林，鄧林彌廣數千里焉。張協《七命》：夸父爲之投策。策，杖也。顔延之詩：振策睠東路。

〔一〇〕賈誼《過秦論》：囊括四海之意。張晏注：括，結囊也，言其能包含天下也。劉良注：括，盛也，猶囊盛而結之。

君王于是撞鴻鐘〔一〕，發鑾音〔二〕，出鳳闕〔三〕，開宸襟〔四〕，駕玉輅之飛龍〔五〕，歷神州之層岑〔六〕。游五柞（音昨）兮瞰（苦濫切，音勘）三危〔七〕，掞細柳兮過上林〔八〕。攢高牙以總總兮〔九〕，駐華蓋之森森〔一〇〕。于是擢倚天之劍〔一一〕，彎落月之弓。崑崙叱兮可倒，宇宙噫（音呃，又音蔭）兮增雄。河漢爲之卻流，川岳爲之生風。羽毛（繆本作「旄」）揚兮九天絳〔一二〕，獵火燃兮千山紅〔一三〕。

〔一〕《禮記正義》：《尚書傳》曰：天子將出，撞黃鐘之鐘，右五鐘皆應。入則撞蕤賓之鐘，左五鐘皆應。《羽獵賦》：撞鴻鐘，建九旒。

〔二〕《爾雅翼》：有虞氏之輅，謂之鸞車，亦曰鸞輅。《明堂月令》：春則乘之。蔡邕稱以金爲鸞鳥，懸鈴其中，施于衡，爲遲速之節。崔豹《古今注》亦以爲五輅衡上金雀者，朱鳥也，口銜鈴，鈴謂之鑾。《禮》云：衡前朱雀。或謂朱雀者，鸞鳥。以前有鸞鳥，故謂之鸞。鸞口有鈴，故謂之鑾。事一而義異。然則鳥之鸞主形，鈴之鑾主聲。鈴之爲鑾，亦以象鸞鳥之聲爲名耳。

〔三〕《史記》：建章宫，其東則鳳闕，高二十餘丈。《水經注》：《漢武故事》曰：鳳闕高二十丈。《關中記》曰：建章宫圓闕臨北道，有金鳳在闕上，高丈餘，故號鳳闕也。

〔四〕何遜詩：宸襟動時豫，歲序屬涼氛。《釋名》：天子所乘曰玉輅，以玉飾車也。

〔五〕《東都賦》：登玉輅，乘時龍。《南都賦》：駟飛龍兮騤騤。李善注：飛龍，言疾也。

〔六〕《河圖括地象》：崑崙東南，地方五千里，名曰神州。中有五岳地圖，帝王居之。江淹詩：四睇亂層岑。吕延濟注：層，高也。岑，峰也。

〔七〕《三輔黄圖》：五柞宫，漢之離宫也，在扶風盩厔。宫中有五柞樹，因以爲名。五柞皆連抱上枝，覆蔭數畝。《甘泉賦》：攀璇璣而下視兮，行游目乎三危。張銑注：言臺高可攀北斗，下視三危山。《史記正義》：《括地志》云：三危山上有三峰，故曰三危，俗亦名卑羽山，在沙州燉煌縣東南三十里。

〔八〕《上林賦》：登龍臺，掩細柳。郭璞注：細柳，觀名也，在昆明池南。《西京賦》：斜界細柳。薛綜

注：細柳在長安西北。

〔九〕潘岳詩：桓桓梁征，高牙乃建。李善注：牙，牙旗也。薛綜《東京賦注》：兵書曰：牙旗者，將軍之旗。古者天子出，建大牙旗，竿上以象牙飾之，故云牙旗。《甘泉賦》：齊總總撙撙其相膠葛兮。顏師古注：總總撙撙，聚貌也。

〔一〇〕《古今注》：華蓋，黄帝所作也。與蚩尤戰于涿鹿之野，常有五色雲氣，金枝玉葉，止于帝上，有花葩之象，故因而作華蓋也。

〔一一〕宋玉《大言賦》：方地爲車，圓天爲蓋，長劍耿耿倚天外。

〔一二〕《吴都賦》：羽毛揚蕤。吕延濟注：羽毛，旌旗類。揚，動也。蕤，羽毛好貌。《楚辭》：指九天以爲正。王逸注：九天，謂中央八方也。《淮南子》：天有九野，中央曰鈞天，東方曰蒼天，東北方曰變天，北方曰玄天，西北方曰幽天，西方曰皓天，西南方曰朱天，南方曰炎天，東南方曰陽天。班固《燕然山銘》：玄甲耀日，朱旗絳天。

〔一三〕獵火，縱火焚草萊以驅禽獸也。

乃召蚩尤之徒，聚長戟〔一〕，羅廣澤，呵雨師，走風伯〔二〕。稜威耀乎雷霆〔三〕，烜赫震于蠻貊〔四〕。陋梁都之體制，鄙靈囿之規格〔五〕。而南以衡、霍作襟，北以岱、恒（繆本作「常」）作陆（音區，繆本作「祛」）〔六〕。夾東海而爲塹（七豔切，籤上聲）兮〔七〕，拖西冥而流渠〔八〕。麾九州之珍禽兮〔九〕，迴千群以坌（焚上聲）入；〔一〇〕聯八荒之奇獸兮，屯萬族而來居。

〔一〕《藝文類聚》：《龍魚河圖》曰：黄帝攝政時，有蚩尤兄弟八十一人，並獸身人語，銅頭鐵額，食沙石子，造立兵仗刀戟大弩，威震天下，誅殺無道，不仁不慈。萬民欲令黄帝行天子事，黄帝仁義，不能禁止蚩尤，仰天而歎。天遣玄女下授黄帝兵信神符，制伏蚩尤。帝因使之主兵，以制八方。蚩尤殁後，天下復擾亂，黄帝遂畫蚩尤形像，以威天下。天下咸謂蚩尤不死，八方萬邦皆爲躡伏。

〔二〕《風俗通》：飛廉，風伯也。玄冥，雨師也。《搜神記》：風伯者，箕星也，雨師者，畢星也。《龍魚河圖》：太白星主兵凶，其精下爲雨師之神。熒惑星主司非，其精下爲風伯之神。揚雄《河東賦》：呵雨師于西東。

〔三〕《漢書》：威稜憺乎鄰國。李奇曰：神靈之威曰稜。潘勖《册魏公九錫文》：稜威南邁，術以隕潰。

〔四〕烜赫，已見《大鵬賦》注。

〔五〕「梁都」當是「梁鄒」之訛。《東都賦》：制同乎梁鄒，義合乎靈囿。章懷太子注：《魯詩傳》曰：古有梁鄒者，天子之田也。《三輔黄圖》：靈囿，文王囿也。靈者，言文王之有靈德也。在長安縣西四十二里。

〔六〕衡山，南岳也，又謂之岣嶁山，唐時屬江南道衡州衡陽縣。霍山，南岳之副也，又謂之天柱山，唐時屬淮南道舒州懷寧縣。岱，岱宗也，即泰山，唐時屬河南道兗州乾封縣。泰山爲東岳，而此云北者，以天下大勢計之，泰山不在正東而近于東北，故云北也。恒山，北岳也，漢時避文帝諱改稱常山，唐時屬河北道定州恒陽縣。「襟」字以下文「作阹」「爲壍」「流渠」例之，當是「可襟」字之訛。《方言》：襟，格也。《類篇》：今竹木格蓋籬落之屬。若以襟帶義解之，與文義不合。《上林賦》：江河爲阹。郭璞注：因山谷遮禽獸爲阹。蘇林曰：阹，獵者圍陣遮禽獸也。《說文》：阹，依山谷爲牛馬圈也。

〔七〕《廣韻》：壍，遶城水也。

〔八〕西溟，西海也。渠，溝渠也。

〔九〕《書·旅獒》：珍禽奇獸，不育于國。

〔一〇〕坌入，並入也。詳見《明堂賦》注。

雲羅高張〔一〕，天網密布〔二〕。罝（音嗟）罘（音孚，又音浮）綿原〔三〕，峭（音俏）格掩路〔四〕。蠛（音滅）蠓（音蒙，又上聲）過而猶礙〔五〕，蟭螟飛而不度〔六〕。彼層霄與殊榛（音臻，又鋤臻切，音近神）〔七〕，罕翔鳥與伏兔〔八〕。

〔一〕鮑照《舞鶴賦》：掩雲羅而見羈。呂延濟注：雲羅，言羅高及雲也。

〔二〕《易林》：行觸天網，馬死牛傷。

〔三〕鄭康成《禮記注》：獸罟曰罝罘，鳥罟曰網羅。

〔四〕《吴都賦》：峭格周施。呂向注：峭，高也。格，張網之木也。

〔五〕郭璞《爾雅注》：蠛蠓，小蟲似蚋，喜亂飛。

〔六〕《列子》：江浦之間生麽蟲，其名曰蟭螟，群飛而集于蚊睫，弗相觸也，栖宿去來，蚊弗覺也。離朱、子羽方晝拭眥，揚眉而望之，弗見其形。䚡俞、師曠方夜擿耳，俛首而聽之，弗聞其聲。《晏子春秋》：東海有蟲，巢于蚊睫，再乳再飛，而蚊不爲驚。臣嬰不知其名，而東海漁者命曰焦冥。

〔七〕《上林賦》：騰殊榛。張揖注：殊榛，異栟也。顏師古注：殊榛，特立株栟也。張守節注：《爾雅》曰：木叢生爲榛也。殊，異也。《西京賦》：超殊榛。薛綜注：殊，猶大也。

〔八〕《漢書》：上覆飛鳥，下不見伏兔。

從營合技，彌巒被岡〔一〕。金戈森行〔二〕，洗晴野之寒霜。虹旗電掣〔三〕，卷長空之飛雪。吴駿走練〔四〕，宛馬蹀（音疊）血〔五〕。縈衆山之聯綿〔六〕，隔遠水之明滅。

〔一〕《西京賦》：彌皋被岡。薛綜注：彌，猶覆也。

〔二〕謝朓詩：翠葆隨風，金戈動日。

〔三〕劉向《九歎》：褰虹旗于玉門。梁簡文帝《金錞賦》：野曠塵昏，星流電掣。

〔四〕《論衡》：顏淵與孔子俱上魯太山，孔子東南望吴閶門有繫白馬，引顏淵指以示之曰：「若見吴閶門乎？」曰：「見之。」孔子曰：「門外何有？」曰：「有如繫練之狀。」

〔五〕《漢書》：貳師將軍廣利，斬大宛王首，獲汗血馬來。應劭注：大宛舊有天馬種，蹋石汗血，汗從前肩髆出，如血，號一日千里。

〔六〕《西京賦》：繚垣綿聯，四百餘里。薛綜注：綿聯，猶連蔓也。張銑注：綿聯，不絶貌。

使五丁摧峰〔一〕，一夫拔木〔二〕。下整高頽，深平險谷。擺椿（音莊）栝（音忝）〔三〕，開林叢。喤喤呷（呼甲切，喊入聲）呷〔四〕，盡奔突于場中。

〔一〕《華陽國志》：時蜀有五丁力士，能移山舉萬鈞。

〔二〕《楚辭·招魂》：一夫九首，拔木九千些。王逸注：言丈夫一身九頭，强梁多力，從朝至暮，拔大木九千枝也。

〔三〕《韻會》：擺，開也，撥也。椿，杙也。《類編》：栝，木杖也。

〔四〕《吴都賦》：諠譁喤呷。《韻會》：喤呷，衆聲。

而田疆（繆本作「强」）、古冶之疇〔一〕，烏獲、中黃之黨〔二〕。越崢嶸，獵莽蒼〔三〕。喑嗚（繆本作「呼」）哮（音嘐）㘚（音喊）〔四〕，風旋電往。脱文豹之皮〔五〕，抵（音止）玄熊之掌〔六〕。批狻手猱（奴刀切，惱平聲）〔七〕，挾三挈兩〔八〕。既徒搏以角力〔九〕，又揮鋒而爭先〔一〇〕。行甝（音酣）號以鶚（音諤）睨兮〔一一〕，氣赫火而敵烟。拳封貒（音彖）〔一二〕，肘（繆本作「引」）巨狿〔一三〕。梟羊應叱以斃踣（音匐，與仆字同）〔一四〕，猰（音札）貐（音與）亡精而墜巔〔一五〕。或碎腦以折脊〔一六〕，或歕（音噴）髓而（繆本作「以」）飛涎。窮遐荒，蕩林藪，扼土狛（音粕）〔一七〕，殪（音意）天狗〔一八〕。脱角犀頂〔一九〕，探牙角口〔二〇〕。掃封狐于千里，捩（音列）雄虺（音毀）之九首〔二一〕。咋（音責）騰蛇而仰吞〔二二〕，拖奔兕以卻走〔二三〕。

〔一〕《晏子春秋》：田開疆、古冶子事景公，以勇力搏虎聞。

〔二〕趙岐《孟子注》：烏獲，古之有力人也，能移舉千鈞。孫奭《孟子疏》：皇甫士安《帝王世紀》云：秦武王好多力之士，烏獲之徒並皆歸焉。秦王于洛陽舉周鼎，烏獲兩目血出。《西京賦》：乃使中黃之士。李周翰注：中黃，國名，其俗多勇力。《尸子》：中黃伯曰：予左執太行之猱，而右搏彫虎。

〔三〕《莊子》：適莽蒼者三月而反。司馬彪注：莽蒼，近郊之色。崔氏注：草野之色。

〔四〕《韻會》：喑，大呼也。陸機《辨亡論》：哮㘚之群風驅。李周翰注：哮㘚，虎震聲。言兵勇叫之聲若虎之震聲也。

〔五〕《説苑》：晉文公時，翟人有獻封狐文豹之皮者。

〔六〕《説文》：抵，側手擊也。《爾雅翼》：熊，類大豕，人足，黑色，春出冬蟄，輕捷好緣高木，見人自投而下，亦以革厚而筋駑，用此自快，故稱熊經鳥伸。方冬蟄時，惟自舐其掌，故其掌特美。《魯靈光殿賦》：玄熊蚺蜦以齗齗。

〔七〕《韻會》：批，手擊也。狻有二義：一音酸，乃獅子之名，《爾雅》狻麑如「虦貓，食虎豹」者是也。一借用，音俊，又音逡，又音詮，乃狡兔之名，《戰國策》「東郭逡者，海内之狡兔也」。或作㕙，亦有作狻者，此賦與猱類用，而繼之以「挾三挈兩」，是可用之于幺麽之獸，而難以試之雄猛之獅，當作兔解爲當。陸璣《詩疏》：猱，獼猴也，楚人謂之沐猴，老者爲玃，長臂者爲猿。

〔八〕《説文》：挾，俾持也。挈，懸持也。

〔九〕《西都賦》：脱角挫脰，徒搏獨殺。章懷太子注：徒，空也，謂空手搏殺之也。《爾雅》曰：暴虎，徒搏也。

〔一〇〕張協《七命》：舉戈林竦，揮鋒電滅。

〔一一〕《爾雅》：甝，白虎。《宋書》：接衝拔距，鷹瞵鶚視。言獵徒勇健，其聲猛如虎之號，其視精如鶚之睆也。

〔一二〕《廣韻》：貒，野豚也。《字林》：貒，獸似豕而肥。

〔一三〕《西京賦》：鼻赤象，圈巨狿。薛綜注：巨狿，麈也，怒走者爲狿。

〔一四〕郭璞《爾雅注》：狒狒，梟羊也。《山海經》曰：其狀如人面，長脣，黑身，有毛反踵，見人則笑。交、廣及南康郡山中多有此物，大者長丈許，俗呼之曰山都。

〔一五〕《爾雅》：貏貐，類貙，虎爪，食人，迅走。《述異記》：貏貐，獸中最大者，龍頭馬尾虎爪，長四百尺，善走，以人爲食。遇有道君即隱藏，無道君即出食人。

〔一六〕《淮南子》：雲臺之高，墮者折脊碎腦。

〔一七〕《漢書》：力扼虎。顏師古注：扼，謂捉持也。《説文》：狛，如狼，善驅羊。《古賦辨禮》：狛，似狼有角。

〔一八〕《韻會》：殪，殺也。《山海經·西山經》曰：陰山有獸焉，其狀如狸而白首，名曰天狗，其音如榴榴，可以禦凶。《大荒西經》曰：大荒之中，金門之山有赤犬，名曰天犬，其所下者有兵。郭璞注：《周書》云：天狗所止，地盡傾，餘光燭天爲流星，長十數丈，其疾如風，其聲如雷，其光如電。吴、楚七國反時，吠過梁國者是也。

〔一九〕《埤雅》：犀，形似水牛，大腹卑腳，腳有三蹄，黑色。三角，一在頂上，一在額上，一在鼻上，鼻上者即食角也。亦有一角者。犀亦絶愛其角，墮角即自埋之。《交州記》曰：犀有二角，鼻上角長，額上角短。或曰，三角者水犀也，二角者山犀也。

〔二〇〕《爾雅翼》：象，南越之大獸，獸之最大者。形體特詭，三歲一乳，其身倍數牛，而目不踰豕，鼻長六七尺，大如臂。其牙長一尺。每雷震，必倉卒間似花暴出，逡巡隱没。其齒歲脱，猶愛惜之，掘地而藏焉。削木爲僞齒，潛往易之，覺則不藏故處。

〔二一〕《楚辭》：蝮蛇蓁蓁，封狐千里些。雄虺九首，往來儵忽，吞人以益其心些。王逸注：封狐，大狐也。大狐健走千里。雄虺一身九頭。捩，紾也。

〔二二〕咋，嚙也。郭璞《爾雅注》：螣蛇，龍類也，能興雲霧而游其中。

〔二三〕《通志略》：兕，如野牛，青色，重千斤，一角長三尺餘，形如馬鞭柄。其皮堅厚，可製鎧。陳琳《與魏文帝書》：駭鯨之決細網，奔兕之觸魯縞。

君王于是峨通天〔一〕，靡星旃（音饘）〔二〕，奔雷車，揮電鞭〔三〕，觀壯士之效獲，顧三軍而欣然曰：夫何神抶（音叱，繆本作「挾」）鬼摽（音鰾）之駭人也〔四〕！又命建夔鼓〔五〕，勵武卒〔六〕。雖躪（音吝）轢（音歷，繆本作「躒」）之已多〔七〕，猶拗（音郁）怒而未歇〔八〕。集赤羽兮照日〔九〕，張烏號兮滿月〔一〇〕。戎車轞（音檻）轞以陸離〔一一〕，彀（音姤）騎煌煌而奮發〔一二〕。鷹犬之所騰捷，飛走之所蹉蹶。攫麏（音均）麚（音加）之咆哮〔一三〕，蹂豺貉（音鶴）以挂格〔一四〕。膏鋒染鍔（音諤），填巖掩窟。觀殊材與（諸本皆作「舉」，今從《唐文粹》本校正）逸群〔一五〕，尚揮霍以出没〔一六〕。

〔一〕蔡邕《獨斷》：天子冠通天冠。《後漢書》：通天冠，高九寸，正竪，頂少邪卻，乃直下爲鐵卷梁，前有山，展筩爲述，乘輿所常服。《唐書·禮樂志》：通天冠者，冬至受朝賀、祭還燕群臣、養老之服也，二十四梁，附蟬十二，首施珠翠、金博山、黑介幘、組纓、翠緌、玉犀簪導。

〔二〕琦按：《子虛賦》：靡魚須之橈旃。「靡」字本此。靡，偃也。方獵而偃其旗者，即《王制》「天子殺則下大綏」之義。《廣韻》：旃，曲柄旗，以招衆士也。《羽獵賦》：立歷天之旗，曳捎星之旃。吕向注：言旗旃之高，歷拂于天星也。

〔三〕揚雄《河東賦》：奮電鞭，驂雷輜。顔師古注：《淮南子》云：電以爲鞭策，雷以爲車輪。雄用此言也。

〔四〕《羽獵賦》：神抶電擊。顔師古注：言所抶擊如鬼神雷電也。李善注：《埤蒼》曰：抶，笞擊也。《廣韻》：摽，擊也。

〔五〕《山海經》：東海中有流波山，其上有獸，狀如牛，蒼身而無角，一足，出入水則必風雨。其光如日月，其聲如雷。其名曰夔。黄帝得之，以其皮爲鼓，撅以雷獸之骨，聲聞五百里，以威天下。

〔六〕《漢書》：魏氏武卒，衣三屬之甲，操十二石之弩，負矢五十个，置戈其上，冠胄帶劍，贏三日之糧，日中而趨百里，中試則復其户，利其田宅。

〔七〕《上林賦》：徒車之所躪轢。郭璞曰：躪，踐也。轢，蹍也。

〔八〕《西都賦》：蹂躪其十二三，乃拗怒而少息。李善注：拗，猶抑也。

〔九〕《家語》：白羽若月，赤羽若日。

〔一〇〕《子虚賦》：左烏號之雕弓，右夏服之勁箭。《史記索隱》：張揖云：黄帝乘龍上仙，小臣不得上，挽持龍髯，髯拔，墮黄帝弓，群臣抱弓而號，故名弓烏號。見《封禪書》及《郊祀志》。又《韓詩外傳》云：弓工之妻曰：「此弓是泰山南烏號之柘。」案《淮南子注》云：楚有柘桑，其材堅勁，烏棲其上，將飛枝勁復起摽，烏號呼其上。伐取其材爲弓，因曰烏號。《古史考》、《風俗通》皆同此説也。

〔一一〕《詩·小雅》：戎車嘽嘽。《韻會》：轞，車聲，通作檻。《詩·國風》：大車檻檻。毛傳曰：檻，車行聲也。《上林賦》：先後陸離。顔師古注：陸離，分散也。

〔一二〕《史記》：彀騎萬三千。《索隱》曰：如淳云：彀騎，張弓之騎也。《毛詩傳》：煌煌，明也。

〔一三〕《楚辭》：白鹿麏麚兮，或騰或倚。朱子注：麏，麞也。按《韻會》，麏即麕字。《埤雅》：麞，麕也，齊人謂麕爲麞。麞如小鹿而美，或曰麞性善驚，蓋麕鹿皆健駭，而麕膽尤怯，飲水見影輒奔。道書曰：麞鹿無魂。又曰麞鹿白膽善怖，爲是故也。《説文》：麚，牡鹿，以夏至解角。

〔一四〕《埤雅》：豺，似狗而長尾白頰，高前廣後，其色黄。季秋取獸四面陳之，以祀其先世，謂之豺祭獸，故先王候之以田。貉，似貍，善睡，其營窟與貛皆爲曲穴，以避雨暘，亦以防患。

〔一五〕殊材、逸群，指獸之健捷者而言。

〔一六〕揮霍，謂飛走亂急也。

別有白貓（音眉）、飛駿〔一〕，窮奇、貙（音樞）貙（音瞞，蕭本作「貙」）〔二〕。牙若（蕭本作「如」）錯劍，鬣如叢竿。口吞殳（音殊）鋋〔三〕，目極槍櫓〔四〕。碎琅（音郎）弧，攫玉弩〔五〕，射猛彘，透奔虎〔六〕。金鏃一發，旁疊四五〔七〕。雖鑿齒磨牙而致伉，誰謂南山白額之足覿〔八〕。

〔一〕白貓、飛駿，俱未詳。

〔二〕《山海經》：邽山，其上有獸焉，其狀如牛，蝟毛，名曰窮奇，音如嘷狗，是食人。《爾雅》：貙獌，似狸。郭璞注：今山民呼貙虎之大者爲貙豻。邢昺疏：《字林》云：貙，似狸而大，一名獌。《釋文》云：獌，一作貙。是貙貙即貙獌也。《韻會》：《説文》：貙獌，似狸者能捕獸祭天。陸佃云：虎五指爲貙。

〔三〕《吴都賦》：干鹵殳鋋。張銑注：殳鋋，戈類也。《廣韻》：殳，兵器，長一丈二尺，無刃。鋋，小矛也。

〔四〕槍，矟也。櫓，大盾也。

〔五〕琅弧、玉弩者，以玉石飾弧、弩之上爲觀美也。

〔六〕《魯靈光殿賦》：奔虎攫挐以梁倚。

〔七〕《爾雅》：金鏃翦羽謂之鍭。邢昺疏：鏃，箭頭也。魏文帝詩：發機若雷電，一發連四五。

〔八〕《長楊賦》：鑿齒之徒，相與磨牙而爭之。服虔曰：鑿齒，齒長五尺似鑿，亦食人。伉，即抗也，古字通用。《晉書・周處傳》以南山白額虎爲三害之一。白額虎，蓋虎之老者，力雄勢猛，人所難禦。今以鑿齒磨牙之怪獸，尚能與之相抗而不懼，彼南山白額虎，又焉在目中耶？深狀獵士之勇。

總八校（音效）〔一〕，搜四隅，馳專諸〔二〕，走都盧〔三〕。趫（音蹺）喬林〔四〕，撇（音僻）絶壁〔五〕，抄獑（音讒）猢〔六〕，攬貊（音麥）⿰犭國〔七〕。囚鼬（音又）鼯于峻崖〔八〕，頓縠（音忽，蕭本作豰）玃（音覺）于穹石〔九〕。養由發箭〔一〇〕，奇肱飛車〔一一〕，巧聒更嬴〔一二〕，妙兼蒱且〔一三〕。墜鸀（音燭）鳿（音玉）于青雲〔一四〕，落鴻雁于紫虛。捎（音筲）鶬鶻（音斛，蕭本作「鵠」）〔一五〕，漂鸕鷀〔一六〕，彈地盧與神居〔一七〕。斬飛鵬于日域〔一八〕，摧大鳳于天墟（音區）〔一九〕。龍伯釣其靈鼇〔二〇〕，任公獲其巨魚〔二一〕。窮造化之譎詭〔二二〕，何神怪之有餘。

〔一〕《漢書》：中壘校尉、屯騎校尉、步兵校尉、越騎校尉、長水校尉、胡騎校尉、射聲校尉、虎賁校尉，凡八校尉，皆武帝初置。《通典》：漢武帝初，置中壘、屯騎、步兵、越騎、長水、胡騎、射聲、虎賁等校尉，爲八校。《文獻通考》：漢八校尉領禁衛諸軍，皆尊顯之官。

〔二〕《吴越春秋》：勇士專諸，堂邑人也。碓顙而深目，虎膺而熊背。

〔三〕《漢書・地理志》有都盧國。顔師古注：都盧國人勁捷善緣高，故張衡《西京賦》曰「烏獲扛鼎，都盧尋橦」，又曰「非都盧之輕趫，孰能超而究升」也。《西域傳》：作巴俞都盧之戲。李奇曰：都盧，體輕善緣者也。

〔四〕《廣韻》：趫，緣木也。

〔五〕《韻會》：撇，略也，引也。

〔六〕抄，與鈔同。《説文》：鈔，叉取也。徐鉉曰：今俗别作抄。《上林賦》：獑胡豰蛫。張揖曰：獑胡，似獮猴，頭上有髦，腰以後黑。薛綜《西京賦注》：獑猢，猿類而白，腰以前黑，在木表。陸璣《詩疏》：猿之白腰者爲獑胡，獑胡駿捷于獮猴，其鳴噭噭而悲。《太平御覽》：《蜀地志》曰：僰道有獸名獑猢，似猴而四足短，爲獸奇捷，常在樹上，欻然騰躍，可一百五十步，若迅鳥之飛。取此皮爲狐白之用，盈百方成。

〔七〕《説文》：攬，撮持也。劉逵《三都賦注》：貊獸，毛黑白臆，似熊而小，以舌舐鐵，須臾便數十斤，出建寧郡。章懷太子《後漢書注》：《南中八郡志》曰：貊大如驢，狀頗似熊，多力，食鐵，所觸無不拉。《廣志》曰：貊，色蒼白，其皮温暖。獑，音義俱無考。

〔八〕《説文》：囚，繫也。郭璞《爾雅注》：鼬，似鼦，赤黄色，大尾，啖鼠，江東呼爲鼪。《埤雅》：鼬鼠健于捕鼠，今俗謂之鼠狼。郭璞《爾雅注》：鼯鼠狀如小狐，似蝙蝠，肉翅，翅尾項脅毛紫赤色，背上蒼艾色，腹下黄，喙頷雜白，腳短爪長，尾三尺許，飛且乳，亦謂之飛生。聲如人呼，食烟火，能從高赴下，不能從下上高。《西都賦》：超迴壑，越峻崖。

〔九〕頓，僵也，仆也。《史記索隱》：郭璞曰：豰似鼬而大，腰以後黄，一名黄腰，食獮猴。《爾雅》：玃父善顧。郭璞注：猳玃也，似獮猴而大，色蒼黑，能攫持人，好顧盼。邢昺疏：大猨也。《説文》：玃，母猴也。《上林賦》：觸穹石。張揖注：穹石，大石也。

〔一〇〕《漢書》：養由基，楚之善射者也，去楊葉百步，百發百中，楊葉之大加百中焉，可謂善射矣。

〔一一〕《博物志》：奇肱國民，能爲飛車，從風遠行。湯時，西風至，吹其車至豫州，湯破其車，不以視民。後十年，東風至，乃復作車，遣反其國，去玉門關四萬里。

〔一二〕《戰國策》：更嬴與魏王處京臺之下，謂魏王曰：「臣爲王引弓虚發而下鳥。」魏王曰：「射可至此乎？」更嬴曰：「可。」有間，雁從東方來，更嬴以虚發而下之。王曰：「然則射可至此乎？」更嬴曰：「此孽也，其飛徐而鳴悲。飛徐者，故瘡痛也。鳴悲者，久失群也。故瘡未息，驚心未忘，聞絃音烈而高飛，故瘡隕也。

〔一三〕《淮南子》：蒲且子之連鳥於百仞之上。高誘注：蒲且子，楚人，善弋射者。蒱、蒲通用。

〔一四〕《史記正義》：鸀鳿，郭云：似鴨而大，長頸赤目，紫紺色，辟水毒。晉灼《漢書注》：屬玉，水鳥，似鵁鶄。

〔一五〕《韻會》：捎，取也，掠也。《子虚賦》：雙鶬下。顔師古注：鶬，鶬鴰也，今關西呼爲鴰鹿，山東通謂之鶬鴰，俗名爲錯落。錯落者，言鶬聲之急耳。又謂之鴰將。鴰鹿、鴰將，皆象其鳴聲也。《史記正義》：司馬彪云：鶬似雁而黑，亦呼爲鶬括。《韓詩外傳》云：胎生也。按《本草》：鶬者，水鳥也，食于田澤洲渚之間，大如鶴，青蒼色，亦有灰色者，頂無丹，兩頰紅，長頸高腳，群飛。《爾雅》謂之麋鴰，關西呼曰鴰鹿，山東呼曰鶬鴰，南人呼爲鶬雞，江人呼爲麥雞。天將霜，鶬先知而鳴，不過旬日而霜下。鵠者，今謂之天鵝。《禽經》云鵠鳴哠哠，故謂之鵠。身大于雁，羽毛白澤，所謂鵠不日浴而白也。亦有黄鵠、丹鵠，其翔極高而善步，所謂黄鵠一舉千里是也。湖、海、江、漢之間皆有之。

〔一六〕漂，當作摽，擊也。《埤雅》：鸕鷀，水鳥，似鶂而黑，一名鷧。嘴曲如鉤，食魚，入喉則爛，其熱如湯，其骨主哽及噎，蓋以類推之者也。此鳥吐而生子，《神農書》所謂「鸕鷀不卵生，口吐其雛，獨爲一異」是也。楊孚《異物志》云：鸕鷀能没于深水，取魚而食之，不生卵而孕雛于池澤間，既胎而又吐生，多者生七八，少生五六，相連而出，若絲緒焉。水鳥而巢高樹之上。《上林賦》：煩鶩鷛鷞。《漢書》作庸渠。郭璞曰：庸渠似凫，灰色而雞腳，一名章渠。顔師古曰：庸渠，即今之水雞也。

〔一七〕彈當作殫，盡也。《魏都賦》：天宇駭，地廬驚。木華《海賦》：惟神是宅，亦祇是廬。劉良注：宅，居也，言神祇之所居處。

〔一八〕《長楊賦》：東震日域。顔師古注：日域，日所出之處也。

〔一九〕大鳳，非瑞鳥之鳳也。若是瑞鳥之鳳，則下文有「解鳳凰與鸑鷟」之語，而此又云「摧大鳳」，不但重複，兼亦自相矛盾。考楊升庵《字説》引《通史》：繳大鳳于青丘，戮修蛇于洞庭。「大鳳」作

「大風」云云。是古書先有以「大風」爲「大鳳」者，而太白因之歟？《淮南子》云：堯之時，猰貐、鑿齒、九嬰、大風、封豨、修蛇，皆爲民害。堯乃使羿誅鑿齒于疇華之野，殺九嬰于凶水之上，繳大風于青丘之澤，下殺猰貐，斷修蛇于洞庭，擒封豨于桑林。夫大風與猰貐、鑿齒、封豨、修蛇並稱，是亦物類中之凶怪者。而高誘注云「大風，風伯也，能壞人屋舍」，則又以爲神名矣。《風俗通》云：飛廉，風伯也。《漢書音義》：應劭曰：飛廉，神禽，能致風氣者也。晉灼曰：身似鹿，頭如爵，有角而蛇尾，文如豹文。豈大風即飛廉之神鳥，而因以訛爲風伯歟？姑廣其說，以俟知者。升庵又引内典，「鳳」當作「鳳」，中從馬，非鳳凰之鳳。然「鳳」字他書不載，恐未足據。《海賦》：北灑天墟。李善注：《爾雅》曰：北陸天墟。今《爾雅》本云：北陸，虚也。與李所引不同。

〔三〇〕龍伯國人釣得六鼇，詳見《悲清秋賦》注。

〔三一〕任公子獲東海大魚，詳見《大鵬賦》注。

〔三二〕《東京賦》：瑰異譎詭。薛綜注：譎詭，變化也。

所以噴血流川，飛毛灑雪，狀若乎高天雨獸〔一〕，上墜於大荒；又似乎積禽爲山，下崩於林穴。陽烏沮色於朝日，陰兔喪精於明月〔二〕。思騰裝上獵於太清〔三〕，所恨穹昊於路絶〔四〕。而忽也，莫不海晏天空〔五〕，萬方來同〔六〕。雖秦皇與漢武兮，復何足以爭雄。

〔一〕《子虛賦》：獲若雨獸，掩草蔽地。

〔二〕梁元帝《晉安寺碑銘》：峰下陽烏，林生陰兔。陽烏，詳見《明堂賦》注。

〔三〕枚乘《七發》：如三軍之騰裝。李善注：裝，束也。

〔四〕《封禪書》：肇自顥穹生民。顏師古注：顥穹，皆謂天也。顥，言氣顥汗也。穹，言形穹窿也。

〔五〕《禮斗威儀》：君乘土而王，其政太平，則河海夷晏。海晏天空，見天地清平之意。

〔六〕《詩·魯頌》：淮夷來同。

俄而君王茫然改容，愀然有失〔一〕，於居（繆本少「居」字）安思危〔二〕，防險戒逸，斯馳騁以狂發〔三〕，非至理之弘術。且夫人君以端拱爲尊，玄妙爲寶〔四〕。暴殄天物〔五〕，是謂不道。乃命去三面之網〔六〕，示六合之仁。已殺者皆其犯命，未傷者全其天真。雖剪毛而不獻〔七〕，豈割鮮以焠（音近翠，繆本作「淬」）輪〔八〕。解鳳凰與鸑（音岳）鷟（音浞）兮〔九〕，旋騶虞與麒麟〔一〇〕。獲天寶于陳倉〔一一〕，載非熊于渭濱〔一二〕。

〔一〕《上林賦》：天子芒然而思。顏師古注：芒然，猶罔然也。又《上林賦》：愀然改容，超若自失。李善注：郭璞曰：愀然，變色貌。

〔二〕《左傳》：《書》曰：居安思危，思則有備，有備無患。

〔三〕《老子》：馳騁田獵，令人心發狂。

〔四〕《道德指歸論》：窅然獨存，玄妙獨處。

〔五〕《尚書》：暴殄天物，害虐烝民。《禮·王制》：無事而不田曰不敬，田不以禮曰暴天物。《正義》曰：田獵不以其禮，殺傷過多，是暴害天之所生之物也。

〔六〕《史記》：湯出，見野張網四面，祝曰：「自天下四方，皆入吾網。」湯曰：「嘻，盡之矣。」乃去其三面，祝曰：「欲左，左；欲右，右；不用命，乃入吾網。」諸侯聞之曰：「湯德至矣，及禽獸。」

〔七〕毛萇《詩傳》：面傷不獻，剪毛不獻。《正義》曰：面傷不獻者，謂當面射之。剪毛不獻者，謂在旁而逆射之。二者皆爲逆射。不獻者，嫌誅降之意。

〔八〕《子虛賦》：割鮮染輪。李奇曰：鮮，生也。染，擩也。切生肉擩車輪，鹽而食之也。吕向注：鮮，牲也，謂割牲之血，染於車輪也。又《子虛賦》：脟割輪焠。韋昭曰：焠，謂割鮮焠輪也。郭璞曰：焠，染也。顏師古注：焠，亦揾染之義，言臠割其肉揾車輪，鹽而食之。

〔九〕《埤雅》：鳳，神鳥也，俗呼鳥王。羽蟲三百六十，而鳳爲之長。鴻前麟後，蛇頸魚尾，鸛顙鴛思，龍文龜背，燕頷雞喙，五色備舉，出東方君子之國，翱翔四海之外，過崑崙，飲砥柱，濯羽弱水，暮宿風穴，見則天下大安寧。舊云：鳳凰，其翼若干，其聲若簫，不啄生蟲，不折生草，不群居，不旅行，不罹羅網，非梧桐不棲，非竹實不食，非醴泉不飲。《詩》曰：鳳凰鳴矣，於彼高岡。梧桐生矣，於彼朝陽。此之謂也。陸璣《詩疏》：雄曰鳳，雌曰凰，其雛爲鸑鷟。《説文》：鸑鷟，鳳屬神鳥也。江中有鸑鷟，似鳧而大，赤目。張華《禽經注》：鳳之小者曰鸑鷟，五彩之文，三歲始備。

〔一〇〕《埤雅》：騶虞，尾參于身，白虎黑文，西方之獸也。王者有至信之德，則應。不踐生草，食自死之肉。傳曰白虎仁，即此是也。夫其色見於白，其文見於黑，又義獸也，而名之曰虎，則宜只以殺爲事，今反不履生草，食自死之肉，蓋仁之至也。故序《詩》者曰仁如騶虞，則王道成也。《山海經》曰：騶虞，五采畢具，尾長於身，乘之日行千里。陸璣《詩疏》：麟，麕身牛尾，馬足，黄色圓蹄，一角，角端有肉，音中鐘吕，行中規矩，游必擇地，詳而後處，不履生蟲，不踐生草，不群居，不侣行，不入陷阱，不罹羅網，王者至仁則出。《史記索隱》：張揖云：雄曰麒，雌曰麟，其狀麇身牛尾狼蹄，一角。郭璞云：麒似麟而無角。京房傳云：麟有五采，腹下黄色。

〔一一〕《羽獵賦》：追天寶。應劭注：天寶，陳寶也。晉灼注：天寶，雞頭而人身。《太康記》曰：秦文公時陳倉人獵得獸，若彘而不知其名。道逢二童子曰：「此名糟弗述。」糟弗述亦語曰：「彼二童子名爲寶雞。得雄者王，得雌者霸。」陳倉人舍糟弗述，逐二童子，化爲雉，雌止陳倉，化爲石，雄如楚，止南陽。

〔一二〕《搜神記》：吕望釣於渭陽，文王出游獵，占曰：「今日獵得一狩，非龍非螭，非熊非羆，合得帝王師。」果得太公於渭之陽，與語大悦，同車載而還。

於是享獵徒，封勞苦，軒行炰（音庖，繆本作「庖」），騎酌酤（音顧）〔一〕，韜兵戈，火網罟〔二〕。

〔一〕《西都賦》：陳輕騎以行炰，騰酒車以斟酌。《説文》：炰毛，炙肉也。酤，一宿酒也。

〔二〕蕭士贇曰：韜，藏也。火，焚也。以示不用意。

然後登九霄之臺〔一〕，宴八紘（音洪）之圃〔二〕。開日月之扃（音近窮）〔三〕，闢生靈之户。聖人作而萬物覩〔四〕，覽蒐（音搜）岐與狩敖（繆本作「蒐敖與狩岐」），何宣、成之足數〔五〕。哂穆王之荒誕，歌白雲之西母〔六〕。

〔一〕九霄，詳見《明堂賦》注。

〔二〕《淮南子》：九州之外，乃有八殥，方千里。八殥之外，乃有八紘，亦方千里。高誘注：紘，維也，維落天地而爲之表，故曰紘也。

〔三〕《説文》：扃，外閉之關也。徐曰：古人言外户是也。

〔四〕《周易》：聖人作而萬物覩。

〔五〕《左傳》：成有岐陽之蒐。杜預注：周成王歸自奄，大蒐於岐山之陽。岐山在扶風美陽縣西北。《詩·小雅》：建旐設旄，搏獸於敖。美宣王田獵之詩也。《東京賦》：搏獸於敖，既瑣瑣焉，岐陽之狩，又何足數。薛綜注：敖，鄭地，今之河南滎陽也，謂宣王所狩之地。岐陽，岐山之陽，謂成王所狩之地。

〔六〕《穆天子傳》：吉日甲子，天子賓於西王母，乃執白圭元璧以見西王母，好獻錦組百純，組三百純，西王母再拜受之。乙丑，天子觴西王母於瑶池之上，西王母爲天子謡曰：「白雲在天，山陵自出。道里悠遠，山川間之。將子無死，尚能復來。」天子答之曰：「予歸東土，和治諸夏。萬民平均，吾顧見汝。比及三年，將復而野。」

曷若飽人以淡泊之味，醉時以淳和之觴，鼓之以雷霆，舞之以陰陽。虞乎神明，狃於道德〔一〕。張無外以爲罝〔二〕，琢大朴以爲杙〔三〕。頓天網以掩之〔四〕，獵賢俊以御極。若此之狩，罔有不克。

〔一〕虞，樂也。狃，習也。

〔二〕《公羊傳》：王者無外。蓋謂普天之下，莫非王者之土，無有内外之分也。

〔三〕《韻會》：杙，《説文》：橜也。本作弋，今作杙，所以格獸。

〔四〕曹植《與楊德祖書》：吾王于是設天網以該之，頓八紘以掩之。《北史·儒林傳》：隋文膺期纂曆，平一寰宇。頓天網以掩之，賁旌帛以禮之。

使天人晏安，草木繁殖（繆本作「植」）〔一〕。六宮斥其珠玉〔二〕，百姓樂于耕織。寢鄭、衞之聲〔三〕，卻靡曼之色〔四〕。天老掌圖〔五〕，風后侍側〔六〕。是三階砥（音紙，又音底）平〔七〕，而皇猷允塞〔八〕。豈比夫《子虛》、《上林》、《長楊》、《羽獵》，計麋鹿之多少，誇苑囿之大小哉！

〔一〕《史記》：節事以時，諸産繁殖。《韻會》：繁殖，滋生也。

〔二〕《周禮》：以陰禮教六宮。鄭康成注：婦人稱寢曰宮。宮，隱蔽之言。后象王，立六宮而居之，正寢一，燕寢五。又曰：詔王后率六宮之人。鄭康成注：六宮之人，夫人以下，分居后之六宮者。《舊唐書》：開元二年六月，内出金玉錦繡等服玩，令于正殿前焚之，所謂六宮斥其珠玉，在當時實有其事矣。然玩全節文義，概是獎勸其當然之詞，非頌美其已行之政，不當作實事解。

〔三〕《禮記》：鄭、衞之音，亂世之音也。

〔四〕《漢書》：目不視靡曼之色。靡，細也。曼，澤也。靡曼之色，謂色之美者也。

〔五〕高誘《淮南子注》：黄帝云：夢見兩龍挺白圖，即帝以授于河之都。天老曰：「天其授帝圖乎？」黄帝乃齋河洛之間，至于翠嬀泉，大鱸魚泝溜而至，汎白圖，蘭葉朱文，以授黄帝，舒視之。

〔六〕《史記正義》：《帝王世紀》曰：黄帝夢大風吹天下之塵垢皆去，帝寤而歎曰：「風爲號令，執政者也。垢去土，后在也。天下豈有姓風名后者哉？」于是依占而求之，得風后于海隅，登以爲相。《晉書·職官志》：案黄帝時風后爲侍中，于周爲常伯之任。

〔七〕三階，即三台星也。三階平則天下大安。詳《明堂賦》注。《魏都賦》：長庭砥平。喻言其平如砥也。

〔八〕《魏書》：帝道休明，皇猷允塞。皇猷，皇道也。允，信也。塞，滿也。言皇道信塞滿于天下也。

方將延榮光於後昆〔一〕，軼（音逸）玄風於邃（音粹）古〔二〕，擁嘉瑞，臻元符〔三〕，登封於太山，纂德於社首，豈與乎七十二帝同條而共貫哉〔四〕？

〔一〕延，施及也。榮，榮名也。光，光華也。即《長楊賦》所謂「延光比榮」之意。後昆，後代也。《書·仲虺之誥》：垂裕後昆。

〔二〕軼，過之也。玄風，玄妙之風。《宋書》：將洒玄風於四區，道斯民於至德。《楚辭》：遂古之初，誰傳道之？王逸注：遂，往也。邃古、遂古，義同。

〔三〕班固《典引》：以望元符之臻。章懷太子注：元，大也。符，瑞也。《長楊賦》：俟元符以禪梁父之基，增泰山之高，延光于將來，比榮于往號。

〔四〕《漢書》：管仲曰：古者封泰山、禪梁父者七十二家，而夷吾所記者十有二焉。昔無懷氏封泰山，禪云云。虙羲封泰山，禪云云。神農氏封泰山，禪云云。炎帝封泰山，禪云云。黄帝封泰山，禪亭亭。顓頊封泰山，禪云云。帝嚳封泰山，禪云云。堯封泰山，禪云云。舜封泰山，禪云云。

禹封泰山，禪會稽。湯封泰山，禪云云。周成王封泰山，禪於社首。《風俗通》：封太山。封者，立石高一丈二尺，刻之曰：「事天以禮，立身以義，事父以孝，成名以仁。四守之内，莫不爲郡縣。四夷八蠻，咸來供職，與天下無極。人民蕃息，天禄永得。」祭上玄尊而俎生魚。壇廣十二丈，高三尺，階三等，必於其上，示增高也。刻石紀號，著己績也。或曰：金泥銀繩，印之璽下。篆德，謂篆刻于石，以頌功德也。應劭曰：社首，山名，在博縣。《元和郡縣志》：社首山，在兖州乾封縣西北二十六里。《漢書》：夫帝王之道，豈不同條共貫歟？

君王于是迴蜺旌〔一〕，反鑾輿〔二〕。訪廣成於至道〔三〕，問大隗（音危）之幽居〔四〕。使罔象掇玄珠於赤水〔五〕，天下不知其所如也〔六〕。

〔一〕《上林賦》：拖霓旌。張揖注：析羽毛，染以五采，綴以縷爲旌，有似虹蜺之氣也。

〔二〕《西都賦》：乘鑾輿，備法駕。

〔三〕《莊子》：黄帝立爲天子十九年，令行天下，聞廣成子在于空同之上，故往見之曰：「我聞吾子達于至道，敢問至道之精。吾欲取天地之精，以佐五穀，以養人民。吾又欲官陰陽以遂群生，爲之奈何？」

〔四〕又《莊子》：黄帝將見大隗乎具茨之山，方明爲御，昌寓驂乘，張若、謵朋前馬，昆閽、滑稽後車，至于襄城之野，七聖皆迷，無所問途。適遇牧馬童子，問途焉，曰：「若知具茨之山乎？」曰：「然。」「若知大隗之所存乎？」曰：「然。」黄帝曰：「異哉！小童非徒知具茨之山，又知大隗之所存。」陸德明注：大隗，或云大司，神名也。

〔五〕又《莊子》：黄帝游乎赤水之北，登乎崑崙之丘，而南望還歸，遺其玄珠，使知索之而不得，使離朱索之而不得，使喫詬索之而不得，乃使象罔，象罔得之。黄帝曰：「異哉！象罔乃可以得之乎！」陸德明注：赤水在崑崙山下。

〔六〕又《莊子》：吾聞至人尸居環堵之室，而百姓猖狂，不知其所如往。

《古賦辨體》：《大獵賦》與《子虚》、《上林》、《羽獵》等賦，首尾布叙，用事遣辭多相出入。又曰：太白天才英卓，所作古賦，差强人意。但俳之蔓雖除，律之根故在，雖下筆有光燄，時作奇語，只是六朝賦爾。

李太白全集卷之二

錢塘王琦琢崖輯注
王濟魯川較

古詩五十九首

古風五十九首

大雅久不作〔一〕，吾衰竟誰陳。王風委蔓草〔二〕，戰國多荆榛（音近神）〔三〕。龍虎相啖食〔四〕，兵戈逮狂秦〔五〕。正聲何微茫，哀怨起騷人〔六〕。揚、馬激頹波〔七〕，開流蕩無垠（音銀）〔八〕。廢興雖萬變，憲章亦已淪。自從（一作「蹉跎」）建安來，綺（音起）麗不足珍〔九〕。聖代復元古，垂衣貴清真〔一〇〕。群才屬休明〔一一〕，乘運共躍鱗〔一二〕。文質相炳焕〔一三〕，衆星羅秋旻（音民）〔一四〕。我志在删述，垂（繆本作「重」）輝映千春〔一五〕。希聖如有立〔一六〕，絶筆於獲麟〔一七〕。

〔一〕鄭玄《毛詩箋》：《小雅》、《大雅》者，周室居西都豐、鎬之時詩也。

〔二〕《王制》：命太史陳詩以觀民風。《詩大序》：《關雎》《麟趾》之化，王者之風。

〔三〕顔師古《漢書注》：春秋之後，周室卑微，諸侯强盛，交相攻伐，故總謂之戰國。《韻會》：榛，木叢生貌。

〔四〕班固《答賓戲》：于是七雄虓闞，分裂諸夏，龍戰虎爭。《隋書》：人相啖食，十而四五。

〔五〕陶潛詩：漂流逮狂秦。

〔六〕昭明太子《文選序》：楚人屈原，含忠履潔。君匪從流，臣進逆耳。深思遠慮，遂放湘南。耿介之意既傷，壹鬱之懷靡愬。臨淵有懷沙之志，吟澤有憔悴之容。騷人之文，自兹而作。

〔七〕揚，馬，揚雄、司馬相如也。

〔八〕《史記》：推而大之，至于無垠。無垠，謂無畔岸也。

〔九〕建安，漢末年號。于時曹氏父子及鄴中七子作焉，詩體一變，世謂之建安體。自是而後，每降每變。下逮梁、陳、隋氏，靡麗極矣，世總謂之六朝體。憲章，謂詩之法度。

〔一〇〕聖代，謂李唐也。《周易》：黄帝、堯、舜垂衣裳而天下治。

〔一一〕傅玄詩：我皇叙群才。謝朓詩：惟昔逢休明，十載朝雲陛。

〔一二〕王彪之詩：飛鴻振羽，騰龍躍鱗。王珪詩：高祖起豐、沛，乘運以躍鱗。

〔一三〕左思《魏都賦》：丹青炳焕。

〔一四〕《爾雅》：秋爲旻天。李巡注：秋萬物成熟，皆有文章，故曰旻天。《弘明集》：妙會與春冰等釋，至趣若秋旻共朗。

〔一五〕梁簡文帝《採蓮曲》：千春誰與樂。

〔一六〕夏侯湛《閔子騫贊》：聖既擬天，賢亦希聖。

〔一七〕杜預《左傳集解》：仲尼傷周道之不興，感嘉瑞之無應，故因《魯春秋》而修中興之教，絶筆于獲麟之一句，所感而作，固所以爲終也。

楊齊賢曰：《詩·大雅》凡三十六篇。《詩序》云：雅者，正也，言王政之所由廢興也。《大雅》不作，則斯文衰矣。平王東遷，《黍離》降於《國風》，終春秋之世，不復能振。戰國迭興，王道榛塞。干戈相侵，以迄于秦。中正之聲，日遠日微。一變而爲《離騷》，軒翥詩人之末，奮飛詞家之前。司馬、揚雄，激揚其頽波，疏導其下流，使遂閎肆，法乎無窮。而世降愈下，憲章乖離。建安諸子夸尚綺靡，摛章繡句，競爲新奇，雄健之氣，由此萎爾。至于唐，八代極矣。掃魏、晉之陋，起騷人之廢，太白蓋以自任乎？覽其著述，筆力翩翩，如行雲流水，出乎自然，非由思索而得，豈欺我哉？琦按：「吾衰竟誰陳」，是太白自嘆吾之年力已衰，竟無能陳其詩于朝廷之上也。楊氏以斯文衰萎爲釋，殊混。唐仲言《詩解》引孔子「吾衰」之説，更非。徐昌穀謂首二句爲一篇大旨，「綺麗不足珍」以上是申第一句意，「聖代復元古」以下是申第二句意，其説極爲明了。學者試一玩味，前之二解，不待辯而確知其誤矣。《本事詩》曰：李白才逸氣高，與陳拾遺齊名，先後合德。其論詩云：梁、陳以來，艷薄斯極。沈休文又尚以聲律。將復古道，非我而誰！此詩乃自明其素志歟？

其二

蟾蜍薄太清〔一〕，蝕此瑶臺月〔二〕，圓光虧中天〔三〕，金魄遂淪没〔四〕。螮蝀入紫微〔五〕，大明夷朝暉〔六〕，浮雲隔兩曜〔七〕，萬象昏陰霏。蕭蕭長門宫〔八〕，昔是今已非。桂蠹花不實〔九〕，天霜下嚴威〔一〇〕。沉嘆終永夕〔一一〕，感我涕沾衣。

〔一〕《淮南子·精神訓》：月中有蟾蜍。高誘注：蟾蜍，蝦蟇也。又《説林訓》：月照天下，蝕于詹諸。高誘注：詹諸，月中蝦蟇，食月，故曰蝕于詹諸。薄，侵也，迫也。

〔二〕《釋名》：日月虧曰蝕。稍稍侵虧，如蟲食草木葉也。沈約詩：含吐瑶臺月。

〔三〕陳子昂詩：微月生西海，幽陽始化昇。圓光正東滿，陰魄已朝凝。

〔四〕沈佺期詩：玉流含吹動，金魄度雲來。魄，月體黑暗處。朔日之月，謂之死魄；望日之月，謂之生魄。金魄者，是言滿月之影，光明燦熳，有似乎金，故曰金魄也。

〔五〕《毛詩正義》：螮蝀，虹也。色青赤，因雲而見。《春秋潛潭巴》：虹出日旁，后妃陰脅主。《後漢書》：凡日旁氣，色白而純者名爲虹。琦按：螮蝀，亦日之光氣。但日在東，則螮蝀見西方；日在西，則螮蝀見東方。與日旁白色之氣，均有虹之名，而實則判然二物也。太白以日旁之虹，呼爲螮蝀，不無混稱。《晉書》：紫宫垣十五星，其西蕃七，東蕃八，在北斗北。一曰紫微，大帝之座也，天子之常居也，主命主度也。

〔六〕鄭康成《禮記注》：大明，日也。《廣韻》：夷，滅也。陸機詩：扶桑升朝暉。

〔七〕《初學記》：日月謂之兩曜。

〔八〕《漢書》：孝武陳皇后，長公主嫖女也。初，武帝得立爲太子，長主有力，取主女爲妃。及帝即位，立爲皇后，擅寵驕貴，十餘年而無子。聞衛子夫得幸，幾死者數焉，上愈怒。后又挾婦人媚道，頗覺。元光五年，上遂窮治之。女子楚服等坐爲皇后巫蠱，祠祭祝詛，大逆無道，相連及誅者三百餘人。使有司賜皇后策曰：皇后失序，惑于巫祝，不可以承天命，其上璽綬，罷退，居長門宫。

〔九〕《楚辭》：桂蠹不知所淹留。《漢書》：成帝時歌謡曰：桂樹花不實，黄雀巢其顛。

〔一〇〕潘岳《西征賦》：弛秋霜之嚴威。

〔一一〕劉峻《廣絶交論》：尹、班陶陶于永夕。

〔一二〕《新唐書》：玄宗皇后王氏，同州下邽人，梁冀州刺史神念之裔孫。帝爲臨淄王，聘爲妃。將清内難，預大計。先天元年立爲皇后。久無子，而武妃稍有寵。后不平，顯詆之，然撫下素有恩，終無肯譖短者。帝密欲廢后，以語姜皎，皎漏言即死。后兄守一懼，爲求厭勝。浮屠明悟教祭北斗，取霹靂木刻天地文及帝諱，合佩之，曰：「后有子，與則天比。」開元十二年事覺，帝自臨劾，有狀，乃制詔有司：皇后天命不祐，花而不實，有無將之心，不可以承宗廟，母儀天下，其廢爲庶人。賜守一死。當時王諲作《翠羽帳賦》諷帝。未幾卒，以一品禮葬，後宮思慕之。此詩蓋詠其事也。蕭士贇曰：王后事，與漢武陳后事極相類。二后雖各以無子、巫蠱厭勝廢，然推原其由，實衛子夫、武惠妃爭寵有以激之也。陳后之廢，司馬相如作《長門賦》，王后之廢，王諲亦作《翠羽帳賦》，先後一致。太白引此爲證，最爲切當。桂蠹不實，是采廢后制中語。唐仲言曰：蟾蜍蝕月，比武妃逼后。月光虧而魄没，見后已廢而憂死也。蝃蝀借日之光以成形，今入紫微而日反爲所蔽，比武妃既得幸，而蠱惑帝心，至于荒亂也。苟日月俱爲陰邪所傷，而蒼生無以仰照，則萬象皆昏冥矣。因言后之被廢，正如陳后之居長門，然陳后以嫉妒幾絶皇嗣，實有可廢之條。今王后撫下有恩，明皇特以武妃之故而謀廢之，則非陳后比矣。所謂「昔是今已非」也。且帝以后無子，罪其花而不實，然不觀諸桂樹乎？桂蠹則不能成實，寵分則不能有子，奈何遽以天霜之威加之哉！大抵國家之亂，起自宫闈，我因念及此事，爲之感嘆沾衣也。其後武妃幸早世，而明皇卒以太真亂國，太白可謂知幾矣。琦按：《舊唐書》：開元十二年秋七月壬申，月蝕既。己卯，廢皇后王氏爲庶人。太白此篇，首以月蝕爲喻，是雖比而實賦也。

其三

秦王掃六合〔一〕，虎視何雄哉〔二〕！揮（蕭本作「飛」）劍決浮雲，諸侯盡西來〔三〕。明斷自天啟（一作「雄圖發英斷」）〔四〕，大略駕群才〔五〕。收兵鑄金人〔六〕，函谷正東開〔七〕。銘功會稽嶺，騁望琅邪臺〔八〕。刑徒七十萬，起土驪山隈〔九〕。尚採不死藥〔一〇〕，茫然使心（一作「人」）哀。連弩射海魚，長鯨正崔嵬，額鼻象五岳，揚波噴雲雷，鬐鬣蔽青天，何由覩蓬萊。徐市載秦女，樓船幾時回〔一一〕。但見三泉下，金棺葬寒灰〔一二〕。

〔一〕賈誼《過秦論》：及至始皇，吞二周而亡諸侯，履至尊而制六合。

〔二〕《西都賦》：周以龍興，秦以虎視。章懷太子注：龍興虎視，喻盛强也。

〔三〕《莊子》：天子之劍，直之無前，舉之無上，按之無下，運之無旁。上決浮雲，下絶地紀。此劍一用，匡諸侯，天下服矣。「諸侯盡西來」者，六國之王皆爲所虜，而西入於秦也。

〔四〕《左傳》：天之所啟，人弗及也。杜預注：啟，開也。

〔五〕《漢書》：如武帝之雄材大略。

〔六〕《史記》：秦始皇二十六年，收天下兵，聚之咸陽，銷以爲鐘鐻，金人十二，重各千石，置宫廷中。

〔七〕《水經注》：潼關歷北出東崤，通謂之函谷關也。邃岸天高，空谷幽深，澗道之峽，車不容軌，號曰天險。「函谷正東開」者，當六國未滅之時，慮其侵伐，以函谷爲守禦之要樞，啟閉甚嚴。六國已滅，天下一統，無事守禦，函谷可以常開矣。

〔八〕《史記》：始皇三十七年，上會稽，祭大禹，望于南海，而立石刻頌秦德。又云：二十八年，南登琅邪，大樂之，留三月。乃徙黔首三萬户琅邪臺下，復十二歲。作琅邪臺，立石刻頌秦德，明德意。《太平御覽》：伏滔《地記》曰：琅邪東南十里有琅邪山，即古琅邪臺也。秦始皇二十八年，至琅邪，大樂之，留三月。作琅邪臺，臺亦孤山也。然高顯出于衆山之上，高五里，下周二十五里，山上壘石爲臺，石形如磚，長八尺，廣四尺，厚八寸。三級而上，級高三丈。上級平敞，二百餘步。刊石立碑，紀秦功德。

〔九〕《史記》：始皇三十五年，隱宫徒刑者七十餘萬人，分作阿房宫。或作驪山，發北山石槨。

〔一〇〕又云：三十一年，使韓終、侯公、石生求仙人不死之藥。

〔一一〕又云：二十八年，齊人徐市等上書，言海中有三神山，名曰蓬萊、方丈、瀛洲，仙人居之。請得齋戒，與童男女求之。于是遣徐市發童男女數千人，入海求仙人。徐市等入海求神藥，數歲不得，費多，恐譴，乃詐曰：「蓬萊藥可得，然常爲大蛟魚所苦，故不得至，願請善射者與俱，見則以連弩射之。」始皇夢與海神戰，如人狀。問占夢，博士曰：「水神不可見，以大魚蛟龍爲候。今上禱祠備謹，而有此惡神，當除去，而善神可致。」乃令入海者齎捕巨魚具，而自以連弩候大魚出射之。自琅邪北至榮成山，弗見。至之罘，見巨魚，射殺一魚。木華《海賦》：魚則横海之鯨，巨鱗插雲，鬐鬣刺天，顱骨成岳，流膏爲淵。

〔三〕《史記》：葬始皇酈山。始皇初即位，穿治酈山。及并天下，天下徒送詣七十餘萬人，穿三泉，下銅而致椁，宫觀百官奇器珍怪，徙藏滿之。《正義》曰：顔師古曰：三重之泉，言其深也。《韓非子》：死者始死而血，已血而衄，已衄而灰，已灰而土。

其四

鳳飛九千仞〔一〕，五章備綵珍〔二〕。銜書且虚歸〔三〕，空入周與秦。横絶歷四海〔四〕，所居未得鄰。吾營紫河車〔五〕，千載落風塵〔六〕。藥物秘海嶽，採鉛（音延）青溪濱〔七〕。時登大樓山，舉首（蕭本作「手」）望仙真。羽駕滅去影，飇（音標）車絶回輪〔八〕。尚恐丹液（音亦）遲〔九〕，志願不及申。徒霜鏡中髮，羞彼鶴上人。桃李何處開，此花非我春。惟應清都境〔一〇〕，長與韓衆親〔一一〕。

〔一〕《太平御覽》：《春秋後語》云：宋玉曰：鳳凰上擊九千里，翱翔乎窈冥之上。

〔二〕《左傳》：爲九文、六采、五章，以奉五色。杜預注：青與赤謂之文，赤與白謂之章，白與黑謂之黼，黑與青謂之黻，五色備謂之繡。集此五章，以奉成五色之用。

〔三〕《宋書》：有鳳凰銜書游文王之都。書曰：殷帝無道，虐亂天下。皇命已移，不得復久。靈祇遠離，百神吹去。五星聚房，昭理四海。

〔四〕《漢書》：羽翮已就，横絶四海。顔師古注：絶謂飛而直度也。

〔五〕蕭士贇曰：道家蓬萊修煉法，河車是水，朱雀是火。取水一斗鐺中，以火炎之令沸，致聖石九兩其中，初成姹女，次謂之玉液，後成紫色，謂之紫河車，白色曰白河車，青色曰青河車，赤色曰赤河車，亦曰黄芽。

〔六〕徐禎卿曰：落，脱也，謝也。

〔七〕《一統志》：清溪在池州府，源出涉溪山，與石人嶺水合北流，匯爲玉鏡潭。又東流經府門外，復折而北，至清溪口入大江。大樓山在池州府城南七十里。

〔八〕沈約詩：若蒙羽駕迎，得奉金書召。桓驎《西王母傳》：王母所居宮闕，在龜山、春山西那之都，崑崙之圃，閬風之苑。左帶瑶池，右環翠水。其山之下，弱水九重，洪濤萬丈，非飈車羽輪，不可到也。楊齊賢曰：羽駕，言乘鸞駕鶴。飈車，言御風乘雲。

〔九〕《漢武内傳》：其次，藥有九丹金液，子得服之，白日升天。此飛仙之所服，非地仙之所見也。

〔一〇〕《列子》：王實以爲清都紫微，鈞天廣樂，帝之所居。

〔一一〕《楚辭》：見韓衆而宿之兮，問天道之所在。王逸注：韓衆，仙人也。《抱朴子》：韓衆服菖蒲十三年，身生毛。日視書萬言，皆誦之。冬恒不寒。

其五

太白何蒼蒼，星辰上森列。去天三百里〔一〕，邈爾與世絶〔二〕。中有緑髮翁，披雲（一作「千春」）卧松雪〔三〕。不笑亦不語，冥棲在巖穴。我來逢真人，長跪問寶訣〔四〕。粲然啟玉齒（一作「忽自哂」）〔五〕，授以鍊藥説。銘骨傳其語〔六〕，竦身已電滅〔七〕。仰望不可及，蒼然五情熱〔八〕。吾將營丹砂，永世與人別。

〔一〕《水經注》：太白山在武功縣南，去長安二百里，不知其高幾許。俗云：武功太白，去天三百。杜彦達曰：太白山南連武功山，于諸山最爲秀傑。冬夏積雪，望之皓然。

〔二〕陶潛詩：邈與世相絶。

〔三〕謝靈運詩：披雲卧石門。顔延年詩：山明望松雪。

〔四〕曹植《飛龍篇》：我知真人，長跪問道。

〔五〕《穀梁傳》：軍人粲然皆笑。范甯注：粲然，盛笑貌。郭璞詩：靈妃顧我笑，粲然啟玉齒。李善注：啟齒，笑也。

〔六〕《吴越春秋》：早朝晏罷，切齒銘骨。

〔七〕《抱朴子》：夫得道者，上能竦身於雲霄，下能潛形於川海。

〔八〕蒼然，怱遽貌。曹植《上責躬應詔詩表》：形影相弔，五情愧赧。劉良注：五情，喜、怒、哀、樂、怨也。陶潛詩：身没名亦盡，念之五情熱。

其六

代馬不思越〔一〕，越禽不戀燕，情性有所習，土風固其然〔二〕。昔别雁門關〔三〕，今戍龍庭前〔四〕，驚沙亂海日，飛雪迷胡天〔五〕。蟣虱生虎鶡〔六〕，心魂逐旌旃〔七〕。苦戰功不賞，忠誠難可宣。誰憐李飛將〔八〕，白首没三邊〔九〕。

〔一〕代馬，代地所産之馬。曹植詩：願騁代馬，倏忽北徂。

〔二〕張協詩：土風安所習，由來有故然。徐禎卿曰：代北越南，鳥獸各有所戀，以比去家就戍，非人之情也。

〔三〕《山西通志》：雁門山在代州北三十五里，雙闕陡絶，雁欲過者必由此徑，故名。一名雁門塞，倚山立關，謂之雁門關。山西之關凡四十有餘，皆踞隘保固，而聳拔雄壯，則雁門爲最。趙李牧、漢郅都備邊於此，匈奴不敢近塞，固皆一時良將，然不可謂非藉地險也。

〔四〕班固《燕然山銘》：躡冒頓之區落，焚老上之龍庭。章懷太子注：匈奴五月大會龍庭，祭其先、天地、鬼神。

〔五〕《梁書》：烏塞同文，胡天共軌。

〔六〕《淮南子》：甲胄生蟣虱，燕雀處帷幄，而兵不休息。《後漢書》：武冠，俗謂之大冠，環纓無蕤，以青系爲緄，加雙鶡尾，豎左右，爲鶡冠。五官、左、右、虎賁、羽林五中郎將，羽林左右監，皆冠鶡冠，紗縠單衣。虎賁將，虎文袴，白虎文劍佩刀，虎賁武騎，皆鶡冠，虎文單衣。襄邑歲獻織成虎文云。鶡者，勇雉也，其鬭對，一死乃止，故趙武靈王以表武士，秦施之焉。太白所謂「蟣虱生虎鶡」者，蓋謂其生於虎衣鶡冠之上，猶之「甲胄生蟣虱」也。

〔七〕《周禮》：通帛爲旃，析羽爲旌。鄭康成注：通帛，謂大赤，從周正色，無飾。析羽，五采，繫之於旌之上，所謂注旄於干首也。

〔八〕《史記》：李廣爲右北平太守，匈奴聞之，號曰漢之飛將軍。避之，數歲不敢入右北平。元狩四年，從大將軍青擊匈奴，引兵出東道，軍無導，惑失道，後大將軍。大將軍使長史問失道狀，欲上書報天子軍曲折。廣謂其麾下曰：「廣結髮與匈奴大小七十餘戰，今幸從大將軍出接單于兵，而大將軍徙廣部行回遠，而又迷失道，豈非天哉！廣年六十餘矣，終不能復對刀筆之吏。」遂引刀自剄。顧炎武曰：昔人譏此詩以飛將軍剪截作飛將，然古人自有此語。《後漢・班勇傳》：「班將能保北鹵不爲邊害乎？」後魏唐永，正光中爲北地太守，數與賊戰，未嘗敗北，時人語曰：「莫陸梁，恐爾逢唐將。」並以將軍爲將。

〔九〕《小學紺珠》：三邊，幽、并、涼三州也。

其七

客有鶴上仙，飛飛凌太清〔一〕。揚言碧雲裏〔二〕，自道安期名〔三〕。兩兩白玉童〔四〕，雙吹紫鸞笙〔五〕。去影忽不見，回風送天聲〔六〕。舉首（蕭本作「手」）遠望之，飄然若流星〔七〕。願飡（音餐）金光草，壽與天齊傾。

一作「五鶴西北來，飛飛凌太清。仙人緑雲上，自道安期名。兩兩白玉童，雙吹紫鸞笙。飄然下倒影，倏忽無留行。遺我金光草，服之四體輕。將隨赤松去，對博坐蓬、瀛。」又「舉首遠望之」，一作「我欲一問之」。

〔一〕凌，經歷也。《楚辭·九嘆》：譬若王僑之乘雲兮，載赤霄而凌太清。

〔二〕江淹詩：日暮碧雲合。張銑注：碧雲，青雲也。

〔三〕《史記》：李少君曰：「臣嘗游海上，見安期生。安期生食臣棗，大如瓜。安期生，仙者，通蓬萊中，合則見人，不合則隱。」於是天子遣方士入海求蓬萊安期生之屬。

〔四〕蕭士贇曰：白玉童，言童之顔如玉之白也。

〔五〕陳子昂詩：馳驅翠虬駕，伊鬱紫鸞笙。

〔六〕《楚辭》：悲回風之摇蕙兮。王逸注：回風謂之飄風。

〔七〕《釋名》：流星，星轉行如流水也。

其八

此首繆本編入二十二卷，題作《感寓》，與諸本不同。

咸陽二三月，宫柳黄金枝〔一〕。緑幘誰家子，賣珠輕薄兒（一作「咸陽二三月，百鳥鳴花枝。玉劍誰家子，西秦豪俠兒」），日暮醉酒歸，白馬驕且馳。意氣人所仰（一作「傾」），冶游（繆本作「游冶」）方及時〔二〕。子雲不曉事，晚獻《長楊》辭，賦達身已老，草《玄》鬢若絲。投閣良可歎，但爲此輩嗤（音鴟）〔三〕。

〔一〕謝尚《大道曲》：青陽二三月，柳青桃復紅。

〔二〕《漢書》：帝姑館陶公主，號竇太主，堂邑侯陳午尚之。午死，主寡居，近幸董偃。始偃與母以賣珠爲事，偃年十三，隨母出入主家。左右言其姣好，主召見曰：「吾爲母養之。」因留第中，教書計、相馬、御射，頗讀傳記。至年十八而冠，出則執轡，入則侍内，爲人温柔愛人。以主故，諸公接之，名稱城中，號曰董君。主因推令散財交士，令中府曰：「董君所發，一日金滿百斤，錢滿百萬，帛滿千匹，乃白之。」安陵爰叔與偃善，謂偃曰：「足下私侍漢主，挾不測之罪，將欲安處乎？何不白主，獻長門園，此上所欲也。如是，則上知計出于足下，則安枕而卧者，無慘怛之憂。」偃入言之主，主立奏書獻之。上大悦，更名竇太主園爲長門宫。上以錢千萬從主飲。後數日，上臨山林，主自執宰蔽膝，道入，坐未定，上曰：「願謁主人翁。」主乃下殿，去簪珥，徒跣頓首謝。有詔謝，主簪履起，之東廂自引董君。董君緑幘傅韝，隨主前，伏殿下。主乃贊：「館陶公主庖人臣偃昧死再拜謁。」因叩頭謝，上爲之起。有詔賜衣冠上。當是時，董君見尊不名，稱爲主人翁，飲大歡樂。主乃請賜將軍列侯從官金錢雜繒各有數。于是董君貴寵，天下莫不聞。沈約詩：洛陽繁華子，長安輕薄兒。

〔三〕楊修《答臨淄侯箋》：吾家子雲，老不曉事。《漢書》：揚雄，字子雲，蜀郡成都人。孝成帝時，待詔承明之庭，從至射熊館還，上《長楊賦》以風。哀帝時，丁、傅、董賢用事，諸附離之者，或起家至二千石。時雄方草《太玄》，有以自守，泊如也。王莽時，劉歆、甄豐皆爲上公。莽既以符命自立，即位之後，欲絶其原，以神前事，而豐子尋、歆子棻復獻之。莽誅豐父子，投棻四裔，辭所連及，便收不請。時雄校書天禄閣上，治獄事使者來，欲收雄。雄恐不能自免，乃從閣上自投下，幾死。莽聞之曰：「雄素不與事，何故在此？」間請問其故，乃劉棻嘗從雄學作奇字，雄不知情，有詔勿問。然京師爲之語曰：「惟寂寞，自投閣。爰清淨，作符命。」古詩：但爲後世嗤。

唐仲言曰：此刺戚里驕横，而以子雲自況。所謂緑幘，必有所指。

其九

莊周夢胡蝶，胡蝶爲莊周〔一〕。一體更變易，萬事良悠悠。乃（一作「那」）知蓬萊水，復作清淺流〔二〕。青門種瓜人，舊日東陵侯〔三〕。富貴故（一作「苟」，繆本作「固」）如此，營營何所求。

〔一〕《莊子》：昔者莊周夢爲蝴蝶，栩栩然蝴蝶也，自喻適志與，不知周也。俄然覺，則蘧蘧然周也。不知周之夢爲蝴蝶與？蝴蝶之夢爲周與？周與蝴蝶，則必有分矣。此之謂物化。

〔二〕《神仙傳》：麻姑云：「接待以來，見東海三爲桑田。向到蓬萊，水又淺於往日會時略半耳，豈將復爲陵陸乎？」王遠嘆曰：「聖人皆言海中行復揚塵也。」

〔三〕《三輔黄圖》：長安城東出南頭第一門曰霸城門，民見門色青，名曰青城門，或曰青門。門外舊出佳瓜。廣陵人邵平爲秦東陵侯，秦破爲布衣，種瓜青門外，瓜美，故時人謂之東陵瓜。

其十

齊有倜（音惕）儻生，魯連特高妙〔一〕。明月出海底〔二〕，一朝開光曜。卻秦振英聲〔三〕，後世仰末照〔四〕。意輕千金贈，顧向平原笑。吾亦澹蕩人〔五〕，拂衣可同調〔六〕。

〔一〕《史記》：魯仲連者，齊人也。好奇偉倜儻之畫策，而不肯仕宦任職。適游趙，會秦圍趙，聞魏將欲令趙尊秦爲帝。乃見平原君曰：「事將奈何？」平原君曰：「勝也何敢言事，前亡四十萬之衆于外，今又内圍邯鄲而不去，魏王使客將軍新垣衍令趙帝秦，今其人在是。」魯仲連曰：「梁客新垣衍安在？吾請爲君責而歸之。」魯仲連見新垣衍而無言。新垣衍曰：「吾視居此圍城之中者，皆有求於平原君者也。今觀先生之玉貌，非有求於平原君者也，曷爲久居此圍城之中而不去？」魯仲連曰：「彼秦者，棄禮義而上首功之國也。權使其士，虜使其民。彼即肆然而爲帝，過而爲政於天下，則連有蹈東海而死耳，吾不忍爲之民也。所爲見將軍者，欲以助趙也。」新垣衍曰：「先生助之將奈何？」魯連曰：「吾將使梁及燕助之，齊、楚則固助之矣。」新垣衍曰：「吾乃梁人也，先生惡能使梁助之？」魯連曰：「梁未覩秦稱帝之害耳，使梁覩秦稱帝之害，則必助趙矣。秦無已而帝，則且變易諸侯之大臣，奪其所不肖而與其所賢，奪其所憎而與其所愛，又將使其子女讒妾爲諸侯妃姬，處梁之宫，梁王安得晏然而已乎！而將軍又何以得故寵乎！」於是新垣衍起再拜謝曰：「吾請出，不敢復言帝秦。」秦將聞之，爲卻軍五十里。適會魏公子無忌奪晉鄙軍以救趙，擊秦，秦軍遂引而去。於是平原君欲封魯連。魯連辭讓，使者三，終不肯受。平原君乃置酒，酒酣起前，以千金爲魯連壽。魯連笑曰：「所爲貴於天下之士者，爲人排患、釋難、解紛亂而無所取也。即有取者，是商賈之事也，而連不忍爲也。」遂辭平原君而去，終身不復見。《廣韻》：倜儻，不羈也。

〔二〕《史記》：明月之珠，出於江海。《淮南子》：明月之珠，不能無纇。高誘注：夜光之珠，有似月光，故曰明月。

〔三〕朱穆《崇厚論》：振英聲於百世。

〔四〕謝朓《楚江賦》：願希光於秋月，承末照于遺簪。

〔五〕楊齊賢曰：澹蕩，猶放蕩也。

〔六〕《宋書》：王弘之拂衣歸耕，踰歷三季。謝靈運詩：誰謂古今殊，異代可同調。

其十一

黄河走東溟〔一〕，白日落西海。逝川與流光〔二〕，飄忽不相待。春容捨我去〔三〕，秋髮已衰改〔四〕。人生非寒松，年貌（一作「顔色」）豈長在。吾當乘雲螭（音鴟）〔五〕，吸景駐光彩（一作「誰能學天飛，三秀與君采」）〔六〕。

〔一〕顔延年詩：日觀臨東溟。吕向注：東溟，東海也。
〔二〕謝瞻詩：逝川豈往復。曹植詩：流光正徘徊。
〔三〕春容，謂少年之容。
〔四〕秋髮，謂衰暮時之髮。
〔五〕郭璞詩：雖欲騰丹溪，雲螭非我駕。吕延濟注：雲螭，龍也。
〔六〕楊齊賢曰：吸景，吸日月之景。

其十二

松柏本孤直，難爲桃李顔〔一〕。昭昭嚴子陵，垂釣滄波間〔二〕。身將客星隱〔三〕，心與浮雲閑。長揖萬乘君〔四〕，還歸富春山〔五〕。清風灑六合〔六〕，邈然不可攀〔七〕。使我長嘆息，冥棲巖石間。

〔一〕劉孝綽詩：競嬌桃李顔。

〔二〕《後漢書》：嚴光，字子陵，會稽餘姚人。少有高名，與光武同游學。及光武即位，乃變名姓，隱身不見。帝思其賢，令以物色訪之。後齊國上言：有一男子，披羊裘，釣澤中。帝疑其光，備安車玄纁，遣使聘之，三反而後至。舍於北軍，給牀褥，太官朝夕進膳。車駕即日幸其館，光卧不起，帝即其卧所撫光腹曰：「咄咄子陵，不可相助爲理耶？」光眠不應，良久，張目熟視曰：「唐堯著德，巢父洗耳，士固有志，何至相迫乎？」帝曰：「子陵，我竟不能下汝耶！」於是升輿，嘆息而去。復引光入，論道舊故，相對累日。因共偃卧，光以足加帝腹上。明日，太史奏，客星犯御座甚急。帝笑曰：「朕故人嚴子陵共卧耳。」除爲諫議大夫，不屈，乃耕於富春山，後人名其釣處爲嚴陵瀨。

〔三〕將，猶與也。

〔四〕《漢書》：酈生長揖不拜。顔師古注：長揖者，手自上而極下。《漢書》：天子畿方千里，提封百萬井，定出賦四十六萬井，戎馬四萬匹，兵車萬乘，故稱萬乘之主。張載詩：昔爲萬乘君。

〔五〕《一統志》：富春山在桐廬縣西三十里，一名嚴陵山，清麗奇絶，號錦峰繡嶺，乃漢嚴子陵隱釣處。前臨大江，上有東西二釣臺。

〔六〕張華詩：穆如灑清風。

〔七〕陶潛詩：袁安困積雪，邈然不可干。

其十三

君平既棄世，世亦棄君平〔一〕。觀變窮太易〔二〕，探元（一作「玄」）化群生。寂寞綴道論（一作「真道」）〔三〕，空簾閉幽情（一作「清」）。騶虞不虛（一作「復」）來〔四〕，鸑（音岳）鷟（音浞）有時鳴〔五〕。安知天漢上，白日懸高名〔六〕。海客去已久，誰人（一作「能」）測沉冥〔七〕。

〔一〕鮑照詩：君平獨寂寞，身世兩相棄。李善注：身棄世而不仕，世棄身而不任。《漢書》：嚴君平卜筮於成都市，以爲卜筮者賤業，而可以惠衆人，有邪惡是非之問，則依蓍龜爲言利害。與人子言依於孝，與人弟言依於順，與人臣言依於忠。各因勢道之以善，從吾言者已過半矣。裁日閲數人，得百錢足自養，則閉肆下簾而授《老子》。博覽無不通，依《老子》、嚴周之旨，著書十萬餘言。

〔二〕《列子》：有太易，有太初，有太始，有太素。太易者，未見氣也；太初者，氣之始也；太始者，形之始也；太素者，質之始也。《孝經鉤命訣》：天地未分之前，有太易，有太初，有太始，有太素，有太極，是爲五運。形象未分，謂之太易；元氣始萌，謂之太初；形氣之端，謂之太始；形變有質，謂之太素；質形已具，謂之太極。鄭康成《乾鑿度注》：以其寂然無物，故名之爲太易。

〔三〕《漢書》：太史公習道論於黄子。謝靈運詩：委講綴道論。

〔四〕毛萇《詩傳》：騶虞，義獸也，白虎黑文，不食生物，有至信之德則應之。

〔五〕《國語》：周之興也，鸑鷟鳴於岐山。韋昭解：鸑鷟，鳳凰之别名也。蕭士贇曰：二句喻聖賢不虚生，其出也有時。

〔六〕《博物志》：舊説云：天河與海通。近世有人居海濱者，年年八月，有浮槎去來不失期。人有奇志，立飛閣於槎上，多齎糧，乘槎而去。十餘日中猶觀日月星辰，自後茫茫忽忽，亦不覺晝夜。去十餘月，至一處，有城郭狀，屋舍甚嚴，遥望宫中多織婦，見一丈夫牽牛渚次飲之。牽牛人乃驚問曰：「何由至此？」此人具説來意，并問：「此是何處？」答曰：「君還至蜀郡，訪嚴君平則知之。」竟不上岸，因還如期。後至蜀問君平，曰：「某年月日，有客星犯牽牛宿。」計其年月，正是此人到天河時也。《博雅》：天河謂之天漢。

〔七〕《漢書》：蜀嚴湛冥，不作苟見，不治苟得，久幽而不改其操。孟康注：蜀郡嚴君平，沉深玄默無欲也。《揚子》：蜀莊沉冥。李軌注：沉冥，猶玄寂，泯然無迹之貌。吴祕注：晦跡不仕，故曰沉冥。陳子昂詩：玄感非象識，誰能測沉冥。

其十四

胡關饒風沙〔一〕，蕭索（一作「颯」）竟終古〔二〕。木（繆本作「歲」）落秋草黄，登高望戎虜。荒城空大漠〔三〕，邊邑無遺堵〔四〕。白骨橫千霜〔五〕，嵯峨蔽榛莽〔六〕。借問誰陵虐，天驕毒威武〔七〕。赫怒我聖皇〔八〕，勞師事鼙（音皮）鼓。陽和變殺氣，發卒騷中土〔九〕。三十六萬人，哀哀淚如雨〔一〇〕。且悲就行役，安得營農圃〔一一〕。不見征戍兒，豈知關山苦（一本此下多「爭鋒徒死節，秉鉞皆庸豎，戰士塗蒿萊，將軍獲圭組」四句）。李牧（一作「衛、霍」）今不在〔一二〕，邊人飼豺虎〔一三〕。

〔一〕胡關，近胡地之關，若雁門、玉門、陽關之類。張正見詩：胡關辛苦地。

〔二〕《楚辭》：長無絶兮終古。

〔三〕班固《燕然山銘》：經鹵磧，絶大漠。李周翰注：大漠，沙漠也。

〔四〕《説文》：堵，垣也。五版爲一堵。張載詩：周墉無遺堵。

〔五〕劉琨《上懷帝表》：白骨橫野。古樂府：延年壽千霜。

〔六〕《廣雅》：嵯峨，高也。榛，木叢生也。莽，草深茂也。

〔七〕《漢書》：單于遺使遺漢書曰：南有大漢，北有强胡。胡者，天之驕子也。

〔八〕《詩·大雅》：王赫斯怒。鄭箋曰：赫，怒意。

〔九〕《説文》：鼙，騎鼓也。騷，擾也。

〔一〇〕魏武《善哉行》：惋嘆淚如雨。

〔二〕張載詩：萌隸營農圃。

〔三〕《史記》：李牧，趙之北邊良將也。常居代雁門，備匈奴。匈奴小入，佯北不勝。單于聞之，大率衆來入。李牧多爲奇陣，張左右翼擊之，大破殺匈奴十餘萬騎，滅襜襤，破東胡，降林胡，單于奔走。其後十餘歲，匈奴不敢近趙邊城。

〔三〕張載詩：季世喪亂起，盜賊如豺虎。

其十五

燕昭延郭隗（音危，又上聲），遂築黄金臺。劇（音極）辛方趙至（一作「往」），鄒衍復齊來〔一〕。奈何青雲士〔二〕，棄我如塵埃〔三〕。珠玉買歌笑，糟糠養賢才。方知黄鶴（一作「鵠」）舉，千里獨徘徊〔四〕。

〔一〕《史記》：燕昭王即位，卑身厚幣以招賢者。謂郭隗曰：「齊因孤之國亂而襲破燕。孤極知燕小力少，不足以報，誠得賢士以共國，以雪先王之耻，孤之願也。先生視可者得身事之。」郭隗曰：「王必欲致士，先從隗始，况賢於隗者，豈遠千里哉！」於是昭王爲隗改築宫而師事之。樂毅自魏往，鄒衍自齊往，劇辛自趙往，士爭趨燕。李善《文選注》：上谷郡，圖經曰：黄金臺在易水東南十八里，燕昭王置千金於臺上，以延天下之士。

〔二〕《史記》：非附青雲之士，惡能施於後世哉！

〔三〕《古詩》：棄我如遺跡。左思詩：視之如塵埃。

〔四〕《韓詩外傳》：田饒事魯哀公而不見察，謂哀公曰：「臣將去君，黄鵠舉矣。」哀公曰：「何謂也？」曰：「雞有五德，君猶日瀹而食之者，何也？以其所從來者近也。夫黄鵠一舉千里，止君園池，食君魚鼈，啄君黍粱，無此五德，君猶貴之，以其所從來者遠也。臣將去君，黄鵠舉矣。」蘇武詩：黄鶴一遠别，千里顧徘徊。

其十六

此首繆本編入二十三卷，與「咸陽二三月」一首，俱題作《感寓》。

寶劍雙蛟龍，雪花照芙蓉。精光射天地，雷（繆本作「電」）騰不可衝〔一〕。一去别金匣，飛沉失相從。風胡殁已久（一作「聖人殁已久」，蕭本作「風胡滅已久」），所以潛其鋒。吴水深萬丈，楚山邈千重。雌雄終不隔，神物會當逢〔二〕。

〔一〕《越絶書》：客有能相劍者，名薛燭，越王句踐召而問之。乃召掌者使取純鉤，薛燭望之，手振，拂揚其華，捽如芙蓉始出。又《越絶書》：楚王召風胡子而問之，曰：「寡人聞吴有干將，越有歐冶子，此二子甲世而生，天下未嘗有。寡人願齎邦之重寶以奉子，因吴王請此二人作鐵劍，可乎？」于是乃令風胡子之吴，見歐冶子、干將，使作鐵劍。歐冶子、干將鑿茨山，洩其溪，取鐵英，作爲鐵劍三枚。風胡子奏之楚王，楚王見此三劍之精神，大悦。問之曰：「此三劍何物所象，其名爲何？」風胡子對曰：「一曰龍淵，二曰泰阿，三曰工布。」楚王曰：「何爲龍淵、泰阿、工布？」風胡子對曰：「欲知龍淵，觀其狀，如登高山，臨深淵。欲知泰阿，觀其釽，巍巍翼翼，如流水之波。欲知工布，釽從文起，至脊而止，如珠不可衽，文若流水不絶。」

〔二〕《太平御覽》：《雷煥別傳》曰：煥字孔章，鄱陽人，善星曆卜占。司空張華夜見異氣起斗牛，問煥：「見之乎？」煥曰：「此爲寶劍氣。」華曰：「時有相吾者曰：君當貴達，身佩寶劍。此言欲效矣。」乃以煥爲豐城令。煥至縣，移獄掘入三十餘尺，得青石函一枚，中有雙劍，文采未甚明。煥取南昌西山黄白土，用拭劍，光艷照耀。乃送一劍並少黄土與華，自留一劍。華得劍并土，曰：「此干將也，莫耶何復不至？然天生神物，終當合耳。」乃更以華陰赤土一斤送與煥。煥得磨劍，鮮光愈亮。及華誅，劍與玉匣莫知所在。後煥亡，煥子爽帶劍經延平津，劍無故墮水，令人没水逐覓，見二龍長數丈盤交，須臾，光采徵發，曜日映川。

鮑照《贈故人馬子喬》詩：雙劍將别離，先在匣中鳴。烟雨交將夕，從此忽分形。雌沉吴江水，雄飛入楚城。吴江深無底，楚闕有崇扃。一爲天地别，豈直限幽明。神物終不隔，千祀倘還并。太白此篇蓋擬之也。然鮑詩爲故人而贈别，其居要處在「神物」一聯，李詩感知己之不存，其警策處在「風胡」二語。辭調雖近，意旨自别。

其十七

金華牧羊兒〔一〕，乃是紫烟客〔二〕。我願從之游〔三〕，未去髮已白。不知繁華（一作「朱顔」）子〔四〕，擾擾何所迫〔五〕。崑山採瓊蕊（一作「蘂」）〔六〕，可以鍊精魄〔七〕。

〔一〕《神仙傳》：黄初平者，丹溪人也。年十五，家使牧羊。有道士見其良謹，便將至金華山石室中，四十餘年不復念家。其兄初起入山尋索，歷年不得，後見市中有一道士，問之曰：「吾有弟名初平，因令牧羊，失之四十餘年，莫知死生所在，願道君爲占之。」道士曰：「金華山中有一牧羊兒，姓黄，名初平，是卿弟非耶？」初起聞之，即隨道士去，遂得相見，悲喜，語畢，問初平：「羊何在？」曰：「近在山東。」初起往視之，不見，但見白石而還，謂初平曰：「山東無羊也。」初平曰：「羊在耳，但兄自不見之。」初平與初起俱往，初平叱曰：「羊起。」於是白石皆變爲羊，數萬頭。初起曰：「弟獨得仙道如此，吾可學否？」初平曰：「惟好道，便可得之。」初起便棄妻子留住，就初平學，共服松脂茯苓，至五百歲，能坐在立亡，行於日中無影，而有童子之色。後乃俱還鄉里，諸親族死亡略盡，乃復還去。初平改字爲赤松子，初起改字爲魯班。

〔二〕《列仙傳》：丹火翼輝，紫烟成蓋。

〔三〕沈約詩：所願從之游。

〔四〕阮籍詩：昔日繁華子。

〔五〕《古詩》：戚戚何所迫。

〔六〕司馬相如《大人賦》：噍瓊華。張揖注：瓊樹生崑崙西流沙濱，大三百圍，高萬仞。華，蕊也，食之長生。陸機詩：上山採瓊蕊，穹谷饒芳蘭。吕延濟注：瓊蕊，玉英也。

〔七〕江淹詩：隱淪駐精魄。吕向注：精魄，魂魄也。徐幹《中論》：形體者，人之精魄也。

其十八

天津三月時〔一〕，千門桃與李。朝爲斷腸花〔二〕，暮逐東流水。前水復（一作「非」）後水，古今相續流。新（一作「今」）人非舊人，年年橋上游。雞鳴海色動〔三〕，謁帝羅公侯。月落西上陽（一作「上陽西」）〔四〕，餘輝半城樓〔五〕。衣冠照雲日，朝下散皇州〔六〕。鞍馬如飛龍〔七〕，黄金絡馬頭〔八〕。行人皆辟（音闢）易〔九〕，志氣横嵩丘〔一〇〕。入門上高堂，列鼎錯珍羞〔一一〕。香風引趙舞〔一二〕，清管隨齊謳〔一三〕。七十紫鴛鴦，雙雙戲庭幽〔一四〕。行樂爭晝夜〔一五〕，自言度千秋。功成身不退〔一六〕，自古多愆尤。黄犬空嘆息〔一七〕，緑珠成釁讎〔一八〕。何如鴟夷子，散髮棹（一作「弄」）扁舟〔一九〕。

〔一〕《元和郡縣志》：天津橋在河南縣北四里，隋煬帝大業元年初造此橋，以駕洛水。用大船維舟，皆以鐵鎖鈎連之。南北夾路，對起四樓，其樓爲日月表勝之象。然洛水溢，浮橋輒壞。唐貞觀十四年，更令石工累方石爲腳。《爾雅》曰：斗牛之間爲天漢之津，故取名焉。

〔二〕劉庭芝詩：可憐楊柳傷心樹，可憐桃李斷腸花。

〔三〕楊齊賢曰：海色，曉色也。雞鳴之時，天色昧明，如海氣朦朧然。

〔四〕《舊唐書》：東都上陽宫，在宫城之西南隅，南臨洛水，西距穀水，東即宫城，北連禁苑。宫内正門正殿皆東向，正門曰提象，正殿曰觀風。其内别殿亭觀九所，上陽之西，隔穀水，有西上陽宫。虹橋跨穀，行幸往來，皆高宗龍朔後置。

〔五〕吴均詩：落月有餘輝。

〔六〕謝朓詩：春色滿皇州。張銑注：皇州，帝都也。

〔七〕《晉書・食貨志》：車如流水，馬若飛龍。

〔八〕古《雞鳴曲》：黄金絡馬頭，熲熲何煌煌。

〔九〕《漢書》：楊喜人馬俱驚，辟易數里。顔師古注：辟易，謂開張而易其本處。

〔一〇〕嵩丘，即嵩山也。又《藝文類聚》：俗説曰：傅亮北征，在黄河中，垂至洛，遥見嵩高山。于時同從客在坐，問傅曰：「潘安仁《懷舊賦》云：前瞻太室，旁眺嵩高。嵩高、太室，故是一山，何以言旁眺？」亮曰：「有嵩丘山，去太室七十里，此是寫書誤耳。」據此，則嵩丘别是一山矣。

〔一一〕《家語》：列鼎而食。

〔一二〕王融詩：香風流梵管。

〔一三〕何妥詩：清管調絲竹。《初學記》：梁元帝《纂要》曰：齊歌曰謳，吴歌曰歈。

〔一四〕古《雞鳴曲》：鴛鴦七十二，羅列自成行。《西京雜記》：茂陵富人袁廣漢，於北邙山下築園，養白鸚鵡、紫鴛鴦、牦牛、青兕，奇獸怪禽，委積其間。《爾雅翼》：鸂鶒，小鴛鴦之類，其色多紫。李白詩所謂「七十紫鴛鴦，雙雙戲庭幽」，謂鸂鶒也。

〔一五〕《漢書》：人生行樂耳，須富貴何時。

〔一六〕《老子》：功成名遂身退，天之道也。

〔一七〕黄犬嘆息，李斯事，詳見《擬恨賦》注。

〔一八〕《晉書》：石崇有妓曰緑珠，美而艷，善吹笛。孫秀使人求之，崇時在金谷别館，方登凉臺，臨清流，婦人侍側。使者以告，崇盡出其婢妾數十人以示之，皆藴蘭麝，被羅縠，曰：「在所擇。」使者曰：「君侯服御，麗則麗矣，然本受命指索緑珠，不識孰是？」崇勃然曰：「緑珠吾所愛，不可得也。」使者曰：「君侯博古通今，察遠照邇，願加三思。」使者出而又反，崇竟不許。秀怒，乃勸趙王倫誅崇。崇正宴於樓上，介士到門。崇謂綠珠曰：「我今爲爾得罪。」綠珠泣曰：「當效死於官前。」因自投於樓下而死。崇母兄妻子，無少長皆被害。

〔一九〕《漢書》：越王句踐困於會稽之上，迺用范蠡、計然。十年，國富厚，賂戰士，遂報强吴，刷會稽之恥。范蠡乃乘扁舟，浮江湖，變姓名，適齊爲鴟夷子皮。孟康曰：扁舟，特舟也。顔師古注：自號鴟夷者，言若盛酒之鴟夷，多所容受，而可卷懷，與時弛張也。張華詩：散髮重陰下，抱杖臨清渠。張銑注：散髮，言不爲冠所束也。

徐禎卿曰：「黄犬」句應前貴寵之言，「綠珠」句應前歌舞之言，「鴟夷」句應前功成身退之言。

其十九

西上（一作「嶽」）蓮花山〔一〕，迢迢見明星〔二〕。素手把芙蓉〔三〕，虚步躡太清。霓裳曳廣帶〔四〕，飄拂昇天行。邀我登雲臺〔五〕，高揖衛叔卿〔六〕。恍恍與之去，駕鴻凌紫冥〔七〕。俯視洛陽川，茫茫走胡兵。流血塗野草，豺狼盡冠纓。

〔一〕《初學記》：華山，五岳之西岳也。《周官》：豫州，其鎮山曰華山。《華山記》云：山頂有池，生千葉蓮花，服之羽化，因曰華山。《陝西志》：華山北上有蓮花峰，視諸峰爲更高。

〔二〕《古詩》：迢迢牽牛星。呂延濟注：迢迢，遠貌。《太平廣記》：明星玉女者，居華山，服玉漿，白日升天。

〔三〕《古詩》：纖纖出素手。《楚辭章句》：芙蓉，蓮花也。

〔四〕《楚辭》：青雲衣兮白霓裳。

〔五〕慎蒙《名山記》：雲臺峰在太華山東北，兩峰崢嶸，四面陡絶，上冠景雲，下通地脈，巋然獨秀，有若靈臺。

〔六〕《神仙傳》：衞叔卿者，中山人也。服雲母得仙。漢元封二年八月壬辰，孝武皇帝閑居殿上，忽有一人乘雲車，駕白鹿，從天而下，來集殿廷。其人年可三十許，色如童子，羽衣星冠。帝驚問爲誰，答曰：「我中山魏叔卿也。」帝曰：「子若是中山人，乃朕臣也，可前共語。」叔卿本意謁帝，謂帝好道，見之必加優禮，而帝問曰「是朕臣也」，於是大失望，默然不應，忽焉不知所在。帝甚悔恨，即遣使者梁伯至中山，推求叔卿，不得見。但見其子度世，共之華山，求尋其父。未到其嶺，於絶巖之下，望見其父與數人博戲於石上，紫雲鬱鬱於其上，白玉爲牀，有數仙童執幢節立其後。

〔七〕郭璞詩：駕鴻乘紫烟。

此詩大抵是洛陽破没之後所作，胡兵謂禄山之兵，豺狼謂禄山所用之逆臣。蕭氏以「胡兵」爲回紞，以「豺狼盡冠纓」爲用官爵賞功，不分流品，似未是。

其二十

昔我游齊都，登華不（音花孚）注峰〔一〕。兹山何峻秀，緑翠如芙蓉。蕭颯古仙人，了知是赤松〔二〕。借予一白鹿，自挾兩青龍。含笑凌倒景〔三〕，欣然願相從。

〔一〕《水經》：濟水又東北徑華不注山。酈道元注：單椒秀澤，不連丘陵以自高；虎牙桀立，孤峰特拔以刺天。青崖翠發，望同點黛，山下有華泉。《通典》：齊州歷城縣有華不注山，其山直上如筍。《山東通志》：華不注山在濟南府城東北十五里。不字即柎字，如《詩》「棠棣之華，鄂不韡韡」之「不」，花之蒂也。喻此山孤秀，如華柎之注於水者然。

〔二〕《列仙傳》：赤松子者，神農時雨師也。服水玉以教神農，能入火自燒。往往至崑崙山上，常止西王母石室中，隨風雨上下。炎帝少女追之，亦得仙俱去。至高辛時，復爲雨師。

〔三〕司馬相如《大人賦》：貫列缺之倒景兮。服虔注：人在天上，下向視日月，故景倒在下也。張揖注：陵陽子《明經》曰：倒景，氣去地四千里，其景皆倒在下也。《漢書》：登遐倒景。如淳注：在日月之上，反從下照，故其景倒也。沈約詩：一舉陵倒景，無事適華嵩。

泣與親友別，欲語再三咽（音噎）。勗君青松心，努力保霜雪。世路多險艱，白日欺紅顏。分手（繆本作「首」）各千里，去去何時還〔一〕。

〔一〕蘇武詩：努力愛春華。又云：去去從此辭。

在世復幾時〔一〕，倏如飄風度〔二〕。空聞《紫金經》〔三〕，白首愁相誤。撫己忽自笑，沉吟爲誰故。名利徒煎熬〔四〕，安得閑余步〔五〕。終留赤玉舄，東上蓬萊（一作「山」）路。秦帝如我求，蒼蒼但煙霧〔六〕。

〔一〕陶潛《歸去來辭》：寓形宇内復幾時。

〔二〕《爾雅》：回風爲飄。郭璞注：旋風也。毛萇《詩傳》：飄風，暴起之風。《論衡》：天地之間尤疾速者，飄風也。

〔三〕《紫金經》，煉丹之書也。

〔四〕王逸《九思》：我心兮煎熬，聊是兮用憂。

〔五〕沈約詩：聊可閑余步。張銑注：閑，緩也。

〔六〕《列仙傳》：安期生者，琅琊阜鄉人也。賣藥於東海邊，時人皆言千歲翁。秦始皇東游請見，與語三日三夜，賜金璧，度數千萬，出于阜鄉亭，皆置去，留書以赤玉舄一緉爲報，曰：「後十年，求我於蓬萊山。」始皇即遣使者徐市、盧生等數百人入海，未至蓬萊山，輒逢風波而還，立祠阜鄉亭海邊十數處云。

此詩古本「昔我游齊都」以下五韻作一首，「泣與親友别」以下四韻作一首，「在世復幾時」以下六韻作一首。蕭本合作一首，而解之曰：此游仙詩，意分三節：第一節謂從仙人以遠游；第二節謂别親友而嗚咽；第三節是泣别之際，忽翻然自悟而笑曰：沉吟泣别者，爲誰故哉？在世幾時，不過爲名利煎熬耳，於己分上事初何所益。於是決意遠游，終當高舉，但留遺跡於人間。雖帝王求之，且不可得，豈更復爲親友之戀哉！琦按：中節語意與上下全不相類，當棄世遠游，何事猶作兒女子態，與親友泣别，至于欲語再三咽耶？韋縠《才調集》只選中四韻作一首，而前後不録，是知古本似未失真，蕭本未免誤合。但首章語意似未完，或有缺文未可知。朱子謂太白詩多爲人所亂，有一篇分爲三篇者，有二篇合爲一篇者，豈指此章而言耶？今姑仍蕭本，俟識者再爲定之。

其二十一

郢客吟《白雪》〔一〕，遺響飛青天〔二〕。徒勞歌此曲，舉世誰爲傳。試爲《巴人》唱，和者乃數千。吞聲何足道〔三〕，嘆息空悽然。

〔一〕《新序》：客有歌於郢中者，其始曰《下里巴人》，國中屬而和者數千人；其爲《陽陵采薇》，國中屬而和者數百人；其爲《陽春白雪》，國中屬而和者數十人而已；引商刻角，雜以流徵，國中屬而和者不過數人。是其曲彌高，其和彌寡。

〔二〕陸機詩：哀音繞棟宇，遺響入雲漢。

〔三〕鮑照詩：吞聲躑躅不敢言。

蕭士贇曰：此感嘆之辭，高才者知遇之難，卑污者投合之易，負才不遇者，能不爲之吞聲嘆息也歟！

其二十二

秦水別隴首，幽咽（音噎）多悲聲；〔一〕胡馬顧朔雪〔二〕，躞（音燮）蹀（音疊）長嘶鳴。感物動我心，緬（音勉）然含歸情〔三〕。昔視秋蛾飛〔四〕，今見春蠶生〔五〕。嫋嫋桑結（一作「枯」，俗本作「柘」，誤）葉，萋萋柳垂榮〔六〕。急節謝流水〔七〕，羇（音雞）心揺懸旌〔八〕。揮涕且復去〔九〕，惻愴（音昌，又音創）何時平。

〔一〕《太平御覽》：辛氏《三秦記》曰：隴右西關，其坂紆迴，不知高幾里，欲上者七日乃越。高處可容百餘家，上有清水，四注流下。俗歌曰：隴頭流水，嗚聲幽咽。遥望秦川，肝腸斷絶。隴首即隴頭也。沈約詩：西征登隴首。《通鑑地理通釋》：秦州隴城縣有大隴山，亦曰隴首山。

〔二〕陸機詩：胡馬如雲屯。

〔三〕吴均詩：蹀躞青驪馬。《廣韻》：蹀躞，行貌。緬，遠也。

〔四〕江淹賦：秋蛾兮載飛。

〔五〕沈約詩：寧憶春蠶起。

〔六〕《廣雅》：嫋嫋，弱也。萋萋，茂也。枚乘《柳賦》：枝逶迤而含紫，葉萋萋而吐緑。楊齊賢曰：《毛詩》：昔我往矣，楊柳依依。今我來思，雨雪霏霏。曹子建詩：昔我初遷，朱華未希；今我旋止，素雪云飛。太白意亦同此。昔我在此，見秋蛾之飛；今既改歲，春蠶生矣，桑葉如結，柳條爭榮，猶未得歸。

〔七〕曹植《與吴質書》：日不我與，曜靈急節。吕延濟注：急節，謂遷移速也。楊齊賢曰：謝，去也，謂時節之去，如流水之急也。

〔八〕《史記》：心摇摇然，如懸旌而無所終薄。

〔九〕《家語》：無揮涕。王肅注：揮涕，不哭流涕，以手揮之。

其二十三

秋露白如玉，團團下庭緑〔一〕。我行忽見之，寒早悲歲促。人生鳥過目〔二〕，胡乃自結束〔三〕。景公一何愚？牛山淚相續〔四〕。物苦不知足，得（一作「登」）隴又望蜀〔五〕。人心若波瀾〔六〕，世路有（一作「多」）屈曲。三萬六千日〔七〕，夜夜當秉燭〔八〕。

〔一〕謝惠連詩：團團滿葉露。王融詩：秋風下庭緑。庭緑，謂庭中草木也。

〔二〕張協詩：人生瀛海内，忽如鳥過目。

〔三〕《古詩》：蕩滌放情志，何爲自結束？

〔四〕《列子》：齊景公游於牛山，北臨其國城而流涕曰：「美哉國乎，鬱鬱芊芊！若何滴滴去此國而死乎！使古無死者，寡人將去斯而之何？」艾孔、梁丘據皆從而泣曰：「臣賴君之賜，疏食惡肉，可得而食，駑馬稜車，可得而乘也，且猶不欲死，而況吾君乎！」晏子獨笑於旁，公雪泣而顧晏子曰：「寡人今日之游悲，孔與據皆從寡人而泣，子之獨笑何也？」晏子對曰：「使賢者常守之，則太公、桓公將常守之矣；使勇者常守之，則莊公、靈公將常守之矣。數君者將守之，吾君方將蓑笠而立乎畎畝之中，惟事之恤，何暇念死乎？則吾君又安得此位而立焉？以其迭處之，迭去之，至於君也而獨爲之流涕，是不仁也。見不仁之君，見諂諛之臣，見此二者，臣之所爲獨竊笑也。」景公慚焉，舉觴自罰，罰二臣者各二觴焉。

〔五〕《後漢書》：敕岑彭書曰：「人苦不知足，既平隴，復望蜀。」

〔六〕陸機詩：休咎相乘躡，翻覆若波瀾。

〔七〕三萬六千日，約計百年歲月，有此數也。《抱朴子》：百年之壽，三萬餘日耳。沈炯詩：百年三萬日，處處此傷情。

〔八〕古詩：晝短苦夜長，何不秉燭游？

其二十四

大車揚飛塵，亭午暗阡陌（音麥）〔一〕。中貴多黄金，連雲開甲宅〔二〕。路逢鬬雞者〔三〕，冠蓋何輝赫〔四〕。鼻息干虹蜺〔五〕，行人皆怵惕〔六〕。世無洗耳翁〔七〕，誰知堯與跖（音職）〔八〕。

〔一〕《初學記》：《纂要》云：日在午曰亭午。孫綽《天台山賦》：羲和亭午，游氣高褰。劉良注：亭，至也。阡陌，田間道也。《史記索隱》：《風俗通》曰：南北曰阡，東西曰陌。河東以東西爲阡，南北爲陌。

〔二〕《史記》：天子使中貴人從李廣。《索隱》曰：案董巴《輿服志》云：黄門丞主密近，使聽察天下，天下謂之中貴人使者。崔浩云：在中而貴幸，非德望，故云中貴也。服虔曰：内臣之貴幸者。

甲宅，猶甲第。《魏書·閹官列傳》：太后嘉其忠誠，爲造甲宅。

〔三〕《新唐書·宦者傳》：開元、天寶中，宦官黄衣以上三千員，衣朱紫千餘人。其稱旨者，輒拜三品將軍，列戟於門。其在殿頭供奉，委任華重。持節傳命，光燄殷殷動四方，所至郡縣，奔走獻遺至萬計。修功德，市禽鳥，一爲之使，猶且數千緡。監軍持權節度，反出其下。於是甲舍、名園、上腴之田，爲中人所占者，半京畿矣。又《高力士傳》：中人若黎敬仁、林昭隱、尹鳳翔、韓莊、牛仙童、劉奉廷、王承恩、張道斌、李大宜、朱光輝、郭全、邊令誠等，並内供奉，或外監節度軍，修功德，市鳥獸，皆爲之使。使還，所裒獲動巨萬計。京師甲第、池園、良田、美産，占者十六，與力士略等。又《王鉷傳》：鉷子準，爲衛尉少卿，以鬬雞供奉禁中。李林甫子岫，亦親近。準驕甚，凌岫出其上。過駙馬都尉王繇，以彈彈其巾，折玉簪爲樂。既置酒，永穆公主親視供具，萬年尉韋黄裳、長安尉賈季鄰等候準經過，饌具倡樂必素辦，無敢逆意。陳鴻《東城老父傳》：賈昌，長安宣陽里人。生七歲，趫捷過人，善應對，解鳥語音。玄宗在藩邸時，樂民間清明節鬬雞戲。及即位，治雞坊於兩宫間，索長安雄雞，金毫鐵距、高冠昂尾千數，養於雞坊。選六軍小兒五百人，使馴擾教飼之。上好之，民風尤甚。諸王世家、外戚家、公主家、侯家，傾帑破産市雞，以償雞直。都中男女，以弄雞爲事，貧者弄假雞。帝出游，見昌弄木雞於雲龍門道旁。

召入，爲雞坊小兒，衣食右龍武軍。昌三尺童子，入雞群如狎群小，壯者、弱者、勇者、怯者，水穀之時，疾病之候，悉能知之。舉二雞，雞畏而馴，使令如人。護雞坊中謁者王承恩言於玄宗，召試殿廷，皆中玄宗意。即日爲五百小兒長，加以忠厚謹密，天子甚愛幸之。金帛之賜，日至其家。開元十三年，籠雞三百，從封東岳。父忠，死太山下，奉尸歸葬雍州。縣官爲葬器喪車，乘傳洛陽道。十四年三月，衣鬬雞服，會玄宗於温泉。當時天下號爲雞神童。時人爲之語曰：「生兒不用識文字，鬬雞走馬勝讀書。賈家小兒年十三，富貴榮華代不如。能令金距期勝負，白羅繡衫隨軟轝。父死長安千里外，差夫治道挽喪車。」

〔四〕《顔氏家訓》：印組光華，車騎輝赫。

〔五〕曹植《七啟》：揮袂則九野生風，慷慨則氣成虹蜺。

〔六〕《廣雅》：怵惕，恐懼也。

〔七〕《高士傳》：堯之讓許由也，由以告巢父。巢父曰：「汝何不隱汝形，藏汝光？若非吾友也。」擊其膺而下之。由悵然不自得，乃過清泠之水洗其耳，曰：「向聞貪言，負吾友矣。」遂去，終身不相見。

〔八〕《莊子》：柳下季之弟名曰盜跖，從卒九千人，横行天下，侵暴諸侯，穴室樞户，驅人牛馬，取人婦女。貪得忘親，不顧父母兄弟，不祭先祖。所過之邑，大國守城，小國入保。萬民苦之。《史記正義》：按跖者，黄帝時大盜之名。以柳下惠弟爲天下大盜，故世放古，號之盜跖。

其二十五

世道日交喪〔一〕，澆（音梟）風散淳源〔二〕。不采芳桂枝，反棲惡木根。所以桃李樹，吐花竟不言〔三〕。大運有興没〔四〕，群動爭飛奔。歸來廣成子，去入無窮門〔五〕。

〔一〕《莊子》：世喪道矣，道喪世矣，世與道交相喪也。蕭士贇曰：世不知有道之可尊，是世喪道矣。有道者見世如此，遂亦無心用世焉，非所謂道喪世者歟？故曰交相喪也。

〔二〕王屮《頭陀寺碑文》：淳源上派，澆風下黷。

〔三〕《漢書》：桃李不言，下自成蹊。

〔四〕大運，天運也。已見前注。

〔五〕《神仙傳》：廣成子者，古之仙人也，居崆峒之山，石室之中。黄帝聞而造焉，請問治身之要。廣成子曰：「至道之精，杳杳冥冥。無視無聽，抱神以靜，形將自正，必靜必清。無勞爾形，無摇爾精，乃可長生。慎内閉外，多知爲敗，我守其一，以處其和，故千二百歲而形未嘗衰。得我道者上爲皇，失吾道者下爲士，將去汝入無窮之門，游無極之野，與日月參光，與天地爲常，人其盡死，而我獨存矣。」

其二十六

碧荷生幽泉，朝日豔且鮮。秋花冒緑水〔一〕，密葉羅青烟。秀色空絶世，馨香誰爲（蕭本作「竟誰」）傳。坐看飛霜滿〔二〕，凋此紅芳年。結根未得所〔三〕，願託華池邊〔四〕。

〔一〕曹植詩：朱華冒緑池。李善注：冒，猶覆也。

〔二〕張協《七命》：飛霜迎節，高風送秋。

〔三〕《古詩》：結根太山阿。

〔四〕《楚辭》：蛙黽游乎華池。王逸注：華池，芳華之池也。陸機詩：移居華池邊。

其二十七

燕趙有秀色，綺樓青雲端。眉目豔皎月，一笑傾城歡〔一〕。常恐碧草晚，坐泣秋風寒。纖手怨玉琴〔二〕，清晨起長歎。焉得偶君子，共乘雙飛鸞。

〔一〕陸厥《中山孺子妾歌》：一笑傾城，一顧傾市。

〔二〕陸機詩：佳人撫琴瑟，纖手清且閑。江淹《扇上綵畫賦》：玉琴兮散聲，素女兮弄情。

蕭士贇曰：此與二十六首同意。懷材抱藝之士，惟恐未能見用，而老之將至，思得君子附離與共爵位而用世也。

其二十八

容顔若飛電，時景如飄風〔一〕。草緑霜已白，日西月復東。華鬢不耐秋，颯然成衰蓬。古來賢聖人，一一誰成功。君子變猿鶴，小人爲沙蟲〔二〕。不及廣成子〔三〕，乘雲駕輕鴻〔四〕。

〔一〕毛萇《詩傳》：飄風，迴風也。

〔二〕《藝文類聚》：《抱朴子》曰：周穆王南征，久而不歸。君子爲猿爲鶴，小人爲蟲爲沙。今本《抱朴子》云：三軍之衆，一朝盡化，君子爲鶴，小人成沙。與古書所引迴異。徐禎卿曰：「誰成功」，言未有能仙舉者也。爲猿鶴，爲蟲沙，言君子小人皆莫逃於陰陽變化之中也。

〔三〕廣成子已見前注。

〔四〕沈約詩：朋來握石髓，賓至駕輕鴻。

其二十九

三季分戰國〔一〕，七雄成亂麻〔二〕。《王風》何怨怒〔三〕，世道終紛拏〔四〕。至人洞玄象〔五〕，高舉凌紫霞。仲尼欲（一作「亦」）浮海，吾祖之流沙〔六〕。聖賢共淪没，臨岐胡咄（當没切，敦入聲）嗟〔七〕。

〔一〕《漢書》：三季之後，厥事放紛。顔師古注：三季，三代之末也。

〔二〕《東京賦》：七雄並爭。薛綜注：七雄，謂韓、魏、燕、趙、齊、楚、秦也。《史記》：其後秦遂以兵滅六王，并中國，外攘四夷，死人如亂麻。

〔三〕毛萇《詩傳》：亂世之音怨以怒，其政乖。《正義》曰：亂世之政教與民心乖戾，民怨其政教，所以忿怒，述其怨怒之心而作歌，故亂世之音亦怨以怒也。

〔四〕《史記》：漢匈奴相紛挐。《正義》曰：《三蒼解詁》云：紛挐，相牽也。師古曰：紛挐，亂相持搏也。挐，音女居反。《楚辭》：殺亂兮紛拏。《淮南子》：芒繁亂澤，巧爲紛拏。按《説文》：拏，牽引也，從手奴聲，女加切。挐，持也，從手如聲，女加切。蓋義雖别而音則同。至《韻會》，始以拏入麻韻，挐入魚韻，析而爲二。然考之經史傳注，挐、拏二字通用，並有二音義，亦相互從合可也。

〔五〕至人，謂聖人。玄象，謂天象。《莊子》：不離於真，謂之至人。《後漢紀》：玄象錯度，日月不明。

〔六〕《列仙傳》：關令尹喜者，周大夫也。老子西游，喜先見其氣，知有真人當過，物色而遮之，果得老子。老子亦知其奇，爲著書授之。後與老子俱游流沙，化胡，服巨勝實，莫知其所終。蕭士贇曰：唐以老子爲祖，太白乃興聖皇帝九世孫，故云「吾祖」。

〔七〕《公羊傳疏》：咄嗟，猶嘆息，即里語曰咄嗟之間也。

其三十

玄風變大古，道喪無時還。擾擾季葉（一作「市井」）人〔一〕，鷄鳴趨四關〔二〕。但識金馬門〔三〕，誰（一作「詎」）知蓬萊山〔四〕。白首死羅綺，笑歌無休（一作「時」）閑。淥（蕭本作「緑」）酒哂丹液〔五〕，青娥凋素顔（一作「萋萋千金骨，風塵凋素顔」）〔六〕。大儒揮金椎，琢之（一作「發塚」）詩禮間〔七〕。蒼蒼三珠樹〔八〕，冥目焉能攀。

〔一〕阮籍詩：季葉道陵遲。季葉，季世也。

〔二〕李善《文選注》：陸機《洛陽記》曰：洛陽有四關，東成皋，南伊闕，北孟津，西函谷。《史記索隱》：關中，咸陽也。東函谷，南嶢、武，西散關，北蕭關，在四關之中。

〔三〕《三輔黄圖》：金馬門，宦者署。武帝得大宛馬，以銅鑄象，立於署門，因以爲名。東方朔、主父偃、嚴安、徐樂，皆待詔金馬門，即此。《後漢書》：孝武皇帝時，善相馬者東門京，鑄作銅馬法獻之。有詔立馬於魯班門外，則更名魯班門曰金馬門。

〔四〕《十洲記》：蓬萊山，對東海之東北岸，周圍五千里，上有九老丈人九天真王宫。蓋太上真人所居，惟飛仙能到其處耳。

〔五〕陶潛詩：清歌散新聲，緑酒開芳顔。《廣雅》：哂，笑也。

〔六〕宋南平王《白紵舞曲》：佳人舉袖曜青娥。

〔七〕《莊子》：儒以詩禮發塚。大儒臚傳曰：「東方作矣，事之若何？」小儒曰：「未解裙襦，口中有珠。詩固有之曰：青青之麥，生於陵陂。生不布施，死何含珠爲？」接其鬢，壓其顪，儒以金椎控其頤，徐别其頰，無傷口中珠。

〔八〕《山海經》：三珠樹生赤水上，其爲樹如柏，葉皆爲珠。一曰其爲樹如彗也。

蕭士贇曰：此太白感時憂世之作，意謂古道日喪，季世之人不復返朴，汩没於名利聲色之場，至死不悟。所謂儒者，又皆假經欺世，借儒術以行其竊取之心。漢諺所謂「懸牛頭，賣馬脯，盜跖行，孔子語」者也。彼豈知大道無爲自然之化哉！三珠之樹，喻大道也。雖蒼蒼在前，乃如之人冥然無見，安能攀而至乎？憂憤之意，微而顯矣。琦按：三珠樹乃仙境所生，「冥目焉能攀」，謂至死而不得採，以照上文「誰知蓬萊山」之意。

其三十一

鄭客西入關〔一〕，行行未能已。白馬華山君，相逢平原里。璧遺鎬池君（繆本作「公」），明年祖龍死〔二〕。秦人相謂曰：「吾屬可去矣。」一往桃花源〔三〕，千春隔流水。

〔一〕《搜神記》：秦始皇三十六年，使者鄭容從關東來，將入函關，西至華陰，望見素車白馬，從華山上下，疑其非人。道住，止而觀之。遂至，問鄭容曰：「安之？」鄭容曰：「之咸陽。」車上人曰：「吾華山使也，願託一牘書，致鎬池君所。子之咸陽，道過鎬池，見一大梓，有文石，取款梓，當有應者，即以書與之。」容如其言，以石款梓，果有人來取書，云明年祖龍死。

〔二〕《史記》：秦始皇三十六年，使者從關東夜過華陰平舒道，有人持璧遮使者曰：「爲吾遺鎬池君。」因言曰：「今年祖龍死。」使者問其故，因忽不見，置其璧去。使者奉璧俱以聞。始皇默然良久，曰：「山鬼固不過知一歲事也。」退言曰：「祖龍者，人之先也。」使御府視璧，乃二十八年行渡江所沉璧也。張晏曰：武王居鎬，鎬池君則武王也。武王伐商，故神云始皇荒淫若紂矣，今亦可伐也。孟康曰：長安西南有鎬池。《索隱》曰：鎬池君，按服虔云水神，是也。江神以璧遺鎬池之神，告始皇之將終也。且秦水德王，故其君將亡，水神先自相告也。蘇林曰：祖，始也。龍，人君象。謂始皇也。

〔三〕《搜神後記》：晉太元中，武陵人捕魚爲業。緣溪行，忘路遠近，忽逢桃花夾岸數百步，中無雜樹。芳華鮮美，落英繽紛，漁人甚異之。復前行，欲窮其林。林盡水源，便得一山。山有小口，髣髴若有光。便捨舟，從口入，初極狹，纔通人，復行數十步，豁然開朗，土地曠空，屋舍儼然，有良田、美池、桑竹之屬。阡陌交通，雞犬相聞。男女衣著，悉如外人。黄髮垂髫，並怡然自樂。見漁人大驚，問所從來，具答之。便要還家，爲設酒殺雞作食。村中人聞有此人，咸來問訊。自云先世避秦難，率妻子邑人至此絶境，不復出焉，遂與外人隔。問今是何世，乃不知有漢，無論魏、晉。此人一一俱言所聞，皆爲嘆惋。餘人各復延至其家，皆出酒食。停數日辭去，此中人語曰：「不足爲外人道也。」既出，得其船，便扶向路，處處誌之。及郡，乃詣太守説如此。太守劉歆，即遣人隨之往，尋向所誌，不復得焉。

其三十二

蓐收肅金氣〔一〕，西陸弦海月〔二〕。秋蟬號階軒，感物憂不歇。良辰竟何許，大運有淪忽〔三〕。天寒悲風生〔四〕，夜久衆星没。惻惻不忍言，哀歌達（蕭本作「逮」）明發〔五〕。

〔一〕《禮記》：孟秋之月，其神蓐收。《山海經》：西方蓐收，左耳有蛇，乘兩龍。郭璞注：金神也。人面虎爪，白毛執鉞。

〔二〕《北堂書鈔》：《漢書》云：立春、春分，月行東方青道，曰東陸；立夏、夏至，月行南方赤道，曰南陸；立秋、秋分，月行西方白道，曰西陸；立冬、冬至，月行北方黑道，曰北陸。《釋名》：弦，月半之名也。其形一旁曲，一旁直，若張弓弛絃也。

〔三〕阮籍詩：良辰在何許？凝霜霑衣襟。謝朓詩：良辰竟何許？夙昔夢佳期。吕延濟注：許，處也。言平生良時，竟在何處。徐禎卿曰：良辰，建功策名之時也。大運，天運也。淪忽，暮也。

〔四〕《歲華紀麗》：秋風曰悲風。

〔五〕《詩·小雅》：明發不寐。毛傳曰：明發，發夕至明。《正義》曰：夜地而暗，至旦而明。明地發後，故謂之明發也。《集傳》曰：明發，謂將旦而光明開發也。

其三十三

北溟有巨魚〔一〕，身長數千里。仰噴三山雪，横吞百川水。憑陵（繆本作「凌」）隨海運〔二〕，燀（繆本作「烜」）赫因風起。吾觀摩天飛〔三〕，九萬方未已。

〔一〕北溟巨魚，用《莊子·逍遥游》中事，詳見《大鵬賦》注。

〔二〕陸德明《莊子音義》：海運，司馬彪云：運，轉也。向秀云：非海不行，故云海運。梁簡文云：運，徙也。

〔三〕阮籍詩：高鳥摩天飛，凌雲共游戲。餘俱見《大鵬賦》注。

其三十四

羽檄如流星〔一〕，虎符合專城〔二〕。喧呼救邊急〔三〕，群鳥皆夜鳴〔四〕。白日曜紫微，三公運權衡〔五〕。天地皆得一〔六〕，澹然四海清。借問此何爲，答言楚徵（一作「征楚」）兵。渡瀘及五月，將赴雲南征〔七〕。怯卒非戰士，炎方難遠行。長號別嚴親，日月慘光晶〔八〕。泣盡繼以血，心摧兩無聲〔九〕。困獸當猛虎〔一〇〕，窮魚餌奔鯨〔一一〕。千去不一回，投軀豈全生〔一二〕。如何舞干戚，一使有苗平〔一三〕？

〔一〕《史記》：吾以羽檄徵天下兵。裴駰注：《魏武奏事》曰：今邊有小警，輒露檄插羽，非羽檄之意也。駰按：推此言，則以鳥羽插檄書，謂之羽檄，取其急速若飛鳥也。顔師古《漢書注》：檄者以木簡爲書，長尺二寸，用徵召也。其有急事，則加以鳥羽插之，示疾速也。又《淮南王傳》：持羽檄，從南方來。顔師古注：羽檄，徵兵之書也。

〔二〕《後漢書》：舊制，發兵皆以虎符，其餘徵調，竹使符而已。潘岳《馬汧督誄》：剖符專城，紆青拖墨之司。張銑注：專，擅也，擅一城也，謂守宰之屬。

〔三〕梁簡文帝詩：輕兵救邊急。

〔四〕《莊子》：亂天之經，逆物之情，玄天弗成。解獸之群，而鳥皆夜鳴。蕭士贇曰：言一時喧呼驚擾，棲鳥亦不得安其巢，至於夜鳴也。

〔五〕《韓詩外傳》：三公者何？曰司空、司馬、司徒也。司馬主天，司空主地，司徒主人。故陰陽不和，四時不節，星辰失度，災變非常，則責之司馬。山陵崩弛，川谷不流，五穀不殖，草木不茂，則責之司空。君臣不正，人道不和，國多盜賊，下怨其上，則責之司徒。《通典》：周以太師、太傅、太保爲三公，漢以丞相、大司馬、御史大夫爲三公，後漢、魏、晉、宋、齊、梁、陳、後魏、北齊皆以太尉、司徒、司空爲三公，後周以太師、太傅、太保爲三公，隋以太尉、司徒、司空爲三公，大唐因之。

〔六〕《老子》：天得一以清，地得一以寧。河上公注：一，無爲，道之子也。天得一故能垂象清明，地得一故能安靜不動摇。

〔七〕琦按：瀘水，即禹貢梁州之黑水也。漢時名瀘，唐名金沙江，今雲南姚州之金沙江是也。其源出吐蕃界，中爲麗水，下流至四川叙州府爲馬湖江。《水經注》：瀘峰最爲高秀，水之左右，馬步之徑裁通，而時有瘴氣。三月四月逕之必死，非此時猶令人吐悶，五月以後，行者差得無害。故諸葛亮表言：「五月渡瀘，并日而食。臣非不自惜也，顧王業不可偏安於蜀故也。」《益州記》曰：瀘水源出曲羅嶲下三百里。曰瀘水兩峰有殺氣，暑月舊不行，故武侯以夏渡爲艱。《太平寰宇記》：《十道記》云：瀘水出蕃中，入黔府，歷越嶲郡界，出拓州，至此有瀘津關。關上有石峰，高三十丈。四時多瘴氣，三四月間發，人衝之立死，非此時中，則人多悶吐，唯五月上伏即無害。故諸葛武侯征越嶲，上疏云：五月渡瀘，深入不毛之地。《舊唐書》：南蠻質子閤羅鳳亡歸，帝怒，欲討之。楊國忠薦閬州人鮮于仲通爲益州長史，令率精兵八萬討南蠻，與羅鳳戰於瀘南，全軍陷没。國忠掩其敗狀，叙其戰功，仍令仲通上表，請國忠兼領益部。十載，國忠權知蜀郡都督府長史，充劍南節度副大使，知節度事。國忠又使司馬李宓率師七萬，再討南蠻。宓渡瀘水，爲蠻所誘，至太和城，不戰而敗，李宓死於陣。國忠又隱其敗，以捷書上聞。自仲通、李宓再舉討蠻之軍，其徵發皆中國利兵，然於土風不便，沮洳之所陷，瘴疫之所傷，饋餉之所乏，物故者十八九，凡舉二十萬衆棄之死地，隻輪不返。人銜冤毒，無敢言者。《新唐書·楊國忠傳》：國忠雖當國，常領劍南召募使，遣戍瀘南，餉路險乏，舉無還者。舊勳户免行，所以寵戰功。國忠令當行者先取勳家，故士無鬭志。凡募法，願奮者則籍之。國忠歲遣宋昱、鄭昂、韋儇，以御史迫促郡縣，吏窮無以應。乃詭設餉召貧弱者，密縛置室中，衣絮衣，械而送屯，亡者以送吏代之，人人思亂。尋遣劍南留後李宓率兵十餘萬擊閤羅鳳，敗死西洱河，國忠矯爲捷書上聞。自再興師，傾中國驍卒二十萬，踦履無遺，天下冤之。

〔八〕《通鑑》：天寶十載夏四月，劍南節度使鮮于仲通討南詔蠻，大敗於瀘南。制大募兩京及河南北兵以擊南詔，人聞雲南多瘴癘，未戰，士卒死者十八九，莫肯應募。楊國忠遣御史分道捕人，連枷送詣軍所。舊制，百姓有勳者免征役。時調兵既多，國忠奏先取高勳。於是行者愁怨，父母妻子送之，所在哭聲振野。

〔九〕《説苑》：下蔡威公閉門而哭，三日三夜，泣盡而繼以血。潘岳《寡婦賦》：痛切怛以摧心。

〔一〇〕《左傳》：困獸猶鬭。

〔一一〕謝朓詩：奔鯨自此曝。呂向注：奔鯨，大魚，吞食小物，喻不義也。

〔一二〕鮑照詩：投軀報明主，身死爲國殤。

〔一三〕《藝文類聚》：《帝王世紀》曰：有苗氏負固不服，禹請征之。舜曰：「我德不厚而行武，非道也。吾前教由未也。」乃修教三年，執干戚而舞之，有苗請服。

蕭士贇曰：此詩蓋討雲南時作也。首即徵兵時景象而言，當此君明臣良、天清地寧、海内澹然、四郊無警之時，而忽有此舉。問之於人，始知徵兵者，討雲南也。乃所調之兵，不堪受甲，所謂驅市人而戰之，如以困獸當虎，窮魚餌鯨，吾見師之出而不見師之入矣。末則深嘆當國之臣，不能敷文德以來遠人，致有覆軍殺將之恥也。

其三十五

醜女來效顰（音貧，或寫矉，或寫嚬，音義俱同），還家驚四鄰〔一〕。壽陵失本步，笑殺邯（音寒）鄲人〔二〕。一曲（一作「東西」）斐然子，雕蟲喪天真〔三〕。棘刺造沐猴〔四〕，三年費精神。功成無所用，楚楚且華（一作「榮」）身〔五〕。《大雅》思文王，頌聲久崩淪。安得郢中質，一揮成風斤（一作「承風一運斤」，蕭本作「一揮成斧斤」）〔六〕。

〔一〕《莊子》：西施病心而矉，其里之醜人見而美之，歸亦捧心而矉。其里之富人見之，堅閉門而不出。貧人見之，挈妻子而去之走。陸德明注：蹙額曰矉。

〔二〕又《莊子》：子獨不聞夫壽陵餘子之學行於邯鄲與？未得國能，又失其故行矣，直匍匐而歸耳。

〔三〕《揚子》：或問：「吾子少而好賦？」曰：「然，童子雕蟲篆刻。」俄而曰：「壯夫不爲也。」

〔四〕《韓非子》：燕王好微巧，衛人曰：「能以棘刺之端爲母猴。」燕王悦之，養以五乘之奉。王曰：「吾試觀客爲棘刺之母猴。」客曰：「人主欲觀之，必半歲不入宫，不飲酒食肉。雨霽日出，視之晏陰之間，而棘刺之母猴乃可見也。」燕王因養衛人，不能觀其母猴。鄭有臺下之冶者，謂燕王曰：「臣，削者也。諸微物必以削削之，而所削必大於削。今棘刺之端不容削鋒，難以治棘刺之端。王試觀客之削，能與不能可知也。」王曰：「善。」謂衛人曰：「客爲棘刺之端以削，吾欲觀見之。」客曰：「臣請之舍取之。」因逃。冶人謂王曰：「計無度量言談之士，多棘刺之説也。」

〔五〕《詩·國風》：衣裳楚楚。毛傳：楚楚，鮮明貌。

〔六〕《莊子》：莊子送葬，過惠子之墓，顧謂其從者曰：「郢人堊漫其鼻端，若蠅翼。使匠石斲之，匠石運斤成風，聽而斲之，盡堊而鼻不傷，郢人立不失容。宋元君聞之，召匠石曰：『嘗試爲寡人爲之。』匠石曰：『臣則嘗能斲之。雖然，臣之質死久矣。』自夫子之死也，吾無以爲質矣，吾無與言之矣。」

蕭士贇曰：此篇蓋譏世之作詩賦者，不過藉此以取科第、干禄位而已，何益於世教哉。太白嘗論詩曰：將復古道，非我而誰？《雅》、《頌》之作，太白自負者如此。然安得《雅》、《頌》之人識之，使郢中之質，能當匠石之運斤耶？

其三十六

抱玉入楚國，見疑古所聞。良寶終見棄，徒勞三獻君〔一〕。直木忌先伐〔二〕，芳蘭哀自焚〔三〕。盈滿天所損，沉冥道爲群。東海汎（蕭本作「沉」）碧水（一作「流」），西關乘紫雲〔四〕。

魯連及柱史，可以躡清芬〔五〕。

〔一〕《韓非子》：楚人和氏，得玉璞楚山中，奉而獻之厲王。厲王使玉人相之，玉人曰：「石也。」王以和爲誑，而刖其左足。及厲王薨，武王即位。和又奉其璞而獻之武王。武王使玉人相之，又曰：「石也。」王又以和爲誑，而刖其右足。武王薨，文王即位，和乃抱其璞而哭於楚山之下，三日三夜，淚盡而繼之以血。王聞之，使人問其故，曰：「天下之刖者多矣，子奚哭之悲也？」和曰：「吾非悲刖也，悲夫寶玉而題之以石，貞士而名之以誑，此吾所以悲也。」王乃使玉人理其璞，乃得寶焉，遂命曰和氏之璧。《墨子》：和氏之璧，隋侯之珠，三棘六異，此諸侯之所謂良寶也。

〔二〕《莊子》：直木先伐，甘井先竭。

〔三〕《太平御覽》：《金樓子》曰：蚌懷珠而致剖，蘭含香而遭焚。

〔四〕《高士傳》：老子生於殷時，爲周柱下史。後周德衰，乃乘青牛車，去入大秦，過西關。關令尹喜望氣先知焉，乃物色遮候之。已而老子果至，乃强使著書，作《道德經》五千餘言，爲道家之宗。

〔五〕陸機《文賦》：誦先人之清芬。李善注：清美芬芳之德。沉冥及魯連欲蹈東海事，已見前注。

其三十七

燕臣昔慟哭，五月飛秋霜〔一〕。庶女號蒼天，震風擊齊堂〔二〕。精誠有所感，造化爲悲傷。

而我竟何辜，遠身金殿旁（一本少此二句）〔三〕。浮雲蔽紫闥，白日難回光〔四〕。群沙穢明珠，衆草凌孤芳〔五〕。古來共歎息，流淚空沾裳。

〔一〕《論衡》：鄒衍無罪，見拘於燕。當夏五月，仰天而嘆，天爲隕霜。

〔二〕《淮南子》：庶女叫天，雷霆下擊，景公臺隕，支體傷折，海水大出。高誘注：庶賤之女，齊之寡婦，無子不嫁，事姑謹敬。姑無男有女，女利母財，令母嫁婦，婦終不肯。女殺母以誣婦，婦不能自明，寃結叫天，天爲行雷霆下擊，景公之臺隕壞，毀景公之支體，海水爲之大溢出也。江淹《上建平王書》：賤臣叩心，飛霜擊於燕地；庶女告天，振風襲於齊堂。

〔三〕江淹詩：列坐金殿側。

〔四〕孔融詩：讒邪害公正，浮雲翳白日。崔駰《達旨》：攀台階，窺紫闥。曹植《求通親親表》：注心皇極，結情紫闥。劉良注：皇極紫闥，天子所居也。

〔五〕孤芳，芳草之孤生者。

蕭士贇曰：此詩，其遭高力士譖於貴妃而放黜之時所作乎？浮雲比力士，紫闥比中宮，白日比明皇，群沙、衆草以喻小人，明珠、孤芳以喻君子。

其三十八

孤蘭生幽園，衆草共蕪没。雖照陽春暉〔一〕，復悲高秋月〔二〕。飛霜早淅瀝〔三〕，緑豔恐休歇。若無清風吹〔四〕，香氣爲誰發。

〔一〕《説文》：暉，日光也。
〔二〕《歲華紀麗》：九月曰高秋，亦曰暮秋。
〔三〕謝惠連《雪賦》：霰淅瀝而先集。劉良注：淅瀝，細下貌。
〔四〕《抱朴子》：芳蘭之芬烈者，清風之功也。

蕭士贇曰：詩謂君子在野，未能自拔於衆人之中，雖蒙主知，而小人之讒譖已至。若非在位之人引類拔萃而薦用之，雖有馨香，何以自見哉！

其三十九

登高望四海，天地何漫漫（謨官切，滿平聲）。霜被群物秋，風飄大荒寒〔一〕。榮華東流水〔二〕，萬事皆波瀾。白日掩徂暉〔三〕，浮雲無定端。梧桐巢燕雀，枳棘棲鴛（與鵷同，音冤）鸞〔四〕。且復歸去來，劍歌《行（一作「悲」）路難》。〔五〕（一本自第四句後云：「殺氣落喬木，浮雲蔽層巒。孤鳳鳴天霓，遺聲何辛酸。游人悲舊國，撫心亦盤桓。倚劍歌所思，曲終涕泗瀾。」）

〔一〕大荒，謂荒野之地。

〔二〕《楚辭》：及榮華之未落。王逸注：榮華，喻顏色也。《吕氏春秋》：水泉東流，日夜不休。

〔三〕徂輝，落日之光也。駱賓王詩：别情傷去蓋，離念惜徂輝。

〔四〕鴛，當是鵷字之訛。《莊子》：南方有鳥，其名鵷雛。發於南海，而飛於北海，非梧桐不止，非練實不食，非醴泉不飲。陸德明注：鵷雛，鸞鳳之屬也。《廣韻》：鵷雛似鳳。《埤雅》：鸞，赤色五采，雞形，鳴中五音，頌聲作則至。一曰：青鳳爲鸞。《後漢書》：枳棘非鸞鳳所棲。《陳書》：枳棘棲鵷，常以增嘆。劍歌，謂彈其劍而歌也。

〔五〕《行路難》，樂府曲名，詳見後三卷注。

琦按：「登高望四海，天地何漫漫」，見宇宙廣大之意。「霜被群物秋，風飄大荒寒」，見生計蕭索之意。「榮華東流水」，言年華日去，如水之東流，滔滔不返。「萬事皆波瀾」，言生事擾擾，反覆相乘，如水之波瀾，無有靜時。「白日掩徂輝」，謂日將落而無光，如人將有去志而意色不快。「浮雲無定端」，言人生世上，行踪原無一定，何必戀戀於此。或以落日爲浮雲所掩，喻英明之人爲讒邪所惑，兩句作一意解者亦可。梧桐之木，本鳳凰所止，而燕雀得巢其上，喻小人得志。枳棘之樹，本燕雀所萃，而鵷鸞反棲其間，喻君子失所。以上皆即景而寓感嘆於閒，以見不得不動歸來之念。意者，是時太白所投之主人，惑於群小而不見親禮，將欲去之而作此詩。舊注以時世昏亂、陰小用事爲解，專指朝政而言，恐未是。

其四十

鳳飢不啄（音卓）粟，所食唯琅玕〔一〕。焉能與群鷄，刺（音七）蹙（一作「蹙促」）爭一湌（同餐）。朝鳴崑丘樹，夕飲砥（同底）柱湍〔二〕。歸飛海路遠，獨宿天霜寒。幸遇王子晉〔三〕，結交青雲端。懷恩未得報，感别空長嘆。

〔一〕《藝文類聚》：《莊子》曰：吾聞南方有鳥，其名爲鳳，所居積石千里。天爲生食，其樹名瓊枝，高百仞，以璆琳琅玕爲實。天又爲生離珠，一人三頭，遞卧遞起，以伺琅玕。

〔二〕《淮南子》：鳳凰曾逝萬仞之上，翱翔四海之外，過崑崙之疏圃，飲砥柱之湍瀨。《山海經》：西海之南，流沙之濱，赤水之後，黑水之前，有大山，名曰崑崙之丘。《元和郡縣志》：底柱山，俗名三門山，在陝州硤石縣東北五十里黄河中。《禹貢》曰：導河積石至於龍門，又東至於底柱。注云：河水分流，包山而過，山見水中，若柱然也。又以禹理洪水，山陵當水者，破之以通河。三穿既決，河出其間，有似於門，故亦謂之三門。

〔三〕《水經注》：王子晉好吹鳳笙，招延道士，與浮丘同游伊、洛之浦。

其四十一

朝弄紫泥海（一作「朝駕碧鸞車」，蕭本作「朝弄紫沂海」）〔一〕，夕披丹霞裳〔二〕。揮手折若木，拂此西日光〔三〕。雲卧（一作「舉」）游八極〔四〕，玉顔已千霜〔五〕。飄飄入無倪〔六〕，稽首祈上皇〔七〕。呼我游太素〔八〕，玉杯賜瓊漿〔九〕，一飡歷萬歲，何用還故鄉。永隨長風去〔一〇〕，天外恣飄揚。

〔一〕《洞冥記》：東方朔去，經年乃歸。母曰：「汝行經年一歸，何以慰我耶？」朔曰：「兒至紫泥海，有紫水污衣，仍過虞淵湔洗。朝發中返，何云經年乎？」

〔二〕謝朓《七夕賦》：厭白玉而爲飾，霏丹霞而爲裳。

〔三〕《楚辭》：折若木以拂日兮，聊逍遥以相羊。王逸注：若木在崑崙西極，其華照下地。拂，擊也。折取若木以拂擊日，使之還去。或謂拂，蔽也，以若木鄣蔽日，使不得過。

〔四〕鮑照詩：雲卧恣天行。

〔五〕《黄庭内景經》：減卻百邪玉鍊顔。袁彖詩：萬古方一春，千霜豈二髮。

〔六〕倪，際也。

〔七〕《楚辭》：信上皇而質正。王逸注：上皇，上帝也。

〔八〕《真誥》：晨游太素宫，控軿觀玉河。《太平御覽》：《王君内傳》曰：紫清、太素、三元，道君之所治也。

〔九〕《楚辭》：華酌既陳，有瓊漿些。

〔一〇〕左思《吴都賦》：習御長風。劉逵注：長風，遠風也。

蕭士贇曰：或疑首二句爲不類起句，不知正是取法《選》詩。如「朝發鄴都橋，暮濟白馬津」，「朝發廣莫門，暮宿丹水山」，「朝旦發陽崖，暮落憩陰峰」之類，皆起句也。而其文法則又皆自《楚辭》中來，如「朝發軔於天津兮，夕予濟乎西極」，「朝馳余馬乎江皋，夕濟乎西澨」是也。

其四十二

摇裔（音曳）雙白鷗，鳴飛滄江流〔一〕。宜與海人狎，豈伊雲鶴儔。寄影（蕭本作「形」）宿沙月，沿（即沿字）芳戲春洲〔二〕。吾亦洗心者，忘機從爾游。

〔一〕搖裔，猶搖蕩也。盧思道詩：丰茸雞樹密，搖裔鶴烟稠。謝朓詩：迴瞰滄江流。《列子》：海上之人有好漚鳥者，每旦之海上，從漚鳥游。漚鳥之至者，百住而不止。其父曰：「吾聞漚鳥皆從汝游，汝取來吾玩之。」明日之海上，漚鳥舞而不下。《埤雅》：梟好没，鷖好浮，故鷖一名漚。《列子》曰漚鳥，今字從鳥，後人加之也。《蒼頡解詁》曰：鷖，鷗也。今鷗一名水鴞，似白鴿而群飛。

〔二〕謝朓詩：喧鳥覆春洲。

其四十三

周穆八荒意〔一〕，漢皇萬乘尊。淫樂心不極，雄豪安足論。西海宴王母，北宫邀上元〔二〕。瑶水聞遺歌〔三〕，玉杯竟空言〔四〕。靈跡成蔓草，徒悲千載魂。

〔一〕《列子》：周穆王肆意遠游，命駕八駿之乘。右服華騮而左緑耳，右驂赤驥而左白㵒，主車則造父爲御，𤨏𦊱爲右；次車之乘，右服渠黄而左踰輪，左驂盜驪而右山子，百夭主車，參百爲御，奔戎爲右。馳驅千里，遂賓於西王母，觴於瑶池之上，西王母爲王謡，王和之，其辭哀焉。

〔二〕《漢武内傳》：元封元年七月七日，王母至。天仙咸住殿下，王母惟將二侍女上殿，東向坐。帝跪拜，問寒暄畢而立。因呼帝坐，帝面南。王母乃遣侍女與上元夫人相聞，云：「王九光之母敬謝，比不相見四千餘年，天事勞我，致以愆面，夫人可暫來否？若能屈駕，當停相須。」帝問王母：「上元，何真也？」曰：「是三天真王之母，上元之官，統十萬玉女名録者也。」俄而夫人至，年可二十餘。天姿精耀，靈眸豔絶。服青霜袍，雲彩亂色，非錦非繡，不可名字。頭作三角髻，餘髮散垂至腰。戴九雲夜光之冠，帶火山大玉之佩，結鳳林華錦之綬，腰流黄揮精之劍。上殿向王母拜，王母坐止之，呼同坐，北向。王母勑帝曰：「此真元之母，尊貴之神，汝當起拜。」帝拜，問寒温。還坐，夫人笑曰：「五濁之人，耽酒榮利，嗜味淫色，固其常也。且徹以天子之貴，其亂目者倍於凡焉，而復於華麗之墟，拔嗜欲之根，願無爲之事，良有志矣。」按《漢武内傳》、《外傳》諸書，載王母及上元夫人來降漢庭，俱不言所在宫名。北宫，則禮神君之地也，此云「北宫邀上元」，當另有所本。

〔三〕王融《曲水詩序》：穆滿八駿，如舞瑶水之陰。劉良注：瑶水，瑶池也。

〔四〕《三輔黄圖》廟記曰：神明臺，武帝造，祭仙人處。上有承露盤，有銅仙人舒掌捧銅盤玉杯，以承雲表之露，以露和玉屑服之，以求仙道。《太平御覽》：《漢武故事》曰：上崩後，鄠縣有一人於市貨玉杯，吏疑其御物，欲捕之，因忽不見。縣送其器，推問，乃茂陵中物也。霍光自呼吏問之，説市人形貌如先帝。其事載在杯類中，而今本多作玉碗，蓋今本誤矣。按二事注此皆可通，但未知太白所用者何事耳？若舊注引新垣平玉杯，則文帝時事，非武帝也，恐未是。

其四十四

緑蘿紛葳蕤，繚繞松柏枝〔一〕。草木有所託，歲寒尚不移。奈何夭桃色〔二〕，坐嘆葑菲（音斐）詩〔三〕。玉顏豔紅彩〔四〕，雲髮非素絲〔五〕。君子恩已畢〔六〕，賤妾將何爲〔七〕！

〔一〕郭璞詩：緑蘿結高林。呂向注：緑蘿，松蘿也。陸機《文賦》：紛葳蕤以馺遝。呂向注：紛葳蕤，盛美貌。《廣韻》：繚繞，纏也。《詩·小雅》：蔦與女蘿，施於松柏。《廣雅》：女蘿，松蘿也。

〔二〕《詩·國風》：桃之夭夭，灼灼其華。毛傳曰：夭夭，其少壯也。

〔三〕《詩·國風》：習習谷風，以陰以雨。黽勉同心，不宜有怒。采葑采菲，無以下體。德音莫違，及爾同死。序云：谷風，刺夫婦失道也。衛人化其上，淫於新婚而棄其舊室，夫婦離絶，國俗傷敗焉。

〔四〕江淹詩：庭樹發紅彩。張銑注：紅彩，花也。

〔五〕《詩·國風》：鬒髮如雲。毛傳曰：如雲，言美長也。王融詩：騷首亂雲髮。

〔六〕江淹詩：君子恩未畢。

〔七〕《古詩》：賤妾亦何爲？

琦按：古稱色衰愛弛，此詩則謂色未衰而愛已弛，有感而發，其寄諷之意深矣。

其四十五

八荒馳驚飇〔一〕，萬物盡凋落。浮雲蔽頹陽〔二〕，洪波振大壑〔三〕。龍鳳脱罔罟，飄颻將安託？去去乘白駒，空山詠場藿〔四〕。

〔一〕驚飇，暴風也。陸機詩：驚飇褰反信。

〔二〕謝宣遠詩：頹陽照通津。吕延濟注：頹陽，落日也。

〔三〕殷仲文表：洪波振壑。《列子》：渤海之東，不知幾億萬里，有大壑焉，實惟無底之谷，其下無底，名曰歸墟。八紘九野之水，天漢之流，莫不注之，而無增無減焉。

海也。《莊子》：大壑之爲物也，注焉而不滿，酌焉而不竭。陸德明注：大壑，東

〔四〕《詩·小雅》：皎皎白駒，食我場苗。毛傳曰：宣王之末，不能用賢，賢者有乘白駒而去者。次章云：皎皎白駒，食我場藿。毛傳曰：藿猶苗也。

蕭士贇曰：此詩前指禄山之亂，乘輿播遷，天下驚擾。後言己之羅難，脱身羈囚，無所依託。

其四十六

一百四十年〔一〕，國容何赫然〔二〕！隱隱五鳳樓，峨峨横三川〔三〕。王侯象星月，賓客如雲烟（一本首六句云：「帝京信佳麗，國容何赫然！劍戟擁九關，歌鐘沸三川。蓬萊象天構，珠翠誇雲仙」）。鬭鷄金宮（一作「城」）裏〔四〕，蹴（音蹙）踘（音菊）瑶臺（一作「走馬蘭臺」）邊〔五〕。舉動摇白日，指揮回青天。當塗何翕忽，失路長棄捐〔六〕。獨有楊執戟〔七〕，閉關草《太玄》〔八〕。

〔一〕唐自武德元年至天寶十四載，得一百三十八年。此詩約是天寶初年，太白在翰林時所作。「四」字疑誤。

〔二〕赫然，盛貌。《漢書》：《司馬法》曰：國容不入軍。

〔三〕《初學記》：《關中記》云：涇與渭、洛，爲關中三川。

〔四〕《唐書·五行志》：玄宗好鬭雞，貴臣外戚皆尚之，貧者或弄木雞。識者以爲雞酉屬，帝生之歲也。鬭者兵象，近雞禍也。

〔五〕《史記》：處後蹴踘。《正義》曰：謂打毬也。《漢書》：蹴踘刻鏤。顔師古注：蹴，足蹴之也。鞠以韋爲之，中實以物，蹴蹋爲戲樂也。《荆楚歲時記》：劉向《别録》曰：蹴踘，黄帝所造，本兵勢也。或云起於戰國。按踘與毬同，古人蹋踘以爲戲也。蕭士贇曰：白日青天以比其君，鬪雞蹴踘，明皇所好。此等得志用事，舉動指揮，足以動摇主聽。

〔六〕揚雄《解嘲》：當塗者升青雲，失路者委溝渠。翕忽，疾貌。《吴都賦》：神化翕忽。太白意謂此輩幸臣，當其得志，不過翕忽之頃，一朝失寵，長於棄捐不用，蓋言不足恃之意。而蕭注謂得其蹊徑而依附之，可以翕忽而暴貴，不得其蹊徑而不依附，終於棄捐而不用，似失其解。

〔七〕曹植《與楊修書》：昔揚子雲，先朝執戟之臣耳。

〔八〕閉關，猶閉門也。鮑照詩：閉幃草《太玄》，兹事殆愚狂。《漢書》：哀帝時，丁、傅、董賢用事，諸附離之者，或起家至二千石。時揚雄方草《太玄》，有以自守，泊如也。

其四十七

桃花開東園，含笑誇白日〔一〕。偶蒙春（蕭本作「東」）風榮，生（一作「矜」）此豔陽質。豈無佳人色？但恐花不實。宛轉龍火飛〔二〕，零落早相失。詎知南山松，獨立自蕭飂〔三〕。

〔一〕阮籍詩：東園桃與李。《史通》：今俗文士謂鳥鳴爲啼，花發爲笑。鮑照詩：豔陽桃李節。

〔二〕張協《七命》：龍火西頽。李善注：《漢書》曰：東宫蒼龍房心，心爲火，故曰龍火也。

〔三〕江淹詩：松柏轉蕭瑟。劉良注：蕭瑟，風吹松柏聲。

蕭士贇曰：此詩謂士無實行，偶然榮遇者，寵衰則易至於棄捐。孰若君子之有特操者，獨立而不改其節哉！

其四十八

秦皇按寶劍，赫怒震（繆本作「振」）威神。逐日巡海右，驅石駕（繆本作「架」）滄津〔一〕。徵卒空九寓（即「宇」字）〔二〕，作橋傷萬人。但求蓬島藥〔三〕，豈思農鳸（音户）春〔四〕。力盡功不贍〔五〕，千載爲悲辛。

〔一〕《藝文類聚》：《三齊略記》曰：秦始皇作石橋，欲過海觀日出處。於時有神人能驅石下海，城陽十一山，石盡起立，嶷嶷東傾，狀似相隨而去。云石去不速，神人輒鞭之，盡流血，石莫不悉赤，至今猶爾。江淹《恨賦》：秦帝按劍，諸侯西馳。削平天下，同文共規。雄圖既溢，武力未畢。方架黿鼉以爲梁，巡海右以送日。

〔二〕九寓，猶九州。牛弘《神州歌》：九寓載寧。

〔三〕《史記》：秦使徐福入海求神異物，還爲僞辭曰：臣見海中大神言曰：「汝西皇之使耶？」臣答曰：「然。」「汝何求？」曰：「願請延年益壽藥。」神曰：「汝秦王之禮薄，得觀而不得取。」即從臣東南至蓬萊山，見芝成宮闕，有使者銅色而龍形，光上照天。於是臣再拜問曰：「宜何資以獻？」海神曰：「以令童子若振女與百工之事，即得之矣。」秦皇帝大悦，遣振男女三千人，資之五穀種種百工而行。徐福得平原廣澤，止王不來。

〔四〕《獨斷》：少昊之世，置九農之官：春扈氏農正，趣民耕種；夏扈氏農正，趣民芸除；秋扈氏農正，趣民收斂；冬扈氏農正，趣民蓋藏；棘扈氏農正，掌人百果；行扈氏農正，晝爲民驅鳥；宵扈氏農正，夜爲民驅獸；桑扈氏農正，趣民養蠶；老扈氏農正，趣民收麥。陳子昂詩：願罷瑶池宴，來觀農扈春。宋之問詩：吾君不事瑶池樂，時雨來觀農鳸春。鳸、扈，古字通用。

〔五〕《説文》：贍，給也。

其四十九

美人出南國，灼灼芙蓉姿。皓齒終不發〔一〕，芳心空自持。由來紫宫女〔二〕，共妒青蛾眉。歸去瀟湘沚〔三〕，沉吟何足悲。

〔一〕曹植詩：南國有佳人。又詩：誰爲發皓齒。

〔二〕左思詩：列宅紫宫裏。李周翰注：紫宫，天子所居處。

〔三〕曹植詩：夕宿瀟湘沚。《爾雅》：小渚曰沚。

蕭士贇曰：此太白遭讒擯逐之詩也。去就之際，曾無留難。然自後人而觀之，其志亦可悲矣。

其五十

宋國梧臺東，野人得燕石（一作「宋人枉千金，去國買燕石」）〔一〕。誇作天下珍，卻哂趙王璧〔二〕。趙璧無緇（音支，又音子）磷（音鄰）〔三〕，燕石非貞真，流俗多錯誤，豈知玉與珉〔四〕。

〔一〕《藝文類聚》：《闞子》曰：宋之愚人得燕石於梧臺之東，歸而藏之以爲寶。周客聞而觀焉，主人齋七日，端冕玄服以發寶。革匱十重，緹巾十襲。客見之，掩口而笑曰：「此特燕石也，其與瓦甓不殊。」主人大怒曰：「商賈之言，醫匠之心。」藏之愈固。

〔二〕《史記》：趙惠文王時，得楚和氏璧。

〔三〕劉孝威詩：白玉遂緇磷。《野客叢書》：《論語》：磨而不磷，涅而不緇。今讀磷字多作去聲，讀緇字多作平聲。而古來文士，以磷字爲平聲，如摯虞、傅咸，以至李、杜、元、白之流皆然。緇字作去聲協，見沈約《高士贊》。今禮部押韻，緇字只平聲一音，蓋當時未分四聲故耳。

〔四〕《韻會》：珉，音與民同。《説文》：石之美者。《禮》：君子貴玉而賤珉。珉，石似玉而非也。

蕭士贇曰：此譏世人不識真儒，而假儒反得用世以非笑真儒焉。辭簡意明，切中古今時病。

其五十一

殷后亂天紀〔一〕，楚懷亦已昏。夷羊滿中野〔二〕，菉（繆本作「緑」）葹盈高門〔三〕。比干諫而死〔四〕，屈平竄湘源〔五〕。虎口何婉孌（音戀）〔六〕，女嬃（繆本作「顏」）空嬋（音蟬）娟（音蠲）〔七〕。彭咸久淪没〔八〕，此意與誰論。

〔一〕《胤征》：俶擾天紀。《正義》曰：始亂天之紀綱也。陶潛詩：嬴氏亂天紀。

〔二〕《國語》：商之興也，檮杌次於丕山。其亡也，夷羊在牧。韋昭解：夷羊，神獸。牧，商郊牧野。

〔三〕《離騷》：薋菉葹以盈室兮，判獨離而不服。王逸注：薋，蒺藜也。菉，王芻也。葹，枲耳也。三者皆惡草，以喻讒諂盈滿於側也。

〔四〕《楚辭章句》：紂惑妲己，作糟丘酒池，長夜之飲，斷斮朝涉，刳剔孕婦。比干正諫，紂怒曰：「吾聞聖人心有七竅。」於是殺比干，剖其心而觀之。

〔五〕《史記》：屈原者，名平，楚之同姓也。爲楚懷王左徒。博聞强志，明於治亂，嫺於辭令。入則與王圖議國事，以出號令，出則接遇賓客，應對諸侯，王甚任之。上官大夫與之同列，爭寵而心害其能，因讒之。王怒而疏屈平。屈平疾王聽之不聰也，讒諂之蔽明也，邪曲之害公也，方正之不容也，故憂愁幽思而作《離騷》。所謂「薋菉葹以盈室」及女嬃、彭咸事，皆《離騷》中語也。其後又信上官之讒，遷屈原於湘江之南，乃頃襄王時事，非懷王也，詩蓋互言之耳。

〔六〕蕭士贇曰：虎口事，如《史記》秦二世拜叔孫通爲博士，通曰「我幾不脱於虎口」之類，謂比干以諫死，是陷於虎口，何所爲而婉孌如是哉？《詩》云：婉兮孌兮。注曰：皆顧慕貌。陸機詩：婉孌崑山陰。注曰：婉孌，存思貌。琦按：虎口二句，是反言以起下文，見賢者所爲，衆人不知，反以爲非之意。

〔七〕《離騷》：女嬃之嬋媛兮，申申其詈予。王逸注：女嬃，屈原姊也。嬋媛，猶牽引也。言女嬃見己施行不與衆合，以見流放，故來牽引數怒，重詈我也。

〔八〕又《離騷》：雖不周於今之人兮，願依彭咸之遺則。王逸注：彭咸，殷賢大夫也，諫其君不聽，自投水而死。

其五十二

青春流驚湍〔一〕，朱明（一作「火」）驟回薄〔二〕。不忍看秋蓬〔三〕，飄揚竟何託。光風滅蘭蕙〔四〕，白露灑葵藿（一作「委蕭藿」）〔五〕。美人不我期，草木日零落〔六〕。

〔一〕《楚辭》：青春受謝。王逸注：青，東方春位，其色青也。潘岳詩：驚湍激巖阿。劉良注：湍，急流也。

〔二〕《爾雅》：夏爲朱明。郭璞注：氣赤而光明也。賈誼《鵩賦》：萬物回薄，震蕩相轉。

〔三〕《埤雅》：蓬蒿，草之不理者也。其葉散生如蓬，末大於本，故遇風輒拔而旋。《説苑》曰：秋蓬惡於根本，而美於枝葉，秋風一起，根且拔矣。

〔四〕《楚辭》：光風轉蕙，氾崇蘭些。王逸注：光風，謂雨已日出而風，草木有光也。

〔五〕王禎《農書》：葵，陽草也，其菜易生，郊野甚多，不拘肥瘠地皆有之，爲百菜之主，備四時之饌。本豐而耐旱，味甘而無毒，可防荒儉，可以菹腊，其枯枿可以榜簇，根子又能療疾，咸無遺棄，誠蔬茹之要品，民生之資益者也。而今人不復食之，亦無植者。《説文》：藿，尗之少也，蓋謂豆之初生者。《廣雅》：豆角謂之莢，其葉謂之藿。

〔六〕王逸《楚辭注》：零、落，皆墮也，草曰零，木曰落。

蕭士贇曰：《楚辭》：日月忽其不淹兮，春與秋其代謝。惟草木之零落兮，恐美人之遲暮。詩意全出於此。美人，況時君也。時不我用，老將至矣，懷材而見棄於世，能不悲夫。

其五十三

戰國何紛紛〔一〕，兵戈亂浮雲。趙倚兩虎鬬〔二〕，晉爲六卿分〔三〕。姦臣欲竊位，樹黨自相群。果然田成子〔四〕，一旦殺（繆本作「弑」）齊君〔五〕。

〔一〕《魏書》：戰國紛紛，年過十紀。

〔二〕《史記》：趙以藺相如功大，拜爲上卿，位在廉頗之右。廉頗宣言曰：「我見相如，必辱之。」相如聞，不肯與會。每朝時，常稱病，不欲與廉頗爭列。已而相如出，望見廉頗，引車避匿。於是舍人相與諫相如。相如曰：「强秦所以不敢加兵于趙者，徒以吾兩人在也。今兩虎共鬬，其勢不俱生，吾所以爲此者，先國家之急而後私仇也。」

〔三〕《漢書》：田氏篡齊，六卿分晉。顔師古注：晉之衰也，六卿擅權。其後范氏、中行氏、智氏滅，而韓、魏、趙兼其土田人衆，故總言六卿分晉也。按《史記·晉世家》曰：頃公十二年，晉之宗家祁傒、孫叔嚮子相惡於君。六卿欲弱公室，乃遂以法盡滅其族，而分其邑爲十縣，各令其子爲大夫。晉益弱，六卿皆大。太白所謂「晉爲六卿分」者，蓋用此事，指大夫專政而言，以起下文循至竊位弑君之事。

〔四〕《史記》：范、中行氏反晉，晉攻之急，范、中行請粟於齊。田乞欲爲亂，樹黨於諸侯，乃説景公曰：「范、中行數有德於齊，齊不可不救。」齊使田乞救之，而輸之粟。田乞卒，子常代立，是爲田成子。田成子與監止俱爲左右相，相簡公。田常心害監止，監止幸於簡公。子我者，監止之宗人也，常與田氏有隙。田常於是擊子我，子我率其徒攻田氏，不勝，出亡，田氏之徒追殺子我及監止。簡公出奔，田氏之徒追執簡公於徐州，恐簡公復立而誅己，遂殺簡公。

〔五〕《莊子》：田成子一旦殺齊君而盜其國。

其五十四

倚劍登高臺〔一〕，悠悠送春目〔二〕。蒼榛蔽層丘，瓊草隱深谷〔三〕。鳳鳥（繆本作「皇」）鳴西海，欲集無珍木〔四〕。鷽（音豫，又音余）斯得所居（一作「匹居」，一作「所棲」），蒿下盈萬族〔五〕。晉風日已頹，窮途方慟哭。〔六〕（一本後六句云：「翩翩衆鳥飛，翺翔在珍木。群花亦便娟，榮耀非一族。歸來愴途窮，日暮還慟哭。」）

〔一〕江淹詩：倚劍臨八荒。李周翰注：倚，佩也。

〔二〕謝朓詩：遠近送春目。

〔三〕庾闡詩：瓊草蔽神丘。

〔四〕劉楨詩：珍木鬱蒼蒼。張銑注：珍木，謂珍異之木。

〔五〕《爾雅》：鸒斯，鵯鶋。郭璞注：鵶烏也，小而多群，腹下白，江東亦呼爲鵯烏。鄭樵注：亦謂之雅烏。蓋雀類，差小，多群飛，食穀粟，俗呼必烏。江淹詩：鸒斯蒿下飛。

〔六〕《晉書》：阮籍時率意獨駕，不由徑路，車跡所窮，輒慟哭而反。

蕭士贇曰：三四比小人據高位，而君子在野。五句至八句謂當時君子亦有用世之意，而在朝無君子以安之，反不如小人之得位，呼儔引類，至於萬族之多也。末句借晉爲喻，君子道消，風俗頽靡，若阮籍途窮慟哭，毋乃見事之晚乎！

其五十五

齊瑟彈（一作「揮」）東吟，秦絃弄西音〔一〕，慷慨動顔魄，使人成荒淫。彼美（繆本作「女」）佞邪子，婉孌來相尋〔二〕。一笑雙白璧，再歌千黄金〔三〕。珍色不貴道，詎惜飛光沉〔四〕。安識紫霞客，瑶臺鳴素（一作「玉」）琴〔五〕。

〔一〕曹植詩：秦箏發西氣，齊瑟揚東謳。魏文帝詩：齊倡發東舞，秦箏奏西音。

〔二〕《漢書》：婉孌董公，惟亮天工。顔師古注：婉孌，美貌。
〔三〕《古詩》：一笑雙白璧，再顧千黄金。
〔四〕沈約詩：飛光忽我遒。張銑注：飛光，日月也。
〔五〕嵇康詩：習習谷風，吹我素琴。素琴，謂琴之素朴不用金玉珍寶以爲飾者也。

其五十六

越客採明珠〔一〕，提攜出南隅。清輝照海月，美價傾皇（一作「鴻」）都〔二〕。獻君君按劍〔三〕，懷寶空長吁。魚目復相哂〔四〕，寸心增煩紆〔五〕。

〔一〕越，南越也，今廣東是。其地當天下之南而臨南海，海中有珠池，産明珠。
〔二〕《東都賦》：嘉祥阜兮集皇都。
〔三〕鄒陽《上梁王書》：明月之珠，夜光之璧，以暗投人於道，衆莫不按劍相眄者，無因而至前也。
〔四〕張協詩：魚目笑明月。張銑注：魚目，魚之目精白者也。
〔五〕張衡詩：何爲懷憂心煩紆。李周翰注：煩紆，思亂也。

其五十七

羽族禀萬化[一]，小大各有依。周周（繆本作「啁啁」）亦何辜，六翮掩不揮[二]。願銜衆禽翼，一向黄河飛。飛者莫我顧，嘆息將安歸。

〔一〕《漢書》：千變萬化，未始有極。

〔二〕《韓非子》：鳥有翢翢者，重首而尾屈，將欲飲於河則必顛，乃銜其羽而飲之。人之所有飲不足者，不可以不索其羽也。阮籍詩：天網彌四野，六翮掩不舒。

其五十八

我行（蕭本作「到」）巫山渚（音主），尋古登陽臺[一]。天空綵雲滅[二]，地遠清風來。神女去（蕭本作「知」）已久，襄王安在哉！荒淫竟淪没（蕭本作「替」）[三]，樵牧徒悲哀。

〔一〕宋玉《高唐賦》：楚襄王與宋玉游於雲夢之臺，望高唐之觀，其上獨有雲氣，崒兮直上，忽兮改容，須臾之間，變化無窮。王問玉曰：「此何氣也？」玉對曰：「所謂朝雲者也。昔者先王嘗游高唐，怠而晝寢，夢見一婦人曰：『妾巫山之女也，爲高唐之客。聞君游高唐，願薦枕席。』王因幸之。去而辭曰：『妾在巫山之陽，高丘之岨，旦爲朝雲，暮爲行雨，朝朝暮暮，陽臺之下。』旦朝視之如言，故爲立廟，號曰朝雲。」《通典》：夔州巫山縣有巫山。《一統志》：陽臺在夔州府巫山縣治西北，南枕大江。宋玉賦云：楚王游於陽雲之臺，望高唐之觀，即此。王阮亭曰：巫山形絶肖巫字，其東即陽雲臺，在縣治西北五十步，高一百二十丈。二山皆土阜，殊乏秀色，而古今豔稱之，以楚大夫詞賦重耳。江淹詩：相思巫山渚，悵望陽雲臺。

〔二〕王融詩：巫山綵雲合。

〔三〕阮籍詩：三楚多秀士，朝雲進荒淫。

其五十九

惻惻泣路岐，哀哀悲素絲〔一〕。路岐有南北，素絲易（一作「有」）變移。萬事固如此，人生無定期。田、竇相傾奪，賓客互盈虧〔二〕。世途多翻覆，交道方嶮（與險同）巇（音羲。一本少「萬事固如此」四句。「世途多翻覆」作「谷風刺輕薄」。「交道」以下皆同）〔三〕。斗酒强然諾〔四〕，寸心終自疑。張、陳竟火滅，蕭、朱亦星離〔五〕。衆鳥集榮柯，窮魚守枯（一作「空」）池〔六〕。嗟嗟失歡客，勤問何所規（一作「悲」，又作「窺」）。

〔一〕《淮南子》：楊子見逵路而哭之，爲其可以南可以北。墨子見練絲而泣之，爲其可以黄可以黑。《吕氏春秋》：墨子見染素絲者而嘆曰：染於蒼則蒼，染於黄則黄。所以入者變，其色亦變，五入而以爲五色矣，故染不可不慎也。《劉子》：墨子所以悲素絲，楊朱所以泣路岐。

〔二〕《史記》：魏其侯竇嬰，喜賓客，諸游士賓客争歸魏其侯。武安侯田蚡，新用事爲相，卑下賓客，進名士家居者，欲以傾魏其諸將相。武安侯以王太后故親幸，數言事多效，天下吏士趨勢利者，皆去魏其，歸武安。又《史記》：齊有孟嘗君，趙有平原君，魏有信陵君，方爭下士，招致賓客，以相傾奪，輔國持權。

〔三〕劉峻《廣絶交論》：世路險巇，一至於此。李善注：嶮巇，猶顛危也。

〔四〕《漢書》：灌夫喜任俠，已然諾。《後漢書》：張、陳凶其終，蕭、朱隙其末。

〔五〕章懷太子注：張耳、陳餘初爲刎勁交，後搆隙，耳從漢，爲將兵，殺陳餘於泜水之上。蕭育，字次君，朱博，字子元，二人爲友，著聞當代。後有隙不終，故時以交爲難。

〔六〕左思詩：塊若枯池魚。

蕭士贇曰：此詩譏市道交者。太白罹難之餘，友朋之交道，其不能始終如一者，諒亦多矣。徒有一類失歡之客，勤勤問勞，亦何所規益乎！

劉克莊曰：太白《古風》，與陳子昂《感遇》之作，筆力相上下，唐之詩人，皆在下風。胡震亨曰：太白《古風》，其篇富於子昂之《感遇》，儉於嗣宗之《咏懷》。其抒發性靈，寄託規諷，實相源流也。但嗣宗詩旨淵放，而文多隱避，歸趣未易測求。子昂淘洗過潔，韻不及阮，而渾穆之象尚多包含。太白六十篇中，非指言時事，即感傷己遭，循徑而窺，又覺易盡。此則役於風氣之遞盛，不得不以才情相勝，宣泄見長。律之往製，未免言表繫外，尚有可議，亦時會使然，非後賢果不及前哲也。宋漫堂《詩説》：阮嗣宗《詠懷》、陳子昂《感遇》、李太白《古風》、韋蘇州《擬古》，皆得十九首遺意。

李太白全集卷之三

錢塘王琦琢崖輯注
王熥葆光王復曾宗武較

樂府三十首

遠別離

江淹作《古別離》，梁簡文帝作《生別離》，太白之《遠別離》、《久別離》二作，大概本此。

遠別離，古有皇（繆本作「黄」，誤）、英之二女〔一〕，乃在洞庭之南，瀟湘之浦〔二〕。海水直下萬里深，誰人不言此離苦〔三〕。日慘慘兮雲冥冥〔四〕，猩猩啼烟兮鬼嘯雨〔五〕，我縱言之將何補。皇穹竊恐不照余之忠誠〔六〕，雷（蕭本作「雲」）憑憑兮欲吼怒，堯、舜當之亦禪禹。君失臣兮龍爲魚，權歸臣兮鼠變虎。或云（蕭本作「言」）堯幽囚〔七〕，舜野死〔八〕，九疑聯綿皆相似〔九〕，重瞳孤墳竟何是〔一〇〕。帝子泣兮緑雲間〔一一〕，隨風波兮去無還。慟哭兮遠望，見蒼梧之深山。蒼梧山崩湘水絶，竹上之淚乃可滅〔一二〕。

〔一〕《列女傳》：有虞二妃者，帝堯之二女也，長娥皇，次女英，娥皇爲后，女英爲妃。

〔二〕《水經注》：大舜之涉方也，二妃從征，溺於湘江。神游洞庭之淵，瀟湘之浦。瀟者，水清深也。《湘中記》曰：湘川清照五六丈，下見底。石如樗蒲矢，五色鮮明，白沙如霜雪，赤崖如朝霞，是納瀟湘之名矣。故民爲立祠於水側焉。

〔三〕「海水直下」二句是倒裝句法，謂生死之别，永無見期，其苦如海水之深，無有底止也。

〔四〕慘慘，無光貌。冥冥，陰晦貌。《楚辭·九嘆》：雲冥冥而暗前。

〔五〕左思《蜀都賦》：猩猩夜啼。劉逵注：猩猩生交趾封溪，似猿，人面，能言語，夜聞其聲如小兒啼。

〔六〕潘岳《寡婦賦》：仰皇穹兮嘆息。李善注：皇穹，天也。

〔七〕《史記正義》：《括地志》云：故堯城，在濮陽鄄城縣東北十五里。《竹書》云：昔堯德衰，爲舜所囚也。又有偃朱故城，在縣西北十五里。《竹書》云：舜囚堯，復偃塞丹朱，使不與父相見也。《廣弘明集》：汲冢《竹書》云：舜囚堯於平陽，取之帝位，今見有囚堯城。琦按：今《竹書》並無此荒謬之説，意者起自六朝，君臣之間多有慚德，乃僞造此辭，謂古聖人已有行之者，以自文釋其過歟？太白雖用其事，而以或云冠其上，以見其説之不可信也。

〔八〕《國語》：舜勤民事而野死。韋昭注：野死，謂征有苗，死於蒼梧之野。

〔九〕《山海經》：南方蒼梧之丘，蒼梧之淵，其中有九疑山。舜之所葬，在長沙零陵界中。郭璞注：山今在零陵營道縣南，其山九谿皆相似，故云九疑，古者總名其地爲蒼梧也。《述異記》：九疑山，隔湘江，跨蒼梧野，連營道縣界，九山相似，行者望之有疑，因名九疑山。

〔一〇〕《宋書》：舜生於姚墟，目重瞳子，故名重華。

〔一一〕《楚辭》：帝子降兮北渚。王逸注：帝子，謂堯女也。鮑照詩：垂綵緑雲中。

〔一二〕《述異記》：舜南巡，葬於蒼梧之野，堯之二女娥皇、女英追之不及，相與慟哭，淚下沾竹，竹上文爲之斑斑然。

蕭士贇曰：此篇，前輩咸以爲上元間李輔國張后矯制遷上皇於西内時，太白有感而作。余曰：非也。此詩大意謂無借人國柄，借人國柄則失其權，失其權則雖聖哲不能保其社稷、妻子，其禍有必至之勢。詩之作，其在天寶之末乎？按唐史《高力士傳》曰：天寶中，帝嘗曰：「朕春秋高，朝廷細務問宰相，蕃夷不龔付諸將，寧不暇耶？」又嘗齋大同殿，力士侍，帝曰：「海内無事，朕將吐納導引，以天下事付林甫，若何？」力士對曰：「天下大柄，不可假人。威權既振，誰敢議者？」自是國權卒歸於林甫、國忠，兵權卒歸於禄山、舒翰。太白熟觀時事，欲言則懼禍及己，不得已而形之詩，聊以致其愛君憂國之志，所謂皇、英之事，特借之以隱喻耳。曰日，曰皇穹，比其君也。曰雲，比其臣也。「日慘慘兮雲冥冥」，喻君昏於上，而權臣障蔽於下也。「猩猩啼烟鬼嘯雨」，極小人之形容，而政亂之甚也。「堯、舜當之亦禪禹」而下，乃太白所欲言之事，權歸臣下，禍必至此，詩意切直著明，流出胸臆，非識時憂世之士，存懷君忠國之心者，其孰能與於此哉！　胡震亨曰：此篇借舜二妃追舜不及、淚染湘竹之事，言遠别離之苦，并借《竹書》雜記見逼舜禹、南巡野死之説，點綴其間，以著人君失權之戒。使其詞閃幻可駭，增奇險之趣。蓋體幹於楚《騷》，而韻調於漢鐃歌諸曲，以成爲一家語，參觀之，當得其源流所自。

公無渡河

王僧虔《技録》：相和歌瑟調三十八曲，中有《公無渡河行》，即《箜篌引》也。《古今注》：《箜篌引》，朝鮮津卒霍里子高妻麗玉所作也。子高晨起刺船而濯，有一白首狂夫，披髮提壺，亂流而渡，其妻隨呼止之，不及，遂墮河水死。於是援箜篌而鼓之，作《公無渡河》之歌，聲甚悽愴，曲終，亦投河而死。子高還，以其聲語妻麗玉。麗玉傷之，乃引箜篌而寫其聲，聞者莫不墮淚飲泣。麗玉以其聲傳鄰女麗容，名曰《箜篌引》焉。

黄河西來決崑崙，咆哮萬里觸龍門〔一〕。波滔天，堯咨嗟〔二〕。大禹理百川，兒啼不窺家〔三〕。殺湍堙（音因。蕭本作「湮」）洪水，九州始蠶（一作「桑」）麻〔四〕。其害乃去，茫然風沙。披髮之叟狂而癡，清晨徑（一作「臨」）流欲奚爲？旁人不惜妻止之，公無渡河苦渡之。虎可搏，河難馮〔五〕，公果溺死流海湄〔六〕。有長鯨（音警）白齒若雪山〔七〕，公乎公乎挂罥（音絹。繆本作「骨」）於其間〔八〕，箜篌所悲竟不還〔九〕。

〔一〕《初學記》：按《水經注》及《山海經》注，河源出崑崙之墟，東流潛行地下，至規期山北流，分爲兩源，一出葱嶺，一出于闐，其河復合。東注蒲昌海，復潛行地下，南出積石山，西南流，又東迴入塞，過燉煌、酒泉、張掖郡，南與洮河合。過安定、北地郡，北流，過朔方郡西，又南流，過五原郡南，又東流，過雲中、西河郡東，又南流，過上都、河東郡西，而出龍門，至華陰潼關，與渭水合。又東迴，過砥柱，及洛陽云云。按龍門山在今陝西西安府韓城縣東北五十里，黄河經其間，兩岸對峙，高數百尺，望之若門。《禹貢》「導河積石，至於龍門」，即此是也。凡塞外諸河，率皆歸此，故水勢最盛。酈道元謂其崩浪萬尋，懸流千丈，渾洪贔怒，鼓若山騰。李復謂禹鑿龍門，起於東受降城之東，自北而南，兩岸石壁峭立，大河盤束於山峽間千數百里。至此，山開岸闊，豁然奔放，怒氣噴風，聲如萬雷，其險可覩矣。

〔二〕《史記》：堯曰：嗟，四岳，湯湯洪水滔天，浩浩懷山襄陵，下民其憂，有能使治者？

〔三〕《漢書》：夏乘四載，百川是道。《列女傳》：塗山氏長女，夏禹娶以爲妃。既生啟，辛壬癸甲，啟呱呱泣。禹去而治水，三過其家，不入其門。

〔四〕顔師古《漢書注》：急流曰湍。《莊子》：昔者禹之湮洪水，決江湖而通四夷九州也。陸德明注：

堙，塞也。

〔五〕《詩·小雅》：不敢暴虎，不敢馮河。毛傳云：徒搏曰暴虎，徒涉曰馮河。

〔六〕海湄，海濱也。

〔七〕《洛陽伽藍記》：鉢和國之南界，有大雪山，朝融夕結，望若玉峰。

〔八〕木華《海賦》：或挂罥於岑嶅之峰。李善注：《聲類》曰：罥，係也。

〔九〕《通典》：箜篌，漢武帝使樂人侯調所造，以祀太一，或云侯輝所作。其聲坎坎應節，謂之坎侯，聲訛爲箜篌。侯者，因樂工人姓耳。古施郊廟雅樂，近代專用於楚聲。或謂師延靡靡之樂，非也。舊説亦依琴制，今按其形，似瑟而小，七弦，用撥彈之如琵琶也。

蕭士贇曰：詩謂洪水滔天，下民昏墊，天之作孽，不可違也。當地平天成、上下相安之時，乃無故馮河而死，是則所謂自作孽者，其亦可哀而不足惜也矣。故詩曰「旁人不惜妻止之」，諷當時不靖之人，自投天網，借以爲喻云耳。

蜀道難

按《樂府詩集》：王僧虔《技録》，相和歌瑟調三十八曲，内有《蜀道難行》。《樂府古題要解》：《蜀道難》，備言銅梁、玉壘之險。

噫（音衣）吁嚱（音希）〔一〕，危乎高哉！蜀道之難，難於上青天。

〔一〕《宋景文公筆記》：蜀人見物驚異，輒曰噫嘻嚱。李白作《蜀道難》，因用之。

蠶叢及魚鳧，開國何茫然〔一〕。爾來四萬八千歲，不（一作「乃」）與秦塞通人烟。西當太白有鳥道〔二〕，可（一作「何」）以横絶峨眉巔〔三〕。地崩山摧壯士死〔四〕，然後天梯石棧相（一作「方」）鉤連。

〔一〕劉逵《三都賦注》：揚雄《蜀王本紀》曰：蜀王之先，名蠶叢、柏灌、魚鳧、蒲澤、開明。是時人民椎髻哤言，不曉文字，未有禮樂。從開明上至蠶叢，積三萬四千歲。《華陽國志》：蜀侯蠶叢，其目縱，始稱王。死作石棺、石槨，國人從之，故俗以石棺槨爲縱目人冢。次王曰柏灌，次王曰魚鳧。魚鳧田於湔山，忽得仙道，蜀人思之，爲立祠。

〔二〕《元和郡縣志》：太白山，在鳳翔府郿縣東南五十里。慎蒙《名山記》：太白山，在鳳翔府郿縣東南四十里，鍾西方金宿之秀，關中諸山莫高於此。其山巔高寒，不生草木，常有積雪不消，盛夏視之猶爛然，故以太白名。上有湫池，雖三伏亦凝冰。關中遇旱，則登山取湫水。山既高寒，冰雪常凝，身弱衣薄，登山者多死。俗傳以爲太白神能留人，非也。鳥道，謂連山高峻，其少低缺處，惟飛鳥過此，以爲徑路，總見人跡所不能至也。

〔三〕《太平寰宇記》：嘉州峨眉縣有峨眉山。按《益州記》云：峨眉山在南安縣界，兩山相對，狀似蛾眉。張華《博物志》以爲牙門山。《一統志》：峨眉山，在四川眉州城南二百里，來自岷山。連岡疊嶂，延袤三百餘里，至此突起三峰，其二峰對峙，宛若蛾眉，自州城望之，又如人之拱揖於前也。

〔四〕《華陽國志》：秦惠王知蜀王好色，許嫁五女於蜀。蜀遣五丁迎之，還到梓潼，見一大蛇入穴中，一人攬其尾掣之，不禁，至五人相助，大呼拽蛇，山崩時，壓殺五人及秦五女并將從，而山分爲五嶺。

上有六龍回日之高標（一作「横河斷海之浮雲」）〔一〕，下有衝波逆折之回川〔二〕。黄鶴之飛尚不得過（繆本少「過」字）〔三〕，猿猱（音鐃）欲度愁攀援（繆本作「緣」，一作「牽」）〔四〕。青泥何盤盤〔五〕，百步九折縈巖巒〔六〕。捫參（音森）歷井仰脅息〔七〕，以手撫膺坐長嘆。

〔一〕《初學記》：《淮南子》云：爰止羲和，爰息六螭，是謂懸車。注曰：日乘車，駕以六龍，羲和御之。日至此而薄於虞泉，羲和至此而回六螭。《蜀都賦》：羲和假道於峻岐，陽烏回翼乎高標。琦按：高標，是指蜀山之最高而爲一方之標識者言也。吕延濟注，以爲高樹之枝，恐非。蕭士贇曰：《圖經》：高標山一名高望，乃嘉定府之主山，巋然高峙，萬象在前，是亦一説。

〔二〕《上林賦》：横流逆折，轉騰潎洌。司馬彪注：逆折，旋回也。

〔三〕顔師古《急就篇注》：黄鵠一舉千里，其鳴聲鵠鵠云。《合璧事類》：鵠，禽之大者，色白，又有黄者，善高翔，湖海江漢間有之。

〔四〕《埤雅》：猿，猴屬，長臂，善嘯，便攀援。《韻會》：猱，母猴也，似人。嚴氏曰：猱，即王孫，杜詩胡孫是也。《爾雅》：猱猿善援。郭璞注：便攀援也。蕭士贇曰：黄鶴飛之至高者，猿猱最便捷者，尚不得度，其險絶可知矣。

〔五〕《元和郡縣志》：青泥嶺，在興州長舉縣西北五十三里接溪山東，即今通路也。懸崖萬仞，上多雲雨，行者屢逢泥淖，故號爲青泥嶺。《九域志》：興州有青泥嶺，山頂常有烟霧霰雪，中巖聞有龍洞，其嶺上入蜀之路。

〔六〕《爾雅》：巒，山墮。郭璞注：謂山形長狹者，荆州謂之巒。

〔七〕捫參歷井者，謂仰視天星，去人不遠，若可以手捫及之，極言其嶺之高也。參井二宿，本相近。參三星，居西方七宿之末，占度十，爲蜀之分野。井八星，居南方七宿之首，占度三十三，爲秦之分野。青泥嶺，乃自秦入蜀之路，故舉二方分野之星相聯者言之。《漢書》：豪强脅息。顔師古注：脅，斂也，屏氣而息。《高唐賦》：脅息增欷。李善注：脅息，縮氣也。胡三省《通鑑注》：脅息者，屏氣鼻不敢息，唯兩脅潛動以舒氣息耳。

問君西游何時還，畏途巉巖不可攀〔一〕。但見悲鳥號古木，雄飛雌從（蕭本作「從雌」）繞林間〔二〕。又聞子規啼夜月〔三〕，愁空山。蜀道之難，難於上青天，使人聽此凋朱顔〔四〕。

〔一〕李善《文選注》：巉巖，山石高峻之貌。

〔二〕《雉子斑》古辭：雉子高飛止，黄鵠高飛已千里。雄來飛，從雌視。

〔三〕張華《禽經注》：望帝修道，處西山而隱，化爲杜鵑鳥，或云杜宇鳥，亦云子規鳥，至春則啼，聞者悽惻。按子規即杜鵑也，蜀中最多，南方亦有之。狀如雀鷂，而色慘黑，赤口，有小冠。春暮即鳴，夜啼達旦，至夏尤甚，晝夜不止，鳴必向北，若云不如歸去，聲甚哀切。

〔四〕王康琚詩：凝霜凋朱顔。

連峰去天不盈尺（一作「入烟幾千尺」），枯松倒挂倚絶壁。飛湍瀑（音僕）流爭喧豗（音灰）〔一〕，砯（音烹）崖轉石萬壑雷〔二〕。其險也若（蕭本作「如」）此，嗟爾遠道之人胡爲乎來哉！

〔一〕木華《海賦》：磊匒匌而相豗。李善注：相豗，相擊也。《韻會》：豗，喧聲。

〔二〕郭璞《江賦》：砯巖鼓作。李善注：砯，水擊巖之聲也。

劍閣崢嶸而崔嵬，一夫當關，萬夫（一作「人」）莫開。所守或匪親（一作「人」），化爲狼與豺〔一〕。

〔一〕《華陽國志》：梓潼郡有劍閣道三十里，至險。《水經注》：又東南徑小劍戍北，西去大劍三十里，連山絶嶮，飛閣通衢，故謂之劍閣也。張載銘曰：「一人守嶮，萬夫趦趄。」信然。故李特至劍閣而嘆曰：「劉氏有如此地而面縛於人，豈不奴才也。」《圖書編》：蜀地之險甲於天下，而劍閣之險尤甲於蜀，蓋以群峰劍插，兩山如門，信有所謂一夫當關，萬夫莫敵者。左思《蜀都賦》：一人守隘，萬夫莫向。張載《劍閣銘》：一人荷戟，萬夫趦趄。形勝之地，匪親勿居。

朝避猛虎，夕避長蛇〔一〕，磨牙吮（徂兗切，前上聲）血，殺人如麻〔二〕。錦城雖云樂，不如早還家〔三〕。蜀道之難，難於上青天，側身西望長咨（一作「令人」）嗟〔四〕。

〔一〕《左傳》：吴爲封豕長蛇，以薦食上國。《山海經圖贊》：長蛇百尋，其鬣如彘。飛群走類，靡不吞噬。極物之惡，盡毒之利。

〔二〕《廣韻》：吮，漱也。陳子昂書：殺人如麻，流血成澤。

〔三〕《初學記》：《益州記》曰：錦城在益州南，笮橋東，流江南岸，昔蜀時故錦官處也，號錦里，城墉猶在。《元和郡縣志》：錦城在成都縣南十里，故錦官城也。古詩：客行雖行樂，不如早旋歸。

〔四〕張衡《四愁詩》：側身西望涕沾裳。

蕭士贇曰：有客曰：「洪駒父詩話云：《新唐書·嚴武傳》：武在蜀放肆，房琯以故宰相爲巡内刺史，武慢倨不爲禮。最厚杜甫，然欲殺甫數矣。李白作《蜀道難》者，乃爲房與杜危之也。書據范攄《雲溪友議》言之耳。按《唐摭言》載，李白始自西蜀至京，道未甚振，因以所業贄謁賀知章。知章覽《蜀道難》一篇，曰：『子謫仙人也。』按白本傳，天寶初，因吴筠被召，亦至長安，時往見賀知章。則與嚴武帥蜀，歲月懸遠。嘗見《李集》一本於《蜀道難》題下注，諷章仇兼瓊也。考其年月，近之矣。謂危房、杜者，非也，《新唐書》第勿深考耳。沈存中《筆談》曰：前史稱嚴武爲劍南節度不法，李白爲作《蜀道難》。按孟棨所記，白初至京師，賀知章聞其名，首詣之。白出《蜀道難》，讀未畢，稱嘆數四，時乃天寶初也。嚴武爲劍南，在至德以後肅宗時，年代甚遠。小説所記，率多舛訛。予以何説爲是乎？」予曰：「以臆斷之，其説皆非也。史不足徵，小説傳記反足信乎？所謂嘗見《李集》一本於《蜀道難》下注諷章仇兼瓊者，黄魯直嘗於宜州用三錢買雞毛筆，爲周維深作草書《蜀道難》，亦於題下注云諷章仇兼瓊也。然天寶初，天下乂安，四郊無警，劍閣乃長安入蜀之道，太白乃拳拳然欲嚴劍閣之守，不知將何所拒乎？以此知其不爲章仇兼瓊也。嘗以全篇詩意與唐史參考之，蓋太白初聞禄山亂華，天子幸蜀時作也。若曰爲房琯、杜甫，章仇兼瓊而作，何至始引蠶叢開國，終言劍閣之險，復及所守匪親，化爲豺狼等語哉？引喻非倫，是以知其不爲章與房、杜也。唐史，哥舒翰兵敗，潼關不守，楊國忠首倡幸蜀之策，當時臣庶皆非之。馬嵬父老遮道諫曰：『宫闕陛下家居，陵寢陛下墳墓，今捨此欲何之？』又告太子曰：『若殿下與至尊皆入蜀，中原百姓誰爲主？』建寧王倓亦曰：『今殿下從至尊入蜀，若賊兵燒絶棧道，則中原之地，拱手授賊。』既上至扶風，士卒潛懷去就，往往流言不遜。比至成都，從官及六軍至者，千三百人而已。太白深知幸蜀之非計，欲言則不在其位，不言則愛君憂國之情，不能自已，故作詩以達意也。『噫吁嚱，危乎高哉，蜀道之難，難於上青天』，極路險難之形容，言當時欲從君於難者，至蜀之難如上天之難也。『蠶叢及魚鳧，開國何茫然。爾來四萬八千歲，不與秦塞通人烟』，言蕞爾之蜀，僻在一隅，自古聲教所不暨。雖秦塞之近，且不相通，非可爲中國帝王之都也。『西當太白有鳥道，可以横絶峨眉巔』，言五丁未開道之前，惟長安正西太白山，僅有鳥道可以横絶峨眉之巔，非人跡所能往來也。『地崩山摧壯士死，然後天梯石棧相鉤連』，言五丁既開道之後，梯棧相連，始與秦通。今焉安處於蜀，設若燒絶棧道，則中原道斷矣。『上有六龍回日之高標，下有衝波逆折之回川』，言其險上際於天，下極於地也。『黄鶴之飛尚不得過，猿猱欲度愁攀援』，言鳥獸猶憚其險，人其可知也。『青泥何盤盤，百步九折縈巖巒』，歷言蜀道險難之所也。『捫參歷井仰脅息，以手撫膺坐長嘆』，參與井爲蜀分野，捫參歷井，言環蜀之境，道里險難，所在皆然，令人脅斂屏氣而息，惟有撫膺長嘆而已也。『問君西游何時還』，君字實指明皇，非泛然而言，猶杜子美《北征》詩『恐君有遺失』及『君誠中興主』之義。言既西幸蜀矣，何時可還中原而爲生靈之主也。『畏途巉巖不可攀』，言忠臣義士雖欲從君於難，道路險阻，不可以猝然攀附也。『但見悲鳥號古木，雄飛雌從繞林間。又聞子規啼夜月，愁空山』，言朝夕之間，空山叢木，惟有禽鳥飛鳴，則人跡之稀少可知也。復申之曰：『蜀道之難，難於上青天』，言其險之極，一言之不足，再言之也。『使人聽此凋朱顔』，乃太白自述感傷於心，而形諸顔色也。『連峰去天不盈尺，枯松倒挂倚絶壁。飛湍瀑流爭喧豗，砯崖轉石萬壑雷。其險也如此，嗟爾遠道之人胡爲乎來哉！』備言蜀道險難之狀，疏遠之臣若白者，雖欲從君於難，胡爲而能來也。『劍閣崢嶸而崔嵬，一夫當關，萬人莫開。所守或匪親，化爲狼與豺』，言贊帝幸蜀者，不過謂有劍閣之險而已。然守關者任非其人，豺狼反噬，此則尤可憂也。『朝避猛虎，夕避長蛇，磨牙吮血，殺人如麻』，言蜀與羌夷雜處，如虎如蛇，朝夕皆當避之。其或變生肘腋，是又可憂之大者也。『錦城雖云樂，不如早還家』，言蜀都之樂，不如早還中國之樂也。復申之曰：『蜀道之難，難于上青天，側身西望長咨嗟。』再言之不足，故三言之，謂從君於難者，至蜀之難，真如上天之難矣。夫如是，則白也側身西望吾君，惟有長嘆咨嗟以致吾惓戀之意云耳，詩意亦微而顯矣。」客曰：「是則然矣，《上皇西巡南京歌》胡爲而作耶？」予曰：「《蜀道難》是初聞上皇倉卒幸蜀之時，見得事理不便者如此，情發於中，不得已而言也。《西巡南京歌》是事已定之後所作，成事不説，遂事不諫，朝廷處分已定，何必更爲異議乎？」客又曰：「太白爲宋中丞撰《請都金陵表》，胡爲稱美蜀中，欲使上皇安居之耶？」予曰：「操辭者，太白也，命意者，宋中丞也。太白方依於中丞，乃不從中丞之意而自爲異論乎？此又不待辯而自明者也。」

胡震亨曰：此詩説者不一，有謂爲嚴武鎮蜀放恣，危房琯、杜甫而作者，出范攄《雲溪友議》，新史所採也。有謂爲章仇兼瓊作者，沈存中、洪駒父駁前説而爲之説者也。有謂諷玄宗幸蜀之非者，蕭士贇注語也。兼瓊在蜀，無據險跋扈之跡可當斯語。而嚴武出鎮在至德後，玄宗幸蜀在天寶末，與此詩見賞賀監，在天寶初者，年歲亦皆不合。則此數説似並屬揣摩。愚謂《蜀道難》自是古相和歌曲，梁、陳間擬者不乏，詎必盡有爲而作？白蜀人，自爲蜀詠耳。言其險，更著其戒，如云「所守或匪親，化爲狼與豺」。風人之義遠矣。必求一時一人之事以實之，不幾失之鑿乎？

梁甫吟

按《樂府詩集》：《古今樂録》曰：王僧虔《技録》：相和歌楚調曲有《梁父吟行》，今不歌。謝希逸《琴論》曰：諸葛亮作《梁父吟》。《陳武别傳》曰：武常騎驢牧羊，諸家牧豎數十人，或有知歌謡者，武遂學《太山梁甫吟》、《幽州馬客吟》及《行路難》之屬。《蜀志》曰：諸葛亮好爲《梁甫吟》。然則不起於亮矣。李勉《琴説》曰：《梁甫吟》，曾子撰。《琴操》曰：曾子耕泰山之下，天雨雪凍，旬日不得歸，思其父母，作《梁山歌》。蔡邕《琴頌》曰：梁甫悲吟，周公越裳。《西溪叢語》：《樂府解題》有《梁父吟》，不知名爲《梁父吟》何義。張衡《四愁詩》云：欲往從之梁父艱。注云：泰山，東岳也，君有德則封此山。願輔佐君王，致於有德，而爲小人讒邪之所阻。梁父，泰山下小山名。諸葛亮好爲《梁父吟》，恐取此義。

長嘯《梁甫吟》，何時見陽春〔一〕。

〔一〕《楚辭》：恐溘死而不得見乎陽春。

君不見朝歌屠叟辭棘津，八十西來釣渭濱〔一〕。寧羞白髮照清（繆本作「渌」）水，逢時壯（一作「吐」）氣思經綸。廣張三千六百鉤（一作「釣」），風期暗與文王親〔二〕。大賢虎變愚不測〔三〕，當年頗似尋常人。

〔一〕《韓詩外傳》：太公望少爲人壻，老而見去。屠牛朝歌，賃於棘津，釣於磻溪，文王舉而用之，封於齊。《路史注》：冀之棗陽東北二十里，有棘津城，吕望乞食於此，有賣漿臺。《水經注》：徐廣曰：棘津在廣川。司馬彪曰：縣北有棘津城，吕尚賣食之困，疑在此也。劉澄之曰：譙郡酇縣東北有棘津亭，故邑也，吕尚所困處也。司馬遷曰：吕望，東海上人也。老而無遇，以釣干周文王。又云：吕望行年五十，賣食棘津，七十則屠牛朝歌，行年九十，身爲帝師。《史記》：吕尚之遇文王也，身爲漁父而釣於渭濱耳，若是者，交疏也。已説而立爲太師，載與俱歸者，其言深也。

〔二〕風期，猶風度也。《晉書》：習鑿齒風期俊邁。《世説注》：支遁風期高亮。

〔三〕《周易》：大人虎變。

君不見高陽酒徒起草中，長揖山東隆準（音拙）公。入門不拜（一作「入門開説」，一作「一開游説」）騁雄辯，兩女輟洗來趨風。東下齊城七十二〔一〕，指揮（繆本作「麾」）楚漢如旋蓬。狂客（一作「生」）落魄（繆本作「拓」）尚如此〔二〕，何況壯士當群雄。

〔一〕《史記》：酈生食其者，陳留高陽人也。好讀書，家貧落魄，無以爲衣食業，縣中皆謂之狂生。沛公略地陳留郊，麾下騎士，適酈生里中子也。酈生見，謂之曰：「若見沛公，謂曰：臣里中有酈生，年六十餘，長八尺，人皆謂之狂生，生自謂我非狂生。」騎士從容言，如酈生所誡者。沛公至高陽傳舍，使人召酈生。酈生至，入謁，沛公方倨牀，使兩女子洗足而見酈生。酈生入，則長揖不拜，曰：「足下欲助秦攻諸侯乎？且欲率諸侯破秦也？」沛公罵曰：「豎儒，天下同苦秦久矣，故諸侯相率而攻秦，何謂助秦攻諸侯乎？」酈生曰：「必聚徒，合義兵，誅無道秦，不宜倨見長者。」於是沛公輟洗，起，攝衣，延酈生上坐，謝之。酈生因言六國縱横時。沛公喜，號爲廣野君。嘗爲説客，馳使諸侯。漢三年，漢王使酈生説齊王，伏軾下齊七十餘城。又曰：初，沛公引兵過陳留，酈生踵軍門上謁，使者入通。沛公方洗，問使者曰：「何如人也？」使者曰：「狀貌類大儒，衣儒衣，冠側注。」沛公曰：「爲我謝之，言我方以天下爲事，未暇見儒人也。」使者出謝，酈生瞋目按劍叱使者曰：「吾高陽酒徒，非儒人也。」使者懼而失謁，跪拾謁，還走，復入報曰：「客天下壯士也，叱臣，臣恐，至失謁。」沛公遽延入。《漢書》：高祖爲人，隆準而龍顔。應劭注：隆，高也。準，頰權準也。李斐注：準，鼻也。吴邁遠詩：正爲隆準公，杖劍入紫微。《南史》：騁黄馬之劇談，縱碧雞之雄辯。《左傳》：免胄而趨風。杜預注：疾如風也。《漢書》：高祖孽子悼惠王王齊七十二城。

〔二〕鄭氏曰：魄，音薄。應劭注：落魄，志行衰惡之貌也。顔師古注：落魄，失業無次也。鄭音是。

我欲攀龍見明主〔一〕，雷公砰（音烹）訇（音烘）震天鼓〔二〕。帝旁投壺多玉女，三時大笑開電光〔三〕，倏爍晦冥起風雨〔四〕。閶闔九門不可通〔五〕，以額扣關閽者怒。

〔一〕《後漢書》：其計固望其攀龍鱗，附鳳翼，以成其所志耳。

〔二〕《初學記》：雷，天之鼓也。雷神曰雷公。顧愷之《雷電賦》：砰訇輪轉，倏閃羅曜。《廣韻》：砰訇，大聲也。

〔三〕《神異經》：東王公與玉女投壺，每投千二百矯。設有入不出者，天爲之噏嘘；矯出而脱誤不接者，天爲之笑。張華注：言笑者，天口流火炤灼。今天不雨而有電光，是天笑也。

〔四〕《漢書》：雷電晦冥。顔師古注：晦冥，謂暗也。

〔五〕《後漢書》：閶闔九重。章懷太子注：閶闔，天門也。《淮南子》：道出一原通九門。高誘注：九門，天之門也。庾肩吾詩：鉤陳萬乘轉，閶闔九門通。《説文》：閽，閉門隸也。

白日不照吾精誠，杞國無事憂天傾〔一〕。猰（音札）貐（音與）磨牙競人肉〔二〕，騶虞不折生草莖〔三〕。手接飛猱搏彫虎，側足焦原未言苦〔四〕。智者可卷愚者豪〔五〕，世人見我輕鴻毛〔六〕。力排南山三壯士，齊相殺之費二桃〔七〕。吴、楚弄兵無劇（音極）孟，亞夫咍（呼來切，海平聲）爾爲徒勞〔八〕。

〔一〕《列子》：杞國有人憂天地崩墜，身無所寄，廢寢食者。

〔二〕《山海經》：少咸之山有獸焉，其狀如牛而赤身，人面，馬足，名曰窫窳。其音如嬰兒，是食人。窫窳，即猰貐也。餘詳《大獵賦》注。

〔三〕陸璣《詩疏》：騶虞，即白虎也，黑文，尾長於軀，不食生物，不履生草，君有德則見，應信而至者也。

〔四〕張衡《思玄賦》注：《尸子》：中黄伯曰：予左執太行之猱，而右搏彫虎，惟象之未與，吾心試焉。有力者則又願爲牛，欲與象鬬以自試。今二三子以爲義矣，將烏乎試之。夫貧窮，太行之猱也，疏賤，義之彫虎也，而吾日遇之，亦足以試矣。莒國有石焦原者，廣五十步，臨百仞之溪，莒國莫敢近也。有以勇見莒子者，獨卻行齊踵焉，所以稱於世。夫義之爲焦原也，亦高矣，賢者之於義，必且齊踵，此所以服一時也。《太平寰宇記》：焦原在莒縣南三十六里，俗名横山。

〔五〕《抱朴子》：愚夫行之，自矜爲豪。

〔六〕《漢書·司馬遷傳》：死有重於泰山，或輕於鴻毛。

〔七〕《晏子春秋》：公孫接、田開疆、古冶子事景公，以勇力搏虎聞。晏子過而趨，三子者不起。晏子入見公曰：「臣聞明君之蓄勇力之士也，上有君臣之義，下有長率之倫，内可以禁暴，外可以威敵，故尊其位，重其禄。今君之蓄勇力之士也，上無君臣之義，下無長率之倫，内不以禁暴，外不可威敵，此危國之器也，不若去之。」公曰：「三子者搏之恐不得，刺之恐不中也。」晏子因請公使人少餽之二桃，曰：「三子何不計功而食桃。」公孫接曰：「接一搏豣而再搏乳虎，若接之功，可以食桃而無與人同矣。」援桃而起。田開疆曰：「吾仗兵而卻三軍者再，若開疆之功，亦可以食桃而無與人同矣。」援桃而起。古冶子曰：「吾嘗從君濟於河，黿銜左驂以入砥柱之流。冶逆流百步，順流九里，得黿而殺之，左操驂尾，右挈黿頭，鶴躍而出。津人皆曰，河伯也。冶視之，則大黿之首。若冶之功，亦可以食桃而無與人同矣。二子何不反桃。」公孫接、田開疆曰：「吾勇不子若，功不子逮，取桃不讓，是貪也。然而不死，無勇也。」皆反其桃，挈領而死。古冶子曰：「二子死之，冶獨生之，不仁；恥人以言而夸其聲，不義；恨乎所行，不死無勇。」亦反其桃，挈領而死。公殮之以服，葬之以士禮焉。諸葛亮《梁父吟》：步出齊南城，遥望蕩陰里。里中有三墳，纍纍正相似。問是誰家冢，田疆、古冶氏。力能排南山，文能絶地紀。一朝被讒言，二桃殺三士。誰能有此謀，相國齊晏子。

〔八〕《漢書》：吴、楚反，時條侯爲太尉，乘傳東，將至河南，得劇孟，喜曰：「吴、楚舉大事而不求劇孟，吾知其無能爲已。」天下騷動，大將軍得之，若一敵國云。《説文》：咍，嗤笑也。王逸《楚辭注》：楚人謂相嘲笑曰咍。

此節詩意，婉轉曲折，若斷若聯，驟讀之幾不知爲何語。以意逆之，大抵謂君既不能照鑒我之精誠，我亦無容以國事爲憂。何則？廷臣之中賢奸不一，其傾險一流，如食人之惡獸，一犯其怒，立見死亡；其忠良一流，則專一保全善類，如騶虞之不肯有傷草木。我處貧窮疏賤之中，而確然踐義以行，雖履險犯難，亦所不忌。然揣時度勢，在智者惟有卷而懷之一著，若不顧利害，逞其豪氣，直言峻節以蹈危機，則愚甚矣。世人見我處而不出，輕我如鴻毛，是豈知予之心哉。試觀古來如公孫接等爲時相所忌，致之死地，初不費力，我安可復蹈其覆轍耶！若夫愛惜人才之大臣，知士之用與不用，實有關於國家大計，而思得人爲我用，如周亞夫得一劇孟而以爲喜者，世固不乏也，我亦俟之而已。

《梁甫吟》，聲正悲。張公兩龍劍，神物合有時〔一〕。風雲感會起屠釣〔二〕，大人峴（音孽）屼當安之〔三〕。

〔一〕《晉書》：吴之未滅也，斗牛之間常有紫氣，道術者皆以吴方强盛，未可圖也，惟張華以爲不然。及吴平之後，紫氣愈明。華聞豫章雷煥妙達緯象，乃要煥宿，屏人曰：「可共尋天文，知將來吉凶。」因登樓仰觀，煥曰：「僕察之久矣，惟斗牛之間頗有異氣。」華曰：「是何祥也？」煥曰：「寶劍之精，上徹於天耳。」華曰：「在何郡？」焕曰：「在豫章豐城。」華曰：「欲屈君爲宰，密共尋之。」即補焕爲豐城令。焕到縣，掘獄屋基，入地四丈餘，得一石函，光氣非常，中有雙劍，并刻題一曰龍泉，一曰太阿。其夕，斗牛間氣不復見焉。焕以南昌西山北巖下土以拭劍，光芒豔發。遣使送一劍并土與華，留一自佩。或謂焕曰：「得兩送一，張公豈可欺乎？」焕曰：「本朝將亂，張公當受其禍，此劍當繫徐君墓樹耳。靈異之物，終當化去，不永爲人服也。」華得寶劍愛之，常置座側。報焕書曰：「詳觀劍文，乃干將也，莫邪何復不至？雖然，天生神物，終當合耳。」華誅，失劍所在。焕卒，子華爲州從事。持劍行，經延平津，劍忽於腰間躍出墮水。使人没水取之，不見劍，但見兩龍各長數丈，蟠縈有文章，没者懼而反。須臾，光彩照水，波浪驚沸。華嘆曰：「先君化去之言，張公終合之論，此其驗乎？」

〔二〕《後漢書》：咸能感會風雲，奮其智勇。

〔三〕峴屼，不安貌。《書》曰：邦之杌隉。《易》曰：困於臲卼。其義一也。

蕭士贇曰：「長嘯《梁父吟》，何時見陽春」，喻有志之士，何時而遇主也。「君不見」兩段，聊自慰解，謂太公之老，食其之狂，當時視爲尋常落魄之人，猶遇合如此，則爲士者終有遇合之時也。「我欲攀龍見明主」，於時事有所見而欲告於君也。「雷公砰訇震天鼓，帝旁投壺多玉女，三時大笑開電光，倏爍晦冥起風雨」，喻權奸女謁用事，政令無常也。「閶闔九門不可通，以額扣關閽者怒」，喻言路壅塞，下情不得以上達，而言者往往獲罪於權近也。「白日不照吾精誠，杞國無事憂天傾」，太白灼見當時貴妃、國忠、林甫、禄山，竊弄權柄，禍已胎而未形，欲諫則言無證而不信，倘使君不鑒吾之誠，則正所謂杞人憂天之類耳。「猰㺄磨牙競人肉，騶虞不折生草莖」，嘆當時小人在位，爲政害民，有如猰㺄磨牙競食人肉，彼有道之朝，則當仁如騶虞，雖生草不履，況肯以肉爲食哉！況肯輕殺一士哉！「手接飛猱搏雕虎，側足焦原未言苦」。智者可卷愚者豪，世人見我輕鴻毛。力排南山三壯士，齊相殺之費二桃」，白意謂當有道之朝，得君而佐之，爲國出力，刺奸擊邪，不憚勤勞，如接搏猱虎，雖側足焦原，未足言苦。今時事若此，則當卷其智而爲愚。乃爲人豪，世不我知，謂爲真愚，而輕我如鴻毛。我亦卒不改行者，思古之壯士，勇力如此，一忤齊相，用計殺之，特費二桃，殊不勞力。白也倘不卷其智而懷之，適足使權近得以甘心焉耳。「吴楚弄兵無劇孟，亞夫咍爾爲徒勞」，又自慰解，當國者終須得人爲用，必有遇合之時也。「《梁甫吟》，聲正悲。張公兩龍劍，神物合有時。風雲感會起屠釣，大人峴屼當安之」，申言有志之士，終當感會風雲，如神劍之會合有時。則夫大人君子，遭時屯否，峴屼不安，且當安時以俟命可也。琦按：蕭氏解騶虞數句，似與詩意不甚相合，當分别觀之。

烏夜啼

《樂府古題要解》：《烏夜啼》，宋臨川王義慶所造也。宋元嘉中，徙彭城王義康於豫章郡。義慶時爲江州，相見而哭。文帝聞而怪之，徵還宅。義慶大懼，妓妾聞烏夜啼，叩齋閤云：「明日應有赦。」及旦，改南兗州刺史，因作此歌。故其詞云：「籠窗窗不開，夜夜望郎來。」亦有《烏棲曲》，不知與此同否。《樂府詩集》：《古今樂録》曰：西曲歌有《烏夜啼》。

黄雲城邊（一作「南」）烏欲棲，歸飛啞啞枝上啼〔一〕。機中織錦秦川女（一作「閨中織婦秦家女」）〔二〕，碧紗如烟隔窗語。停梭悵然憶遠人，獨宿孤房淚如雨（一作「停梭向人問故夫，知在關西淚如雨」。又「悵然憶遠人」，一作「悵然望遠人」，一作「問人憶故夫」。又「獨宿孤房」，一作「獨宿空堂」，一作「知在流沙」，一作「欲説遼西」）〔三〕。

〔一〕吴均詩：惟聞啞啞城上烏。

〔二〕《晉書》：竇滔妻蘇氏，始平人，名蕙，字若蘭，善屬文。苻堅時，滔爲秦州刺史，被徙流沙。蘇氏思之，織錦爲《迴文旋圖詩》以贈滔，宛轉循環以讀之，詞甚悽惋，凡八百四十字。庾信詩：彈琴蜀郡卓家女，織錦秦川竇氏妻。胡三省《通鑑注》：關中之地，沃野千里，秦之故國，謂之秦川。

〔三〕魏武帝詩：惋嘆淚如雨。

烏棲曲

梁簡文帝、梁元帝、蕭子顯，並有此題之作。《樂府詩集》列於西曲歌中《烏夜啼》之後。

姑蘇臺上烏棲時，吴王宫裏醉西施〔一〕。吴歌楚舞歡未畢〔二〕，青山欲（繆本作「猶」）銜半邊日。銀箭金壺（一作「金壺丁丁」）漏水多〔三〕，起看秋月墜江波，東方漸高奈樂（一作「爾」）何！

〔一〕《述異記》：吴王夫差築姑蘇之臺，三年乃成。周旋詰曲，横亘五里，崇飾土木，殫耗人力。宫妓千人。上别立春宵宫，爲長夜之飲。造千石酒鍾，作天池，池中造青龍舟，舟中盛陳妓樂，日與西施爲水嬉。

〔二〕《晉書》：吴歌雜曲，並出江南。《漢書》：爲我楚舞。

〔三〕江總詩：虬水銀箭莫相催。鮑照詩：金壺啟夕淪。劉良注：金壺，貯刻漏水者，以銅爲之，故曰金壺。

《本事詩》：李白初自蜀至京師，賀知章見其《烏棲曲》，嘆賞苦吟，曰：「此詩可以泣鬼神矣。」或言是《烏夜啼》二篇，未知孰是。

戰城南

按《宋書》漢鼓吹鐃歌十八曲中，有《戰城南》曲。《樂府古題要解》：《戰城南》，其辭大略言，戰城南，死郭北，野死不得葬，爲烏鳥所食。願爲忠臣，朝出攻戰，而暮不得歸也。

去年戰，桑乾（音干）源；〔一〕今年戰，葱河道〔二〕。洗兵條支海上波〔三〕，放馬天山雪中草〔四〕。萬里長征戰，三軍盡衰老。匈奴以殺戮爲耕作，古來惟見白骨黄沙田〔五〕。秦家築城備（蕭本作「避」）胡處，漢家還有烽火燃〔六〕。烽火燃不息，征戰（一作「長征」）無已時。野戰格鬭死，敗馬號鳴向天悲〔七〕。烏鳶啄人腸，銜飛上挂枯樹枝（一作「銜飛上枯枝」）。士卒塗草莽，將軍空爾爲。乃知兵者是凶器，聖人（一作「君」）不得已而用之〔八〕。

〔一〕《太平寰宇記》：桑乾河，在朔州馬邑縣東三十里，源出北山下。《一統志》：桑乾河，在山西大同府城南六十里，源出馬邑縣北洪濤山下，與金龍池水合流，東南入蘆溝河。

〔二〕《漢書·西域傳》：其河有兩源，一出葱嶺山，一出于闐。于闐在南山下，其河北流，與葱嶺河合，東注蒲昌海。《太平寰宇記》：《西河舊事》云：葱嶺在燉煌西八千里，其山高大，上悉生葱，故曰葱嶺。河源潛發其嶺，分爲二水。《涼州異物志》云：葱嶺水分流東西，西入大海，東爲河源。張騫使大宛而窮河源，謂極於此，不達崑崙也。

〔三〕《説苑》：武王伐紂，風霽而乘以大雨。散宜生曰：「此其妖歟？」武王曰：「非也，天洗兵也。」左思《魏都賦》：洗兵海島。李善注：魏武《兵接要》曰：大將將行，雨濡衣冠，是謂洗兵。《後漢書·西域傳》：條支國城在山上，周圍四十餘里，臨西海，海水曲環其南及東北，三面路絶，惟西北隅通陸道。

〔四〕《元和郡縣志》：天山一名白山，一名時羅漫山，在伊州北一百二十里。春夏有雪，出好木及金鐵，匈奴謂之天山，過之皆下馬拜。《史記索隱》：《西河舊事》云：祁連山在張掖、酒泉二界上，東西二百餘里，南北百里。有松柏五木，美水草，冬温夏涼，宜畜牧養。一名天山，亦曰白山也。

〔五〕王褒《四子講德論》：匈奴，百蠻之最强者也，其耒耜則弓矢鞍馬，播種則捍絃掌拊，收秋則奔狐馳兔，穫刈則顛倒殪仆。太白「匈奴以殺戮爲耕作」二語，蓋本於此，而鍛鍊之妙，更覺精采不侔。

〔六〕《史記》：秦已并天下，乃使蒙恬將三十萬衆，北逐戎、翟，收河南，築長城，因地形，用險制塞，起臨洮至遼東，延袤萬餘里。《漢書音義》：文穎曰：邊方備胡寇，作高土櫓，櫓上作桔槔，桔槔頭兜零，以薪草置其中，常低之，有寇即燃火，舉之以相告，曰烽。

〔七〕古《戰城南》詞：梟騎格鬬死，駑馬徘徊鳴。章懷太子《後漢書注》：相拒而殺之曰格。

〔八〕《六韜》：聖人號兵爲凶器，不得已而用之。蕭士贇曰：開元、天寶中，上好邊功，征伐無時，此詩蓋以諷也。

將進酒 一作《惜空酒樽》

《宋書》：漢鼓吹鐃歌十八曲，有《將進酒》曲。《樂府詩集》：《將進酒》古詞云：將進酒，乘大

白。大略以飲酒放歌爲言。宋何承天《將進酒》篇曰：將進酒，慶三朝。備繁禮，薦佳肴。則

言朝會進酒，且以濡首荒志爲戒。若梁昭明太子云「洛陽輕薄子」，但叙游樂飲酒而已。

君不見黄河之水天上來，奔流到（蕭本作「倒」）海不復回。君不見高堂明鏡悲白髮，朝如青絲暮成（一作「如」）雪。人生得意須盡歡，莫使金樽空對月。天生我材必有用（一作「天生我身必有財」，又作「天生吾徒有俊材」，又「用」一作「開」），千（一作「黄」）金散盡還復來。烹羊宰牛且爲樂〔一〕，會須一飲三百杯〔二〕。岑夫子，丹丘生〔三〕，進酒君莫停（一作「將進酒，杯莫停」）。與君歌一曲〔四〕，請君爲我傾（蕭本作「側」）耳聽〔五〕。鐘鼓饌玉不足貴（一作「鐘鼎玉帛豈足貴」）〔六〕，但願長醉不用（一作「復」，蕭本作「願」）醒。古來聖賢皆寂寞（一作「死盡」），惟有飲者留其名。陳王昔時（一作「日」）宴平樂，斗酒十千恣歡謔〔七〕。主人何爲言少錢，徑須沽取對君酌（一作「且須沽酒共君酌」）。五花馬〔八〕，千金裘〔九〕，呼兒將出换美酒，與爾同銷萬古愁。

〔一〕曹植詩：中厨辦豐膳，烹羊宰肥牛。

〔二〕《世説》注：《鄭玄别傳》曰：袁紹辟玄，及去，餞之城東。欲玄必醉，會者三百餘人，皆離席奉觴，自旦及暮，度玄飲三百餘杯，而温克之容，終日無怠。陳暄《與兄子秀書》：鄭康成一飲三百杯，吾不以爲多。

〔三〕岑夫子，即集中所稱岑徵君是，丹丘生，即集中所稱元丹丘是，皆太白好友也。

〔四〕鮑照詩：爲君歌一曲。

〔五〕《禮記》：傾耳聽之，不可得而聞也。

〔六〕何晏《論語注》：饌，飲食也。左思《吴都賦》：矜其宴居，則珠服玉饌。李周翰注：玉饌，言珍美可比於玉。

〔七〕曹植以太和六年封爲陳王，其所作《名都篇》有曰：「歸來宴平樂，美酒斗十千。」李善注：平樂，觀名。

〔八〕五花馬，謂馬之毛色作五花文者。讀杜甫《高都護驄馬行》云，「五花散作雲滿身」，厥狀可覩矣。《杜陽雜編》謂代宗御馬九花虬，以身被九花，故名，亦是此義。或謂據《圖畫見聞志》云：唐開元、天寶之間，承平日久，世尚輕肥，三花飾馬。舊有家藏韓幹畫《貴戚閱馬圖》，中有三花馬，兼曾見蘇大參家有韓幹畫三花御馬，晏元獻家張萱畫《虢國出行圖》中有三花馬。三花者，剪鬣爲三瓣。白樂天詩云：「鳳箋裁五色，馬鬣剪三花。」乃知所謂五花者，亦是剪馬鬣爲五瓣耳。其説亦通。蕭注謂其義出於隋丹元子《步天歌》，五个吐花王良文，言馬之紋上應星宿，而嗤杜注無舉此者，則大謬矣。

〔九〕《史記》：孟嘗君有一狐白裘，直千金，天下無雙。

行行且游獵篇

胡震亨曰：《行行且游獵篇》，始梁劉孝威，其辭詠天子游獵事。太白詠邊城兒游獵，爲不同耳。

邊城兒，生年不讀一字書，但知（蕭本作「將」）游獵誇輕趫（音蹺）〔一〕。胡馬秋肥宜白草〔二〕，騎來躡影何矜（一作「可憐」，誤）驕〔三〕。金鞭拂雪揮鳴鞘（音梢）〔四〕，半酣呼鷹出遠郊。弓彎（一作「彎弧」）滿月不虛發〔五〕，雙鶬迸落連飛髇（音囂。繆本作「髆」）〔六〕。海邊觀者皆辟（音闢）易〔七〕，猛氣英風振沙磧（音跡）〔八〕。儒生不及游俠人〔九〕，白首下（繆本作「垂」）帷復何益〔一〇〕。

〔一〕《韻會》：趫，捷也。

〔二〕梁簡文帝詩：邊秋胡馬肥。《漢書》：鄯善國多白草。孟康注：白草，草之白者。顔師古注：白草，似莠而細，無芒，其乾熟時正白色，牛馬所嗜也。

〔三〕曹植《七啟》：忽躡景而輕騖，逸奔驥而超遺風。李善注：景，日景也。躡之言疾也。

〔四〕《廣韻》：鞘，鞭鞘也。

〔五〕蕭士贇曰：滿月，彎弓圓滿之狀。《子虚賦》：弓不虚發，中必決眥。

〔六〕《列子》：蒲且子之弋也，弱弓纖繳，乘風振之，連雙鶬於青雲之際。鶬，鶬雞也，詳見《大獵賦》注。《韻會》：髇，鳴鏑也，或作骹。

〔七〕辟易，卻退而易其本處，詳見二卷注。

〔八〕孔稚珪《北山移文》：張英風於海甸。沙磧，即沙漠也，唐人多變稱沙磧。《唐書》：秦隴以西，多沙磧，少行人。胡三省《通鑑注》：磧，大磧也，即所謂大漠。

〔九〕荀悦《漢紀》：立氣勢，作威福，結私交以立强於世者，謂之游俠。

〔一〇〕《漢書》：董仲舒少治《春秋》，孝景時爲博士，下帷講誦，弟子傳以久次相受業，或莫見其面。

飛龍引二首

按《樂府詩集》，《飛龍引》乃琴曲歌辭。太白二篇，皆借黄帝上昇事爲言，乃游仙詩也。

黄帝鑄鼎於荆山，鍊丹砂，丹砂成黄金，騎龍飛上太清（繆本作「飛去太上」）家〔一〕，雲愁海思令人嗟〔二〕。宫中綵女顔如花〔三〕，飄然揮手凌紫霞〔四〕，從風縱體登鸞（一作「鑾」）車〔五〕。登鸞車，侍軒轅〔六〕，遨游青天中，其樂不可言。

〔一〕《史記》：黄帝採首山銅，鑄鼎於荆山下，鼎既成，有龍垂胡髯下迎黄帝。黄帝上騎，群臣後宫從上者七十餘人，龍乃上去。餘小臣不得上，乃悉持龍髯，龍髯拔墮，墮黄帝之弓。百姓仰望黄帝既上天，乃抱其弓與龍髯號，故後世因名其處曰鼎湖，其弓曰烏號。李少君言上曰：祠竈則致物，致物而丹砂可化爲黄金，黄金成以爲飲食器則益壽，益壽而海中蓬萊仙者乃可見，見之以封禪則不死，黄帝是也。《黄帝九鼎神丹經》：乘雲駕龍，上下太清。

〔二〕梁豫章王詩：雲悲海思徒揞抑。

〔三〕《抱朴子》：黄帝以千二百女昇天。鮑照詩：合神丹，戲紫房。紫房綵女弄明璫。宋之問詩：越女顔如花。

〔四〕陸機詩：輕舉乘紫霞。

〔五〕曹植《洛神賦》：忽焉縱體，以遨以嬉。吕延濟注：縱體，輕舉之貌。《太平御覽》：《尺素訣》曰：太微天帝，登白鸞之車，駕黑羽之鳳。

〔六〕《史記》：黄帝者，少典之子，姓公孫，名曰軒轅。有土德之瑞，故號黄帝。

其二

鼎湖流水清且閑〔一〕，軒轅去時有弓劍〔二〕，古人傳道留其間。後宫嬋娟多花顔〔三〕，乘鸞飛烟亦不還，騎龍攀天造天關〔四〕。造天關，聞天語，屯（蕭本作「長」）雲河車載玉女〔五〕。載玉女，過紫皇〔六〕，紫皇乃賜白兔所擣之藥方〔七〕。後天而老凋三光〔八〕，下視瑶池見王母，蛾眉蕭颯如秋霜〔九〕。

〔一〕《通典》：弘農郡湖城縣，故曰胡，漢武帝更爲湖縣。有荆山，黄帝鑄鼎於荆山，其下曰鼎湖，即此也。《九域志》：陝州陝郡有鼎湖，黄帝采首山之銅，鑄鼎於荆山之下，帝升天，因名其地。《史記正義》：《括地志》云：湖水源出虢州湖城縣南三十五里夸父山，北流入河，即鼎湖也。閑者，是水止而不動之意。陸機詩：惠心清且閑。

〔二〕《水經注》：黄帝崩，惟弓劍存焉，故世稱黄帝仙矣。

〔三〕《韻會》：嬋娟，美好貌。

〔四〕《宋書》：堯夢攀天而上。《漢武内傳》：上元夫人歌《步玄之曲》，曰：負笈造天關，借問太上家。

〔五〕《列子》：化人之宫出雲雨之上，而不知下之據，望之若屯雲焉。此言屯雲河車，言車之多若屯雲也。《楚辭》：建日月以爲蓋兮，載玉女於後車。《吕氏春秋》：身好玉女。高誘注：玉女，好女也。仙傳多稱侍女爲玉女，亦是此義，謂其美如玉也。

〔六〕沈約《郊居賦》：降紫皇於天闕，延二妃於湘渚。《太平御覽》：《秘要經》曰：太清九宫皆有僚屬，其最高者稱天皇、紫皇、玉皇。

〔七〕古《董逃行》：教敕凡吏受言，採取神藥若木端。白兔長跪擣藥蝦蟆丸，奉上陛下一玉柈，服此藥可得神仙。

〔八〕《拾遺記》：服之得道，後天而老。《初學記》：日月星謂之三辰，亦曰三光。楊齊賢曰：凋三光者，言三光有時凋落，而真身則常存也。

〔九〕《太平廣記》：西王母所居宫室九層，玄室紫翠丹房，左帶瑶池，右環翠水。司馬相如《大人賦》：吾乃今日覩西王母，曅然白首，戴勝而穴處。所謂「蛾眉蕭颯如秋霜」，即白首之意，嫌王母已有衰老之容，以反明軒轅之後天而老也。

天馬歌

《漢書·武帝紀》：元鼎四年秋，馬生渥洼水中，作《天馬之歌》。太初四年春，貳師將軍廣利斬大宛王首，獲汗血馬來，作《西極天馬之歌》。胡震亨曰：漢郊祀《天馬》二歌，皆以歌瑞應。太白所擬，則以馬之老而見棄自況，思蒙收贖，似去翰林後所作。

天馬來出月支（蕭本作「氏」）窟〔一〕，背爲虎文龍翼骨〔二〕。嘶青雲，振緑髮〔三〕，蘭筋權奇走滅没〔四〕。騰崑崙〔五〕，歷西極〔六〕，四足無一蹶〔七〕。雞鳴刷燕晡（音逋）秣越〔八〕，神行電邁躡恍惚。

〔一〕《史記》：天子得烏孫馬，好，名曰天馬。及得大宛汗血馬，益壯，更名烏孫馬曰西極，名大宛馬曰天馬云。郭璞《山海經注》：月支國多好馬。《史記正義》：萬震《南州志》云：大月支在天竺北可七千里，地高燥而遠。國中騎乘常數十萬匹。城郭宫殿與大秦國同。人民赤白色，便習弓馬。土地所出及奇偉珍物，被服鮮好，天竺不及也。外國稱天下有三衆：中國爲人衆，大秦爲寶衆，月支爲馬衆。

〔二〕漢《天馬歌》：虎脊兩，化若鬼。應劭注：馬毛色如虎脊者有兩也。

〔三〕顔延年《赭白馬賦》：垂稍植髮。李善注：髮，額上毛也。

〔四〕陳琳《爲曹洪與魏文帝書》：整蘭筋。李善注：《相馬經》云：一筋從玄中出，謂之蘭筋。玄中者，目上陷如井字。蘭筋堅者千里。吕向注：蘭筋，馬筋節堅者，千里足也。漢《天馬歌》：志俶儻，精權奇。《赭白馬賦》：精權奇兮。張銑注：權奇，善行貌。《列子》：天下之馬者，若滅若没，若亡若失，若此者絶塵弭轍。

〔五〕《淮南子》：經紀山川，蹈騰崑崙。高誘注：騰，上也，崑崙，山名，在西北，其高萬九千里。

〔六〕漢《天馬歌》：天馬徠，從西極。涉流沙，九夷服。

〔七〕《説文》：蹶，僵也。

〔八〕《赭白馬賦》：旦刷幽、燕，晝秣荆、越。劉良注：刷，括也。秣，飼也。幽、燕，北地名。荆、越，南地名。《韻會》：晡，日加申時也。杜預《左傳注》：秣，穀馬也。

天馬呼，飛龍（一作「黄」）趨，目明長庚臆（音益）雙鳧〔一〕，尾如流星首渴烏〔二〕，口噴紅光汗溝珠（當作「朱」）〔三〕。曾陪時龍躍（蕭本作「躡」）天衢〔四〕，羈金絡月照皇（一作「星」）都〔五〕。逸氣稜稜凌九區〔六〕，白璧如山誰敢沽。回頭笑紫燕〔七〕，但覺爾輩愚。

〔一〕黄伯仁《龍馬頌》：耳如剡箭，目象明星。《初學記》：長庚，太白星也。《史記索隱》：《韓詩》云：太白晨出東方爲啟明，昏見西方爲長庚。《齊民要術》：馬胸欲直而出，鳧間欲開，望之如雙鳧。又曰：雙鳧欲大而上。注：飛鳧，胸兩邊肉如鳧。

〔二〕《埤雅》：舊説相馬，擎頭如鷹，垂尾如彗。《後漢書》：作翻車渴烏，施於橋西，用灑南北郊路。章懷太子注：渴烏，爲曲筒，以氣引水上也。此言馬尾流轉，有似奔星，馬首昂矯，狀類渴烏，即如彗如鷹之意。

〔三〕《齊民要術》：相馬之法，口中欲得紅而有光。又曰：口中欲得色紅白如火光，爲善材，氣多良且壽。張率《舞馬賦》：露沫噴紅，沾汗流赭。《赭白馬賦》：膺門沫赭，汗溝走血。李善注：《相馬經》云：膺門欲開，汗溝欲深。

〔四〕孔融《薦禰衡表》：龍躍天衢，振翼雲漢。《楚辭》：躡天衢兮長驅。王逸注：衢，路也。

〔五〕《説文》：羈，馬絡頭也。《莊子》：齊之以月題。陸德明注：月題，馬額上當顱如月形者也。《赭白馬賦》：兩權協月。李善注：《相馬經》曰：頰欲圓如懸璧，因謂之雙璧，其盈滿如月，異相之表也。黄伯仁《龍馬頌》曰：雙璧似月。曹植詩：應會皇都。

〔六〕《赭白馬賦》：罄九區而率順。李善注：九區，九服也。

〔七〕沈約詩：紫燕光陸離。李善注：《尸子》曰：我得民而治，則馬有紫燕蘭池。吕延濟注：紫燕，良馬也。

天馬奔，戀君軒〔一〕，駷（音聳）躍驚矯浮雲翻〔二〕。萬里足躑躅，遥瞻閶闔門〔三〕。不逢寒風子〔四〕，誰採逸景孫〔五〕。

〔一〕鮑照詩：疲馬戀君軒。

〔二〕《公羊傳》：臨南駷馬而由乎孟氏。何休注：駷，捶馬銜走也。

〔三〕漢《天馬歌》：天馬來，龍之媒。游閶闔，觀玉臺。應劭注：閶闔，天門也。

〔四〕《吕氏春秋》：古之善相馬者，寒風氏相口齒，天下之良工也。

〔五〕陸雲《與陸典書》：逸影之迹，永縶幽冥之坂。

白雲在青天，丘陵遠崔嵬〔一〕。鹽車上峻坂，倒行逆施畏日晚。伯樂翦拂中道遺〔二〕，少盡其力老棄之。願逢田子方，惻然爲我悲（一作「思」）〔三〕。雖有玉山禾〔四〕，不能療苦（一作「我」）飢（繆本作「肌」）。嚴霜五月凋桂枝，伏櫪銜冤摧兩眉〔五〕。請君贖獻穆天子，猶堪弄影舞瑶池〔六〕。

〔一〕《王母謡》：白雲在天，丘陵自出。

〔二〕《戰國策》：夫驥之齒至矣，服鹽車而上太行，蹄申膝折，尾湛胕潰，漉汁洒地，白汗交流，外坂遷延，負棘而不能上。伯樂遭之，下車攀而哭之，解紵衣以冪之，驥於是俛而噴，仰而鳴，聲達於天，若出金石者，何也？彼見伯樂之知己也。劉峻《廣絶交論》曰：翦拂使其長鳴。正用此事。翦拂，謂修翦其毛鬣，洗拭其塵垢。《史記》：伍子胥曰：吾日暮塗遠，吾故倒行而逆施之。陸德明《莊子音義》：伯樂姓孫，名陽，善馭馬。石氏《星經》云：伯樂，天星名，主典天馬。孫陽善馭，故以爲名。

〔三〕《韓詩外傳》：田子方出，見老馬於道，喟然有志焉，以問於御者曰：「此何馬也？」曰：「故公家畜也，罷而不爲用，故出放也。」田子方曰：「少盡其力，而老棄其身，仁者不爲也。」束帛而贖之。窮士聞之，知所歸心矣。

〔四〕鮑照詩：誠不及青鳥，遠食玉山禾。張協《七命》：瓊山之禾。李善注：瓊山禾，即崑崙山之木禾。《山海經》曰：崑崙之上有木禾，長五尋，大五圍。

〔五〕《韻會》：櫪，牛馬皁也，通作歷，蓋今之馬槽也。《漢書》：馬不伏歷，不可以趨道。顔師古注：伏歷，謂伏槽歷而秣之也。

〔六〕《列子》：穆王肆意遠游，命駕八駿之乘，馳驅千里，遂賓於西王母，觴於瑶池之上。楊師道《咏飲馬詩》：清晨控龍馬，弄影出花林。王融《曲水詩序》：穆滿八駿，如舞瑶水之陰。劉良注：如舞，謂馬行貌。

蕭士贇曰：此詩爲逸群絶倫之士不遇知己者嘆也。

行路難三首

《樂府古題要解》：《行路難》，備言世路艱難及離别傷悲之意，多以「君不見」爲首。

金樽清酒斗十千〔一〕，玉盤珍羞直萬錢〔二〕。停杯投筯不能食，拔劍四顧心茫然〔三〕。欲渡黄河冰塞川，將登太行雪滿山（一作「暗天」）〔四〕。閑來垂釣碧（一作「坐」）溪上，忽復乘舟夢日邊〔五〕。行路難，行路難，多岐路〔六〕，今安在？長風破浪會有時〔七〕，直挂雲帆濟滄海〔八〕。

〔一〕曹植詩：美酒斗十千。

〔二〕《北史》：韓晉明好酒縱誕，招飲賓客，一席之費，動至萬錢，猶恨儉率。

〔三〕鮑照詩：對案不能食，拔劍擊柱長嘆息。《古詩》：四顧何茫然。

〔四〕鮑照《舞鶴賦》：冰塞長川，雪滿群山。太行山，見《明堂賦》注。

〔五〕《宋書》：伊摯將應湯命，夢乘船過日月之旁。

〔六〕《列子》：楊子之隣人亡羊，既率其黨，又請楊子之竪追之。楊子曰：「亡一羊，何追者之衆？」隣人曰「多岐路。」

〔七〕《宋書》：宗慤少時，叔父炳問其志，慤曰：「願乘長風破萬里浪。」

〔八〕馬融《廣成頌》：張雲帆，施蜺幬。《釋名》：隨風張幔曰帆。

其二

大道如青天，我獨不得出。羞逐長安社中兒〔一〕，赤雞白狗（一作「雉」）賭梨栗。彈劍作歌奏苦聲〔二〕，曳裾王門不稱情〔三〕。淮陰市井笑韓信〔四〕，漢朝公卿忌賈生〔五〕。君不見昔時燕家重郭隗（音危），擁篲（音遂）折節無嫌猜。劇（音極）辛、樂毅感恩分，輸肝剖膽效英（一作

「俊」）才。昭王白骨縈蔓（蕭本作「爛」）草，誰人更掃黄金臺〔六〕！行路難，歸去來。

〔一〕《舊唐書》：京師，秦之咸陽，漢之長安也。隋開皇二年，自漢長安故城東南移二十里，置新都，今京師是也。

〔二〕《史記》：馮驩聞孟嘗君好客，躡屩而見之。孟嘗君置傳舍十日，孟嘗君問傳舍長曰：「客何所爲？」答曰：「馮先生甚貧，猶有一劍耳，又蒯緱。彈其劍而歌曰：『長鋏歸來乎，食無魚。』」孟嘗君遷之幸舍，食有魚矣。五日又問，傳舍長答曰：「客復彈劍而歌曰：『長鋏歸來乎，出無輿。』」孟嘗君遷之代舍，出入乘輿車矣。五日，孟嘗君復問，傳舍長答曰：「先生又嘗彈劍而歌曰：『長鋏歸來乎，無以爲家。』」孟嘗君不悦。

〔三〕《漢書》：鄒陽曰：「飾固陋之心，則何王之門不可曳長裾乎？」

〔四〕《史記》：韓信，淮陰人。淮陰屠中少年有侮信者，曰：「若雖長大，好帶刀劍，中情怯耳。」衆辱之，曰：「信能死，刺我；不能死，出我胯下。」於是信熟視之，俛出胯下，蒲伏，一市人皆笑信，以爲怯。

〔五〕又《史記》：天子議以爲賈生任公卿之位，絳、灌、東陽侯、馮敬之屬盡害之，乃短賈生曰：「洛陽之人，年少初學，專欲擅權，紛亂諸事。」於是天子後亦疏之，不用其議。

〔六〕又《史記》：鄒衍如燕，燕昭王擁篲先驅。《索隱》曰：篲，帚也，爲之掃地，以衣袂擁帚而卻行，恐塵埃之及其長者，所以爲敬也。《戰國策》：主折節以下其臣，臣推體以下死士。鮑彪注：折節，屈折肢節也。江淹《恨賦》：蔓草縈骨。昭王、郭隗及黄金臺事，俱見二卷注。

其三 此首一作《古興》

有耳莫洗潁川水〔一〕，有口莫食首陽蕨〔二〕。含光混世貴無名，何用孤高比雲月。吾觀自古賢達人，功成不退皆殞身。子胥既棄吴江上〔三〕，屈原終投湘水濱〔四〕，陸機雄才豈自保，李斯税駕苦不早，華亭鶴唳（音麗）詎可聞，上蔡蒼鷹何足道〔五〕。君不見吴中張翰稱（一作「真」）達生，秋風忽憶江東行，且樂生前一杯酒，何須身後千載名〔六〕。

〔一〕《高士傳》：許由耕於中岳潁水之陽、箕山之下，堯召爲九州長，由不欲聞之，洗耳於潁水濱。

〔二〕《史記》：武王已平殷亂，天下宗周，而伯夷、叔齊恥之，義不食周粟，隱於首陽山，採薇而食之。《索隱》曰：薇，蕨也。《梁書·阮孝緒傳》：周德雖興，夷、齊不厭薇蕨；漢道方盛，黄綺無悶山林。薇蕨本二草，而古人亦多混稱，太白改以叶韻，蓋有自也。

〔三〕《吴越春秋》：吴王聞子胥之怨恨也，乃使人賜屬鏤之劍，子胥伏劍而死。吴王取子胥尸，盛以鴟夷之器，投之於江中。子胥因隨流揚波，依潮來往，蕩激崩岸。

〔四〕《拾遺記》：屈原以忠見斥，隱於沅、湘，披榛茹草，混同禽獸，不交世務，採柏實以和桂膏，用養心神。被王逼逐，乃赴清泠之水，楚人思慕，謂之水仙。其神游於天河，精靈時降湘浦。

〔五〕《晉書》：成都王穎起兵討長沙王乂，假陸機後將軍、河北大都督，督北中郎將王粹、冠軍牽秀等諸軍二十餘萬人，戰於鹿苑，機軍大敗。宦人孟玖譖機於穎，言其有異志。穎怒，使秀密收機。機釋戎服，著白帢，與秀相見，神色自若。既而嘆曰：「華亭鶴唳，豈可復聞乎！」遂遇害於軍中。《世説注》：《八王故事》曰：華亭，吴由拳縣郊外墅也，有清泉茂林。吴平後，陸機兄弟共游於此十餘年。《語林》曰：機爲河北都督，聞警角之聲，謂孫丞曰：「聞此不如華亭鶴唳。」故臨刑而有此嘆。《説文》：唳，鶴鳴也。《史記》：李斯爲丞相，長男由爲三川守，諸男皆尚秦公主，女悉嫁秦諸公子。李由告歸咸陽，李斯置酒於家，百官長皆前爲壽，門庭車騎以千數。李斯喟然嘆曰：「吾聞之荀卿曰：『物禁太盛』。夫斯乃上蔡布衣，閭巷之黔首，上不知其駑下，遂擢至此。當今人臣之位，無居臣上者，可謂富貴極矣。物極則衰，吾未知所税駕也。」《索隱》曰：税駕，猶解駕，言休息也。李斯言己今日富貴已極，未知向後吉凶止泊在何處也。《太平御覽》：《史記》曰：李斯臨刑，思牽黄犬，臂蒼鷹，出上蔡東門，不可得矣。考今本《史記·李斯傳》中，無「臂蒼鷹」字，而太白詩中屢用其事，當另有所本。

〔六〕《晉書》：張翰，字季鷹，吴郡吴人也。有清才，善屬文，而縱任不拘。齊王冏辟爲大司馬東曹掾。冏時執權，翰因見秋風起，乃思吴中菰菜、蓴羹、鱸魚膾，曰：「人生貴得適志，何能羈宦數千里以要名爵乎？」遂命駕而歸。俄而冏敗，人皆謂之見機。翰任心自適，不求當世，或謂之曰：「卿乃可縱適一時，獨不爲身後名耶？」答曰：「使我有身後名，不如即時一杯酒。」時人貴其曠達。

長相思

長相思，本漢人詩中語。《古詩》：客從遠方來，遺我一書札。上言長相思，下言久離别。蘇武詩：生當復來歸，死當長相思。李陵詩：行人難久留，各言長相思。六朝始以名篇，如陳後主「長相思，久相憶」，徐陵「長相思，望歸難」，江總「長相思，久别離」諸作，並以「長相思」發端。太白此篇，正擬其格。

長相思，在長安。絡緯秋啼金井闌（繆本作「欄」）〔一〕，微（一作「凝」）霜凄凄簟色寒。孤燈不明（一作「眠」，一作「寐」）思欲絶，卷帷望月空長嘆。美人如花（一作「佳期迢迢」）隔雲端〔二〕，上有青冥之高（蕭本作「長」）天〔三〕，下有渌水之波瀾。天長路遠魂飛苦〔四〕，夢魂不到關山難。長相思，摧心肝〔五〕。

〔一〕吴均詩：絡緯井邊啼。《古今注》：莎雞一名促織，一名絡緯，一名蟋蟀。促織謂其鳴聲如急織，絡緯謂其鳴聲如紡績也。按今之所謂絡緯，似蚱蜢而大，翅作聲，絶類紡績。秋夜露涼風冷，鳴尤淒緊，俗謂之紡績娘，非蟋蟀也。或古今稱謂不同與？金井闌，井上闌干也。古樂府多有玉牀金井之辭，蓋言其木石美麗，價值金玉云耳。

〔二〕宋玉《神女賦》：煒乎如花，温乎如玉。枚乘詩：美人在雲端，天路隔無期。

〔三〕《楚辭》：據青冥而攄虹兮。

〔四〕陳後主《孫瑒銘》：天長路遠，地久雲多。

〔五〕歐陽建詩：痛哭摧心肝。

上留田行 繆本少「行」字

按《樂府詩集》：王僧虔《技録》，相和歌瑟調三十八曲，有《上留田行》。《古今注》：上留田，地名也。其地人有父母死，兄不字其孤弟者，鄰人爲其弟作悲歌以風其兄，故曰《上留田》。太白所謂弟死不葬，他人舉銘旌之事，與《古今注》所説不同，豈别有異詞之傳聞，抑於時實有斯事，而借古題以詠新聞耶？

行至上留田，孤墳何崢嶸。積此萬古恨，春草不復生。悲風四邊來，腸斷白楊聲〔一〕。借問誰家地，埋没蒿里塋（音營）〔二〕。古老向予言，言是上留田。蓬科馬鬣今已平〔三〕，昔之弟死兄不葬，他人於此舉銘旌〔四〕。一鳥死，百鳥鳴；一獸走，百獸驚。桓（一作「常」）山之禽別離苦〔五〕，欲去迴翔不能征〔六〕。田氏倉卒骨肉分，青天白日摧紫荆〔七〕。交讓（蕭本作「柯」）之木本同形，東枝顦顇西枝榮〔八〕。無心之物尚如此，參（音森）商胡乃尋天兵〔九〕？孤竹、延陵，讓國揚名〔一〇〕，高風緬（音勉）邈〔一一〕，頹波激清。尺布之謠〔一二〕，塞耳不能聽〔一三〕。

〔一〕《本草拾遺》：白楊，北土極多，人種墟墓間，樹大皮白。《古詩》：出郭門直視，但見丘與墳。白楊多悲風，蕭蕭愁殺人。

〔二〕《七哀詩》：借問誰家墳。古《薤露歌》：蒿里誰家地。《漢書》：蒿里召兮郭門宏。顔師古注：蒿里，死人里。《說文》：塋，墓也。

〔三〕賈山《至言》：使其後世，曾不得蓬顆蔽冢而託葬焉。顔師古注：顆，謂土塊。蓬顆，言塊上生蓬者耳。蓬科、蓬顆，義同。《禮記》：孔子之喪，有自燕來觀者，舍於子夏氏。子夏曰：「昔夫子言之曰：吾見封之若堂者矣，見若防者矣，見若覆夏屋者矣，見若斧者矣。從若斧者焉，馬鬣封之謂也。」正義曰：子夏既道從若斧形，恐燕人不識，故舉俗稱馬鬣封之謂也以語燕人。馬騣鬣之上，其肉薄，封形似之。

〔四〕又《禮記》：銘，明旌也。以死者爲不可別已，故以其旗識之。

〔五〕《家語》：孔子在衛，昧旦晨興，顔回侍側，聞哭者之聲甚哀。子曰：「回，汝知此何所哭乎？」對曰：「回以此哭聲，非但爲死者而已，又有生離別者也。」子曰：「何以知之？」對曰：「回聞桓山之鳥，生四子焉，羽翼既成，將分於四海，其母悲鳴而送之。哀聲有似於此，爲其往而不返也，回竊以音類知之。」孔子使人問哭者，果曰：「父死家貧，賣子以葬，與之長訣。」子曰：「回也善於識音矣。」

〔六〕《楚辭》：歸雁兮於征。王逸注：征，行也，言將去。

〔七〕《續齊諧記》：京兆田真兄弟三人，共議分財，生貲皆平均，唯堂前一株紫荆樹，共議欲破三片。明日就截之，其樹即枯死，狀如火然。真往見之，大驚，謂諸弟曰：「樹本同株，聞將分斫，所以憔悴，是人不如木也。」因悲不自勝，不復解樹，樹應聲榮茂。兄弟相感，更合財寶，遂爲孝門。

〔八〕《述異記》：黄金山有楠樹，一年東邊榮西邊枯，後年西邊榮東邊枯，年年如此。張華云：「交讓樹也。」

〔九〕《左傳》：昔高辛氏有二子，伯曰閼伯，季曰實沉。居於曠林，不相能也，日尋干戈，以相征討。后帝不臧，遷閼伯於商丘，主辰，商人是因，故辰爲商星。遷實沉於大夏，主參，唐人是因，以服事夏、商。杜預注：尋，用也。

〔一〇〕《史記》：伯夷、叔齊，孤竹君之二子也。父欲立叔齊，及父卒，叔齊讓伯夷，伯夷曰：「父命也。」遂逃去。叔齊亦不肯立而逃之。又《史記》：吴王壽夢有子四人：長曰諸樊，次曰餘祭，次曰餘眛，次曰季札。季札賢而壽夢欲立之，季札讓不可。於是乃立長子諸樊，攝行事當國。諸樊已除喪，讓位季札。季札謝曰：「曹宣公之卒也，諸侯與曹人不義曹君，將立子臧。子臧去之以成曹君，君子曰：能守節矣。札雖不才，願附於子臧之義。」吳人固立季札，季札棄其室而耕，乃舍之。季札封於延陵，故號曰延陵季子。

〔二〕潘岳《寡婦賦》：緬邈兮長乖。呂延濟注：緬邈，長遠貌。

〔三〕《漢書》：淮南厲王長令男子但等七十人，與棘蒲侯柴武、太子奇謀，以輂車四十乘反谷口，令人使閩越、匈奴。事覺，治之，當棄市。制曰：「其赦長死罪，廢勿王。」有司奏請處蜀嚴道邛郵，淮南王不食而死。民有作歌，歌淮南王曰：「一尺布，尚可縫，一斗粟，尚可舂，兄弟二人不相容。」

〔三〕李陵詩：游子暮思歸，塞耳不能聽。

春日行

胡震亨曰：鮑照《春日行》詠春游，太白則擬君王游樂之辭。

深宮高樓入紫清〔一〕，金作蛟龍盤繡（一作「繡作」）楹。佳人當窗弄白日〔二〕，絃將手語彈鳴箏〔三〕。春風吹落君王耳，此曲乃是《昇天行》〔四〕。因出天池泛蓬、瀛〔五〕，樓船（蕭本作「臺」）蹙沓波浪驚〔六〕。三千雙蛾獻歌笑，撾（張爪切，音髽）鐘考鼓宮殿傾〔七〕，萬姓聚舞歌太平〔八〕。我無爲，人自寧〔九〕。三十六帝欲相迎〔一〇〕，仙人飄翩下雲軿（音瓶）〔一一〕。帝不去，留鎬（音浩）京〔一二〕。安能爲軒轅，獨往入窅（音窈）冥〔一三〕。小臣拜獻南山壽〔一四〕，陛下萬古垂鴻名〔一五〕。

〔一〕《真誥》：仰眄太霞宫，金閣曜紫清。

〔二〕何子朗詩：美人弄白日，灼灼當春牖。

〔三〕弦將手語，謂絃與手相戛而成聲也。《風俗通》：箏，謹案《禮·樂記》，五絃，筑身。今并、涼二州箏形如瑟，不知誰所改作也。或曰：秦蒙恬所造。《隋書》：箏，十三絃，所謂秦聲，蒙恬所作者也。《通典》：傅玄《箏賦》序曰：代以爲蒙恬所造，今觀其器，上崇似天，下平似地，中空准六合，絃柱擬十二月，設之則四象在，鼓之則五音發，斯乃仁智之器，豈蒙恬亡國之臣所能關思哉。曹植詩：撫絃彈鳴箏。

〔四〕《昇天行》，古樂府名。《樂府古題要解》：《昇天行》，曹植「日月何肯留」，鮑照「家世宅關輔」，皆傷人世不永，俗情險艱，當求神仙翱翔六合之外，其辭蓋出《楚辭·遠游篇》也。

〔五〕天池，指御苑池沼而言。《史記》太液池中有蓬萊、方丈、瀛洲、壺梁，象海中神山龜魚之屬。

〔六〕《西京雜記》：昆明池中有樓船數百艘，上建樓櫓。

〔七〕《韻會》：撾，擊也。毛萇《詩傳》：考，擊也。

〔八〕《書·武成》：萬姓悦服。

〔九〕《老子》：我無爲而民自化。

〔一〇〕按道書有三十六天上帝。東方八天：太皇黄曾天帝，太明玉完天帝，清明何童天帝，玄胎平育天帝，元明文舉天帝，上明七曜摩夷天帝，虚無玉衡天帝，太極濛翳天帝。南方八天：赤明和陽天帝，玄明恭華天帝，曜明宗飄天帝，竺落皇笳天帝，虚明靈曜天帝，觀明端靖天帝，元明恭慶天帝，太焕極瑶天帝。西方八天：元載孔昇天帝，太安皇崖天帝，顯定極風天帝，始皇孝芒天帝，太皇翁重浮容天帝，無思江油天帝，上揲阮樂天帝，無極曇誓天帝。北方八天：皓庭霄度天帝，淵通元洞天帝，太文翰寵妙成天帝，太素秀樂禁上天帝，太虚無上常融天帝，太釋玉隆騰勝天帝，龍變梵度天帝，太極平育賈奕天帝。中央四帝：昊天金闕玉皇上帝，先天聖祖長生大帝，上天紫微天皇大帝，中天北極紫微大帝。

〔一一〕《真誥》：廬江潛山中，有學道者鄭景世、張重華，以四月十九日北玄老太一迎以雲軿，白日升天。《蒼頡篇》：軿，衣車也。

〔一二〕《詩·大雅》：宅是鎬京。《元和郡縣志》：周武王鎬京，在長安縣西北十八里。自漢武帝穿昆明池於此，鎬京遺址遂淪陷焉。

〔一三〕《莊子》：黄帝再拜稽首而問曰：「敢問治身奈何而可以長久？」廣成子曰：「我爲汝遂於大明之上矣，至彼，至陽之原也。爲汝入於窅冥之門矣，至彼，至陰之原也。」

〔一四〕《詩·大雅》：如南山之壽，不騫不崩。

〔一五〕《獨斷》：陛下者，陛，階也，所由升堂也。天子必有近臣，執兵陳於陛側，以戒不虞。謂之陛下者，群臣與天子言，不敢指斥天子，故呼在陛下者而告之，因卑達尊之意也。上書亦如之。《封禪書》：前聖之所以永保鴻名，而常爲稱首。吕向注：鴻，大也。

前有樽酒行二首

即古樂府之「前有一樽酒」也。傅玄、張正見諸作，皆言置酒以祝賓主長壽之意，太白則變而爲當及時行樂之辭。

春風東來忽相過，金樽淥酒生微波〔一〕。落花紛紛稍覺多，美人欲醉朱顏酡（音駄）〔二〕。青軒桃李能幾何〔三〕，流光欺人忽蹉跎〔四〕。君起舞，日西（一作「將」）夕〔五〕。當年意氣不肯傾（蕭本作「平」），白髮如（一作「首垂」）絲嘆何益。

〔一〕水清曰淥，所謂淥酒，即清酒之義也。

〔二〕《楚辭》：美人既醉朱顏酡。《韻會》：酡，飲而赭色著面也。

〔三〕虞炎詩：青軒明月時。王適詩：青軒桃李落紛紛，紫庭蘭蕙日氛氳。

〔四〕流光，日月之光也。曹植詩：流光正徘徊。《説文》：蹉跎，失時也。

〔五〕王融詩：暢哉人外賞，遲遲眷西夕。

其二

琴奏龍門之緑桐〔一〕，玉壺美酒清若空。催絃拂柱與君飲，看朱成碧顔始紅（一作「眼白看杯顔色紅」）〔二〕。胡姬貌如花，當壚笑春風〔三〕。笑春風，舞羅衣，君今不醉將（繆本作「欲」）安歸？

〔一〕《周禮》：龍門之琴瑟，於宗廟中奏之。鄭康成注：龍門，山名。枚乘《七發》：龍門之桐，高百尺而無枝，使琴摯斫斬以爲琴。

〔二〕王僧孺詩：誰知心眼亂，看朱忽成碧。

〔三〕古樂府：胡姬年十五，春日獨當壚。《漢書》：乃令文君當盧。顔師古注：賣酒之處，累土爲盧，以居酒甕，四邊隆起，其一面高，形如煅爐，故名盧。而俗之學者，皆謂當盧爲對温酒火爐，失其義矣。

夜坐吟

《夜坐吟》，始自鮑照。其辭曰：冬夜沉沉夜坐吟，含情未發已知心。霜入幕，風度林，朱燈滅，朱顔尋。體君歌，逐君音，不貴聲，貴意深。蓋言聽歌逐音，因音託意也。

冬夜夜寒覺夜長〔一〕，沉吟久坐坐北堂。冰合井泉月入閨，金釭（音江）青凝照悲啼〔二〕。金釭滅，啼轉多，掩妾淚，聽君歌。歌有聲，妾有情，情聲合，兩無違。一語不入意〔三〕，從君萬曲梁塵飛〔四〕。

〔一〕《古詩》：天寒知夜長。

〔二〕《西都賦》：金釭銜璧。吕延濟注：金釭，燈盞也。

〔三〕鮑照詩：萬曲不關心。

〔四〕陸機詩：再唱梁塵飛。劉向《别録》：漢興以來，善雅歌者魯人虞公，發聲清哀，蓋動梁塵。

野田黄雀行

按王僧虔《技録》，相和歌瑟調三十八曲中有《野田黄雀行》。

游莫逐炎洲翠〔一〕，棲莫近吴宫燕〔二〕。吴宫火起焚巢（繆本作「爾」）窠，炎洲逐翠遭網羅。蕭條兩翅蓬蒿下，縱有鷹鸇奈爾（一作「若」）何〔三〕！

〔一〕郭璞《山海經注》：翠似燕而紺色。陳子昂詩：翡翠巢南海，雌雄珠樹林。殺身炎洲裏，委羽玉堂陰。炎洲謂海南之地，在漢爲朱崖、儋耳二郡，唐爲崖、儋、振三州，今爲瓊州。其地居大海之中，廣袤數千里，四時常燠，故曰炎洲。多産翡翠。

〔二〕《越絶書》記吴地傳，有東宫、西宫。東宫周一里二百七十步，西宫在長秋，周一里二十六步。秦始皇帝十一年，守宫者照燕，失火燒之。鮑照詩：猶勝吴宫燕，無罪得焚窠。

〔三〕《爾雅翼》：鷹，鳥之鷙者，雌大雄小，一名鷞鳩。陸璣《詩疏》：鸇似鷂，青黄色，燕頷，勾喙，嚮風摇翅，乃因風飛急，疾擊鳩鴿燕雀食之。

箜篌謡

《樂府詩集》：《箜篌謡》，不詳所起。大略言結交當有終始，與《箜篌引》異。舊注以爲即《箜篌引》，誤矣。

攀天莫登龍，走山莫騎虎。貴賤結交心不移，惟有嚴陵及光武〔一〕。周公稱大聖，管蔡寧相容〔二〕，漢謡一斗粟，不與淮南舂〔三〕。兄弟尚路人（一作「行路」），吾心安所從。他人方寸間〔四〕，山海幾千重。輕言託朋友，對面九疑峰〔五〕。多（蕭本作「開」）花必早落，桃李不如松。管、鮑久已死〔六〕，何人繼其蹤？

〔一〕嚴子陵事，見二卷注。

〔二〕《史記》：武王崩，成王少，周公旦專王室，管叔、蔡叔疑周公之爲不利於成王，乃挾武庚以作亂。周公承成王命，伐誅武庚，殺管叔而放蔡叔。

〔三〕斗粟謡見本卷《上留田》注。

〔四〕方寸，心也。《列子》：吾見子之心矣，方寸之地虚矣。

〔五〕《方輿勝覽》：九疑山，在道州寧遠縣南六十里，亦名蒼梧山。九峰相似，望而疑之，謂之九疑。一曰朱明峰，二曰石城峰，三曰石樓峰，四曰娥皇峰，五曰舜源峰，六曰女英峰，七曰簫韶峰，八曰桂林峰，九曰梓林峰。

〔六〕《説苑》：鮑叔死，管仲舉上衽而哭之，淚下如雨。從者曰：「非君父子也，此亦有説乎？」管仲曰：「非夫子所知也。吾嘗與鮑子負販於南陽，吾三辱於市，鮑子不以我爲怯，知我之欲有所明也。鮑子嘗與我有所説君者，而三不見聽，鮑子不以我爲不肖，知我之不遇明君也。鮑子嘗與我臨財分貨，吾自取多者三，鮑子不以我爲貪，知我之不足於財也。生我者父母，知我者鮑子也。士爲知己者死，而况爲之哀乎！」

雉朝飛 一本作《雉朝飛絃》

《古今注》：《雉朝飛》者，犢牧子所作也。犢牧子，齊處士，宣、湣王時人。年五十，無妻，出薪於野，見雉雌雄相隨而飛，意動心悲，乃作《雉朝飛》之操，將以自傷焉。

麥隴青青三月時，白雉朝飛挾兩雌〔一〕。錦衣綺（蕭本作「繡」）翼何離褷（音斯）〔二〕，犢（音讀）牧採薪感之悲。春天和，白日暖，啄食飲泉勇氣滿，爭雄鬬死繡頸斷〔三〕。《雉子斑》奏急管絃〔四〕，心傾美酒（蕭本作「傾心酒美」）盡玉椀〔五〕。枯楊枯楊爾生稊（音題。繆本作「荑」）〔六〕，我獨七十而孤棲。彈絃寫恨意不盡，瞑目歸黄泥。

〔一〕王僧達詩：麥隴多秀色。《爾雅》釋雉有十四種，白雉其一種也，名鵫雉，江東呼白鵫。枚乘《七發》：麥秀漸兮雉朝飛。潘岳《射雉賦》：逸群之儁，擅場挾兩。徐爰注：逸群儁異之雉，不但欲擅一場，又挾兩雌也。

〔二〕吴均《雉朝飛》曲：何辭碎錦衣。《射雉賦》：鶩綺翼而經撾。木華《海賦》：鳥雛離褷。李善注：離褷，羽毛始生貌。

〔三〕《埤雅》：雉死耿介，妒壟護疆，善鬭，雖飛不越分域。一界之内，要以一雄爲主，餘者雖衆，莫敢鳴雊。《射雉賦》：灼繡頸而衮背。徐爰注：頸毛如繡。

〔四〕《宋書》：漢鼓吹鐃歌十八曲，有《雉子斑》曲。

〔五〕梁元帝詩：金卮玉椀共君傾。

〔六〕《周易》：枯楊生稊，老夫得其女妻，無不利。王弼注：稊者，楊之秀也。虞翻注：稊，穉也，楊葉未舒稱稊。

上雲樂 原注：老胡文康辭，或云范雲及周捨所作，今擬之。

胡震亨曰：梁武帝製《上雲樂》，設西方老胡文康，生自上古者，青眼，高鼻，白髮，導弄孔雀、鳳凰、白鹿。慕梁朝來游，伏拜祝千歲壽。周捨爲之詞。太白擬作，視捨本詞加肆，而「龍飛咸陽」數語，似又謂此胡游肅宗朝者，亦各從其時，備一代俳樂爾。琦按：《隋書·樂志》：梁三朝樂第四十四，設寺子導安息孔雀、鳳凰、文鹿胡舞登，連《上雲樂》歌舞伎。知《上雲樂》者，乃舞之名色，令樂人扮作老胡之狀，率珍禽奇獸而爲胡舞，以祝天子萬壽。其時所歌之辭，即捨所作之辭也。捨本辭曰：「西方老胡，厥名文康。遨游六合，傲誕三皇。西觀濛汜，東戲扶桑，南泛大蒙之海，北至無通之鄉。昔與若士爲友，共弄彭祖扶牀。往年暫到崑崙，復值瑶池舉觴。周帝迎以上席，王母贈以玉漿，故乃壽如南山，老若金剛。青眼胷胷，白髮長長，蛾眉臨髭，高鼻垂口。非直能俳，又善飲酒。簫歌從前，門徒從後。濟濟翼翼，各有分部。鳳凰是老胡家雞，師子是老胡家狗。陛下撥亂反正，再朗三光，澤與雨施，化與風翔。覘雲候吕，來游大梁。重駟修路，始屆帝鄉。伏拜金闕，瞻仰玉堂。從者小子，羅列成行。悉知廉節，皆識義方。歌管愔愔，鏗鼓鏘鏘，響震鈞天，聲若鵷凰。前卻中規矩，進退得宫商。舉伎無不佳，胡舞最所長。老胡寄篋中，復有奇樂章。齎持數萬里，願以奉聖皇。乃欲次第説，老耄多所忘。是願明陛下壽千萬歲，歡樂未渠央。」太白此篇擬之而作，辭義多相出入，故全録之，以見其所自焉耳。

金天之西〔一〕，白日所没。康老胡雛，生彼月窟〔二〕。巉巖容儀，戌（音恤）削風骨〔三〕。碧玉炅（音憬）炅（一作「皎皎」）雙目瞳，黄金拳拳兩鬢（一作「鬢髮」）紅〔四〕。華蓋垂下睫（音接），嵩岳臨上脣〔五〕。不覩詭譎貌〔六〕，豈知造化神。

〔一〕張衡《思玄賦》：顧金天而嘆息兮，吾欲往乎西嬉。吕向注：金天，西方少昊所主也。

〔二〕《長楊賦》：西壓月窟。月窟，謂近西月没之處，蓋指西域極遠之地而言。

〔三〕《上林賦》：眇閻易以戌削。徐廣注：戌削，言如刻畫作之。

〔四〕碧玉炅炅，言其眼色碧而有光。黄金拳拳，言其髪色黄而稍卷。

〔五〕華蓋垂下睫，言其眉長而下覆於目。嵩岳臨上唇，言其鼻巨而上壓於唇。《黄庭内景經》：眉號華蓋覆明珠。又云：外應中岳鼻齊位。梁丘子注：中岳，鼻也。

〔六〕王褒《洞簫賦》：鶩合遝以詭譎。李善注：詭譎，猶奇怪也。

大道是文康之嚴父，元氣乃文康之老親〔一〕。撫頂弄盤古〔二〕，推車轉天輪〔三〕。云見日月初生時，鑄冶火精與水銀〔四〕。陽烏未出谷〔五〕，顧兔半藏身〔六〕。女媧（音戈）戲黄土，團作愚下人，散在六合間，濛濛若沙塵〔七〕。生死了不盡，誰明此胡是仙真。西海栽若木〔八〕，東溟植扶桑〔九〕，别來幾多時，枝葉萬里長。

〔一〕《道德指歸論》：道德爲父，神明爲母。孫楚《石人銘》：大象無形，元氣爲母。杳兮冥兮，陶冶衆有。

〔二〕《述異記》：盤古氏，天地萬物之祖也。《路史》：渾敦氏，即代所謂盤古氏，神靈一日九變，蓋元混之初，陶融造化之主也。

〔三〕木華《海賦》：狀如天輪，膠戾而激轉。李善注：《吕氏春秋》曰：天地如車輪，終則復始。

〔四〕《淮南子》：積陽之熱氣生火，火氣之精者爲日；積陰之寒氣爲水，水氣之精者爲月。《初學記》：《范子計然》曰：日者，火精也。

〔五〕陽烏，日中烏也。詳《明堂賦》注。

〔六〕顧兔，月中兔也。《楚辭》：夜光何德，死則又育。厥利維何？而顧兔在腹。

〔七〕《太平御覽》：《風俗通》曰：俗説天地初開闢，未有人民，女媧團黄土爲人，劇務，力不暇供，乃引繩於泥中，舉以爲人。故凡富貴賢智者，黄土人也；貧賤凡愚者，引絙人也。《録異記》：房州上庸界有伏羲女媧廟，云是摶土爲人民之所，古跡在焉。

〔八〕《淮南子》：若木在建木西，末有十日，其花照下地。高誘注：末，端也。若木端有十日，狀如蓮花，光照其下也。

〔九〕東溟，東海也。顔延之詩：日觀臨東溟。《十洲記》：扶桑在碧海之中，地方萬里。有椹樹長數千丈，大二千圍，樹兩兩同根偶生，更相依倚，是以名爲扶桑。仙人食其椹，而一體皆作金光色，飛翔空玄。其樹雖大，其葉、椹故如中夏之桑也，但椹稀而色赤，九千歲一生實耳，味絶甘香美。《齊民要術》：《玄中記》云：天下之高者扶桑，無枝木焉，上至天，盤蜿而下屈，通三泉也。

中國有七聖〔一〕，半路頽鴻（蕭本作「洪」）荒〔二〕。陛下應運起，龍飛入咸陽〔三〕。赤眉立盆子〔四〕，白水興漢光〔五〕。叱咤四海動，洪濤爲簸揚。舉足踏紫微〔六〕，天關自開張。

〔一〕「中國有七聖」，謂高祖、太宗、高宗、中宗、睿宗、玄宗六君，其一則武后也。考先天二年睿宗誥，有「運光五聖、業盛百齡」之辭，貞元二十一年順宗誥，有「九聖儲祥、萬邦咸休」之語，皆數武后在内，知當時稱謂如此也。

〔二〕「半路頹鴻荒」，喻禄山倡亂，兩京覆没，有似鴻荒之世也。「陛下應運起」，謂肅宗即位於靈武，「龍飛入咸陽」，謂西京尅復，大駕還都也。「赤眉立盆子」，謂禄山既死，群賊又立安慶緒爲主也。「叱咤四海動，洪濤爲簸揚」，喻天下震動，寰宇洗清也。「舉足踏紫微」，喻踐天子之位也。「天關自開張」，喻四遠關塞悉開通出入，不事閉守也。《魯靈光殿賦》：鴻荒樸略。張載注：鴻，大也。上古之世，爲鴻荒之世也。

〔三〕《東京賦》：龍飛白水，鳳翔參墟。薛綜注：龍飛鳳翔，以喻聖人之興。

〔四〕《後漢書》：建武元年，赤眉賊率樊崇、逢安等，共立劉盆子爲天子。然崇等視之如小兒，百事自由，初不恤録。

〔五〕《宋書》：光武起於春陵之白水鄉。章懷太子《後漢書注》：光武舊宅在今隨州棗陽東南，宅旁二里有白水焉，即張衡所謂龍飛白水也。

〔六〕《太平御覽》：《天官星占》曰：紫微者，天帝之座也。

老胡感至德，東來進仙倡〔一〕。五色師子〔二〕，九苞鳳凰〔三〕，是老胡雞犬，鳴舞飛帝鄉。淋漓颯沓〔四〕，進退成行。能胡歌，獻漢酒，跪雙膝，並（蕭本作「立」）兩肘，散花指天舉素手。

拜龍顔〔五〕，獻聖壽，北斗戾〔六〕，南山摧，天子九九八十一萬歲〔七〕，長傾萬歲（一作「年」）杯。

〔一〕《西京賦》：總會仙倡。薛綜注：仙倡，僞作假形，謂如神也。

〔二〕束皙《發蒙記》：獅子五色而食虎於巨山之岫，一噬則百人仆，惟畏鈎戟。《南齊書》：王敬則夢騎五色獅子。

〔三〕《論語摘衰聖》：鳳有九苞，九苞者，一曰口包命，二曰心合度，三曰耳聽達，四曰舌詘伸，五曰彩光色，六曰冠矩朱，七曰距鋭鈎，八曰音激揚，九曰腹文户。

〔四〕傅毅《舞賦》：颯沓合并。張銑注：颯沓，盤旋貌。

〔五〕《春秋元命苞》：黄帝龍顔，得天庭陽；文王龍顔，柔肩望羊。

〔六〕宋玉《大言賦》：北斗戾兮太山夷。《説文》：戾，曲也。

〔七〕「九九八十一萬」六字，出《戰國策》。

夷則格上白鳩拂舞辭

《通典》：《白鳩》，吴朝拂舞曲也。琦按：拂舞者，樂人執拂而舞，以爲容節也。《樂府詩集》：《古今樂録》曰：鞞、鐸、巾、拂四舞，梁並夷則格，鐘磬鳩拂和，故白擬之爲《夷則格上白鳩拂舞辭》。

鏗鳴鐘，考朗鼓〔一〕，歌《白鳩》〔二〕，引拂舞。白鳩之白誰與鄰，霜衣雪襟誠可珍，含哺（音步）七子能平均〔三〕。食不噎（繆本作「咽」），性安（一作「可」）馴，首農政，鳴陽春。天子刻玉杖，鏤形賜耆人〔四〕。白鷺（一作「鷹」）之（繆本作「亦」）白非純真，外潔其色心匪仁〔五〕。闕五德〔六〕，無司晨〔七〕，胡爲啄我葭（音嘉）下之紫鱗〔八〕。鷹鸇鵰（音刁）鶚（音諤）〔九〕，貪而好殺。鳳凰雖大聖，不願以爲臣。

〔一〕《楚辭》：鏗鐘摇簴。王逸注：鏗，撞也。《詩·國風》：我有鐘鼓，勿鼓勿考。毛傳：考，擊也。何承天歌：朗鼓節鳴笳。

〔二〕鳩類甚多，毛色各異，白者不常有，有則以爲異。故《瑞應圖》曰：白鳩，成湯時至。王者養耆老，尊道德，不以新失舊則至。

〔三〕《詩·國風》：鳲鳩在桑，其子七兮。陸璣疏：鳲鳩有均一之德，飼其子，旦從上而下，暮從下而上，平均如一。

〔四〕《爾雅翼》：鳲鳩一名鴶鵴，又名布穀，以此鳥鳴時，布種其穀。似鷂長尾，牝牡飛鳴，翼相摩拂。《月令》云「鳴鳩拂其羽」是也。按鳴鳩拂羽，乃三月中候也。張華《禽經注》：鳲鳩，此鳥鳴時，耕事方作，農人以爲候。《後漢書·禮儀志》：仲秋之月，縣道皆按户比民，年始七十者，授之以玉杖，餔之糜粥；八十九十，禮有加，賜玉杖，長九尺，端以鳩鳥爲飾。鳩者，不噎之鳥也，欲老人不噎。《釋名》：人六十曰耆，耆，指也，不從力役，指事使人也。

〔五〕陸璣《詩疏》：鷺，水鳥也，好而潔白。汶陽謂之白鳥，齊、魯之間謂之舂鉏，遼東、樂浪、吴、揚人皆謂之白鷺。大小如鴟，青腳，高尺七八寸，尾如鷹尾，喙長三寸，頭上有毛十數枚，長寸餘，毵毵然與衆毛異，甚好，欲取魚時則弭之。

〔六〕《韓詩外傳》：君獨不見夫雞乎？首戴冠者，文也；足傅距者，武也；敵在前敢鬭者，勇也；得食相告，仁也；守夜不失時，信也。雞有此五德。

〔七〕《襄陽記》：雞主司晨，犬主吠盜。

〔八〕毛萇《詩傳》：葭，蘆也。《説文》：葭，葦之未秀者。《蜀都賦》：鮮以紫鱗。

〔九〕鷹，古者謂之鷞鳩，一歲色黄曰黄鷹，二歲色變次赤，曰鴘鷹，又曰鵚鷹，三歲以後色變蒼白，曰蒼鷹。隋魏彦深《鷹賦》所謂「毛衣屢改，厥色無常，寅生酉就，總號爲黄，二周作鵚，三歲成蒼」是也。世俗通謂之角鷹，以其頂有毛角微起也。鸇，《詩》所謂晨風，似鷹而小，好乘風展翅，鳴則風生，世俗謂之鶻鵰，與鷹極類，惟尾長翅短爲異，猛悍多力。鶚尤勇健善搏，乃鷙鳥中之殊特者，故鄒陽書曰：鷙鳥累百，不如一鶚。《禽經》曰：鷙鳥之善搏者曰鶚。孟康《漢書注》：鶚，大鵰也。《詩經正義》：鵰之大者又名鶚，蓋言其似鵰而大也。或以鵰鶚混爲一物，或以鶚爲王雎、魚鷹之異名，皆非也。四鳥皆禽中之鷙者，形狀亦相似，曲喙，金睛，劍翮，利爪，盤旋空中，俟物而擊之。鸇形最小，所搏者惟鴿雀小鳥之類；鷹稍大，能搏雉兔；鵰則大於鷹，能擒鴻鵠大鳥；鶚則又大於鵰，能搏狐鹿羊豕。鷹多生北地，鸇則是處有之，鵰鶚惟產邊境。世人不辨，或多混稱，故詳釋之。

日出入行

胡震亨曰：漢郊祀歌《日出入》，言日出入無窮，人命獨短，願乘六龍仙而升天。太白反其意，言人安能如日月不息，不當違天矯誣，貴放心自然，與涬溟同科也。

日出東方隈（音近威）〔一〕，似從地底來。歷天又入海（繆本作「歷天又復入西海」），六龍所舍安在哉〔二〕！其始與終古不息（一作「其行終古不休息」）〔三〕，人非元氣〔四〕，安得與之久徘徊。草不謝榮於春風，木不怨落於秋天〔五〕，誰揮鞭策驅四運〔六〕，萬物興歇皆自然。羲和〔七〕，羲和，汝奚汩（音骨）沒於荒淫之波〔八〕？魯陽何德，駐景揮戈〔九〕。逆道違天，矯誣實多〔一〇〕。吾將囊括大塊〔一一〕，浩然與溟（音茗）涬（音悻）同科〔一二〕。

〔一〕《莊子》：日出於東方，而入於西極。《說文》：隈，水曲隩也。

〔二〕六龍，見《蜀道難》注。

〔三〕《莊子》：日月得之，終古不息。陸德明注：崔云：終古，久也。鄭玄注《周禮》云：終古，猶言常也。

〔四〕《法苑珠林》：元氣者，依《河圖》曰：元氣無形，匈匈蒙蒙，偃者爲地，伏者爲天。《禮統》曰：天地者，元氣之所生，萬物之祖。《帝王世紀》曰：元氣始萌，謂之太初。《三五曆紀》曰：未有天地之時，混沌如雞子。溟涬鴻濛滋分，歲起攝提，元氣啟肇。

〔五〕郭象《莊子注》：暖焉若陽春之自和，故蒙澤者不謝；淒乎若秋霜之自降，故凋落者不怨。太白「謝榮」、「怨落」二語本此。

〔六〕殷仲文詩：四運雖鱗次。吕向注：四運，四時也。

〔七〕《廣雅》：日御謂之羲和。

〔八〕《淮南子》：百姓曼衍於荒淫之陂，而失其大宗之本。劉勰《新論》：蔓衍於荒淫之波，留連於是非之境。

〔九〕《淮南子》：魯陽公與韓搆戰酣，日暮，援戈而揮之，日爲之反三舍。郭璞詩：愧無魯陽德，回日向三舍。

〔一〇〕《書·仲虺之誥》：矯誣上天。

〔一一〕賈誼《過秦論》：囊括四海之意。《淮南子》：大塊載我以形。高誘注：大塊，天地之間也。

〔一二〕《莊子》：大同於涬溟。司馬彪曰：涬溟，自然元氣也。張衡《靈憲》：太素之前，幽清玄靜，寂寞冥默，不可爲象。厥中惟靈，厥外惟無，如是者永久焉，斯謂溟涬，蓋乃道之根也。葛洪《枕中書》：二儀未分，溟涬鴻濛，未有成形，天地日月未具，狀如雞子，混沌玄黃。

胡無人

按《樂府詩集》：王僧虔《技録》，相和歌瑟調三十八曲中有《胡無人行》。

嚴風吹霜海草凋〔一〕，筋幹精堅胡馬驕〔二〕。漢家戰士三十萬〔三〕，將軍兼領（一作「誰者」）霍嫖姚〔四〕。流星白羽腰間插〔五〕，劍花秋蓮光出匣。天兵照雪下玉關〔六〕，虜箭如沙射金甲。雲龍風虎盡（一作「晝」）交回〔七〕，太白入月敵可摧〔八〕。敵可摧，旄頭滅〔九〕，履胡之腸涉胡血〔一〇〕。懸胡青天上，埋胡紫塞旁〔一一〕。胡無人，漢道昌。

〔一〕《初學記》：梁元帝《纂要》曰：冬風曰嚴風。

〔二〕《周禮》：凡爲弓，冬析幹而春液角，夏治筋，秋合三材。《韻會》：驕，馬壯貌。

〔三〕《漢書》：武帝元光二年，遣五將軍三十萬衆，伏馬邑下，欲襲單于，單于覺之而去。

〔四〕《漢書》：霍去病善騎射，再從大將軍。大將軍受詔予壯士爲票姚校尉，與輕勇騎八百，直棄大將軍數百里赴利，斬捕首虜過當。服虔注：票姚，音飄摇。顔師古曰：票，音頻妙反。姚，音羊召反。票姚，勁疾之貌也。荀悦《漢紀》作票鷂字。去病後爲票騎將軍，尚取票姚之字耳。今讀者音飄摇，則不當其義也。按唐人詩中用嫖姚字者，多從服音，不從顔説，即杜工部亦然，不獨太白是詩矣。

〔五〕《上林賦》：彎繁弱，滿白羽。文穎注：以白羽羽箭，故言白羽也。

〔六〕揚雄《長楊賦》：天兵四臨。李善注：天兵，言兵威之盛如天也。《漢書·地理志》：敦煌郡龍勒縣有玉門關。《史記正義》：《括地志》曰：玉門關在沙州壽昌縣西北一百十八里。《元和郡縣志》：玉門關在瓜州晉昌縣東二十里。《一統志》：玉門關在陝西故瓜州西北十八里。漢霍去病破走月支，開玉門關，班超在西域上書，願生入玉門關，即此。

〔七〕雲龍風虎，皆陣名。《李衛公問對》：太宗曰：「天地風雲龍虎鳥蛇，斯八陣何義也？」靖曰：「古人秘藏此法，故詭説八名，於八陣本一也。」舊注引《周易》「雲從龍，風從虎」之文，恐於詩義未當。

〔八〕《後漢書》：永平十五年十一月乙丑，太白入月中，爲大將戮。《晉書》：凡五星入月歲，其野有逐相。太白，將戮。元帝太興三年十二月己未，太白入月，在斗。成帝咸康元年二月乙未，太白入月。六年二月乙未，太白入月。其占又皆另有所主，俱未嘗爲摧敵之兆。太白斯語，其別有所據歟？

〔九〕《漢書》：昴曰旄頭，胡星也。

〔一〇〕《淮南子》：白刃合，流矢接，涉血屨腸，輿死扶傷。

〔一一〕《古今注》：秦築長城，土色皆紫，漢塞亦然，故稱紫塞焉。

陛下之壽三千霜，但歌大風雲飛揚，安用猛士兮守四方〔一二〕。

〔一二〕漢高祖歌詩：大風起兮雲飛揚，威加海内兮歸故鄉，安得猛士兮守四方？蘇子由譏此詩末三句爲不達理。蕭士贇曰：詩至「漢道昌」，一篇之意已足。一本云無此三句者是也，使蘇子由見之，必不肯輕致不識理之誚矣。東坡云：今《太白集》有「悲來乎」、「笑已乎」、贈懷素草書數詩，決非太白之作，蓋唐末五代間齊己輩詩也。僕亦曰：此詩末後三句，安知非此輩所增乎？致使太白貽譏於數百載之後，惜哉！今遂删去，後人具正法眼藏者，必蒙賞音。後人録此詩者，悉删去後三句，蓋多從蕭本也。

琦按：《酉陽雜俎》云：禄山反，太白製《胡無人》，言「太白入月敵可摧」，及禄山死，太白蝕月。蕭氏注從之，謂此詩必作於上元間，據太史之占而言。今考《唐書·天文志》，初未嘗有太白入月之事，而蕭妄引上元元年、三年月掩昴之文以當之，誤矣。玩「天兵照雪下玉關」之句，當是開元、天寶之間爲征討四夷而作，庶幾近是。

北風行

鮑照有《北風行》，傷北風雨雪，行人不歸，太白擬之而作。

燭龍棲寒門〔一〕，光耀猶旦開。日月照之何不及此（一作「日月之賜不及此」），惟有北風號怒天上來。燕山雪花大如席〔二〕，片片吹落軒轅臺〔三〕。幽州思婦十二月〔四〕，停歌罷笑雙蛾摧。倚門望行人，念君長城苦寒良可哀。别時提劍救邊去，遺此虎文金鞞（音丙）靫（音差）〔五〕。中有一（蕭本「作二」）雙白羽箭〔六〕，蜘蛛結網生塵埃。箭空在，人今戰死不復回。不忍見此物，焚之已成（一作「以爲」）灰。黄河捧土尚可塞〔七〕，北風雨雪恨難裁（一作「哉」）。

〔一〕《淮南子》：燭龍在雁門北，蔽於委羽之山，不見日。其神人面龍身而無足。高誘注：龍銜燭以照太陰，蓋長千里，視爲晝，瞑爲夜，吹爲冬，呼爲夏。又《淮南子》：北方曰北極之山，曰寒門。高誘注：積寒所在，故曰寒門。

〔二〕《太平寰宇記》：燕山在薊州漁陽縣東南七十里。《一統志》：燕山在薊州玉田縣西北二十五里，自西山一帶迤邐東來，延袤數百里抵海崖。然詩家用燕山字，概舉燕地之山，猶秦山、楚山之類，不專指一山也。

〔三〕《直隸名勝志》：軒轅臺在保安州西南界之喬山上。《山海經》云：大荒内有軒轅臺，射者不敢西向，畏軒轅故也。

〔四〕唐之幽州又謂之范陽郡，屬河北道。

〔五〕鞞靫，當作鞴（音步）靫爲是。《韻會》：鞴靫，盛箭室。《子虚賦》作步叉。

〔六〕《北史·突厥傳》：帝取桃竹白羽箭一枚以賜射匱。

〔七〕《後漢書·朱浮傳》：此猶河濱之人，捧土以塞孟津，多見其不知量也。

俠客行

趙客縵（音幔）胡纓〔一〕，吴鈎霜雪明〔二〕。銀鞍照白馬〔三〕，颯沓如流星〔四〕。十步殺一人，千里不留行〔五〕。事了拂衣去，深藏身與名。閑過信陵飲，脱劍膝前（一作「上」）横。將炙啖朱亥〔六〕，持觴勸侯嬴。三杯吐然諾〔七〕，五岳倒爲輕。眼花耳熱後〔八〕，意氣素霓生〔九〕。救趙揮金槌，邯（音寒）鄲先震驚〔一〇〕。千秋二壯士，烜（繆本作「炬」）赫大梁城〔一一〕。縱死（蕭本作「使」）俠骨香〔一二〕，不慙世上英〔一三〕。誰能書閣（蕭本作「閤」）下，白首《太玄經》〔一四〕。

〔一〕《莊子》：趙太子曰：吾王所見劍士，皆蓬頭突鬢，垂冠縵胡之纓，短後之衣。司馬彪曰：曼胡之纓，謂粗纓無文理也。

〔二〕鮑照詩：錦帶佩吴鉤。李周翰注：吴鉤，鉤類，頭少曲。《夢溪筆談》：吴鉤，刀名也，刃彎。今南蠻用之，謂之葛黨刀。

〔三〕辛延年詩：銀鞍何煜爚。

〔四〕杜篤《論都賦》：軍如流星。

〔五〕《莊子》：臣之劍十步一人，千里不留行。司馬彪曰：十步與一人相擊，輒殺之，故千里不留於行也。

〔六〕《韻會》：將，奉也，賫也，持也。

〔七〕丘遲詩：丈夫吐然諾，受命本遺家。

〔八〕張華《輕薄篇》：三雅來何遲，耳熱眼中花。

〔九〕張華《壯士篇》：慷慨成素霓，嘯咤起清風。

〔一〇〕《史記》：魏公子無忌者，魏昭王少子而魏安釐王異母弟也。安釐王即位，封公子爲信陵君。魏有隱士曰侯嬴，年七十，家貧，爲大梁夷門監者。公子聞之，往請，欲厚遺之，不肯受。公子於是乃置酒大會賓客，坐定，公子從車騎，虚左，自迎侯生。至家，引侯生坐上坐，徧贊賓客，賓客皆驚。於是罷酒，侯生遂爲上客。侯生謂公子曰：「屠者朱亥，此子賢者，世莫能知，故隱屠間耳。」公子數往請之，朱亥故不復謝。魏安釐王二十年，秦已破趙長平軍，又進兵圍邯鄲。魏王使將軍晉鄙將十萬衆救趙，秦王使使告魏王曰：「吾攻趙，旦暮且下，諸侯敢救者，已拔趙，必移兵先擊之。」魏王恐，使人止晉鄙，留軍壁鄴，名爲救趙，實持兩端以觀望。公子數請魏王，及賓客辯士説王萬端，魏王畏秦，終不聽公子。侯生曰：「嬴聞晉鄙之兵符常在王卧内，而如姬最幸，出入王卧内，力能竊之。嬴聞如姬父爲人所殺，如姬爲公子泣，公子使客斬其仇頭，敬進如姬。如姬之欲爲公子死，無所辭。公子誠一開口請如姬，如姬必許諾，則得虎符奪晉鄙軍，北救趙而西卻秦，此五霸之伐也。」公子從其計，請如姬，如姬果盗晉鄙兵符與公子。侯生曰：「將在外，主令有所不受，以便國家。公子即合符，而晉鄙不授公子兵而復請之，事必危矣。臣客屠者朱亥可與俱，此人力士，晉鄙聽大善，不聽，可使擊之。」於是公子請朱亥，朱亥笑曰：「臣乃市井鼓刀屠者，而公子親數存之，所以不報謝者，以爲小禮無所用。今公子有急，此乃臣效命之秋也。」遂與公子俱。至鄴，矯魏王令代晉鄙。晉鄙合符，疑之，欲無聽，朱亥袖四十斤鐵錐錐殺晉鄙。公子遂將晉鄙軍，進兵擊秦軍，秦軍解去，遂救邯鄲，存趙。

〔一一〕《韻會》：烜赫，明照貌。又云：烜，光明也。《詩》：赫兮烜兮。注：宣著貌，一曰有威儀貌，通作咺。《禮記》引《詩》：赫兮咺兮。又作「喧」。琦按：《後漢書・張讓傳》：有威形諠赫之語，諠赫、烜赫，皆倒用赫咺字以成文耳，字雖異而義則一也。

〔一二〕張華《游俠曲》：生從命子游，死聞俠骨香。

〔一三〕李密詩：寄言世上英，虚生良可愧。

〔一四〕揚雄草《太玄經》及校書天禄閣，詳見二一卷注。

李太白全集卷之四

錢塘王琦琢崖輯注
趙樹元石堂較

樂府三十七首

關山月

《樂府古題要解》：《關山月》，傷離别也。蕭士贇曰：《關山月》者，樂府鼓角横吹十五曲之一。王褒詩云：無復漢地關山月。

明月出天山〔一〕，蒼茫雲海間。長風幾萬里〔二〕，吹度玉門關〔三〕。漢下白登道〔四〕，胡窺青海灣〔五〕。由來征戰地，不見有人還。戍客望邊色（一作「邑」），思歸多苦顔。高樓當此夜，嘆息未應閑（一作「還」）。

〔一〕《漢書》：貳師將軍與右賢王戰於天山。晉灼注：天山，在西域，近蒲類國，去長安八千餘里。顔師古注：天山，即祁連山也。匈奴謂天爲祁連。今鮮卑語尚然。《輿地廣記》：伊州伊吾縣有天山，胡人呼爲折漫羅山，每過之皆下馬拜。一名雪山。《北邊備對》：天山，即祈連山也，又名時漫羅山，又名祁漫羅山。蓋虜語謂祁連也、時漫羅也、祁漫羅也，皆天也。《通典》、《元和志》於張掖縣既著祁連山矣，而伊、西、庭三州皆有此山，則是自甘張掖而西，至於庭州，相去三千五六百里，而天山皆能周徧其地，則此山亦廣長矣。月出於東而天山在西，今曰「明月出天山」，蓋自征夫而言已過天山之西，而迴首東望，則儼然見明月出於天山之外也。

〔二〕陸機詩：長風萬里舉。

〔三〕玉門關，詳見前卷注。

〔四〕《漢書》：匈奴引兵南踰句注，攻太原，至晉陽下。高帝自將兵往擊之。會冬大寒，雨雪，卒之墮指者十二三。於是冒頓陽敗走，誘漢兵。漢兵逐擊冒頓，冒頓匿其精兵，見其羸弱，於是漢悉兵三十二萬北逐之。高帝先至平城，步兵未盡到。冒頓縱精兵三十餘萬騎圍高帝於白登，七日，漢兵中外不得相救餉。顔師古注：白登，在平城東南，去平城十餘里。《輿地廣記》：雲州雲中縣有白登山，匈奴圍漢高祖於此。

〔五〕《周書》：吐谷渾治伏俟城，在青海西十五里。青海周圍千餘里。建德五年其國大亂，高祖詔皇太子征之，軍渡青海，至伏俟城。夸吕遁去，虜其餘衆而還。《一統志》：西海，在陝西西寧衛城西三百餘里，海方數百里，一名卑禾羌海，俗呼青海。《潛確居類書》：洮州衛有青海，在洮水之西，周圍千里，中有小山。隋將段文振西征，逐虜於青海即此。琦按：青海，隋時屬吐谷渾，唐高宗時爲吐蕃所據。儀鳳中李敬元，開元中王君㚟、張景順、崔希逸、皇甫惟明、王忠嗣，先後與吐蕃攻戰，皆近其地，相去不遠。

獨漉篇

蕭士贇曰：《獨漉篇》即《拂舞歌》五曲中之《獨禄篇》也，特《太白集》中「禄」字作「漉」字，其間命意造辭亦模倣規擬，但古詞爲父報仇，太白言爲國雪恥耳。古詞曰：「獨禄獨禄，水深泥濁；泥濁尚可，水深殺我。噰噰雙雁，游戲田畔。我欲射雁，念子孤散。翩翩浮萍，得風遥輕。我心何合，與之同并。空牀低幃，誰知無人；夜衣錦繡，誰别僞真。刀鳴削中，倚牀無施。父寃不報，欲活何爲！猛虎斑斑，游戲山間。虎欲殺人，不避豪賢。」琦按：樂府諸書亦有引古詞作「獨鹿」者，亦有作「獨漉」者，是禄、鹿、漉，古者通用，非始於太白也。

獨漉水中泥〔一〕，水濁不見月。不見月尚可，水深行人没。右爲一解。

〔一〕劉履曰：獨漉，疑地名。琦按：上谷郡涿州有地名獨鹿，一名濁鹿者是也。又小網名「罜麗」，《荀子》作「獨鹿」。《成相》辭曰：恐爲子胥身離凶，進諫不聽，到而獨鹿棄之江。楊倞注：《國語》曰：鳥獸成，水蟲孕，水虞於是禁罝罣麗。賈云：罣麗，小罟也。或謂此未可知。

越鳥從南來，胡雁（蕭本作「鷹」）亦北度（蕭本作「渡」）。我欲彎弓向天射，惜其中道失歸路。右爲二解。落葉別樹，飄零隨風。客無所託，悲與此同。右爲三解。羅帷舒卷，似有人開。明月直入，無心可猜。右爲四解。雄劍挂壁，時時龍鳴。不斷犀象〔一〕，繡（繆本作「羞」）澀苔生。國恥未雪〔二〕，何由成名。右爲五解。

〔一〕梁簡文帝《七勵》：拭龍泉之雄劍，瑩魏國之寶刀。《拾遺記》：帝顓頊有曳影之劍，騰空而舒。若四方有兵，此劍則飛起，指其方則剋伐。未用之時，常於匣裏如龍虎之吟。曹植《七啟》：步光之劍，華藻繁縟，陸斷犀象，未足稱儁。李周翰注：言劍之利也。犀象之獸，其皮堅。

〔二〕《晉書》：國恥未雪，夙夜憂憤。

神鷹夢澤〔一〕，不顧鴟鳶。爲君一擊，鵬搏（繆本作「搏鵬」）九天。右爲六解。

〔一〕《太平廣記》：楚文王好獵，有人獻一鷹，王見其殊常，故爲獵於雲夢之澤。毛群羽族，爭噬共搏。此鷹瞪目，遠瞻雲際，俄有一物，鮮白不辨其形，鷹竦翮而升，矗若飛電。須臾，羽墮如雪，血下如雨。良久，有大鳥墜地。其兩翅廣十餘里，喙邊有黃，衆莫能知。時有博物君子曰：「此大鵬雛也。」出《幽明録》。蕭士贇曰：此比興之意，謂士之用世，當爲國雪恥，立大功以成名，如神鷹之不顧凡鳥而但擊九天之鵬也。

琦按：此詩依約古辭，當分六解。解各一意，峰斷雲連，似離似合，其體固如是也。若强作一意釋去，更無是處。

登高丘而望遠海

此題舊無傳聞。郭茂倩《樂府詩集》編是詩於相和曲中魏文帝「登山而遠望」一篇之後，疑太白擬此也，然文意卻不類。

登高丘，望遠海。六鼇骨已霜，三山流安在〔一〕？扶桑半摧折〔二〕，白日沉光彩〔三〕。銀臺金闕如夢中，秦皇、漢武空相待〔四〕。精衞費木石，黿鼉無所憑〔五〕。君不見驪山、茂陵盡灰滅，牧羊之子來攀登〔六〕。盜賊劫寶玉〔七〕，精靈竟何能。窮兵黷武今如此〔八〕，鼎湖飛龍安可乘〔九〕。

〔一〕《列子》：渤海之東，不知幾億萬里，有大壑焉，實惟無底之谷。其中有五山焉，一曰岱輿，二曰員嶠，三曰方壺，四曰瀛洲，五曰蓬萊。五山之根無所連着，常隨潮波上下往還，不得暫峙焉。

仙聖毒之，訴之於帝，帝恐流於西極，失群聖之居，乃命禺疆使巨鼇十五，舉首而戴之。迭爲三番，六萬歲一交焉。五山始峙。而龍伯之國有大人，舉足不盈數步，而暨五山之所，一釣而連六鼇，合負而趨，歸其國，灼其骨以數焉。於是岱輿、員嶠二山，流於北極，沉於大海。仙聖之播遷者巨億計。

〔二〕《山海經》：湯谷上有扶桑，十日所浴，在黑齒北，居水中，有大木，九日居下枝，一日居上枝。

〔三〕江淹《別賦》：日下壁而沉彩。

〔四〕張衡《思玄賦》：聘王母於銀臺。注云：銀臺，王母所居。《史記》：自威、宣、燕昭使人入海求蓬萊、方丈、瀛洲。此三神山者，其傳在渤海中，去人不遠。患且至，則船風引而去。蓋嘗有至者，仙人及不死之藥皆在焉。其物禽獸盡白，而黄金銀爲宫闕。未至，望之如雲。及到，三神山反居水下。臨之，風輒引去，終莫能至云。及至秦始皇并天下，至海上，則方士言之不可勝數。始皇自以爲至海上而恐不及矣。使人乃齎童男女入海求之。船交海中，皆以風爲解，曰未能至，望見之焉。今天子遣方士入海，求蓬萊、安期生之屬，居久之，求蓬萊、安期生莫能得。

〔五〕精衛鳥，常銜西山木石以湮東海，詳見《大鵬賦》注。《竹書紀年》：穆王三十七年，大起九師，東至於九江，架黿鼉以爲梁，遂伐越，至于紆。「精衛」二句，蓋言海之深廣，非木石可填，而黿鼉爲梁之説，亦虚而無所憑據，以明三山之必不可到也。

〔六〕《漢書》：秦始皇帝葬於驪山之阿，下錮三泉，上崇山墳，其高五十餘丈，周回五里有餘。石槨爲游館，人膏爲燈燭，水銀爲江海，黄金爲梟雁。珍寶之藏，機械之變，棺槨之麗，宫館之盛，不可勝原。又多殺宫人，生埋工匠，計以萬數。天下苦其役而反之，驪山之作未成，而周章百萬之師至其下矣。項籍燔其宫室營宇，往者咸見發掘。其後牧兒亡羊，羊入其鑿，牧者持火照求羊，失火燒其藏槨。《漢武外傳》：元狩二年二月丁卯帝崩。三月葬茂陵。《北齊書》：終自灰滅。

〔七〕《晉書》：漢天子即位一年而爲陵。天下供賦三分之，一供宗廟，一供賓客，一充山陵。漢武帝享年久長，比葬而茂陵不復容物，其樹皆已可拱。赤眉取陵中物，不能減半，於今猶有朽帛委積，金玉未盡。

〔八〕《三國志・陸抗傳》：窮兵黷武，動費萬計。

〔九〕《抱朴子》：黄帝於荆山之下，鼎湖之中，飛九丹成，乃乘龍登天也。

陽春歌

宋吴邁遠作《陽春歌》，梁沈約作《陽春曲》，此詩似擬之而作。

長安白日照春空，緑楊結烟桑（一作「垂」）裊風。披香殿前花始紅〔一〕，流芳發色繡户中〔二〕。繡户中，相經過。飛燕皇后輕身舞〔三〕，紫宫夫人絶世歌〔四〕。聖君三萬六千日，歲歲年年奈樂何。

〔一〕《三輔黄圖》：未央宫有披香殿。《雍録》：慶善宫有披香殿。

〔二〕鮑照詩：文窗繡户垂羅幕。

〔三〕《趙后外傳》：飛燕緣主家大人得入宫召幸，自此特幸，號趙皇后。《獨異志》：趙飛燕身輕，能爲掌上舞。

〔四〕《西京賦》：正紫宫於未央。薛綜注：天有紫微宫，王者象之。李善注：《辛氏三秦記》曰：未央宫，一名紫微宫。然未央爲總稱，紫宫其中别名。《漢書》：孝武李夫人，本以倡進。初，夫人兄延年性知音，善歌舞，武帝愛之。延年侍上起舞，歌曰：「北方有佳人，絶世而獨立。一顧傾人城，再顧傾人國。寧不知傾城與傾國，佳人難再得。」上嘆息曰：「世豈有此人乎？」平陽主因言延年有女弟，上乃召見之，實妙麗善舞。由是得幸。

楊叛兒

《通典》：《楊叛兒》，本童謡也。齊隆昌時，女巫之子曰楊旻，少隨母入内，及長，爲太后所寵。童謡云：「楊婆兒，共戲來。」而歌語訛，遂成楊叛兒。

君歌《楊叛兒》，妾勸新豐酒〔一〕。何許最關人？烏啼白門柳。烏啼隱楊花，君醉留妾家。

博山爐中沉香火〔二〕，雙烟一氣凌紫霞。

〔一〕梁元帝詩：試酌新豐酒，遥勸陽臺人。

〔二〕《宋書》：宣陽門，民間謂之白門。胡三省《通鑑注》：白門，建康城西門也，西方色白，故以爲稱。古《楊叛曲》：暫出白門前，楊柳可藏烏。歡作沉水香，儂作博山爐。吕大臨《考古圖》按漢朝故事：諸王出閣則賜博山香爐。《晉東宫舊事》曰：太子服用，則有博山香爐，一云爐象海中博山，下有盤貯湯，使潤氣蒸香，以象海之回環，此器世多有之，形製大小不一。《南方草木狀》：交趾有蜜香樹，幹似柜柳，其花白而繁，其葉如橘。欲取香，伐之，經年，其根幹枝節各有別色也，木心與節堅黑沉水者爲沉香。《法苑珠林》：《南州異物志》曰：沉水香，出日南。欲取當先斫壞樹，著地積久，外自朽爛。其心至堅者，置水則沉，名曰沉香。

楊升庵曰：古《楊叛曲》僅二十字，太白衍之爲四十四字，而樂府之妙思益顯，隱語益彰，其筆力似烏獲扛龍文之鼎，其精光似光弼領子儀之軍矣。《書》曰：葛伯仇餉。非孟子解之，後人不知仇餉爲何語。沉水、博山之句，非太白以「雙烟一氣」解之，樂府之妙亦隱矣。

雙燕離

《初學記》：《琴歷》曰：琴曲有《雙燕離》。

雙燕復雙燕，雙飛令人羨。玉樓珠閣不獨棲，金窗繡户長相見〔一〕。柏梁失火去〔二〕，因入吴王宫。吴宫又焚蕩〔三〕，雛盡巢亦空。憔悴一身在，孀雌憶故雄〔四〕。雙飛難再得，傷我寸心中。

〔一〕張超《靈帝河間舊廬碑》：金窗鬱律，玉壁内璫。

〔二〕《漢武内傳》：太初元年十一月己酉，天火燒柏梁臺。《三輔黄圖》：柏梁臺，武帝元鼎二年春起此臺，在長安城中北闕内。《三輔舊事》云：以香柏爲梁也。太初中，臺災。

〔三〕《太平御覽》：《吴地記》曰：春申君都吴，宫加巧飾。春申君死，吏照燕窟失火，遂焚。

〔四〕沈約詩：可憐桂樹枝，單雄憶故雌。《列女傳》：夜半悲鳴，想其故雄。

山人勸酒

此題未詳所始，而《樂府詩集》編太白是作入琴曲歌辭中。

蒼蒼雲松，落落綺皓〔一〕。春風爾來爲阿誰〔二〕？胡蝶忽然滿芳草。秀眉霜雪顔桃花（繆本作「桃花貌」）〔三〕，骨青髓緑（繆本作「青髓緑髮」）長美好〔四〕。稱是秦時避世人，勸酒相歡不知老〔五〕。各守麋（一作「兔」）鹿志，恥隨龍虎爭〔六〕。欻（許勿切，音近旭，或音忽）起佐（一作

「安」）太子〔七〕，漢皇乃復驚。顧謂戚夫人，彼翁羽翼成。歸來商山下〔八〕，泛若雲無情。舉觴酹（音類）巢、由，洗耳何獨（一作「太」）清〔九〕。浩歌望嵩岳〔一〇〕，意氣還（一作「遥」）相傾〔一一〕。

〔一〕《史記》：上欲廢太子，立戚夫人子趙王如意。呂后恐。留侯爲畫計曰：「上不能致者，天下有四人，四人者年老矣，皆以爲上慢侮人，故逃匿山中，義不爲漢臣。然上高此四人。今誠能無愛金玉璧帛，令太子爲書，卑辭安車，因使辯士固請，宜來。來以爲客，時時從入朝，令上見之，則必異而問之。上知此四人賢，則一助也。」於是呂后令呂澤使人奉太子書，卑辭厚禮，迎此四人。十二年，上疾益甚，愈欲易太子。及燕，置酒，太子侍。四人從太子，年皆八十有餘，鬚眉皓白，衣冠甚偉。上怪之，問曰：「彼何爲者？」四人前對，各言姓名，曰：「東園公，角里先生，綺里季，夏黄公。」上大驚曰：「吾求公數歲，公避逃我，今公何自從吾兒游乎？」四人皆曰：「陛下輕士善罵，臣等義不受辱，故恐而亡匿。竊聞太子爲人仁孝，恭敬愛士，天下莫不延頸欲爲太子死者，故臣等來耳。」上曰：「煩公幸卒調護太子。」四人爲壽已畢，趨去。上目送之，召戚夫人指示四人曰：「我欲易之，彼四人輔之，羽翼已成，難動矣。呂后真而主矣。」戚夫人泣，上曰：「爲我楚舞，我爲若楚歌。」歌曰：「鴻鵠高飛，一舉千里。羽翮已就，横絶四海。横絶四海，當可奈何。雖有矰繳，尚安所施。」歌數闋，戚夫人噓唏流涕，上起去，罷酒。竟不易太子者，留侯本招此四人之力也。《路史》：園公、綺里季、夏黄公、角里先生，代之所謂四皓者，遭秦苛政，避地商之藍田山中。漢高招之，以皇帝善慢士，不至。迨帝爲戚姬故，欲易太子。高后以留侯計致之，太子以定，四老人之力也。去勿復見，後俱葬於安陵。

〔二〕《三國志·龐統傳》：向者之論，阿誰爲失？《古詩》：不知貽阿誰？

〔三〕《後漢書》：鄭玄秀眉明目，容儀温偉。《神仙傳》：魯女生絶穀八十餘年，日少壯，色如桃花。

〔四〕《黄庭内景經》：骨青筋赤髓如霜。阮籍詩：自非王子晉，誰能長美好？

〔五〕陶潛詩：丈夫志四海，我願不知老。

〔六〕張華詩：龍虎方交爭，七國並抗衡。

〔七〕《北史》：陛下不以劉裕欻起，納其貢使。《韻會》：欻，暴起也。

〔八〕《通典》：商州上洛縣有商山，亦名地肺山，亦名楚山，四皓所隱。《通鑑地理通釋》：商山在商州商洛縣南一里。

〔九〕《廣韻》：酹，以酒沃地也。李善《文選注》：《琴操》曰：堯大許由之志，禪爲天子。由以其言不善，乃臨河而洗耳。李陵詩曰：許由不洗耳，後世有何徵？《魏子》曰：昔者許由之立身也，恬然守志存己，不甘禄位，洗耳不受帝堯之讓，謙退之高也。《益部耆舊傳》：秦宓對王商曰：「昔堯優許由，非不弘也，洗其兩耳。」皇甫謐《逸士傳》曰：巢父者，堯時隱人也。及堯讓位乎許由也，由以告巢父焉，巢父責由曰：「汝何不隱汝光？見若身，揚若名，令聞若汝，非吾友也。」乃擊其膺而下之。由悵然不自得，乃過清泠之水，洗其耳。皇甫謐《高士傳》曰：巢父聞許由之爲堯所讓也，以爲污，乃臨池水而洗耳。譙周《古史考》曰：許由，堯時人也，隱箕山，恬泊養性，無欲於世。堯禮待之，終不肯就。時人高其無欲，遂崇大之曰：堯將以天下讓許由，由恥聞之，乃洗其耳。或曰又有巢父與許由同志，或云許由夏常居巢，故一號巢父。不可知也。凡書傳言許由則多，言巢父者少矣。范曄《後漢書》：嚴子陵謂光武曰：「昔唐堯著德，巢父洗耳。士各有志，何至相迫乎？」書傳之説洗耳，參差不同。

〔一〇〕《楚辭》：臨風怳兮浩歌。劉良注：浩，大也。《初學記》：嵩高山者，五岳之中岳也。南有許由山，高大四絶。其北有潁水，堯聘許由其處，猶有壇墠。

〔一一〕鮑照詩：握君手，執杯酒，意氣相傾死何有。

蕭士贇曰：太白蓋爲明皇欲廢太子瑛有感而作是詩。時盧鴻、王希夷隱居嵩山，李元愷、吴筠之徒，皆以隱逸稱。或召至闕庭，或遣問政事，徒爾高談，未有能如四皓之一言而太子得不易也。末句曰：「浩歌望嵩岳，意氣還相傾。」深不滿於當時嵩、岳之隱者歟。琦按：此詩大意美四皓，當暴秦之際，能避世隱居，及漢有天下，雖一出而輔佐太子，乃功成身退，曾不繫情爵位，真可以希風巢、許者矣。箕山、潁水是二子洗耳盤桓之地，俱在嵩山，故望之而慨焉生慕，巢、由如在，意氣可以相傾，此正尚友古人之意。初無譏評獨清之説，明皇一證，其見左矣。

于闐音田採花

胡震亨曰：《于闐採花》，陳、隋時曲名。本辭云：「山川雖異所，草木尚同春。亦如溱、洧地，自有採花人。」太白則借明妃陷虜，傷君子不逢明時，爲讒妒所蔽，賢不肖易置無可辨，蓋亦以自寓意焉。《漢書·西域傳》：于闐國王治西城，去長安九千六百七十里。《周書》：于闐國，在葱嶺之北二百餘里，東去長安七千七百里。

于闐採花人，自言花相似。明妃一朝西入胡，胡中美女多羞死。乃知漢地多明姝（音樞），胡中無花可方比。丹青能令醜者妍〔一〕，無鹽翻在深宫裏〔二〕。自古妒蛾眉，胡沙埋皓齒〔三〕。

〔一〕《西京雜記》：元帝後宫既多，不得常見，乃使畫工圖其形，按圖召幸之。諸宫人皆賂畫工，多者十萬，少者亦不減五萬，獨昭君不肯，遂不得見。後匈奴入朝求美人爲閼氏，於是上按圖以昭君行。及去，召見，貌爲後宫第一，善應對，舉止閑雅，帝悔之，而名籍已定，重失信於外國，故不復更人。乃窮案其事，畫工皆棄市，籍其家資皆巨萬。《野客叢書》：晉文帝諱昭，以昭君爲明妃。

〔二〕《新序》：齊有婦人，極醜無雙，號曰無鹽女。其爲人也，臼頭深目，長指大節，昂鼻結喉，肥項少髮，折腰出胸，皮膚若漆。行年三十無所容人，衒嫁不售，流棄莫執。於是乃拂拭短褐，自詣宣王。謂謁者曰：「妾，齊之不售女也。聞君王之聖德，願備後宫之掃除，頓首司馬門外，唯王幸許之。」謁者以聞。宣王方置酒於漸臺，召而見之。無鹽女揚目銜齒，舉手拊肘曰：「殆哉，殆哉。」如此者四。宣王曰：「願遂聞命。」無鹽女對曰：「今大王之君國也，西有衡秦之患，南有强楚之讐，外有三國之難，内聚奸臣，衆人不附，春秋四十，壯男不立，一旦山陵崩弛，社稷不定，此一殆也。漸臺五重，黄金白玉，琅玕龍疏，翡翠珠璣，莫落連飾，萬民疲極，此二殆也。賢者伏匿於山林，諂諛强於左右，邪僞立於本朝，諫者不得通入，此三殆也。酒漿流湎，以夜續朝，女樂俳優，縱横大笑，外不修諸侯之禮，内不秉國家之治，此四殆也。故曰『殆哉，殆哉』。」宣王喟然而嘆曰：「痛乎，無鹽君之言。吾今乃一聞寡人之殆，幾不全。」於是立停漸臺，罷女樂，退諂諛，去雕琢，選兵馬，實府庫，四闢公門，招進直言，延及側陋，擇吉日，立太子，進慈母，拜無鹽君爲王后。而國大安者，醜女之力也。

〔三〕《吕覽》：靡曼皓齒。高誘注：皓齒，《詩》所謂「齒如瓠犀」者也。

琦按：昭君事，本是畫工醜圖其形，以致不得召見。太白則謂「丹青能令醜者妍，無鹽翻在深宫裏」。熟事化新，精采一變，真所謂聖於詩者也。

鞠歌行

陸機《鞠歌行序》：按漢宮閣有含章鞠室、靈芝鞠室，後漢馬防第宅卜臨道，連閣通池，鞠城彌於街路。《鞠歌》將謂此也。又東阿王詩，連騎擊壤，或謂蹙鞠乎？三言七言，雖奇寶名器，不遇知己，終不見重，願逢知己以託意焉。按《樂府詩集》：王僧虔《伎録》平調有七曲，其七曰《鞠歌行》。

玉不自言如桃李〔一〕，魚目笑之卞和恥〔二〕。楚國青蠅何太多〔三〕，連城白璧遭讒毁〔四〕。荆山長號泣血人，忠臣死爲刖足鬼。聽曲知甯戚，夷吾因小妻〔五〕。秦穆五羊皮，買死百里奚〔六〕。洗拂青雲上〔七〕，當時賤如泥。朝歌鼓刀叟，虎變磻溪中〔八〕。一舉釣六合，遂荒營丘東〔九〕。平生渭水曲，誰識（一作「數」）此老翁？奈何今之人，雙目送飛鴻〔一〇〕。

〔一〕《史記》：桃李不言，下自成蹊。

〔二〕張協詩：魚目笑明月。《新序》：荆人卞和得玉璞而獻之，荆厲王使玉尹相之，曰：「石也。」王以和爲謾而斷其左足。厲王薨，武王即位，和復奉玉璞而獻之。武王使玉尹相之，曰：「石也。」又以爲謾而斷其右足。武王薨，共王即位，和乃奉玉璞而哭於荆山中，三日三夜，泣盡而繼之以血。共王聞之，使人問之曰：「天下之刑者衆矣，子刑何哭之怨也？」對曰：「寶玉而名之曰『石』，貞士而戮之以『謾』，此臣之所以悲也。」共王乃使人理其璞而得寶焉，故名之曰「和氏之璧」。

〔三〕《詩·小雅》：營營青蠅止於樊，豈弟君子，無信讒言。鄭箋曰：蠅之爲蟲，汙白使黑，汙黑使白。喻佞人變亂善惡也。

〔四〕《史記》：趙惠文王得楚和氏璧，秦昭王聞之，使人遺趙王書，願以十五城易璧。後人所謂「連城之價」正指此事。

〔五〕《列女傳》：甯戚欲見桓公，道無從，乃爲人僕，將車，宿齊東門之外。桓公因出，甯戚擊牛角而商歌甚悲。桓公異之，使管仲迎之。甯戚稱曰：「浩浩乎白水。」管仲不知所謂，不朝五日而有憂色。其妾倩進曰：「君不朝五日而有憂色，敢問國家之事耶，君之謀也？」管仲曰：「昔日公使我迎甯戚，甯戚曰：『浩浩乎白水。』吾不知其所謂，是故憂之。」其妾笑曰：「人已語君矣。君不知識耶？古有《白水》之詩，詩不云乎？『浩浩白水，鯈鯈之魚。君來召我，我將安居。國家未定，從我焉如？』此甯戚之欲得仕國家也。」管仲大悦，以報桓公。桓公乃修官府，齋戒五日，見甯子，因以爲相，齊國以治。

〔六〕《吕氏春秋》：百里奚之未遇時也，亡虢而虜晉，飯牛於秦，傳鬻以五羊之皮。公孫枝得而悦之，獻諸穆公。三日，請屬事焉。穆公曰：「買之五羊之皮而屬事焉，無乃天下笑乎？」公孫枝對曰：「信賢而任之，君之明也。讓賢而任之，臣之忠也。君爲明君，臣爲忠臣，彼信賢境内將服，敵國且畏，夫誰暇笑哉。」穆公遂用之，謀無不當，舉必有功。

〔七〕《史記·范睢傳》：不意君能自致於青雲之上。

〔八〕《楚辭》：吕望之鼓刀兮，遭周文而得舉。王逸注：鼓，鳴也。言太公避紂，居東海之濱，聞文王作興，盍往歸之，至朝歌道窮因，自鼓刀而屠，遂西釣於渭濱。文王夢得聖人，於是出獵而見之，遂載以歸，用以爲師。《宋書》：文王將田，史徧卜之曰：「將大獲，非熊非羆，天遺汝師以佐昌。臣太祖史疇爲禹卜畋，得皋陶，其兆如此。」王至磻溪之水，吕尚釣於涯，王下趨拜曰：「望公七年，乃今見光景於斯。」尚立變名答曰：「望釣得玉璜，其文要曰：『姬受命，昌來提，撰爾雒鈐報在齊。』」

〔九〕《詩·魯頌》：遂荒大東。毛萇傳：荒，有也。《史記》：武王已平商而王天下，封師尚父於齊營丘。《正義》曰：《括地志》云：營丘，在青州臨淄北百步外城中。

〔一〇〕《史記》：衛靈公與孔子語，見蜚雁，仰視之，色不在孔子。孔子遂行。「雙目送飛鴻」正用其事，以喻不好賢之意。

蕭士贇曰：太白此詞，始傷士之遭讒廢棄，中羨昔賢之遇合有時，末則嘆今人不能如古人之識士，亦聊以自況云爾。

幽澗泉

《樂府詩集》以此首入琴曲歌辭中。

拂彼白石，彈吾素琴。幽澗愀兮流泉深，善手明徽高張清〔一〕。心寂歷似千古〔二〕，松颼（音搜）飀兮萬尋〔三〕。中見愁猿弔影而危處兮，叫秋木而長吟。客有哀時失職（一作「志」）而聽者，淚淋浪以霑襟〔四〕。乃緝商綴羽，潺湲成音〔五〕。吾但寫聲發情（繆本作「憤」）於妙指〔六〕，殊不知此曲之古今。幽澗泉，鳴深林。

〔一〕《韻會》：《琴節》曰：徽，樂書作暉。云：琴之爲樂，絃合聲以作主，徽分律以配臣。古徽十有三，象十二月，其一象閏。用螺蚌爲之，近代用金、玉、瑟瑟、水晶等寶，以示明瑩。顔延年詩：高張生絶絃，聲急由調起。李善注：《物理論》曰：琴欲高張，瑟欲下聲。

〔二〕江淹詩：寂歷百草晦。李善注：寂歷，凋疏貌。

〔三〕颼飀，風聲也。江淹《山中楚辭》：風颼飀兮木道寒。

〔四〕嵇康《琴賦》：紛淋浪以流離。東方朔《七諫》：泣歔欷而霑襟。

〔五〕《説文》：潺湲，水聲。

〔六〕張衡《歸田賦》：彈五絃之妙指。

王昭君 一作「昭君怨」 二首

《樂府古題要解》：王昭君，舊史王嬙，字昭君。漢元帝時，匈奴入朝，詔以王嬙配之，號寧胡閼氏。一説漢元帝後宫既多，不得常見，乃使畫工圖其形，按圖召幸。宫人皆賂畫工，多者十萬，少者亦不減五萬。昭君自恃容貌，獨不肯與。工人乃醜圖之，遂不得見。及後匈奴入朝，選美人配之，昭君之圖當行。及入辭，光彩射人，悚動左右。天子方重失信外國，悔恨不及，窮究其事，畫工有杜陵毛延壽，安陵陳敞，新豐劉白、龔寛，下杜陽望、樊青，皆同日棄市，籍其資財。漢人憐昭君遠嫁，爲作歌詩。晉文王諱「昭」，故晉人改爲「明君」。石崇有妓曰緑珠，善歌舞，以此曲教之，而自製《王明君歌》，其文悲雅，「我本漢家子」是也。按《樂府詩集》：張永《元嘉技録》：相和歌《吟嘆四曲》，其二曰《王明君》。

漢家秦地月，流影照（一作「送」）明妃。一上玉關道，天涯去不歸。漢月還從東海（一作「方」）出，明妃西嫁無來日。燕支長寒雪作花〔一〕，蛾眉憔悴没胡沙。生乏黄金枉圖畫，死留青塚使人嗟〔二〕。

〔一〕《元和郡縣志》：燕支山，一名删丹山，在甘州删丹縣南五十里。東西百餘里，南北二十里，水草茂美，與祁連同。楊炎《燕支山神寧濟公祠堂碑》：西北之巨鎮曰燕支，本匈奴王庭，漢武納渾邪開右地，置武威、張掖，而山界二郡間。連峰委會，雲蔚黛起，積高之勢，四面千里。

〔二〕《太平寰宇記》：青塚，在振武軍金河縣西北，漢王昭君葬於此。其上草色常青，故曰青塚。《一統志》：王昭君墓，在古豐州西六十里，地多白草，此塚獨青，故名青塚。

顧寧人曰：按《史記》言：匈奴左方王將直上谷以東，右方王將直上郡以西，而單于之庭直代、雲中。《漢書》言：呼韓邪單于自請留居光禄塞下。又言：天子遣使送單于出朔方雞鹿塞。後單于竟北歸庭。乃知漢與匈奴往來之道，大抵從雲中、五原、朔方，明妃之行亦必出此，故江淹之賦李陵，但云：「情往上郡，心留雁門。」而玉關與西域相通，自是公主嫁烏孫所經。太白詩：「漢家秦地月，流影照明妃。一上玉關道，天涯去不歸。」誤矣。《顔氏家訓》謂：文章地理，必須愜當，其論梁簡文《雁門太守行》，而言「日逐康居，大宛月支」，蕭子暉《隴頭水》，而云「北注黄龍，東流白馬」。沈存中論白樂天《長恨歌》「峨眉山下少人行」，謂峨眉在嘉州，非幸蜀路。文人之病，蓋有同者。

其二

昭君拂玉鞍，上馬啼紅頰。今日漢宫人，明朝胡地妾。

中山孺子妾歌

《樂府詩集》：《漢書》曰：《詔賜中山靖王噲及孺子妾冰未央才人歌詩》四篇。如淳曰：孺子，幼少稱孺子。妾，宫人也。顔師古曰：孺子，王妾之有品號者。妾，王之衆妾也。冰，其名。才人，天子内官。按此謂以歌詩賜中山王及孺子妾、未央才人等耳，累言之，故云「及」也。而陸厥作歌，乃謂之《中山孺子妾》，失之遠矣。太白是題，蓋仍陸氏之誤也。

中山孺子妾，特以色見珍。雖（一本下多一「然」字）不如延年妹〔一〕，亦是當時絶世人。桃李出深井〔二〕，花豔驚上春〔三〕。一貴復一賤〔四〕，關天豈由身〔五〕。芙蓉老秋霜，團扇羞網塵。戚姬髡髮（繆本作「翦」）入春市〔六〕，萬古共悲辛。

〔一〕李延年妹事，已見本卷《陽春歌》注。

〔二〕深井，即今庭中天井是。

〔三〕《周禮·太府職》云：上春釁寶鎮及寶器。鄭玄注：上春，孟春也。

〔四〕《漢書》：一貴一賤。

〔五〕《北史》：事乃關天。

〔六〕《漢書》：高祖得定陶戚姬，愛幸，生趙王如意。高祖崩，惠帝立，吕后爲皇太后，乃令永巷囚戚夫人，髡鉗衣赭衣，令舂。戚夫人舂且歌曰：「子爲王，母爲虜，終日舂薄暮，常與死爲伍。相離三千里，當誰使告汝。」

荆州歌

唐時，荆州隸山南東道，領江陵、枝江、當陽、長林、石首、松滋、公安、荆門八縣。天寶元年，改爲江陵郡。

白帝城邊足風波〔一〕，瞿塘五月誰敢過〔二〕。荆州麥熟繭成蛾，繰絲憶君頭緒多，撥穀飛鳴奈妾何〔三〕。

〔一〕《通典》：夔州奉節縣有白帝城。按：唐之奉節縣即漢之魚復縣也。王莽時，公孫述據蜀，有白龍出殿前井中，述以爲瑞，自稱白帝，更號魚復曰白帝城。劉先主改曰永安宫，即其地，在夔州府城東山上。《初學記》：《荆州圖記》曰：白帝城，西臨大江，東南高二百丈，西北高一千丈。

〔二〕《水經注》：廣溪峽中有瞿塘、黄龍二灘，夏水洄復，沿泝所忌。《太平寰宇記》：瞿塘峽，在夔州東一里，古西陵峽也。連崖千丈，奔流電激，舟人爲之恐懼。

〔三〕《本草》：陳藏器曰：布穀，鳲鳩也。江東呼爲獲穀，亦曰郭公，北人名撥穀。似鷂，長尾，牡牝飛鳴，以翼相摩擊。

設辟邪伎鼓吹雉子斑曲辭

《雉子斑》，《樂府解題》曰：古詞云：「雉子高飛止，黄鵠飛之以千里，雄來飛，從雌視。」蓋取首二字以命名也。若梁簡文帝「妒場時向隴」，則竟全篇咏雉矣。宋何承天有《雉子游原澤篇》，則言避世之士，抗志清霄，視卿相功名，猶冰炭之不相入。太白此詩蓋擬何氏而作。又《樂府詩集》：《古今樂録》曰：梁三朝樂第四十一設辟邪伎鼓吹作《雉子斑曲引去來》。辟邪，獸名。孟康《漢書注》：桃拔，一名符拔，似鹿，長尾，一角者或爲天鹿，兩角者或爲辟邪。辟邪伎者，蓋假爲辟邪獸之形而舞者也。

辟邪伎作鼓吹驚，雉子斑之奏曲成，喔咿振迅欲飛鳴〔一〕。扇錦翼，雄風生，雙雌同飲啄，趫（音蹺）悍誰能爭〔二〕。乍向草中耿介死〔三〕，不求黄金籠下生。天地至廣大，何惜遂物情。善卷讓天子，務光亦逃名〔四〕。所貴曠士懷〔五〕，朗然合太清。

〔一〕《韓詩外傳》：翾翾十步之雀，喔咿而笑之。鮑照《舞鶴賦》：振迅騰摧。

〔二〕《西京賦》：趫悍虓豁。

〔三〕李善《文選注》：薛君《韓詩章句》曰：雉，耿介之鳥也。《禮記正義》：或謂雉鳥耿介，被人所獲，必自屈折其頭而死。

〔四〕《莊子》：舜以天下讓善卷，善卷曰：「予立於宇宙之中，冬日衣皮毛，夏日衣葛絺。春耕種，形足以勞動。秋收斂，身足以休食。日出而作，日入而息，逍遥於天地之間，而心意自得。吾何以天下爲哉？悲夫，子之不知余也。」遂不受。於是去而入深山，莫知其處。湯伐桀，尅之，讓務光曰：「智者謀之，武者遂之，仁者居之，古之道也。吾子胡不立乎？」務光曰：「廢上，非義也。殺民，非仁也。人犯其難，我享其利，非廉也。吾聞之曰：非其義者，不受其禄；無道之世，不踐其土。況尊我乎？吾不忍久見也。」乃負石而自沉於廬水。

〔五〕鮑照詩：安知曠士懷。

相逢行

《樂府詩集》：《相逢行》，一曰《相逢狹路間行》，亦曰《長安有狹邪行》。《樂府解題》曰：古詞文意與《雞鳴曲》同。

相逢紅塵内〔一〕，高揖黄金鞭〔二〕。萬户垂楊裏，君家阿那邊〔三〕。

〔一〕《西都賦》：紅塵四合，烟雲相連。

〔二〕傅縡詩：本珍白玉鐙，因飾黄金鞭。

〔三〕陸機詩：皎皎彼姝女，阿那當軒織。吕向注：阿那，柔順貌。

古有所思 蕭本作《古有所思行》

《宋書》：漢鼓吹鐃歌十八曲有《有所思》曲。《樂府古題要解》：《有所思》，其詞大略言「有所思，乃在大海南。何用問遺君，雙珠瑇瑁簪。聞君有他心，燒之當風揚其灰。從今已往，勿復相思」而與君絶也。若齊王融「如何有所思」、梁劉繪「别離安可再」，但言離思而已。

我思仙（一作「佳」）人乃在碧（許本作「北」）海之東隅〔一〕。海寒多天風，白波連山（一作「天」）倒蓬壺〔二〕。長鯨噴湧不可涉，撫心茫茫淚如珠〔三〕。西來青鳥東飛去〔四〕，願寄一書謝麻姑〔五〕。

〔一〕《十洲記》：東海之東登岸一萬里，東復有碧海，廣狹浩汗，與東海等，水既不鹹苦，正作碧色，甘香味美。

〔二〕木華《海賦》：波如連山。《拾遺記》：蓬壺，蓬萊也。

〔三〕陸厥《李夫人及貴人歌》：洞房明月夜，對此淚如珠。

〔四〕《漢武故事》：七月七日，上於承華殿齋，正中，忽有一青鳥從西方來集殿前，上問東方朔，朔曰：「此西王母欲來也。」有頃，王母至，有二青鳥，如烏，夾侍王母旁。

〔五〕《神仙傳》：王遠遣人召麻姑，麻姑至，是好女子，年可十八九許，於頂上作髻，餘髮散垂至腰，衣有文采而非錦綺，光彩耀目，不可名狀。

久別離

胡震亨曰：江淹《擬古》始有《古別離》，後乃有《長別離》、《生別離》等名。此《久別離》及《遠別離》皆自爲之名，其源則出於《古別離》也。

別來幾春未還家，玉窗五見櫻桃花〔一〕。況有錦字書，開緘（音兼）使（一作「令」）人嗟。至（繆本無「至」字）此腸斷彼心絶，雲鬟緑鬢罷梳（繆本作「攬」）結〔二〕，愁如回飆（音標）亂白雪〔三〕。去年寄書報陽臺，今年寄書重相摧。東風兮東風（繆本作「胡爲乎東風」），爲我吹行雲使西來〔四〕。待來竟不來，落花寂寂委青苔。

〔一〕《本草》：櫻桃樹，不甚高，春初開白花，繁英如雪。

〔二〕《説文》：鬟，總髮也，亦謂之髻。

〔三〕謝靈運詩：回飈流輕雪。回飈，回旋之風也。

〔四〕陽臺、行雲，俱見二卷注。

白頭吟

《西京雜記》：司馬相如將聘茂陵人女爲妾，卓文君作《白頭吟》以自絶，相如乃止。詞曰：「皚如山上雪，皎若雲間月。聞君有兩意，故來相訣絶。今日斗酒會，明日溝水頭。蹀躞御溝上，溝水東西流。淒淒重淒淒，嫁娶不須啼。願得一心人，白頭不相離。」

錦水東北流〔一〕，波蕩雙鴛鴦〔二〕。雄巢漢宫樹，雌弄秦草芳。寧同萬死碎綺翼，不忍雲間兩分張〔三〕。

〔一〕《華陽國志》：錦江，織錦濯其中則鮮明，濯他江則不好。《一統志》：二江，一名汶江，一名流江，經成都府城南七里。蜀守李冰既鑿離堆，又開二渠，一渠由永康過新繁入成都，謂之外江；一渠由永康過郫入成都，謂之内江。蜀人以此水濯錦鮮明，故又名錦江。

〔二〕《古今注》：鴛鴦，水鳥，鳧類也。雌雄未嘗相離，人得其一則一思而至死，故曰匹鳥。

〔三〕《魏書·彭城王傳》：在南百口，生死分張。分張，猶分離也。

此時阿嬌正嬌妒，獨坐長門愁日暮。但願君恩顧妾深，豈惜黄金買詞賦〔一〕。相如作賦得黄金，丈夫好新多異心〔二〕。一朝將聘茂陵女，文君因贈（一作「賦」）《白頭吟》。東流不作西歸水〔三〕，落花辭條羞故林。

〔一〕阿嬌，漢武帝陳皇后之小字，見本卷後注。司馬相如《長門賦序》：孝武皇帝陳皇后時得幸，頗妒，别在長門宫，愁悶悲思。聞蜀郡成都司馬相如，天下工爲文，奉黄金百斤爲相如、文君取酒，因於解悲愁之詞。而相如爲文以悟主上，皇后復得親幸。

〔二〕傅玄《苦相篇》：玉顔隨年變，丈夫多好新。

〔三〕《子夜歌》：不見東流水，何時復歸西。

兔絲故（蕭本作「固」）無情，隨風任傾倒。誰使女蘿枝，而來强縈抱〔一〕？兩草猶一心，人心不如草。莫捲龍鬚席〔二〕，從他生網絲。且留琥珀枕〔三〕，或有夢來時。覆水再收豈滿杯〔四〕，棄妾已去難重回。古來（繆本作「時」）得意不相負，祇今惟見青陵臺〔五〕。

〔一〕《爾雅翼》：女蘿、兔絲，其實二物也，然皆附木上。《釋草》云：唐、蒙，女蘿；女蘿，兔絲。郭曰：

别四名則是謂一物矣。《廣雅》云：女蘿，松蘿也。菟丘，菟絲也。則是兩物。陸璣亦云：今兔絲蔓連草上生，黄赤如金，藥中兔絲子是也。非松蘿，松蘿自蔓松上，生枝正青，與兔絲殊異。以予考之，誠然。今女蘿正青而細長無雜蔓，故《山鬼》章云「被薜荔兮帶女蘿」，蘿青而長如帶也，何與兔絲事？然兩者皆附木，或當有時相蔓。古樂府云：「南山冪冪兔絲花，北陵青青女蘿樹。由來花葉同一心，今日枝條分兩處。」唐樂府亦云：「兔絲故無情，隨風任傾倒。誰使女蘿枝，而來强縈抱。兩草猶一心，人心不如草。」則古今多疑其爲二物者。《博物志》：魏文帝所記諸物相似亂者，女蘿寄生兔絲，兔絲寄生木上，根不著地。然則女蘿有寄生兔絲上者。《釋草》「女蘿兔絲」，或亦此義耳。

〔二〕《長樂佳》古辭：玉枕龍鬚席，郎眠何處牀。胡三省《通鑑注》：龍鬚席，以龍鬚草織成，今淮上安慶府居人多能織龍鬚席。

〔三〕《西京雜記》：趙飛燕女弟遺飛燕琥珀枕。《太平御覽》：《廣雅》曰：琥珀，珠也。生地中，其上及旁不生草，淺者四五尺，深者八九尺，大如斛，削去皮成琥珀，初時如桃膠，凝堅乃成，其方人以爲枕，出博南縣。

〔四〕《後漢書》：覆水不收，宜深思之。

〔五〕《獨異志》：《搜神記》曰：宋康王以韓朋妻美而奪之，使朋築青陵臺，然後殺之，其妻請臨喪，遂投身而死。王命分埋臺左右。期年，各生一梓樹，及大，樹枝條相交，有二鳥哀鳴其上，因號之曰相思樹。《太平寰宇記》：河南道濟州鄆城縣有青陵臺。《郡國志》云：宋王納韓憑之妻，使憑運土築青陵臺，至今臺跡依約。《一統志》：青陵臺，在開封府封丘縣界。宋康王欲奪其舍人韓憑之妻，乃築臺望之，憑妻作詩曰：「南山有鳥，北山張羅。鳥自高飛，羅當奈何。」遂自縊死。

其二

蕭士贇曰：按此篇出入前篇，語意多同，或謂初本云。

錦水東流碧，波蕩雙鴛鴦。雄巢漢宮樹，雌弄秦草芳。相如去蜀謁武帝，赤車駟馬生輝光〔一〕。一朝再覽《大人》作，萬乘忽欲凌雲翔〔二〕。聞道阿嬌失恩寵，千金買賦要君王。

〔一〕《華陽國志》：司馬相如初入長安，題市門曰：「不乘赤車駟馬，不過汝下也。」

〔二〕《史記》：司馬相如見上好仙道，因曰：「上林之事，未足美也，尚有靡者。臣嘗爲《大人賦》未就，請具而奏之。」相如以爲列仙之傳，居山澤間，形容甚臞，此非帝王之仙意也，乃遂就《大人賦》。相如既奏大人之頌，天子大悦，飄飄有凌雲之氣，似游天地之間意。

相如不憶貧賤日，位（繆本作「官」）高金多聘私室〔一〕。茂陵姝（音樞）子皆見求，文君歡愛從此畢。淚如雙泉水，行墮紫羅襟。五起雞三唱〔二〕，清晨《白頭吟》。長吁不整緑雲鬢，仰訴青天哀怨深。城崩杞梁妻，誰道土無心〔三〕。東流不作西歸水，落花辭枝羞故林。

〔一〕《史記》：蘇秦笑謂其嫂曰：「何前倨而後恭也？」嫂曰：「見季子位高金多也。」

〔二〕《太平御覽》：尸子曰：孝己一夕五起，視親衣之厚薄、枕之高下。此用其字，以言寢不安席之意。舊注解作五更而起者，恐非是。

〔三〕《古今注》：《杞梁妻》，杞植妻妹明月所作也。杞植戰死，妻嘆曰：「上則無父，中則無夫，下則無子，生人之苦，至矣。」乃抗聲長哭，杞都城感之而頹，遂投水而死。其妹悲其姐之貞操，乃爲作歌，名曰《杞梁妻》焉。梁，植字也。《論衡》：傳書言，杞梁之妻向城而哭，城爲之崩。言杞梁從軍不還，其妻痛之，向城而哭，至誠悲痛，精氣動城，故城爲之崩也。夫言向城而哭者，實也。城爲之崩者，虚也。城，土也，無心腹之藏，安能爲悲哭感動而崩？太白「土無心」句，似借其言而反之。用古若此，左右逢源，非聖於詩者不能。

頭上玉燕釵〔一〕，是妾嫁時物。贈君表相思，羅袖幸時拂。莫捲龍鬚席，從他生網絲。且留琥珀枕，還有夢來時。鷫鸘裘在錦屏上〔二〕，自君一挂無由（一作「人」）披。妾有秦樓鏡，照心勝照井〔三〕。顧持照新人，雙對可憐影。

〔一〕《述異記》：漢武帝元鼎元年，起招靈閣，有神女留一玉釵與帝，帝以賜趙婕妤。至昭帝元鳳中，宫人見此釵光瑩甚異，共謀欲碎之。明視釵匣，惟見白燕直升天去。後宫人作玉釵，因名玉燕釵。

〔二〕《西京雜記》：司馬相如初與卓文君還成都，居貧愁懣，以所著鷫鸘裘就市人楊昌貰酒，與文君爲歡。

〔三〕《西京雜記》：咸陽宫有方鏡，廣四尺，高五尺九寸，表裏有明，人直來照之，影則倒見。以手捫心而來，則見腸胃五臟，歷然無礙。人有疾病在内，掩心而照之，則知病之所在。又，女子有邪心，則膽張心動。始皇常以照宫人，膽張心動者則殺之。湯僧濟詩：昔日娼家女，摘花露井邊。摘花還自插，照井還自憐。

覆水卻收不滿杯，相如還謝文君回。古來得意不相負，祇今惟有青陵臺。

採蓮曲

《採蓮曲》，起梁武帝父子，後人多擬之。

若耶溪旁採蓮女〔一〕，笑隔荷花共人語。日照新妝水底明，風飄香袂（繆本作「袖」）空中舉。岸上誰家游冶郎〔二〕，三三五五映垂楊。紫騮嘶（音西）入落花去〔三〕，見此踟躕空斷腸。

〔一〕《太平寰宇記》：若耶溪，在越州會稽縣東南二十八里。《一統志》：若耶溪，在紹興府城南二十五里，西施採蓮於此。

〔二〕古《孟珠曲》：道逢游冶郎，恨不早相識。

〔三〕鄭玄《毛詩箋》：赤身黑鬣曰騮。《南史》：帝賜羊侃河南國紫騮。

臨江王節士歌

《漢書·藝文志》有《臨江王及愁思節士歌詩》四篇，宋陸厥作《臨江王節士歌》，蓋誤合而爲一也。太白此題，殆仍其失者歟。

洞庭白波木葉稀〔一〕，燕鴻（繆本作「鴈」）始入吴雲飛。吴雲寒，燕鴻（繆本作「鴈」）苦，風號沙宿瀟湘浦，節士悲（繆本作「感」）秋淚如雨。白日當天心，照之可以事明主。壯士（一作「氣」）憤，雄（一作「寒」）風生，安得倚天劍〔二〕，跨海斬長鯨〔三〕。

〔一〕《楚辭》：洞庭波兮木葉下。

〔二〕宋玉《大言賦》：長劍耿耿倚天外。

〔三〕梁元帝《玄覽賦》：戮滔天之封豕，斬横海之長鯨。

司馬將軍歌 原注：代隴上健兒陳安。

《十六國春秋》：陳安善於撫綏，吉凶夷險與衆共之。及其死，隴上人思之，爲作《壯士之歌》曰：「隴上健士有陳安，軀幹雖小腹中寬，愛養將士同心肝。騄驄駿馬鐵鍛鞍，七尺寶刀配齊環。丈八蛇矛左右盤，十盪十決無當前。百騎俱出如雲浮，追者千萬騎悠悠。戰始三交失蚍矛，十騎俱盪九騎留。棄我騄驄竄巖幽，大雨降後追者休。爲我外援而懸頭，西河之水東河流。阿阿嗚呼奈子何？阿阿嗚呼奈子何！」劉曜聞而嘉傷，命樂府歌之。

狂風吹古月〔一〕，竊弄章華臺〔二〕。北落明星動光彩〔三〕，南征猛將如雲雷（一作「南方有事將軍來」）〔四〕。手中電曳（一作「曳電」，蕭本作「電擊」）倚天劍，直斬長鯨海水開〔五〕。我見樓船壯心目〔六〕，頗似龍驤下三蜀〔七〕。揚兵習戰張虎旗〔八〕，江中白浪如銀屋。身居玉帳臨河魁〔九〕，紫髯若戟冠崔嵬〔一〇〕。細柳開營揖天子，始知灞上爲嬰孩〔一一〕。羌笛横吹《阿嚲迴》〔一二〕，向月樓中吹《落梅》〔一三〕。將軍自起舞長劍，壯士呼聲動九垓（音該）〔一四〕。功成獻凱見明主〔一五〕，丹青畫像麒麟臺〔一六〕。

〔一〕《十六國春秋》：新平王彫爲太史令，言於苻堅曰：謹按讖云：古月之末亂中州，洪水大起健西流，惟有雄子定九州。

〔二〕《九域志》：江陵府有章華臺。圖經云楚靈王與伍舉登章華之臺，是也。《夢溪筆談》：楚章華臺，亳州城父縣、陳州商水縣、荆州江陵縣長林縣、復州監利縣皆有之。據《左傳》，楚靈王七年，成章華之臺，與諸侯落之。杜預注：章華臺，在華容城中。華容，即今之監利縣，非岳州之華容也。至今有章華故臺，在縣郭中，與杜預之説相符。亳州城父縣有乾谿，其側亦有章華臺故基，臺下往往得人骨，云楚靈王戰死於此；商水縣章華之側，亦有乾谿，薛綜注張衡《東京賦》引《左氏傳》，乃云楚子成章華之臺於乾谿：皆誤説也。《左傳》實無此文。

〔三〕《甘氏星經》：北落師門一星，在羽林軍西，主候兵。星明大而角，軍兵安；小暗，天下兵。《晉書·天文志》：北落師門一星，在羽林西南。北者，宿在北方也。落，天之藩落也。師，衆也。師門，猶軍門也。長安城北門曰北落門，以象此也，主非常以候兵，有星守之，虜入塞中兵起。

〔四〕李陵《報蘇武書》：猛將如雲。

〔五〕倚天劍、斬長鯨，俱見前首注。

〔六〕《通典》：樓船，船上建樓三重，列女牆戰格，樹旛幟，開弩窗矛穴，置抛車壘石鐵汁，狀如城壘。

忽遇暴風，人力不能制，此亦非便於事。然爲水軍不可不設，以成形勢。

〔七〕《晉書》：王濬爲益州刺史，武帝謀伐吴，詔濬修舟艦，濬乃作大船連舫，方百二十步，受二千餘人，以木爲城。起樓櫓，開四出門，其上皆得馳馬來往。又畫鷁首怪獸於船首，以懼江神。舟棹之盛，自古未有。尋以謡言拜濬爲龍驤將軍，監益、梁諸軍事。太康元年，濬自發蜀，兵不血刃，攻無堅城，夏口、武昌無相支抗，於是順流鼓棹，徑造三山。左思《蜀都賦》：三蜀之豪。劉逵注：三蜀，蜀郡、廣漢、犍爲也。本一蜀國，漢高祖分置廣漢，漢武帝分置犍爲。

〔八〕《周禮》：熊虎爲旗。

〔九〕《抱朴子》：兵在太乙玉帳之中，不可攻也。《雲谷雜記》：《藝文志》有《玉帳經》一卷，乃兵家壓勝之方位，謂主將於其方置軍帳則堅不可犯，猶玉帳然。其法出於黄帝遁甲，以月建前三位取之，如正月建寅，則巳爲玉帳，主將宜居。李太白《司馬將軍歌》云：「身居玉帳臨河魁。」戌爲河魁，謂主將之帳宜在戌也。非深識其法者不能爲此語。

〔一〇〕《三國志注》：《獻帝春秋》曰：張遼問吴降人：「向有紫髯將軍，長上短下，便馬善射，是誰？」降人曰：「是孫會稽。」《南史・褚彦回傳》：君鬚髯如戟。《楚辭》：冠切雲之崔嵬。王逸注：崔嵬，高貌。

〔一一〕《史記》：文帝後六年，匈奴大入邊，乃以劉禮爲將軍，軍灞上；徐厲爲將軍，軍棘門；周亞夫爲將軍，軍細柳以備胡。上自勞軍。至灞上及棘門軍，直馳入，將以下騎送迎。已而之細柳軍，軍吏士被甲，鋭兵刃，彀弓矢持滿，天子先驅至，不得入。先驅曰：「天子且至。」軍門都尉曰：「將軍令曰：軍中聞將軍令，不聞天子之詔。」居無何，上至，又不得入。乃使使持節詔將軍：「吾欲入勞軍。」亞夫乃傳言「開壁門」，壁門士吏謂從屬車騎曰：「將軍約，軍中不得驅馳。」天子乃按轡徐行。至營，亞夫持兵揖曰：「介胄之士不拜，請以軍禮見。」天子爲動，改容，式車。使人稱謝：「皇帝敬勞將軍。」成禮而去。既出軍門，群臣皆驚。文帝曰：「此真將軍矣。曩者灞上及棘門軍，若兒戲耳，其將固可襲而虜也。至於亞夫，可得而犯耶！」

〔一二〕《文獻通考》：羌笛五孔。陳氏《樂書》曰：馬融《笛賦》以爲出於羌中。舊制四孔而已，京房因加一孔，以備五音。《風俗通》：漢武帝時，丘仲作尺四寸笛，後更名羌笛焉。《楊升庵外集》：《阿嚲迴》，番曲名，即《阿濫堆》也。番曲本無字，止以聲傳，故隨中國所書，人各不同，難以意求。琦按：《唐詩紀事》：驪宮小禽名「阿濫堆」，明皇御玉笛，採其聲翻爲曲，且名焉。遠近以笛爭效之。張祜《華清宮詩》：紅樹蕭蕭閣半開，玉皇曾幸此宮來。至今風俗驪山下，村笛猶吹《阿濫堆》。據此，則《阿濫堆》非番曲也。又，嚲字，丁可切，讀作多上聲。據楊説當作旦聲讀，字書皆無之，俱未詳是否。

〔一三〕《樂府雜録》：笛，羌樂也，古有《落梅花》曲。

〔一四〕《漢書》：楚戰士無不一當十，呼聲動天地。《封禪書》：上暢九垓。服虔注：垓，重也。天有九重。

〔一五〕《舊唐書》：凱樂，鼓吹之歌曲也。《周官·大司樂》：王師大獻，則奏凱樂。注云：獻功之樂也。又大司馬之職：師有功，則凱獻於社。注云：兵樂曰凱。《司馬法》曰：得意則凱樂，所以示喜也。

〔一六〕《漢書》：甘露三年，單于始入朝，上思股肱之美，乃圖畫其人於麒麟閣，署其官爵姓名。唯霍光不名，曰大司馬大將軍博陸侯姓霍氏，次曰衛將軍富平侯張安世，次曰車騎將軍龍頟侯韓增，次曰後將軍營平侯趙充國，次曰丞相高平侯魏相，次曰丞相博陽侯丙吉，次曰御史大夫建平侯杜延年，次曰宗正陽城侯劉德，次曰少府梁丘賀，次曰太子太傅蕭望之，次曰典屬國蘇武。皆有功德，知名當世。是以表而揚之，明著中興輔佐，列於方叔、召虎、仲山甫焉。張晏注：武帝獲麒麟時作此閣，圖畫其象於閣，故以爲名。

琦按：《通鑑》：乾元二年九月，襄州亂將張延嘉襲破荆州據之。此詩當是是時所作，故有「狂風吹古月，竊弄章華臺」之句。延嘉疑亦蕃將，否則故安史部下之降兵也。其時鄰郡多發兵爲備，故太白又有《九日登巴陵置酒望洞庭水軍詩》。此詩所謂「江中樓船」，其即洞庭之水軍歟？

君道曲太白自注：梁之《雅歌》有五章，今作一章。

按《樂府詩集》：《古今樂録》曰：梁有《雅歌》五曲，一曰《應王受圖曲》，二曰《臣道曲》，三曰

《積惡篇》，四曰《積善篇》，五曰《宴酒篇》。無《君道曲》，疑太白擬作者，即《應王受圖曲》。

琦謂：非也，蓋後人訛「臣」字爲「君」字耳。

大君若天覆〔一〕，廣運無不至〔二〕。軒后爪牙常先、太山稽〔三〕，如心之使臂〔四〕。小白鴻翼於夷吾〔五〕，劉、葛魚水本無二〔六〕。土扶（蕭本作「校」）可成牆〔七〕，積德爲厚地〔八〕。

〔一〕《漢書》：陛下聖德天覆，子愛海内。

〔二〕《國語》：廣運百里。韋昭注：東西爲廣，南北爲運。

〔三〕《後漢書》：備位方伯，爲國爪牙。章懷太子注：爪牙，以猛獸爲喻，言爲國之捍衞也。《詩》曰「祈父，予王之爪牙」也。《史記》：黄帝舉風后、力牧、常先、大鴻以治民。《淮南子》：黄帝治天下，而力牧、太山稽輔之。高誘注：力牧、太山稽，黄帝師。

〔四〕《漢書》：如身之使臂，臂之使指，莫不制從。

〔五〕《管子》：桓公在位，管仲、隰朋見，立有間，有二鴻飛而過之，桓公嘆曰：「仲父，今彼鴻鵠有時而南，有時而北，有時而往，有時而來，四方無遠，所欲至而至焉。非唯有羽翼之故，是以能通其意於天下乎？」管仲、隰朋不對。桓公曰：「二子何故不對？」管子曰：「君有霸王之心，而夷吾非霸王之臣也，是以不敢對。」桓公曰：「寡人之有仲父也，猶飛鴻之有羽翼也。仲父不一言教寡人，寡人之有耳，將安聞道而得度哉！」

〔六〕《華陽國志》：先主與諸葛亮情安日密，自以爲猶魚得水也。

〔七〕《北齊書》：尉景曰：土相扶爲牆，人相扶爲王。

〔八〕《淮南子》：山爲積德。高誘注：山仁萬物生焉，故爲積德。

結韤子

北魏温子昇有《結韤子》詩，疑是當時曲名。《樂府詩集》引文王、張釋之結韤事爲解，非也。然太白之作與子昇原作，辭旨又復不同。

燕南壯士吴門豪，筑（音竹）中置鉛魚隱刀〔一〕。感君恩重許君命，太山一擲輕鴻毛〔二〕。

〔一〕《史記》：秦滅燕。太子丹、荆軻之客，皆亡。高漸離變姓名爲人傭保，匿作於宋子。使擊筑而歌，客無不流涕而去者。聞於秦始皇，秦始皇召見，人有識者乃曰：「高漸離也。」秦皇帝惜其善擊筑，重赦之，乃矐其目，使擊筑，未嘗不稱善。稍益近之，高漸離乃以鉛置筑中。復進得近，舉筑扑秦皇帝，不中。於是遂誅高漸離。又《史記》：伍子胥知公子光之欲殺吴王僚，乃進專諸於公子光。光伏甲士於窟室中，而具酒請王僚。王僚使兵陳自宫至光之家，門户階陛左右皆王僚之親戚也。夾立侍，皆持長鈹。酒既酣，公子光佯爲足疾，入窟室中，使專諸置匕首魚炙之腹中而進之。既至王前，專諸擘魚，因以匕首刺王僚，王僚立死。左右亦殺專諸。

〔二〕《燕丹子》：烈士之節，死有重於太山，有輕於鴻毛者，但問用之所在耳。

結客少年場行

《樂府古題要解》：《結客少年場行》，言輕生重義，慷慨以立功名也。蕭士贇曰：《結客少年場》，取曹植詩「結客少客場，報怨洛北邙」爲題，始自鮑照。

紫燕黄金瞳〔一〕，啾啾（即油切，酒平聲。一作「稜稜」）摇緑鬉（音宗）〔二〕。平明相馳逐〔三〕，結客洛門東。少年學劍術，凌轢（音歷）白猿公〔四〕。珠袍曳錦帶〔五〕，匕（音彼）首插吴鴻〔六〕。由來萬夫勇，挾此生（繆本作「英」）雄風。託交從劇（音極）孟〔七〕，買醉入新豐〔八〕。笑盡一杯酒，殺人都市中〔九〕。羞道易水寒，從（一作「徒」）令日貫虹。燕丹事不立，虚没秦帝宫。武陽死灰人〔一〇〕，安可與成功。

〔一〕劉劭《趙郡賦》：其良馬則飛兔奚斯，常驪紫燕，豐鬉硧顱，龍身鵠頸，目如黄金，蘭筋參精。《山海經》：有文馬縞身朱鬣，目若黄金。

〔二〕《楚辭》：鳴玉鸞之啾啾。王逸注：啾啾，鳴聲。

〔三〕《漢書》：先平明。鮑照詩：車馬相馳逐，賓朋好容華。

〔四〕《漢書・灌夫傳》：輘轢宗室，侵犯骨肉。顔師古注：輘轢，謂蹈踐之也。《後漢書》：帝以朱浮陵轢同列。章懷太子注：陵轢，猶欺蔑也。《吴越春秋》：越有處女，出於南林。越王使使聘之，問以劍戟之術。處女北行見於王，道逢一翁，自稱曰袁公。問處女：「吾聞子善劍，願一見之。」女曰：「妾不敢有所隱，唯公試之。」於是袁公即杖箖箊竹，竹枝上頡橋末墮地，女即接末，袁公則飛上樹，變爲白猿。

〔五〕《搜神記》：以一珠袍與之。

〔六〕《藝文類聚》：《通俗文》曰：匕首，劍屬，其頭類匕，故曰匕首，短而便用。《吴越春秋》：闔閭命於國中作金鈎，令曰：「能善爲鈎者，賞之百金。」吴作鈎者甚衆，有人貪王之重賞也，殺其二子，以血釁金，遂成二鈎，獻於闔閭，詣宫門而求賞。王曰：「爲鈎者衆，而子獨求賞，何以異於衆夫子之鈎乎？」作鈎者曰：「吾之作鈎也，貪而殺二子，釁成二鈎。」王乃舉衆鈎以視之：「何者是也？」王鈎甚多，形體相類，不知其所在。於是鈎師向鈎而呼二子之名：「吴鴻、扈稽，我在於此，王不知汝之神也。」聲絶於口，兩鈎俱飛，著父之胸。吴王大驚曰：「寡人誠負於子。」乃賞百金，遂服而不離身。

〔七〕《史記》：劇孟以任俠顯，行大類朱家，而好博，多年少之戲。

〔八〕李善《文選注》：《三輔舊事》曰：太上皇不樂關中，思慕鄉里。高祖徙豐沛屠兒、酤酒煮餅商人，立爲新豐。

〔九〕左延年詩：殺人都市中，邀我都巷西。

〔一〇〕《燕丹子》：荆軻與武陽入秦，秦王陛戟而見燕使。既鼓鐘並發，武陽大恐，面如死灰色。餘詳《擬恨賦》注。

長干行二首

劉逵《吴都賦注》：建鄴南五里有山岡，其間平地，吏民雜居，號長干。中有大長干、小長干，皆相連。大長干在越城東，小長干在越城西，地有長短，故號大、小長干。《韓詩》曰：考槃在干。地下而廣曰干。《方輿勝覽》：建康府有長干里，去上元縣五里。李白《長干行》所謂「同居長干里」，乃秣陵縣東里巷，江東謂山壠之間曰「干」。《景定建康志》：長干里，在秦淮南。

妾髮初覆額，折花門前劇（音極）〔一〕。郎騎竹馬來，遶牀弄青梅。同居長干里，兩小無嫌猜。十四爲君婦，羞顔未嘗開。低頭向暗壁，千唤不一回。十五始展眉，願同塵與灰〔二〕。常存抱柱信〔三〕，豈（一作「恥」）上望夫臺〔四〕。十六君遠行，瞿塘灩澦堆〔五〕。五月不可觸，猿聲天上哀。門前遲（一作「舊」）行跡，一一生緑（一作「蒼」）苔〔六〕。苔深不能掃，落葉秋風早。八月胡蝶來（一作「黄」）〔七〕，雙飛西園草。感此傷妾心，坐愁紅顔老〔八〕。早晚下三巴〔九〕，預將書報家。相迎不道遠，直至長風沙〔一〇〕。

〔一〕劇，戲也。

〔二〕塵與灰，言其合同而無分也。

〔三〕《史記》：尾生與女子期於梁下，女子不來，水至不去，抱柱而死。

〔四〕《蘇欒城集》：望夫臺，在忠州南數十里。

〔五〕《南史》：巴東有淫預石，高出水二十餘丈，及秋水至，纔如見焉。次有瞿塘大灘，行旅忌之。淫預石，即灩澦堆也。《一統志》：瞿塘，在夔州府城東，舊名西陵峽，乃三峽之門，兩崖對峙，中貫一江，灩澦堆當其口。《太平寰宇記》：灩澦堆，周回二十丈，在夔州西南二百步蜀江中心，瞿塘峽口。冬水淺，屹然露百餘尺，夏水漲，没數十丈。其狀如馬，舟人不敢進。諺曰：「灩澦大如馬，瞿塘不可下。灩澦大如鱉，瞿塘行舟絶。灩澦大如龜，瞿塘不可窺。灩澦大如襆，瞿塘不可觸。」又曰猶與，言舟子取途，不決水脈，故猶與也。《蜀外紀》：瞿塘，即峽内江水深沉處。灩澦，乃一石笋樹兩峽之中，若青螺盤於波中，竇劍插於鏡面。

〔六〕江總詩：自悲行處緑苔生，何悟啼多紅粉落。

〔七〕楊升庵謂：蝴蝶或黑或白，或五彩皆具，惟黄色一種，至秋乃多，蓋感金氣也。引太白「八月蝴蝶黄」之句，以爲深中物理，而評今本「來」字爲淺。琦謂：以文義論之，終以「來」字爲長。

〔八〕鮑照詩：安能行嘆復坐愁。

〔九〕《華陽國志》：獻帝初平元年，征東中郎將安漢趙穎建議分巴爲三郡，穎欲得巴舊名，故白益州牧劉璋以墊江以上爲巴郡。江南龐羲爲太守，治安漢。以江州至臨江爲永寧郡，朐忍至魚復爲固陵郡，巴遂分矣。建安六年，魚復蹇胤白璋爭巴名，璋乃改永寧爲巴郡，以固陵爲巴東，徙龐羲爲巴西太守，是爲三巴。《小學紺珠》：三巴：巴郡今重慶府，巴東今夔州，巴西今合州。

〔一〇〕《太平寰宇記》：長風沙，在舒州懷寧縣東一百九十里，置在江界，以防寇盜。李白《長干行》云「相迎不道遠，直至長風沙」，即其處也。陸游《入蜀記》：太白《長干行》云：「早晚下三巴，預將書報家。相迎不道遠，直至長風沙。」蓋自金陵至長風沙七百里，而室家來迎其夫，甚言其遠也。地屬舒州，舊最湍險。《唐詩紀事》：長風沙，地名，在池州之雁汊下八十里。

其二

憶妾（一作「昔」）深閨裏，烟塵不曾識。嫁與長干人，沙頭候風色。五月南風興，思君下巴陵〔一〕。八月西風起，想君發揚子〔二〕。去來悲如何，見少别離（蕭本作「離别」）多。湘潭幾日到〔三〕？妾夢越風波。昨夜狂風度，吹折江頭樹。淼（音藐）淼暗無邊，行人在何處？好乘浮雲驄〔四〕，佳期蘭渚（音主）東〔五〕。鴛鴦緑蒲上，翡（音費）翠錦屏中（繆本作「北客至王公，朱衣滿汀中。日暮來投宿，數朝不肯東」。又，「至」一作「真」，「汀」一作「江」。又，「好乘浮雲驄，佳期蘭渚東」，一作「北客浮雲驄，經過新市中」）〔六〕。自憐十五餘，顔色桃花（一作「李」）紅。那作商人婦，愁水復愁風。

〔一〕唐時巴陵郡本巴州也，武德六年，更名岳州，屬江南西道。

〔二〕《圖經》：揚子江在真州揚子縣左，與鎮江分界。《江南志》：揚子江發源岷山，合湘、漢、豫章諸水，繞江寧府城之西南，經西北至鎮江，始名爲揚子江，東流入海。

〔三〕《元和郡縣志》：潭州有湘潭縣，東北至州一百四里。

〔四〕《西京雜記》：文帝有良馬九匹，皆天下之駿馬也，一名浮雲。庾抱詩：櫪上浮雲驄，本出吴門中。

〔五〕《楚辭》：與佳期兮夕張。曹植詩：朝發鸞臺，夕宿蘭渚。

〔六〕《説文》：翡，赤羽雀也。翠，青羽雀也。出鬱林。《禽經注》：翡翠，狀如鵁鶄而色正碧，鮮縟可愛。飲啄於澄瀾迴淵之測，尤惜其羽，日濯於水中。《異物志》：翠鳥，形如燕，赤而雄曰翡，青而雌曰翠，其羽可以飾帷帳。

此篇《唐詩紀事》以爲張朝作，而自「昨夜狂風度」以下斷爲二首。黄山谷則以爲李益作，未知孰是。山谷之言曰：太白集中《長干行》二篇，「妾髮初覆額」，真太白作也。「憶妾深閨裏」，李益尚書作，所謂「癡妒尚書李十郎」者也。辭意亦清麗可喜，亂之太白詩中亦不甚遠。大儒曾子固刊定，亦不能別也。太白豪放，人中鳳凰、麒麟。譬如生富貴人，雖醉飽瞑暗，啽囈中作無義語，終不作寒乞聲耳。今太白詩中，謬入他人作者略有十之二三。欲删正者，當以吾言考之。

古朗月行

鮑照有《朗月行》，疑始於照。

小時不識月，呼作白玉盤〔一〕。又疑瑶臺鏡，飛在（一作「上」）青（蕭本作「白」）雲端。仙人垂兩足，桂樹何（一作「作」）團團（繆本作「團圓」）〔二〕。白兔擣藥成〔三〕，問言與誰（蕭本作「誰與」）餐。蟾蜍蝕圓影〔四〕，大（一作「天」）明夜已殘〔五〕。羿昔落九烏〔六〕，天人清且安。陰精此淪惑〔七〕，去去不足觀。憂來其如何，悽（繆本作「惻」）愴摧心肝〔八〕。

〔一〕應劭《漢官儀》：封禪壇有白玉盤。

〔二〕《初學記》：虞喜《安天論》曰：俗傳月中仙人桂樹，今視其初生，見仙人之足漸已成形，桂樹後生。

〔三〕傅玄《擬天問》：月中何有？白兔擣藥。

〔四〕蟾蜍蝕月，詳見二卷注。曹植詩：圓影光未滿。

〔五〕木華《海賦》：大明摭轡於金樞之穴。李善注：大明，月也。

〔六〕《楚辭章句》：《淮南》言：堯時，十日並出，草木焦枯。堯令羿仰射十日，中其九日，日中九烏皆死，墮其羽翼。

〔七〕張衡《靈憲》：月者，陰精之宗。《春秋元命苞》：陰精爲月。

〔八〕歐陽建詩：痛酷摧心肝。

上之回

按《宋書》：漢鼓吹鐃歌十八曲中有《上之回》。《樂府古題要解》：《上之回》，漢武帝元封初，因至雍，遂通回中道，後數游幸焉。其歌稱帝「游石關，望諸國，月支臣，匈奴服」，皆美當時事也。

三十六離宫〔一〕，樓臺與天通〔二〕。閣道步行月〔三〕，美人愁烟空。恩疏寵不及，桃李傷春風。淫樂意何極，金輿向回中〔四〕。萬乘出黄道〔五〕，千騎揚彩虹〔六〕。前軍細柳北〔七〕，後騎甘泉東〔八〕。豈問渭川老〔九〕，寧邀襄野童〔一〇〕。但慕（一作「秋暮」）瑶池宴〔一一〕，歸來樂未窮。

〔一〕《西都賦》：離宫别館三十六所。章懷太子注：《三輔黄圖》曰：上林有建章、承光等一十一宫，平樂、繭觀等二十五館，凡三十六所。

〔二〕與天通，極言其高，與天相近也。

〔三〕《西京賦》：閣道穹窿。吕向注：閣道，飛陛也。沈約詩：騰蓋隱奔星，低鑾避行月。

〔四〕《史記》：人體安駕乘，爲之金輿錯衡，以繁其飾。《漢書》：元封四年冬十月，行幸雍，祠五畤，通回中道。應劭曰：回中，在安定高平，有險阻，蕭關在其北。又《史記正義》：《括地志》云：秦回中宫，在岐州雍縣西四十里。《太平寰宇記》：回中宫，在鳳翔府天興縣西。

〔五〕宋之問詩：囂聲引颺聞黄道，王氣周回入紫宸。蕭士贇曰：前漢《天文志》：日有中道。中道者，黄道也。日，君象，故天子所行之道亦曰黄道。

〔六〕魏文帝詩：丹霞蔽日，彩虹垂天。

〔七〕《漢書注》：細柳，服虔曰：在長安西北。如淳曰：長安細柳倉，在渭北，近石徼。張揖曰：在昆明池南，今有柳市是也。

〔八〕《三輔黄圖》：《關輔記》：林光宫，一曰甘泉宫，秦所造，在今池陽縣西故甘泉山，宫以山爲名，宫周匝十餘里。漢武帝建元中增廣之，周十九里，去長安三百里，望見長安城。黄帝以來圓丘祭天處。《遁甲開山圖》云：雲陽先生之墟也。梁簡文帝《上之回》云：前旆拂回中，後車隅桂宮。太白蓋用其句法。

〔九〕《史記》：吕尚蓋嘗窮因，年老矣，以魚釣奸周西伯。西伯將出獵，卜之，曰：「所獲非龍非彲，非虎非羆。所獲霸王之輔。」於是周西伯獵，果遇太公於渭之陽，與語大悦，曰：「自吾先君太公曰『當有聖人適周，周以興』。子真是耶？吾太公望子久矣。」故號之曰「太公望」，載與俱歸，立爲師。

〔一〇〕《莊子》：黄帝將見大隗乎具茨之山，至於襄城之野，七聖皆迷，無所問途。適遇牧馬童子，問途焉。曰：「若知具茨之山乎？」曰：「然。」「若知大隗之所存乎？」曰：「然。」黄帝曰：「異哉小童，非徒知具茨之山，又知大隗之所存。請問爲天下。」小童曰：「予少而自游於六合之内，予適有瞀病，有長者教予曰：『若乘日之車而游於襄城之野。』今予病少痊，予又且復游於六合之外，夫爲天下亦若此而已矣，又奚事哉。」黄帝再拜稽首，稱「天師」而退。梁簡文帝詩：聊驅式道候，無勞襄野童。

〔一一〕《列子》：周穆王升崑崙之丘，遂賓於西王母，觴於瑶池之上。蕭士贇曰：詩言漢武巡幸回中，不過溺志於神仙之事，豈爲求賢哉。明皇亦好神仙，此其諷諫之作與？

獨不見

《樂府古題要解》：《獨不見》，言思而不得見也。胡震亨曰：梁柳惲本辭：「奉帚長信宮，誰知獨不見。」唐人擬者多用「獨不見」三字。

白馬誰家子〔一〕？黄龍邊塞（音賽）兒〔二〕。天山三丈雪〔三〕，豈是遠行時。春蕙忽秋草〔四〕，莎（音梭）雞鳴曲（蕭本作「西」）池〔五〕。風催（繆本作「摧」）寒梭（一作「椶」，許本作「稯」）響，月入霜閨悲。憶與君別年，種桃齊蛾眉。桃今百餘尺，花落成枯枝。終然獨不見，流淚空自知。

〔一〕曹植詩：白馬飾金羈，連翩西北馳。借問誰家子？幽并游俠兒。

〔二〕《水經注》：白狼水，又北經黄龍城東。《十三州志》曰：遼東屬國都尉，治昌黎道，有黄龍亭者也。魏營州刺史治。《魏氏土地記》曰：黄龍城西南有白狼河，東北流，附城東北下即是也。《新唐書·北狄列傳》：契丹逃潢水之南，黄龍之北。又云：室韋，契丹别種，地據黄龍，北傍猺越河，直京師東北七千里。

〔三〕《太平寰宇記》：天山，一名白山，今名折羅漫山，在伊州伊吾縣北一百二十里。《西河舊事》云：

天山最高，冬夏有雪，故曰白山。山中有好木鐵。匈奴謂之天山，過之皆下馬拜。在蒲類海東百里，即漢貳師擊右賢王處。

〔四〕《爾雅翼》：蕙，大抵似蘭，花亦春開，蘭先而蕙繼之，皆柔荑，其端作花，蘭一荑一花，蕙一荑五六花，香次於蘭。

〔五〕陸璣《草木疏》：莎雞，如蝗而斑色，毛翅數重，其翅正赤，或謂之天雞。六月中飛，而振羽索索作聲，幽州謂之蒲錯。《爾雅翼》：莎雞，其狀頭小而羽大，有青、褐兩種，率以六月振羽作聲，連夜札札不止。其聲如紡絲之聲，故一名梭雞，一名絡緯，今俗謂之絡絲娘。《古今注》曰：莎雞，一名促織，一名絡緯，一名蟋蟀。促織，謂其鳴聲如急織也。絡緯，謂其鳴聲如紡緯也。又曰：促織，一名促機。絡緯，一名紡緯。其言促織如急織，絡緯如紡緯，是矣。但蟋蟀與促織是一物，莎雞與絡緯是一物，不當合而言之耳。

白紵辭三首

《樂府古題要解》：《白紵歌》古辭，盛稱舞者之美，宜及芳時行樂。其譽白紵曰：「質如輕雲色如銀，制以爲袍餘作巾，袍以光軀巾拂塵。」按：舊史稱白紵，吴地所出。白紵舞，本吴舞也。梁武帝令沈約改其辭爲四時之歌，若「蘭葉參差桃半紅」，即其春歌也。

揚清歌（一作「音」），發皓齒〔一〕，北方佳人東鄰子〔二〕。且吟《白紵》停《緑水》，長袖拂面爲君起。寒雲夜捲（繆本作「卷」）霜海空，胡風吹天飄塞鴻，玉顔滿堂樂未終〔三〕。

〔一〕嵇康詩：微歌發皓齒。

〔二〕李延年詩：北方有佳人，絶世而獨立。司馬相如《美人賦》：臣之東鄰有一女子，雲髮豐豔，蛾眉皓齒，顔盛色茂，景曜光起。恒翹翹而相顧，欲留臣而共止。

〔三〕《淮南子》：手會《緑水》之趨。高誘注：《緑水》，舞曲也。一曰《緑水》，古詩也。沈約《白紵辭》：長袖拂面爲君施。鮑照詩：霜高落塞鴻。按：鮑照《白紵辭》：朱脣動，素袖舉，洛陽少年邯鄲女。古稱《緑水》今《白紵》，催絃急管爲君舞。窮秋九月荷葉黄，北風驅雁天雨霜，夜長酒多樂未央。太白此篇句法，蓋全擬之，蕭本以「館娃日落歌吹濛」一句續作末句，便不相類。今從古本。

其二

館娃（音哇）日落歌吹深〔一〕，月寒江（胡本作「天」）清夜沉沉。美人一笑千黄金〔二〕，垂羅舞縠（音斛）揚哀音〔三〕。郢中白雪且莫吟〔四〕，子夜吳歌動君心〔五〕。動君心，冀君賞，願作天池雙鴛鴦，一朝飛去青雲上。

〔一〕《太平寰宇記》：《越絶書》云：吴人於硯石山置館娃宫。劉逵注《吴都賦》引揚雄《方言》云：吴有館娃宫。吴人呼美女爲娃，故《三都賦》云：幸乎館娃之宫中，張女樂而宴群臣。今吴縣有館娃鄉。

〔二〕崔駰《七依》：回眸百萬，一笑千金。

〔三〕《廣韻》：縠，縐也。

〔四〕《新序》：客有歌於郢中，爲《陽春白雪》，國中屬而和者數十人。

〔五〕《唐書》：《子夜》，晉曲也。

其三

吴刀剪綵（一作「綺」）縫舞衣〔一〕，明妝麗服奪春暉〔二〕，揚眉轉袖若雪飛，傾城獨立世所稀〔三〕。《激楚》《結風》醉忘歸〔四〕，高堂月落燭已微，玉釵挂纓君莫違〔五〕。

〔一〕鮑照詩：吴刀楚製爲佩褘。

〔二〕《長安有狹邪曲》：麗服鮮芳春。

〔三〕李延年歌：北方有佳人，絶世而獨立，一顧傾人城，再顧傾人國。

〔四〕《上林賦》：鄢郢繽紛，《激楚》《結風》。郭璞注：《激楚》，歌曲也。《列女傳》曰：聽《激楚》之遺風也。顔師古注：《結風》，亦曲名也。《史記索隱》曰：激楚，急風也。結風，回風，亦急風也。楚地風既漂疾，然歌樂者猶復依激結之急風以爲節，其樂促迅哀切也。

〔五〕司馬相如《美人賦》：玉釵挂臣冠，羅袖拂臣衣。江總詩：挂纓銀燭下，莫笑玉釵長。

鳴雁行

胡震亨曰：鮑照本辭，嘆鴈之辛苦霜雪，太白更嘆其遭彈射，似爲己之逢難寓感，觀湘、吴一語可見。

胡鴈鳴，辭燕山，昨發委羽朝度關〔一〕。一一銜蘆枝〔二〕，南飛散落天地間，連行接翼往復還。客居烟波寄湘、吴〔三〕，凌霜觸雪毛體枯，畏逢矰繳（音灼）驚相呼〔四〕。聞弦虚墜良可吁〔五〕，君更彈射何爲乎？

〔一〕《淮南子》：北方曰委羽。高誘注：委羽，山名也，在北極之陰，不見日也。謝靈運詩：嗷嗷雲中鴈，舉翮自委羽。

〔二〕《淮南子》：夫鴈順風以愛氣力，銜蘆而翔以備矰弋。高誘注：未秀曰蘆，已秀曰葦。矰，矢。弋，繳。銜蘆所以令繳不得截其翼也。《古今注》：鴈自河北渡江南，瘦瘠能高飛，不畏繳矰。江南沃饒，每至還河北，體肥不能高飛，恐爲虞人所獲，常銜蘆數寸，以防矰繳焉。一説代山高峻，鳥飛不越，惟有一缺門，鴈往來向此缺中過，人號曰「鴈門」。山出鷹，鴈過，鷹多捉而食之。鴈欲過皆相待，兩兩相隨，口中銜蘆一枝，然後過缺中。鷹見蘆，懼之，不敢捉。

〔三〕謝惠連《雪賦》：酌湘、吴之醇酎。

〔四〕鄭玄《周禮注》：結繳於矢，謂之矰。賈公彦疏：繳，繩也。謂結繩於矢，以弋射鳥獸。《史記集解》：韋昭曰：繳，弋射也。其矢曰矰。《西都賦》：矰繳相纏。張銑注：矰繳，箭上加縷而射。

〔五〕更嬴引弓虚發而下鴈，見《大獵賦》注。

妾薄命

《樂府古題要解》：《妾薄命》，曹植「日月既逝西藏」，蓋恨宴私之歡不久。如梁簡文「名都多麗質」，傷良人不返，王嬙遠聘，盧姬嫁遲。

漢帝重（一作「寵」）阿嬌，貯之黄金屋〔一〕。咳唾落九天，隨風生珠玉〔二〕。寵極愛還歇，妒深情卻疎。長門一步地，不肯暫迴車。雨落不上天，水覆難再（一作「難重」，一作「重難」）收。

君情（一作「恩」）與妾意，各自東西流〔三〕。昔日芙蓉花，今成斷根（一作「素秋」）草。以色事他人，能得幾時好〔四〕？

〔一〕《漢武故事》：武帝數歲，長公主抱置膝上，問曰：「兒欲得婦否？」指左右長御百餘人，皆曰：「不用。」指其女阿嬌好否，笑對曰：「好。若得阿嬌作婦，當作金屋貯之。」長主大悦，乃苦要上，遂成婚焉。立爲太子，年十四即位，長主求欲無厭，上患之，皇后寵遂衰，驕妒滋甚。女巫楚服自言有術，能令上意回。晝夜祭祀，合藥服之，巫著男子衣冠幘帶，素與皇后寢居，相愛若夫婦。上聞，窮治侍御，巫與后諸妖蠱呪詛，女而男淫，皆伏辜。廢皇后，處長門宫。

〔二〕夏侯湛《抵疑》：咳吐成珠玉，揮袂出風雲。

〔三〕裴松之《三國志注》：覆水不可收也。鮑照詩：寫水置平地，各自東西南北流。

〔四〕《邵氏聞見後録》：李太白詩云：「昔作芙蓉花，今爲斷腸草。以色事他人，能得幾時好。」按：陶弘景《仙方注》云：斷腸草，不可食，其花美好，名芙蓉。琦按：此説似乎新穎，而揆之取義，「斷腸」不若「斷根」之當也。《史記》：以色事人者，色衰而愛弛。

幽州胡馬客歌

《樂府詩集》：梁鼓角横吹曲有《幽州馬客吟》，即此也。胡震亨曰：梁鼓角横吹本詞言勦兒苦貧，又言男女燕游。太白則依題立義，叙邊塞逐虜之事。

幽州胡馬客，緑眼虎皮冠。笑拂兩隻箭，萬人不可干。彎弓若轉月，白鴈落雲端〔一〕。雙雙掉鞭行〔二〕，游獵向樓蘭〔三〕。出門不顧後，報國死何難。天驕五單于〔四〕，狼戾好凶殘〔五〕。牛馬散北海〔六〕，割鮮若虎餐〔七〕。雖居燕支山〔八〕，不道朔雪寒。婦女馬上笑，顔如頳玉盤。翻飛射鳥獸，花月醉雕鞍。旄頭四光芒〔九〕，爭戰若（繆本作「如」）蜂攢〔一〇〕。白刃灑赤血，流沙爲之丹〔一一〕。名將古誰是？疲兵良可嘆。何時天狼滅〔一二〕，父子得安閑。

〔一〕《爾雅翼》：今北方有白鴈，似鴻而小，色白。秋深乃來，來則霜降，河北謂之霜信。《本草綱目》：鴈，狀似鵝，有蒼、白二色。今以白而小者爲鴈，大者爲鴻，蒼者爲野鵝。

〔二〕《説文》：掉，摇也。

〔三〕《漢書·西域傳》：樓蘭王治扜尼城，去陽關千六百里，去長安六千一百里。樓蘭國最在東垂，近漢，當白龍堆，乏水草，常主發導，負水儋糧，迎接漢使。

〔四〕《漢書·宣帝紀》：匈奴虛閭權渠單于病死，右賢王屠耆堂代立，骨肉大臣立虛閭權渠單于子爲呼韓邪單于，擊殺屠耆堂。諸王並自立，分爲五單于，更相攻擊，死者以萬數。

〔五〕又《嚴助傳》：今閩越王狼戾不仁，殺其骨肉，離其親戚。顔師古注：狼性貪戾，凡言狼戾者，謂貪而戾也。

〔六〕北海，匈奴中地名。《漢書·蘇武傳》：徙武北海上無人處，使牧羝。又《匈奴傳》：單于留郭吉不歸，遷辱之北海上。蓋與中國絶遠處。

〔七〕《西都賦》：割鮮野食。孔安國《尚書傳》：鳥獸新殺曰鮮。

〔八〕燕支山，已見本卷《王昭君》詩下。

〔九〕《史記》：昴曰髦頭，胡星也。《正義》曰：昴七星爲髦頭，胡星。六星明與大星等，大水且至，其兵大起。動摇若跳躍者，胡兵大起。

〔一〇〕楊齊賢曰：蜂攢，猶蜂之聚叢也。

〔一一〕《水經》：流沙，地在張掖居延縣東北。《唐六典注》：流沙，在沙州以北，連延數千里。裴松之《三國志注》：每一交戰，血流丹野。

〔一二〕《史記》：參東有大星曰狼，狼角變色，多盜賊。《晉書》：狼一星在井東南，狼爲野將，主侵掠。色有常，不欲動也。

李太白全集卷之五

錢塘王琦琢崖輯注
王慶霄周春較

樂府四十四首

門有車馬客行

《樂府古題要解》：《門有車馬客行》，曹植等皆言問訊其客，或得故舊鄉里，或駕自京師，備述市朝遷謝、親戚凋喪之意也。《樂府詩集》：王僧虔《技録》：相和歌瑟調三十八曲中有《門有車馬客行》。

門有車馬賓（一作「客」），金鞍耀朱輪〔一〕。謂從丹（一作「雲」）霄落，乃是故鄉親。呼兒掃中堂，坐客論悲辛。對酒兩不飲，停觴淚盈巾。嘆我萬里游，飄飄（蕭本作「飄飄」）三十春。空談帝（繆本作「霸」）王略，紫綬不挂身〔二〕。雄劍藏玉匣，陰符生素塵〔三〕。廓落無所合〔四〕，流離湘水濱〔五〕。借問宗黨間，多爲泉下人。生苦百戰役，死託萬鬼鄰〔六〕。北風揚胡沙，埋翳周與秦。大運且如此〔七〕，蒼穹寧匪仁？惻愴竟何道，存亡任大鈞〔八〕。

〔一〕《漢書》：楊惲家方隆盛時，乘朱輪者十人。《抱朴子》：出則朱輪耀路。

〔二〕李善《文選注》：《東觀漢紀》曰：漢制：公侯紫綬，九卿青綬。《後漢書》：古者君臣佩玉，尊卑有度。上有韍，貴賤有殊。佩，所以章德，服之衷也。韍，所以執事，禮之共也。故禮有其度，威儀之制三代同之。五霸迭興，戰兵不息，佩非戰器，韍非兵旗，於是解去韍佩，留其係璲，以爲章表。韍佩既廢，秦乃以采組連結於璲，光明章表，轉相結受，故謂之綬。漢承秦制，用而勿改。《舊唐書》：二品三品紫綬。三綵：紫、黄、赤紅。紫質長一丈六尺，一百八十首，廣八寸。

〔三〕《戰國策》：蘇秦夜發書，陳篋數十，得太公陰符之謀。

〔四〕宋玉《九辯》：廓落兮羈旅而無友生。吕延濟注：廓落，空寂也。

〔五〕《唐六典注》：湘水，出桂州湘源縣北，流歷永、衡、潭、岳四州界，入洞庭。

〔六〕陸機詩：昔居四民宅，今託萬鬼鄰。

〔七〕何晏《景福殿賦》：乃大運之攸戾。

〔八〕賈誼《鵩賦》：大鈞播物。如淳注：陶者作器於鈞上，此以造化爲大鈞也。顔師古注：今造瓦者謂所轉者爲鈞，言造化爲人，亦猶陶之造瓦耳。《史記索隱》：虞喜《志林》云：大鈞造化之神，鈞陶萬物，品授群形者也。

此詩有「北風揚胡沙，埋翳周與秦」之句，當是天寶末年兩京覆陷之後所作。

君子有所思行

《樂府古題要解》：《君子有所思行》，陸機「命駕登北山」，鮑照「西上登雀臺」，沈約「晨策終南首」，其旨言雕室麗色不足爲久歡，晏安鴆毒，滿盈所宜敬忌，與《君子行》異也。

紫閣連終南〔一〕，青冥天倪色〔二〕。憑崖望咸陽，宫闕羅北極〔三〕。萬井驚畫出〔四〕，九衢如絃直〔五〕。渭水銀河清（繆本作「清銀河」）〔六〕，横天流不息。朝野盛文物，衣冠何翕赩（音釋，又音赫）〔七〕，厩馬散連山，軍容威絶域〔八〕。伊、皋運元化，衛、霍輸筋力〔九〕。歌鐘樂未休〔一〇〕，榮去老還逼。圓光過滿缺〔一一〕，太陽移中昃〔一二〕。不散東海金〔一三〕，何爭西輝（蕭本作「何曾西飛」）匿〔一四〕？無作牛山悲〔一五〕，惻愴（音昌）淚沾臆（音益）〔一六〕。

〔一〕《太平廣記》：終南山紫閣峰，去長安城七十里。《陝西志》：紫閣峰，在西安府鄠縣東南三十里，旭日射之，爛然而紫。其形上聳若樓閣然。杜甫詩云「紫閣峰陰入渼陂」，即此是也。《初學記》：《五經要義》云：終南山，長安南山也。一名太一。《漢書》云：太一山，古文以爲終南山。

潘岳《關中記》云：其山一名中南，言在天之中，居都之南，故曰中南。《福地記》云：其山東接驪山、太華，西連太白，至於隴山，北去長安城八十里，南入楚塞，連屬東西諸山，周迴數百里，名曰福地。

〔二〕王逸《九思》：增逝兮青冥。注云：青冥，太清也。天霓，天之邊際也。詳見《明堂賦》注。

〔三〕《爾雅》：北極，謂之北辰。此以喻天子之居，而言宫闕羅列於其中也。

〔四〕鄭玄《周禮注》：方百里爲一同，積萬井九萬夫。此借用其字，作里巷解。

〔五〕鮑照詩：九衢平若水。楊炯詩：官路直如絃。

〔六〕《雍録》：唐都，本隋都也。在漢長安故城東南，南直終南山子午谷，北據渭水，東臨滻、灞，西次灃水。《三輔黄圖》：引渭水貫都，以象天漢。横橋南渡，以法牽牛。《初學記》：天河，亦曰銀河。

〔七〕嵇康《琴賦》：瑶瑾翕赩。李善注：翕赩，盛貌。

〔八〕《歷代名畫記》：玄宗好大馬，御厩至四十萬，遂有沛艾大馬。命王毛仲爲監牧，使燕公張説作《駉牧頌》。《新唐書》：開元初，馬二十四萬，至十三年，乃四十三萬。其後突厥款塞，玄宗厚撫之。歲許朔方軍西受降城爲互市，以金帛市馬，於河東、朔方、隴右牧之。既雜胡種，馬乃益壯。天寶後，諸軍戰馬動以萬計，王侯將相外戚牛駝羊馬之牧，布諸道，百倍於縣官，皆以封邑號名爲印自别。將校亦備私馬。議者謂秦、漢以來，唐馬最盛。十一載，詔二京旁五百里勿置私牧。十三載，隴右群牧都使奏：馬牛駝羊總六十萬五千五百，而馬三十二萬五千七百。《通鑑》：唐自武德以來，開拓邊境，地連西域，皆置都督府、州、縣。開元中，置朔方、隴右、河西、安西、北庭諸節度使以統之。歲發山東丁壯爲戍卒，繒帛爲軍資，開屯田，供糗糧，設監牧，畜馬牛，軍城戍邏，萬里相望。《漢書》：討絶域不羈之君，係萬里難制之虜。

〔九〕伊尹、皋陶，以喻美宰臣。衛青、霍去病，以喻美將帥。

〔一〇〕歌鐘，歌時所奏之鐘。見《擬恨賦》注。

〔一一〕圓光，謂望日之月。

〔一二〕《後漢書》：日者，太陽之精。《周易》：日中則昃，月盈則食。

〔一三〕《漢書》：疏廣，東海蘭陵人也。爲太傅五歲，上疏乞骸骨，上以其年篤老，許之，加賜黄金二十斤，皇太子贈以五十斤。廣既歸鄉里，日令家共具設酒食，請族人故舊賓客，與相娱樂。數問其家，金餘尚有幾所，趣賣以共具。曰：「此金者，聖主所以惠養老臣也，故樂與鄉黨宗族共饗其賜，以盡吾餘日，不亦可乎？」

〔一四〕吴均詩：王孫猶未歸，且聽西光匿。

〔一五〕齊景公游牛山，北臨其國城而流涕，詳見二卷注。

〔一六〕沈約詩：那知神傷者，潺湲淚沾臆。《説文》：臆，胸骨也。

東海有勇婦

原注：代《關中有貞女》。

按《晉書》：《關東有賢女》乃《鞞舞》舊曲五篇之一，其辭已亡。「關中有貞女」當是「關東有賢女」之訛。

梁山感杞妻，慟（蕭本作「痛」）哭爲之傾〔一〕。金石忽暫開〔二〕，都由激深情。東海有勇婦，何慚蘇子卿〔三〕。學劍越處子〔四〕，超騰（蕭本作「然」）若流星。捐軀報夫讎，萬死不顧生〔五〕。白刃耀素雪，蒼天感精誠。十步兩躩（一作「跳」）躍，三呼一交兵。斬首掉（音窕）國門，蹴踏五藏行。豁此伉儷憤〔六〕，粲然大義明。北海李使（繆本作「史」）君〔七〕，飛章奏天庭〔八〕。捨罪警風俗，流芳播滄、瀛〔九〕。名（繆本作「志」）在列女籍〔一〇〕，竹帛已光榮〔一一〕。淳于免詔獄，漢主爲緹（音題）縈（音榮）〔一二〕。津妾一棹歌，脱父於嚴刑〔一三〕。十子若不肖，不如一女英。豫讓斬空衣〔一四〕，有心竟無成。要離殺慶忌，壯夫所素（繆本作「素所」）輕。妻子亦何辜，焚之買虛聲〔一五〕。豈如東海婦，事立獨揚名。

〔一〕《列女傳》：齊杞梁殖之妻。莊公襲莒，殖戰而死。無子，内外皆無五屬之親。既無所歸，乃枕其夫之尸於城下而哭。内誠動人，道路過者莫不爲之揮涕。十日，而城爲之崩。曹植詩乃云：

杞妻哭死夫，梁山爲之傾。與《列女傳》諸書所載殊異。太白用梁山事，蓋本之曹詩也。

〔二〕《後漢書》：精誠所加，金石爲開。

〔三〕蘇子卿無報讎殺人事。以此相擬，殊非倫類。按曹植《精微篇》：關東有賢女，自字蘇來卿。壯年報父仇，身没垂功名。是知「蘇子卿」乃「蘇來卿」之誤也。

〔四〕越有處子，出於南林，善劍術。詳見四卷《結客少年場》注。

〔五〕《史記》：瞋目張膽，出萬死不顧一生之計。

〔六〕《左傳》：已不能庇其伉儷而亡之。杜預注：伉，敵也。儷，耦也。孔穎達曰：伉儷者，言是相敵之匹耦。

〔七〕李邕爲北海太守，世稱李北海。所謂「北海李使君」，疑即其人也。

〔八〕《後漢書》：遂作飛章以被於臣。

〔九〕滄瀛，謂東方海隅之地。又滄州，景城郡；瀛州，河間郡；與青州北海郡相隣近，似謂其聲名播於旁郡也。

〔一〇〕曹植詩：名在壯士籍。

〔一一〕《求自試表》：名稱垂於竹帛。吕延濟注：古無紙，史書皆書竹帛。陸機詩：竹帛無所宣。李周翰注：竹帛，謂史籍也。古人書於竹簡及素帛。

〔一二〕《漢書》：齊太倉令淳于公有罪當刑，詔獄逮繫長安。淳于公無男，有五女，當行，會逮，罵其女曰：「生子不生男，緩急非有益也。」其少女緹縈，自傷悲泣，乃隨其父至長安，上書曰：「妾父爲吏，齊中皆稱其廉平，今坐法當刑。妾傷夫死者不可復生，刑者不可復屬，雖後欲改過自新，其道無由也。妾願没入爲官婢，以贖父刑罪，使得自新。」書奏，天子悲憐其意，遂下令除肉刑。

〔一三〕《列女傳》：趙津女娟者，趙河津吏之女也。趙簡子南擊楚，與津吏期。簡子至津，吏醉卧不能渡。簡子欲殺之，娟曰：「妾父聞主君來渡不測之水，恐風波之起，水神動駭，故禱九江三淮之神，供具備禮，御釐受福。不勝巫祝杯酌餘瀝，醉至於此。君欲殺之，妾願以鄙軀易父之死。」簡子曰：「非女子之罪也。」娟曰：「主君欲因其醉而殺之，妾恐其身之不知痛，而心不知罪也。若不知罪而殺之，是殺不辜也。願醒而殺之，使知其罪。」簡子曰：「善。」遂釋不誅。簡子將渡，用楫者少一人，娟攘袂操楫而請。中流爲簡子發《何激》之歌，其詞曰：「升彼阿兮而觀清，水揚波兮杳冥冥。禱求福兮醉不醒，誅將加兮妾心驚，罰既釋兮瀆乃清。妾持楫兮操其維，蛟龍助兮主將歸，呼來渡兮行勿疑。」簡子大悦，以爲夫人。

〔一四〕《戰國策》：豫讓始事范、中行氏而不悦，去而就智伯，智伯寵之。及三晉分智氏，趙襄子最怨智伯，而將其頭以爲飲器。豫讓曰：「士爲知己者死，女爲悦己者容。吾其報智氏之讎矣。」乃變姓名爲刑人，入宫塗厠，欲以刺襄子。襄子如厠，心動，執問塗者，則豫讓也，刃其扞曰：「欲爲智伯報讎。」趙襄子曰：「義士也。」卒釋之。豫讓又漆身爲厲，滅鬚去眉，自刑以變其容，又吞炭爲啞，變其音。居頃之，襄子當出，豫讓伏所當過橋下，襄子至橋而馬驚，襄子曰：「此必豫讓也。」使人問之，果豫讓。襄子曰：「豫子之爲智伯，名既成矣，寡人舍子，亦已足矣。子自爲計。」使兵環之。豫讓曰：「臣聞明主不掩人之義，忠臣不愛死以成名。今日之事，臣故伏誅。然願請君之衣而擊之，雖死不恨。」襄子義之，使使者持衣與豫讓。豫讓拔劍三躍，呼天擊之，曰：「可以報智伯矣！」遂伏劍而死。

〔一五〕《吴越春秋》：吴王既殺王僚，又虞慶忌之在鄰國。要離乃與子胥見吴王曰：「臣，國東千里之人，細小無力，迎風則偃，負風則伏。大王有命，臣敢不盡力。大王患慶忌乎？臣能殺之。」王曰：「慶忌之勇，世所聞也。今子之力不如也。」要離曰：「臣能殺之。臣詐以負罪出奔，願王戮臣妻子，斷臣右手，慶忌必信臣矣。」要離乃詐得罪出奔。吴王取其妻子，焚棄於市。要離奔諸侯而行，怨言以無罪聞於天下。遂如衛求見慶忌。慶忌信其謀，揀練士卒，遂之吴。將渡江，於中流，要離力微，坐於上風，因風勢以矛鉤其冠，順風而刺慶忌。慶忌顧而揮之，三捽其頭於水中，乃加於膝上：「嘻嘻哉，天下之勇士也！乃敢加兵刃於我！」左右欲殺之，慶忌止之曰：「此是天下勇士，可令還吴，以旌其忠。」於是慶忌死。要離渡至江陵，愍然不行，曰：「殺吾妻子以事吾君，非仁也。爲新君而殺故君之子，非義也。貪生棄行，非勇也。夫人有三惡以立於世，何面目以視天下之士？」遂投身於江。從者出之，要離曰：「吾寧能不死乎！」乃自斷手足，伏劍而死。

黄葛篇

黄葛生洛溪〔一〕，黄花自綿冪（音覓）〔二〕。青烟蔓長條，繚繞幾百尺。閨人費素手，採緝作絺綌〔三〕。縫爲絶國衣〔四〕，遠寄日南客。蒼梧大火落〔五〕，暑服莫輕擲。此物雖過時，是妾手中跡〔六〕。

〔一〕葛草，延蔓而生，引長二三丈，其葉有三尖，如楓葉而長，面青背淡，莖亦青色。取其皮漚練作絲，以爲絺綌。謂之黄葛者，是取既成絺綌之色而名之，以别於蔓草中之白葛、紫葛、赤葛諸名，不致相混耳。七、八月開花成穗，纍纍相承，紅紫色。古《前溪歌》：黄葛結蒙籠，生在洛溪邊。

〔二〕葛花紅紫，而此云「黄花」，恐誤。綿冪，密而相覆之意。

〔三〕《小爾雅》：葛之精者曰絺，粗者曰綌。

〔四〕謝惠連詩：裁用笥中刀，縫爲萬里衣。《漢書》：及使絶國者。顔師古注：遠絶之國，謂聲教之外。

〔五〕《漢書·地理志》：蒼梧郡，武帝元鼎六年開，日南郡，故秦象郡，武帝元鼎六年開，更名，俱屬交州。顏師古注：日南，言其在日之南，所謂開北户以向日者。《舊唐書》：漢武帝開百越，於交趾郡南三千里置日南郡。唐時所謂日南郡，即驩州也，去西京一萬二千四百餘里，去東京一萬一千五百餘里。所謂蒼梧郡，即梧州也，去西京五千五百里，去東京五千一百里。俱屬嶺南道。

〔六〕《詩·國風》：七月流火。毛傳曰：火，大火也。鄭箋曰：大火者，寒暑之候也。火星中，而寒暑退。朱傳曰：火，大火，心星也。以六月之昏，加於地之南方，至七月之昏，則下而西流矣。末四句即《周南·葛覃》「服之無斁」意也。

白馬篇

《樂府古題要解》：《白馬篇》，曹植「白馬飾金羈」，鮑照「白馬騂角弓」，沈約「白馬紫金鞍」，皆言邊塞征戰之狀。按《樂府詩集》，《白馬篇》是雜曲歌之《齊瑟行》。

龍馬花雪毛（蕭本作「白」）〔一〕，金鞍五陵豪〔二〕。秋霜切玉劍〔三〕，落日明珠袍〔四〕。鬬鷄事萬乘〔五〕，軒蓋一何高。弓摧南（繆本作「宜」）山虎〔六〕，手接太行（繆本作「山」）猱（音鐃）〔七〕。酒後競風采，三杯弄寶刀〔八〕。殺人如剪草〔九〕，劇（音極）孟同游遨〔一〇〕。發憤去函谷〔一一〕，從軍向臨洮（音挑，又音叨）〔一二〕。叱咤經百戰（一作「萬戰場」）〔一三〕，匈奴盡奔逃（一作「波濤」）。歸來使酒氣〔一四〕，未肯拜（一作「下」）蕭、曹。羞入原憲室〔一五〕，荒徑（蕭本作「淫」，誤）隱蓬蒿〔一六〕。

〔一〕《周禮》：馬八尺以上爲龍。梁簡文帝詩：金鞍照龍馬，羅袖拂春桑。

〔二〕《漢書·原涉傳》：郡國諸豪，及長安五陵諸爲節氣者，皆歸慕之。顔師古注：五陵，謂長陵、安陵、陽陵、茂陵、平陵也。班固《西都賦》曰：南望杜、霸，北眺五陵。是知霸陵、杜陵非此五陵之數也。而説者以爲高祖以下至茂陵爲五陵，失其本意。

〔三〕《北堂書鈔》：魏文帝歌辭云：歐氏寶劍，何爲低昂。白如積雪，利若秋霜。《淮南子》云：寶劍之色如秋霜。《列子》：周穆王大征西戎。西戎獻錕鋙之劍，其劍長尺有咫，鍊鋼赤刃，用之切玉，如切泥焉。

〔四〕王僧孺詩：朔風吹錦帶，落日映珠袍。

〔五〕鬭雞事，詳見二卷注中。

〔六〕《晉書》：南山白額猛獸爲患，周處入山，射殺猛獸。《西京雜記》：李廣與兄弟共獵於冥山之北，見卧虎焉，射之，一矢即斃。斷其髑髏以爲枕，示服猛也。冥山，或作宜山，所謂宜山虎也。

〔七〕曹植詩：仰手接飛猱。李善注：凡物飛迎前射之曰接。《尸子》：中黄伯曰：予左執太行之猱，而右搏雕虎。

〔八〕《穀梁傳》：孟勞者，魯之寶刀也。

〔九〕《後漢書》：殺人如刈草然。

〔一〇〕《漢書》：布衣游俠，劇孟、郭解之徒，馳騖於閭閻。權行州域，力折公卿。衆庶榮其名節，覬而慕之。

〔一一〕《史記正義》：《括地志》云：函谷關，在陝州桃林縣西南十二里，秦函谷關也。圖記云：西去長安四百餘里，路在谷中，故以爲名。《雍録》：秦函谷關，在唐陝州靈寶縣南十里。靈寶縣者，漢弘農縣也。漢函谷關，在唐河南府新安縣之東一里，蓋漢世楊僕移秦函谷關而立之於此也。以比秦舊，則移東三百七十八里。自此關移在新安縣，而秦關之在靈寶者廢矣。又云：自潼關東二百里，至陝州靈寶縣，則秦函谷關也。自靈寶縣東三百餘里，至河南新安縣，則漢函谷關也。

〔一二〕《舊唐書》：臨洮軍在鄯州城内，管兵萬五千人。

〔一三〕《南史》：檀道濟左右腹心，並經百戰。

〔一四〕《漢書》：灌夫爲人剛直使酒。顔師古注：使酒，因酒而使氣也。

〔一五〕《韓詩外傳》：原憲居魯，環堵之室，茨以蒿萊，蓬户甕牖，桷桑而爲樞。上漏下濕，匡坐而絃歌。

〔一六〕謝朓詩：清淮左長薄，荒徑隱蒿蓬。

鳳笙篇

仙人十五愛吹笙，學得崑丘彩鳳鳴〔一〕。始聞鍊氣飡（與餐同）金液（音亦）〔二〕，復道朝天赴玉京〔三〕。玉京迢迢幾千里，鳳笙去去無窮已〔四〕。欲嘆離聲發絳唇〔五〕，更嗟別調流纖指〔六〕。此時惜別詎堪聞，此地相看未忍分。重吟真曲和清吹，卻奏仙歌響綠雲。綠雲紫氣向函關〔七〕，訪道應尋緱（音鉤）氏山。莫學吹笙王子晉，一遇浮丘斷不還〔八〕。

〔一〕邢昺《爾雅疏》：《崑崙山記》云：崑崙山，一名崑丘。

〔二〕鮑照詩：淮南王學長生，服食鍊氣讀仙經。《神仙傳》：藥之上者有九轉還丹、太乙金液，服之皆立登天。

〔三〕《靈樞金景内經》：下離塵世，上界玉京。注云：玉京，無爲之天也，三十二帝之都。《步虛經》：玉京山，在無上大羅天中，玉京之上，七寶玄臺，居五億五萬五十五重天最上頂也。《枕中書》：玄都玉京七寶山，周圍九萬里，在大羅天之上，城上七寶宮，宮内七寶臺，有上、中、下三宮如一。宮城一面二百四十門，方生八行寶樹，綠葉朱實，五色芝英，上有萬二千種芝，沼中蓮花，徑度十丈。上宮是盤古真人、元始天皇、太元聖母所治，中宮是太上真人、金闕老君所治，下宮是九天真王、三天真王所治。玉京有八十一萬天路，通八十一萬山岳、洞室。夫以得道大聖衆並賜其宫第居宅，皆七寶宫闕。或在名山山岳，群真所居，都有八十一萬處。古今有言九九八十一萬終天路，玉京山也。

〔四〕王勃《春思賦》：狂夫去去無窮已，賤妾春眠春未起。

〔五〕梁簡文帝詩：清謳出絳唇。

〔六〕陸機詩：泠泠纖指彈。

〔七〕《藝文類聚》：《關令内傳》曰：關令尹喜登樓四望，見東極有紫氣西邁，喜曰：「夫陽氣盡九，星宿值合，歲月並王，九十日之外，應有聖人經過京邑。」至期乃齋戒。其日，果見老子。

〔八〕《元和郡縣志》：緱氏山，在河南府緱氏縣東南二十九里，王子晉得仙處。《列仙傳》：王子喬者，周靈王太子晉也，好吹笙，作鳳凰鳴。游伊、洛之間，遇道士浮丘公，接以上嵩高山。三十餘年後，於山上見桓良曰：「告我家，七月七日待我於緱氏山巔。」至時，果乘白鶴駐山頭，望之不得到，舉手謝時人，數日而去。

琦按：此詩是送一道流應詔入京之作。所謂「仙人十五愛吹笙」，正實指其人，非泛用古事。所謂「朝天赴玉京」者，言其入京朝見，非謂其超昇輕舉。舊注以游仙詩擬之，失其旨矣。

怨歌行自注：長安見内人出嫁，友人令予代爲《怨歌行》。

《文選》有班婕妤《怨歌行》，即「新裂齊紈素」一首也。李善注：《歌録》曰：《怨歌行》古辭，言古有此曲，而班婕妤擬之。

十五入漢宫〔一〕，花顔笑（一作「如」）春紅。君王選玉色〔二〕，侍寢金（一作「錦」）屏中〔三〕。薦枕嬌夕月〔四〕，卷衣戀春（一作「香」）風〔五〕。寧知趙飛燕，奪寵恨無窮〔六〕。沉憂能傷人〔七〕，緑鬢成霜蓬〔八〕。一朝不得意，世事徒（一作「信」）爲空。鸘鸘換美酒〔九〕，舞衣罷雕龍（一作「籠」）〔一〇〕。寒苦不忍言，爲君奏絲桐。腸斷絃亦絶，悲心夜忡忡（音沖）〔一一〕。

〔一〕傅玄《怨歌行》：十五入君門，一别終華髮。

〔二〕《楚辭》：玉色頩以晚顔。

〔三〕繁欽《定情篇》：侍寢執衣巾。何遜詩：掩泣閉金屏。

〔四〕宋玉《高唐賦》：願薦枕席。李善注：薦，進也。欲親進於枕席，求親昵之意也。

〔五〕古樂府有《秦王卷衣曲》。庾信《燈賦》：卷衣秦后之牀，送枕荆臺之上。

〔六〕《漢書》：趙飛燕姊弟從自微賤興，踰越禮制，寖盛於前。班婕妤及許皇后皆失寵，稀復進見。

〔七〕陸機詩：沉憂萃我心。張銑注：沉，深也。孔融《論盛孝章書》：若使憂能傷人，此子不得復永年矣。

〔八〕吴均詩：緑鬢愁中改。

〔九〕司馬相如以鷫鸘裘就市人楊昌貰酒，詳見四卷注。

〔一〇〕蕭士贇曰：雕龍，謂舞衣上之雕畫龍文也。

〔一一〕《詩·國風》：憂心忡忡。

塞下曲六首

《樂府詩集》：《晉書·樂志》曰：《出塞》、《入塞曲》，李延年造。唐人有《塞上》、《塞下曲》，蓋出於此。

五月天山雪〔一〕，無花祇有寒。笛中聞《折柳》〔二〕，春色未曾看。曉戰隨金鼓，宵眠抱玉鞍〔三〕。願將腰下劍，直爲斬樓蘭〔四〕。

〔一〕天山冬夏有雪，見四卷注。

〔二〕按《白帖》：笛有《折楊柳》之曲。

〔三〕《釋名》：金鼓，金，禁也，爲進退之禁也。太白以玉鞍對金鼓，則金鼓自是一物。有引「鼓」以進軍，「金」以退軍解者，恐未是。

〔四〕《漢書》：樓蘭王爲匈奴反間，數遮殺漢使，大將軍霍光遣平樂監傅介子往刺其王。介子輕將勇敢士，齎金帛揚言以賜外國爲名。至樓蘭，詐其王欲賜之，王喜，與介子飲，醉，將其王屏語，壯士二人從後刺殺之，貴人左右皆散走。介子告諭以王負漢罪，天子遣我誅王，當立王弟尉屠耆在漢者。漢兵方至，毋敢動，自令滅國矣。介子遂斬王安歸首，馳傳詣闕，懸首北闕下。封介子爲義陽侯。

其二

天兵下北荒，胡馬欲南飲〔一〕。橫戈從百戰〔二〕，直爲銜恩甚。握雪海上飡（與餐同）〔三〕，拂沙隴頭寢。何當破月氏（與支同）〔四〕，然後方高枕〔五〕。

〔一〕《宋書》：李孝伯曰：我今當南飲江湖以療渴耳。

〔二〕《吕氏春秋》：行人燭過免胄橫戈而進。

〔三〕《後漢書》：餘羌復與燒何大豪寇張掖，攻没鉅鹿塢，殺屬國吏民。段熲追之，且鬬且行，晝夜相攻，割肉、食雪四十餘日，遂至河首積石山，出塞二千餘里。

〔四〕《漢書》：大月氏國，本居敦煌、祁連間，至冒頓單于攻破月氏，月氏乃遠去，過大宛，西擊大夏而臣之。都嬀北爲王庭，其餘小衆不能去者，保南山羌，號小月氏。

〔五〕又《匈奴傳》：北狄不服，中國未得高枕安寢也。

其三

駿馬似（繆本作「如」）風飈（音標），鳴鞭出渭橋〔一〕。彎弓辭漢月〔二〕，插羽破天驕〔三〕。陣解星芒盡〔四〕，營空海霧消。功成畫麟閣〔五〕，獨有霍嫖姚。

〔一〕謝靈運詩：鳴鞭適大河。《史記正義》：《括地志》云：渭橋，本名橫橋，架渭水上。在雍州咸陽縣東南二十二里。《雍録》：中渭橋舊止單名渭橋。《水經注》叙渭曰：水上有梁，謂之渭橋者是也。後世加「中」以冠橋上者，爲長安之西，别有便民橋，萬年縣之東，更有東渭橋，故不得不以「中」别也。《陝西通志》：西渭橋，在咸陽縣西南百步，漢武帝造，名便橋，唐名咸陽橋。中渭橋在咸陽縣東二十五里，秦時造，所謂渭水貫都以象天漢，横橋南渡以法牽牛者也。東渭橋，在高陵縣南十里，不知始於何時，或云漢高祖造以通櫟陽之道者也。古來單稱渭橋者，大概專指中渭橋也。

〔二〕庾信詩：關山連漢月，隴水向秦城。

〔三〕薛道衡詩：邊庭烽火驚，插羽夜徵兵。《魏武奏事》曰：今邊有小警，輒露檄插羽。詳見二卷羽檄注下。《漢書》：胡者，天之驕子也。

〔四〕《後漢書》：客星芒氣白爲兵。《初學記》：星光曰芒。楊素詩：兵寢星芒落，戰解月輪空。

〔五〕《三輔黄圖》：《麒麟閣廟記》云：麒麟閣，蕭何造。《漢書》：宣帝思股肱之美，乃圖畫霍光等十一人於麒麟閣。

按「彎弓」以上三句，狀出師之景，「插羽」以下三句，狀戰勝之景。末言功成奏凱，圖形麟閣者，止上將一人，不能徧及血戰之士。太白用一「獨」字，蓋有感乎其中歟？然其言又何婉而多風也。

其四

白馬黄金塞〔一〕，雲砂繞夢思。那堪愁苦節〔二〕，遠憶邊城兒。螢飛秋窗滿，月度霜閨遲。摧殘梧桐葉，蕭颯沙棠枝〔三〕。無時獨不見，淚流空自知。

〔一〕黄金塞，邊上地名，未詳所在。

〔二〕鮑照詩：實是愁苦節。

〔三〕《吕氏春秋》：果之美者，沙棠之實。《上林賦》：沙棠櫟櫧，華楓枰櫨。張揖注：沙棠，狀如棠，黄華赤實，其味似李，無核。

其五

塞虜乘秋下，天兵出漢家〔一〕。將軍分虎竹〔二〕，戰士卧龍沙〔三〕。邊月隨弓影，胡霜拂劍花〔四〕。玉關殊未入〔五〕，少婦莫長嗟。

〔一〕《長楊賦》：天兵四臨。

〔二〕《漢書·文帝紀》：初與郡守爲銅虎符、竹使符。應劭曰：銅虎符第一至第五，國家當發兵，遣使者至郡合符，符合乃聽受之。竹使符者，以竹箭五枚，長五寸，鐫刻篆書第一至第五。顔師古注：與郡守爲符者，謂各分其半，右留京師，左以與之。鮑照詩：留我一白羽，將以分虎竹。

〔三〕《後漢書》：坦步葱雪，咫尺龍沙。章懷太子注：葱嶺，雪山。白龍堆，沙漠也。

〔四〕鮑照詩：旍甲被胡霜。明餘慶詩：劍花寒不落。

〔五〕《漢書》：太初元年，以李廣利爲貳師將軍，發屬國六千騎及郡國惡少年數萬人以往，期至貳師城，取善馬。比至郁城，郁城距之，引而還，往來二歲。至敦煌，士不過什一二。使使上書言罷兵，天子大怒，使使遮玉門關曰：「軍有敢入，斬之。」貳師恐，因留屯敦煌。天子赦囚徒扞寇盜，發惡少年及邊騎出敦煌六萬人，負私從者不與。行至宛城，宛貴人共殺王。貳師取其善馬數十匹，中馬以下牝牡三千匹，軍還入玉門關者萬餘人。

其六

烽火動沙漠，連照甘泉雲〔一〕。漢皇按劍起〔二〕，還召李將軍〔三〕。兵（一作「殺」）氣天上合，鼓聲隴底聞〔四〕。横行負勇氣〔五〕，一戰静妖氛〔六〕。

〔一〕《史記》：胡騎入代句注邊，烽火通於甘泉、長安。《李陵歌》：徑萬里兮度沙漠。按：沙漠，亦作沙幕，一曰大磧。漢時謂之幕，唐時謂之磧。在古敦煌郡之外，東西數千里，南北遠者千里，絶無水草，不可駐牧，雖鳥獸亦不能居之。

〔二〕鮑照詩：天子按劍怒。

〔三〕《史記》：匈奴入殺遼西太守，敗韓將軍，於是天子乃召拜李廣爲右北平太守。匈奴聞之，號曰「漢之飛將軍」，避之數歲，不敢入右北平。

〔四〕《説文》：隴，大坂也。隴底，謂山隴之下。天水郡之大坂，名曰隴坂，亦曰隴底，與此不同。

〔五〕《漢書》：高皇后嘗忿匈奴。群臣庭議，樊噲請以十萬衆横行匈奴中。

〔六〕《北史》：何以報天子？沙漠靜妖氛。

來日大難

《來日大難》，即古《善哉行》也，蓋摘首句以命題耳。《樂府古題要解》：《善哉行》古詞：「來日大難，口燥脣乾。」言人命不可保，當樂見親友，且求長生術，與王喬八公游焉。按《樂府詩集》：王僧虔《技録》：《善哉行》乃相和歌瑟調三十八曲之一。

來日一身〔一〕，攜糧負薪。道長（蕭本作「長鳴」）食盡，苦口焦脣〔二〕。今日醉飽，樂過千春〔三〕。仙人相存〔四〕，誘我遠學。海凌（繆本作「陵」）三山〔五〕，陸憩五岳〔六〕。乘龍天飛，目瞻兩角（繆本作「乘龍上三天，飛目瞻兩角」）。授以神（蕭本作「仙」）藥，金丹滿握。蟪蛄蒙恩，深愧短促〔七〕。思填東海，强銜一木〔八〕。道重天地，軒師廣成〔九〕。蟬翼九五〔一〇〕，以求長生。下士大笑〔一一〕，如蒼蠅聲〔一二〕。

〔一〕來日，謂已來之日，猶往日也。

〔二〕《韓詩外傳》：乾喉焦脣，仰天而嘆。

〔三〕梁宣帝賦：餐霞永日，靜坐千春。

〔四〕魏武帝詩：越陌度阡，枉用相存。《説文》：存，恤問也。

〔五〕謝靈運詩：越海凌三山。李周翰注：三山，蓬萊、方丈、瀛洲也。

〔六〕鄭康成《周禮注》：五岳：東曰岱宗，南曰衡山，西曰華山，北曰恒山，中曰嵩高山。

〔七〕《莊子》：蟪蛄不知春秋。陸德明注：司馬云：蟪蛄，寒蟬也，一名蝭蟧，春生夏死，夏生秋死。崔云：蛁蟧也，或曰山蟪。秋鳴者不及春，春鳴者不及秋。《廣雅》云：蟪蛄，蛁蟧也，即《楚辭》所謂寒螿也。

〔八〕《述異記》：昔炎帝女溺死東海中，化爲精衛，其名自呼，常銜西山木石填東海。偶海燕而生子，生雌狀如精衛，生雄如海燕。今東海精衛誓水處，曾溺於此川，誓不飲其水。詩意言人命短促，有如蟪蛄。今蒙恩而授之神藥，使得長生，其德深矣。思欲報之，卻如精衛銜一木以填東海耳，甚言其德之深而無以爲報也。

〔九〕《抱朴子》：黄帝過崆峒，從廣成子受自然之經。

〔一〇〕蟬翼九五，視九五天子之位如蟬翼之輕也。

〔一一〕《老子》：下士聞道大笑之。

〔一二〕《詩·國風》：蒼蠅之聲。

塞上曲

大漢無中策，匈奴犯渭橋〔一〕。五原秋草緑〔二〕，胡馬一何驕。命將征西極，横行陰山側〔三〕。燕支落漢家，婦女無花色〔四〕。轉戰渡黄河，休兵樂事多。蕭條清萬里〔五〕，瀚海寂無波〔六〕。

〔一〕《漢書》：匈奴爲害，所從來久矣。周、秦、漢征之，未有得上策者也。周得中策，漢得下策，秦無策焉。當周宣王時，獫狁内侵，至於涇陽，命將征之，盡境而還。其視戎翟之侵，譬猶蚊虻之螫，驅之而已，故天下稱明，是爲中策。漢武帝選將練兵，約齎輕糧，深入遠戍，雖有克獲之功，胡輒報之。兵連禍結三十餘年，中國疲耗，匈奴亦創艾，而天下稱武，是爲下策。秦始皇不忍小恥而輕民力，築長城之固，延袤萬里，轉輸之行，起於負海，疆境既完，中國内竭，以喪社稷，是爲無策。《雍録》：秦、漢、唐駕渭者凡三橋：在咸陽西十里者，名便橋，漢武帝造；在咸陽東南二十二里者，爲中渭橋，秦始皇造；在萬年縣東四十里者，爲東渭橋，不知始於何世。唐時頡利所犯者，在便橋之北，謂之西渭橋者是也。

〔二〕五原郡，漢武帝所置，其後更變不一，至西魏改大興郡爲五原郡，後又改鹽州。隋末爲梁師都所據。唐貞觀二年，平師都，復置鹽州及五原縣。天寶元年，改鹽州爲五原郡，在太宗時但稱鹽州，不稱五原。史言突厥頡利建牙直五原之北，正指五原縣也。其地即漢北地郡之馬嶺縣也，西接靈州靈武郡，東抵夏州朔方郡，南界慶州安化郡，北與突厥相距。今約其處，當在寧夏衞界中。若漢之五原郡，領縣十六，延袤甚廣，在唐時，豐州九原郡、勝州榆林郡，皆其地矣。

〔三〕《漢書》：北邊塞至遼東外有陰山，東西千餘里，草木茂盛，多禽獸，本冒頓單于依阻其中，治作弓矢，來出爲寇，是其苑囿也。至孝武世出師征伐，斥奪此地，攘之於漠北。《括地志》：陰山在北塞外突厥界。

〔四〕《史記正義》：《括地志》云：焉支山，一名刪丹山，在甘州刪丹縣東南五十里。《西河舊事》：祁連、燕支二山，在張掖酒泉二界上，東西二百餘里，南北百里。有松柏五木，美水草，冬温夏凉，宜畜牧。匈奴失二山，乃歌曰：「失我祁連山，使我六畜不蕃息；失我燕支山，使我婦女無顔色。」《北邊備對》：《通典》：甘州刪丹縣有焉支山，匈奴失之，乃歌曰：「失我焉支山，使我婦女無顔色。」説者曰：焉支，閼氏也，今之燕脂也。此山産紅藍，可爲燕脂，而閼氏資以爲飾，故失之則婦女無顔色。其説或然也。

〔五〕班固《燕然山銘》：蕭條萬里，野無遺寇。

〔六〕《漢書》：驃騎將軍封狼居胥山，禪於姑衍，登臨瀚海。如淳注：瀚海，北海名也。《正義》曰：按瀚海，自一大海，群鳥解羽伏乳於此，因名也。耶律楚材曰：伊州之西北有瀚海。

此篇蓋追美太宗武功之盛而作也。按《唐書·突厥傳》言：頡利可汗嗣立，高祖以中原初定，不遑外略，每優容之，賜與不可勝計。頡利言辭悖慠，求請無厭。所謂「大漢無中策」也。傳言武德九年七月，頡利自率十萬餘騎，進寇武功，京師戒嚴。癸未，頡利至於渭水便橋之北。太宗與侍中高士廉、中書令房玄齡，馳六騎幸渭水之上。與頡利隔津而語，責以負約，其酋帥大驚，皆下馬羅拜。俄而衆軍繼至，軍容大盛，太宗獨與頡利臨水交言，麾諸軍卻而陣焉，頡利請和。乙酉，幸城西，刑白馬，與頡利同盟於便橋之上，頡利引兵而退。所謂「匈奴犯渭橋」之事也。傳言頡利設牙直五原之北，承父兄之資，兵馬强盛，有憑陵中國之志。所謂「五原秋草緑，胡馬一何驕」之事也。又《李靖傳》言：貞觀三年，突厥諸部離叛，朝廷將圖進取，以靖爲代州道行軍總管，率驍騎三千，自馬邑出其不意，直趨惡陽嶺以逼之。四年進擊定襄，破之，可汗僅以身遁。太宗謂曰：「卿以三千輕騎，深入虜庭，克復定襄，威振北狄，古今所未有，足報往年渭水之役。」自破定襄後，頡利大懼，退保鐵山，遣使入朝謝罪，請舉國内附。以靖爲定襄道行軍總管，往迎頡利。頡利雖外請朝謁，而潛懷猶豫，靖選精騎一萬，齎二十日糧，引兵自白道襲之。師至陰山，遇其斥堠千餘帳，皆俘以隨軍。將逼其牙帳十五里，虜始覺，頡利畏威先走，部衆因而潰散。靖斬萬餘級，俘男女十餘萬。頡利乘千里馬走投吐谷渾，西道行軍總管張寶相禽之以獻。俄而突利可汗來奔，遂復定襄常安之地，斥土界自陰山北至於大漠。此詩所謂「命將征西極，横行陰山側」以下之事是也。或曰：此詩亦可定爲泛詠邊事，何以決其爲耑美太宗武功歟？曰：兩漢而下，匈奴犯邊，未有至於渭橋者。至唐武德年間，始有此事，以此知之。或曰：既美本朝矣，又何以用「大漢」、「漢家」字耶？曰：太白本以唐之初年，與頡利和好爲非是，而不可直言，故借漢以喻，而嘆其失禦戎之策也。至「漢家」二字，唐人用入詩章以爲「中國」二字之代稱，歷宋、元、明皆然，何必滯此爲疑耶？洪邁選《萬首唐人絶句》，分此詩爲三章，頓覺無味，不若合作一首之善。

玉階怨

題始自謝朓，太白蓋擬之。

玉階生白露〔一〕，夜久侵羅襪。卻下水精簾〔二〕，玲瓏（繆本作「朎朧」）望秋月〔三〕。

〔一〕《西京賦》：金戺玉階。

〔二〕宋之問詩：雲母帳前初泛濫，水精簾外轉透迤。沈佺期詩：水精簾外金波下，雲母窗前銀漢回。蕭士贇曰：水精簾以水精爲之，如今之琉璃簾也。無一字言怨，而隱然幽怨之意見於言外，晦菴所謂聖於詩者，此歟？

〔三〕《韻會》：玲瓏，明貌。毛氏《增韻》云：朎朧，月光也。然用「朎朧」，不如「玲瓏」爲勝。

襄陽曲四首

《襄陽曲》，即《襄陽樂》也。《舊唐書》：《襄陽樂》，宋隨王誕所作也。誕始爲襄陽郡，元嘉二十六年仍爲雍州，夜聞諸女歌謡，因作之。其歌曰：「朝發襄陽來，暮至大堤宿。大堤諸女兒，花豔驚郎目。」裴子野《宋略》稱：晉安侯劉道産爲雍州刺史，有惠化，百姓歌之，號《襄陽樂》。其辭非也。

襄陽行樂處，歌舞《白銅鞮》（音題）〔一〕。江城回渌水，花月使人迷。

〔一〕《隋書》：梁武帝之在雍鎮，有童謡曰：「襄陽白銅蹄，反縛揚州兒。」識者言銅蹄謂馬也，白，金色也。及義師之興，實以鐵騎，揚州之士皆面縛，如謡言。故即位之後，更造新聲。帝自爲之詞三曲，又令沈約爲三曲，以被絃管。後人改「蹄」爲「鞮」，未詳其義。

其二

山公醉酒時，酩（音茗）酊（音頂）高（一作「襄」）陽下。頭上白接䍦，倒著還騎馬〔一〕。

〔一〕《世説》：山季倫爲荆州，時出酣暢，人爲之歌曰：「山公時一醉，徑造高陽池。日暮倒載歸，酩酊無所知。復能乘駿馬，倒著白接䍦。舉手問葛彊：何如并州兒？」高陽池，在襄陽。彊，是其愛將，并州人也。《説文》：酩酊，醉也。《廣韻》：接䍦，白帽也。

其三

峴山臨漢江〔一〕，水緑沙如雪（一作「水色如霜雪」）〔二〕。上有墮淚碑〔三〕，青苔久磨滅。

〔一〕《元和郡縣志》：峴山，在襄州襄陽縣東南九里，東臨漢水，古今大路。

〔二〕《湘中記》：白沙如霜雪。

〔三〕《水經注》：峴山，羊祜之鎮襄陽也，與鄒潤甫嘗登之。及祜薨後，後人立碑於故處，望者悲感，杜元凱謂之墮淚碑。

其四

且醉習家池，莫看墮淚碑。山公欲上馬，笑殺襄陽兒〔一〕。

〔一〕《世説注》：《襄陽記》曰：漢侍中習郁於峴山南依范蠡養魚法作魚池，池邊有高堤，種竹及長楸，芙蓉、菱、芡覆水，是游宴名處也。山簡每臨此池，未嘗不大醉而還，曰：「此是我高陽池也。」襄陽小兒歌之。

大堤曲

按：梁簡文帝作《雍州十曲》，内有《大堤》、《南湖》、《北渚》等曲，其源蓋本於此。

漢水臨（一作「横」）襄陽，花開大堤暖〔一〕。佳期大堤下，淚向南雲滿〔二〕。春風復無情，吹我夢魂散。不見眼中人〔三〕，天長音信斷。

〔一〕《一統志》：大堤在襄陽府城外。《湖廣志》：大堤東臨漢江，西自萬山，經澶溪、土門、白龍池、東津渡，繞城北老龍堤，復至萬山之麓，周圍四十餘里。

〔二〕陸機賦：指南雲以寄款。江總詩：心逐南雲逝，形隨北鴈來。

〔三〕何遜詩：不見眼中人，空想南山寺。

宫中行樂詞八首原注：奉詔作五言。

《本事詩》：玄宗嘗因宫中行樂，謂高力士曰：「對此良辰美景，豈可獨以聲伎爲娱？倘時得逸才詞人詠出之，可以誇耀於後。」遂命召李白。時寧王邀白飲酒，已醉。既至，拜舞頽然。上知其薄聲律，謂非所長，命爲《宫中行樂》五言律詩十首。白頓首曰：「寧王賜臣酒，今已醉。倘陛下賜臣無畏，始可盡臣薄技。」上曰：「可。」即遣二内臣掖扶之，命研墨濡筆以授之，又令二人張朱絲欄於其前。白取筆抒思，略不停輟，十篇立就，更無加點。筆跡遒利，鳳跌龍拏。律度對偶，無不精絶。據此，則當時本作十篇，今存八首，想已逸其二矣。

小小生金屋，盈盈在紫微〔一〕。山花插寶髻，石竹繡羅衣〔二〕。每出深宫裏，常隨步輦歸〔三〕。只愁歌舞散（一作「罷」），化作綵雲飛。

〔一〕《古詩》：盈盈樓上女。李善注：《廣雅》曰：嬴，容也。「盈」與「嬴」同，古字通。陸機詩：來步紫微。吕向注：紫微，天子宫也。

〔二〕《通志略》：石竹，其葉細嫩，花如錢，可愛，唐人多像此爲衣服之飾。所謂「石竹繡羅衣」也。按：石竹，乃草花中之纖細者，枝葉青翠，花色紅紫，狀同剪刻，人多植作盆盎之玩。或以爲即藥品中之瞿麥，未詳是否。唐陸龜蒙《詠石竹花》云：「曾看南朝畫國娃，古羅衣上碎明霞。」據此，則衣上繡畫石竹花者，六朝時已有此製矣。

〔三〕《西都賦》：乘茵步輦，唯所息晏。胡三省《通鑑注》：步輦，不駕馬，使人挽之。

其二

柳色黄金嫩，梨花白雪香〔一〕。玉樓巢（一作「關」）翡翠，珠（一作「金」）殿鎖鴛鴦。選妓隨雕（一作「朝」）輦〔二〕，徵歌出洞房〔三〕。宫中誰第一？飛燕在昭陽〔四〕。

〔一〕「柳色黄金嫩，梨花白雪香」二句，本陰鏗詩，太白全用之。

〔二〕《東京賦》：下雕輦於東廂。薛綜注：輦，人挽車。雕，謂有雕飾也。

〔三〕《楚辭》：姱容修態絙洞房。

〔四〕《西京雜記》：趙后體輕腰弱，善行步進退，女弟昭儀不能及也。但昭儀弱骨豐肌，尤工語笑。二人並色如紅玉，爲當時第一，皆擅寵後宫。《漢書》：孝成趙皇后本長安宫人，及壯，屬陽阿主家，學歌舞，號曰飛燕。成帝嘗微行出，過陽阿主，作樂。上見飛燕而悦之，召入宫，大幸。有女弟復召入，俱爲倢伃，貴傾後宫。許后之廢也，乃立倢伃爲皇后。皇后既立，後寵少衰，而弟絶幸，爲昭儀，居昭陽舍。其中庭彤朱，而殿上髹漆，切皆銅沓冒黄金塗，白玉階，壁帶往往爲黄金釭，函藍田璧，明珠翠羽飾之，自後宫未嘗有焉。是在昭陽舍者，乃其女弟合德，非飛燕也。然《三輔黄圖》，成帝趙皇后居昭陽殿。沈佺期詩：「飛燕恃寵昭陽殿，班姬飲恨長信宫。」古人亦有此誤。「飛燕在昭陽」之句，蓋有所自矣。

其三

盧橘爲秦樹〔一〕，蒲桃出（一作「是」）漢宫〔二〕。烟花宜落日〔三〕，絲管醉春風。笛奏龍鳴（一作「吟」）水〔四〕，簫吟（一作「鳴」）鳳下空〔五〕。君王多樂事，還與萬方同（一作「何必向回中」，一作「何必在回中」）。

〔一〕《上林賦》：盧橘夏熟。郭璞注：今蜀中有給客橙，似橘而非，若柚而芬香，冬夏華實相繼，或如彈丸，或如拳，通歲食之，即盧橘也。《史記索隱》：應劭云：《伊尹書》云：果之美者，箕山之東，青鳥之所，有盧橘，夏熟。晉灼曰：此雖賦上林，博引異方珍奇，不係於一也。案《廣州記》云：盧橘皮厚，大小如甘，酢多，九月結實，正赤。明年二月更青黑，夏熟。《吴録》云：建安有橘，冬月樹上覆裹，明年夏色變青黑，其味甚甘美。盧，即黑色是也。

〔二〕《史記》：大宛左右以蒲萄爲酒。俗嗜酒，馬嗜苜蓿。漢使取其實來，於是天子始種苜蓿、蒲萄肥饒地。及天馬多，外國使來衆，則離宫别觀旁，盡種蒲萄、苜蓿極望。

〔三〕沈約詩：烟花繞層曲。

〔四〕馬融《笛賦》：近世雙笛從羌起，羌人伐竹未及已。龍鳴水中不見已，截竹吹之聲相似。張銑注：羌，西戎也。其人伐竹未畢之間，有龍鳴水中，不見其身，羌人旋即截竹吹之，聲與龍相似也。盧思道詩：笙隨山上鶴，笛奏水中龍。

〔五〕《荀子》：鳳凰秋秋，其翼若干，其聲若簫。又《列仙傳》：蕭史善吹簫，鳳凰來止其屋。事見後六卷注。

唐仲言曰：此章句法以「蒲」、「橘」發端，而以「烟花」承之，開而合也。以「絲管」起下，而以「簫」、「管」分對，合而開也。説者以起伏開合獨推工部，豈其然乎？

其四

玉樹（一作「殿」）春歸日（一作「好」）〔一〕，金宫樂事多。後庭朝未入，輕輦夜相過。笑出花間語，嬌来燭（蕭本作「竹」）下歌。莫教明月去，留著醉姮（音恒。蕭本作「嫦」）娥〔二〕。

〔一〕《藝文類聚》：《漢武故事》曰：上起神屋，前庭植玉樹，以珊瑚爲枝，碧玉爲葉，華子青赤，以珠玉爲之，空其中如小鈴，鎗鎗有聲。然詩人用玉樹，多是言樹美好，如琪樹、珍樹之類，不關漢武事也。

〔二〕張衡《靈憲》：羿請無死之藥於西王母，姮娥竊之以奔月，將往，枚筮之於有黄，有黄筮之曰：「吉。翩翩歸妹，獨將西行。逢天晦芒，毋驚毋恐，後且大昌。」姮娥遂託身於月，是爲蟾蜍。

其五

繡户香風暖，紗窗曙色新〔一〕。宫花爭笑日〔二〕，池草暗生春。緑樹聞歌鳥，青樓見舞人〔三〕。昭陽桃李月，羅綺自（一作「坐」）相親。

〔一〕《説文》：曙，曉也。

〔二〕劉勰《新論》：春葩含日似笑，秋葉泫露如泣。

〔三〕《南史》：齊武帝興光樓上施青漆，世人謂之青樓。

其六

今日明光裏〔一〕，還須結伴游。春風開紫殿〔二〕，天樂下珠樓〔三〕。豔舞全知巧，嬌歌半欲羞。更憐花月夜，宫女笑藏鉤〔四〕。

〔一〕《三輔黄圖》：武帝求仙，起明光宫，發燕、趙美女二千人充之。

〔二〕又《三輔黄圖》：漢武帝起紫殿，雕文刻鏤，黼黻以玉飾之。

〔三〕《度人經》：珠樓竦琳庭。

〔四〕《藝文類聚》：《風土記》曰：義陽臘日飲祭之後，叟嫗兒童爲藏鉤之戲，分爲二曹，以較勝負。若人偶即敵對，人奇即使一人爲游附，或屬上曹，或屬下曹，名爲飛鳥，以齊二曹人數。一鉤藏在數手中，曹人當射知所在，一藏爲一籌，三籌爲一都。《辛氏三秦記》曰：昭帝母鉤弋夫人，手拳而有國色，先帝寵之。世人藏鉤，法此也。《酉陽雜俎》：舊言藏鉤起於鉤弋。蓋依《辛氏三秦記》云，漢武鉤弋夫人手拳，時人效之，因爲藏鉤也。《列子》云：瓦摳者巧，鉤摳者憚，黄金摳者昏。殷敬順《敬訓》曰：彄與摳同。衆人分曹，手藏物探取之。又令藏鉤，剩一人，則往來於兩朋，謂之餓鴟。又令爲此戲，必於正月，據《風土記》在臘祭後也。庾闡《藏鉤賦序》云：予以臘後，命中外以行鉤爲戲矣。

其七

寒雪梅中盡，春風柳上歸。宫鶯嬌欲醉，簷燕語還飛。遲日明歌席〔一〕，新花豔舞衣。晚來移綵仗〔二〕，行樂好（蕭本作「泥」）光輝。

〔一〕《詩·國風》：春日遲遲。毛傳曰：遲遲，舒緩也。《正義》曰：遲遲者，日長而暄之意，故爲舒緩。計春秋漏刻多少正等，而秋言淒淒，春言遲遲者，陰陽之氣，感人不同。張衡《西京賦》云：人在陽則舒，在陰則慘，然則人遇春暄則四體舒泰。春覺晝景之稍長，謂日行遲緩，故以遲遲言之。及遇秋景，四體褊燥，不見日行急促，惟見寒氣襲人，故以淒淒言之。淒淒是涼，遲遲是暄，二者觀文似同，本意實異也。盧照鄰詩：落日明歌席，行雲逐舞人。

〔二〕《韻會》：仗，兵器，五刃總名，兵人所執曰仗。又：唐制，殿下兵衛曰仗。宋之問詩：綵仗紅旌遶香閣。沈佺期詩：北闕晴空綵仗來。

其八

水緑（繆本作「渌」）南薰殿〔一〕，花紅北闕樓〔二〕。鶯歌聞太液〔三〕，鳳吹遶瀛洲〔四〕。素女鳴珠佩〔五〕，天人弄綵毬〔六〕。今朝風日好〔七〕，宜入未央游〔八〕。

〔一〕《長安志》：興慶殿前有瀛洲門，内有南薰殿，北有龍池。

〔二〕《史記》：蕭丞相營未央宫，立東闕、北闕。《集解》云：《關中記》曰：東有蒼龍闕，北有玄武闕。玄武所謂北闕也。

〔三〕《三輔黄圖》：太液池在長安故城西，建章宫北，未央宫西南。太液者，言其津潤所及廣也。《關輔記》云：建章宫北有池，以象北海，刻石爲鯨魚，長三丈。《漢書》曰：建章宫北治大池，名曰太液，池中起三山，以象瀛洲、蓬萊、方丈，刻金石爲魚龍奇禽異獸之屬。《雍録》：閣本《大明宫圖》：蓬萊殿北有太液池，池中有蓬萊山。

〔四〕丘遲詩：馳道聞鳳吹。吕延濟注：鳳吹，笙也，笙體鳳故也。

〔五〕《風俗通》：泰帝使素女鼓瑟而悲。

〔六〕《魏略》：太祖遣邯鄲淳詣臨淄侯植，淳歸對其所知，嘆植之才，謂之天人。《開天傳信記》：上與諸王靡日不會聚，或講經義、論道理，間以毬獵、蒲博、賦詩、飲食，歡笑戲謔，未嘗怠墮。近古帝王友愛之道，無與比也。《文獻通考》：蹴毬，蓋始於唐。植兩脩竹，高數丈，絡網於上爲門以度毬，毬工分左右，以角勝負，豈非蹴鞠之變歟。

〔七〕庾信詩：今朝好風日，園苑足芳菲。

〔八〕《三輔黄圖》：未央宫，周迴二十八里，前殿東西五十丈，深十五丈，高三十五丈。營未央宫，因龍首山以制前殿。至孝武，以木蘭爲棼橑，文杏爲梁柱。金鋪玉户，華榱璧璫，雕楹玉碣，重軒鏤檻，青瑣丹墀，左㦸右平，黄金爲壁帶，間以珍玉。風至，其聲玲瓏然也。

蕭士贇曰：太白詩用意深遠，非洞悟《三百篇》之旨趣，未易窺其藩籬，晦菴所謂聖於詩者也。《清平調詞》、《宫中行樂詞》，其中數首全得《國風》諷諫之體，如曰「玉樓巢翡翠，金殿鎖鴛鴦」，是諷其玉樓、金殿不爲延賢之地，徒使女子小人居之也。「選妓隨雕輦，徵歌出洞房」，是諷其不好德而好色，不聽雅樂而聽鄭聲也。「宫中誰第一？飛燕在昭陽」，是以飛燕比貴妃，妃與飛燕事迹相類，欲使明皇以古爲鑒，知飛燕之爲漢禍水，而不惑溺於貴妃也。「君王多樂事，還與萬方同」，是諷其與民同樂也。「今朝風日好，宜向未央游」，是諷其輟游宴之樂，而臨政視事於未央也。是時明皇有聲色之惑，多不視朝，故因及之也。言在於此，意在於彼，正得譎諫之體。太白纔得近君，當時人所難言者，即寓諷諫之意於詩内，使明皇因詩有悟，其社稷蒼生庶有瘳乎？豈曰小補之哉。琦按：蕭氏此説甚鑿，使解詩者必執此見於胸中而句度字權之，則古今之詩無一而非譏時誹政之作，而忠厚和平之旨，蓋於是失矣。尤而效之，幾何不爲讒邪之嚆矢哉。

清平調詞三首

《太真外傳》：開元中，禁中重木芍藥，即今牡丹也，得數本紅紫淺紅通白者，上因移植於興慶池東沉香亭前。會花方繁開，上乘照夜白，妃以步輦從。詔選梨園弟子中尤者，得樂一十六色。李龜年以歌擅一時之名，手捧檀板，押衆樂前，將欲歌之。上曰：「賞名花，對妃子，焉用舊樂詞爲？」遽命龜年持金花箋，宣賜翰林學士李白，立進《清平樂》詞三章。承旨猶若宿酲，因援筆賦之。龜年捧詞進，上命梨園弟子略約詞調，撫絲竹，遂促龜年以歌之。太真妃持頗黎七寶杯，酌西涼州蒲桃酒，笑領歌辭，意甚厚。上因調玉笛以倚曲。每曲徧將換，則遲其聲以媚之，妃飲罷，斂繡巾再拜。上自是顧李翰林尤異於諸學士。《通典》：平調、清調、瑟調，皆周《房中》之遺聲也，漢代謂之三調。琦按《唐書·禮樂志》，俗樂二十八調中有正平調、高平調。則知所謂清平調者，亦其類也。蓋天寶中所製供奉新曲，如《荔枝香》、《伊州曲》、《涼州曲》、《甘州曲》、《霓裳羽衣曲》之儔歟？

雲想衣裳花想容〔一〕，春風拂檻露華濃。若非群玉山頭見〔二〕，會向瑶臺月下逢〔三〕。

〔一〕琦按：蔡君謨書此詩，以「雲想」作「葉想」，近世吴舒鳬遵之，且云「葉想衣裳花想容」，與王昌齡「荷葉羅裙一色裁，芙蓉向臉兩邊開」，俱從梁簡文「蓮花亂臉色，荷葉雜衣香」脱出，而李用二「想」字，化實爲虚，尤見新穎。不知何人誤作「雲」字，而解者附會《楚辭》「青雲衣兮白霓裳」，甚覺無謂云云。不知改「雲」作「葉」，便同嚼蠟，索然無味矣。此必君謨一時落筆之誤，非有意點金成鐵，若謂太白原本是「葉」字，則更大謬不然。

〔二〕《山海經》：玉山是西王母所居也。郭璞注：此山多玉石，因以名云。《穆天子傳》謂之群玉之山，見其山阿無險，四轍中繩，先王之所謂策府，寡草木，無鳥獸。

〔三〕《楚辭》：望瑶臺之偃蹇兮，見有娀之佚女。王逸注：有娀，國名。佚，美也，謂帝嚳之妃契母簡狄也。《太平御覽》：《登真隱訣》曰：崑崙瑶臺是西王母之宫，所謂西瑶上臺，上真秘文盡在其中矣。沈約詩：含吐瑶臺月。

其二

一枝紅（許本作「濃」）豔露凝香，雲雨巫山枉斷腸〔一〕。借問漢宫誰得似，可憐飛燕倚新妝〔二〕。

〔一〕《水經注》：丹山西即巫山者也，帝女居焉。宋玉所謂：天帝之季女，名曰瑶姬。未行而亡，封於巫山之臺。精魂爲草，實爲靈芝。所謂巫山之女，高唐之姬。旦爲行雲，暮爲行雨，朝朝暮暮，陽臺之下。旦早視之，果如其言，故爲立廟，號「朝雲」焉。

〔二〕飛燕，已見本卷注。

蕭士贇曰：傳者謂高力士指摘「飛燕」之事，以激怒貴妃。予謂使力士知書，則「雲雨巫山」不尤甚乎？《高唐賦·序》謂神女嘗薦先王之枕席矣，後序又曰襄王復夢遇焉。此云「枉斷腸」者，亦譏貴妃曾爲壽王妃，使壽王而未能忘情，是「枉斷腸」矣。詩人比事引興，深切著明，特讀者以爲常事而忽之耳。琦按：力士之譖惡矣，蕭氏所解則尤甚。而揆之太白起草之時，則安有是哉！巫山雲雨、漢宫飛燕，唐人用之已爲數見不鮮之典實。若如二子之説，巫山一事只可以喻聚淫之蠱冶，飛燕一事只可以喻微賤之宫娃，外此皆非所宜言，何三唐諸子初不以此爲忌耶？古來「新臺」、「艾豭」諸作，言而無忌者，大抵出自野人之口，若《清平調》是奉詔而作，非其比也。乃敢以宫闈暗昧之事，君上所諱言者而微辭隱喻之，將蕲君知之耶，亦不蕲君知之耶？如其不知，言亦何益。如其知之，是批龍之逆鱗而履虎尾也。非至愚極妄之人，當不爲此。又太真入宫，至此時幾將十載，斯時即有忠君愛主之親臣，亦祇以成事不説，既往不咎，付之無可奈何，而謂新進如太白者，顧託之無益之空言而期君之一悟，何其不智之甚哉！古來文字之累，大抵出於不自知而成於莫須有，若蘇軾雙檜之詩，而譖其求知於地下之蟄龍，蔡確車蓋亭之十絶，而箋注其五篇，悉涉譏諷，小人機穽，深是可畏。

然小人以陷人爲事，其言無足怪，而詞人學士，品騭詩文於數百載之下，亦效爲巧詞曲解以擬議前人辭外之旨，不亦異乎！

其三

名花傾國兩相歡，長得君王帶笑看。解釋春風無限恨，沉香亭北倚闌干〔一〕。

〔一〕楊齊賢曰：名花指牡丹，傾國指妃子。沉香亭以沉香爲之，如柏梁臺以香柏爲之也。按《雍録》：閣本《興慶宮圖》：龍池東有沉香亭。

鼓吹入朝曲

按《樂府詩集》：齊永明八年，謝朓奉鎮西隨王教，於荆州道中作鼓吹曲，一曰《元會曲》，二曰《郊祀曲》，三曰《鈞天曲》，四曰《入朝曲》，五曰《出藩曲》，六曰《校獵曲》，七曰《從戎曲》，八曰《送遠曲》，九曰《登山曲》，十曰《泛水曲》。《鈞天》以上三曲頌帝功，《校獵》以上三曲頌藩德。太白《鼓吹入朝曲》之作，蓋本於此。

金陵控海浦（音普）〔一〕，渌水帶吴京〔二〕。鐃（音撓）歌列騎吹〔三〕，颯沓引公卿〔四〕。搥（音椎）鐘速嚴妝〔五〕，伐鼓啟重城〔六〕。天子憑玉几（繆本作「案」）〔七〕，劍履若雲行〔八〕。日出照萬户，簪裾爛明星〔九〕。朝罷沐浴閑，遨游閬風亭〔一〇〕。濟濟雙闕下〔一一〕，歡娱樂恩榮。

〔一〕《景定建康志》：金陵，古揚州之域。在周爲吴，春秋末屬越，楚滅越，并有其地。以其地有王氣，埋金以鎮之，號曰「金陵」。《宋書》：金甲燭天庭，嚣聲震海浦。

〔二〕謝脁《鼓吹入朝曲》：逶迤帶渌水，迢遞起朱樓。顔延年詩：巖險去漢宇，襟衛徙吴京。李善注：宋都吴地，故曰吴京也。

〔三〕《宋書》：漢鼓吹曲曰鐃歌。《樂府詩集》：漢有《朱鷺》等二十二曲列於鼓吹，謂之鐃歌。《宋書》：《建初録》云：《務成》、《黄爵》、《玄雲》、《遠期》皆騎吹曲，非鼓吹曲。此則列於殿庭者爲鼓吹，今之從行鼓吹爲騎吹。

〔四〕鮑照詩：賓御紛颯沓。劉良注：颯沓，衆盛貌。

〔五〕《後漢書》：清河孝王慶，每朝謁陵廟，常夜分嚴妝衣冠待明。

〔六〕《詩·小雅》：征人伐鼓。毛傳曰：伐，擊也。

〔七〕《漢書》：天子負黼依，襲翠被，憑玉几。

〔八〕《隋書》：大臣優禮皆劍履上殿，非侍臣解之，蓋防刃也。

〔九〕盧思道詩：臺苑盛簪裾。

〔一〇〕《太平御覽》：《郡國志》曰：潤州覆舟山有閬風亭。

〔一一〕李善《文選注》：劉璠《梁典》曰：天監七年正月戊戌，詔曰：昔晉氏青蓋南移，日不暇給，兩觀莫築，懸法無所，今禮盛化光，役務簡便，可營建象闕，以表舊章。於是遣匠量功，鐫石爲闕，窮極壯麗，冠絶古今，奇禽異羽，莫不畢備。《六朝事跡》：建康縣北五里有二石闕，在臺城之門南，高五丈，廣三丈六寸，梁武帝所造。及成，朝士銘之。時陸倕字佐公，其文甚佳，士流推服。《景定建康志》：《南朝宫苑記》曰：晉元帝於宫前立闕，衆議未定，王導指牛頭山爲天闕，不別立闕。宋孝武大明七年，於博望梁山立雙闕。梁置石闕在端門外，陸倕爲銘。

琦按：此篇蓋擬六朝人之作，故以金陵、吴京爲辭。蕭氏以爲諷永王入朝而作，則天子當在長安，與金陵、吴京何預？而朝罷遨游之地，亦不當在閬風亭矣。其説非是。

秦女休行

原注：古詞，魏朝協律都尉左延年所作，今擬之。

左詩曰：步出上西門，遥望秦氏廬。秦氏有好女，自名爲女休。休年十四五，爲宗行報仇。左執白楊刃，右據魯宛矛。仇家便東南，仆僵秦女休。女休西上山，上山四五里。關吏呵問女休，女休前置詞：平生爲燕王婦，於今爲詔獄囚。平生衣參差，當今無領襦。明知殺人當死，兄言怏怏，弟言無道憂，女休堅詞爲宗報仇死不疑，殺人都市中，徼我都巷西。丞卿羅列東向坐，女休悽悽曳梏前，兩徒夾我持刀，刀五尺餘。刀未下，朣朧擊鼓赦書下。

西門秦氏女，秀色如瓊花。手揮白楊刀，清晝殺讎家。羅袖灑赤血，英聲（許本作「氣」）凌紫霞。直上西山去，關吏相邀遮〔一〕。壻爲燕國王，身被詔獄加〔二〕。犯刑若履虎〔三〕，不畏落爪牙。素頸未及斷，摧眉伏泥沙。金雞忽放赦〔四〕，大辟得寬赊〔五〕。何慚聶政姐〔六〕，萬古共驚嗟。

〔一〕《羽獵賦》：前後邀遮。

〔二〕《漢書》：淳于公有罪當刑，詔獄逮繫長安。

〔三〕《周易》：履虎尾。

〔四〕《隋書》：齊赦日，則武庫令設金雞及鼓於閶闔門外之右，勒集囚徒於闕前，撾鼓千聲，釋枷鎖焉。《談苑》：宋孝王問司馬膺之後魏、北齊赦日樹金雞事，膺之曰：「按海中星占云，天雞星動爲有赦。北齊赦日，令武庫設金雞於闕門右，撾鼓千聲，宣赦建金雞。或云起於西涼吕光，究其旨，蓋西方主兑爲澤。金，西方也。雞者，巽之神。巽爲號令，故合二物制其形，揭長竿，使衆人覩之。」

〔五〕《尚書》：大辟疑赦。孔傳曰：大辟，死刑也。

〔六〕《戰國策》：聶政刺殺韓傀，因自皮面抉眼屠腸以死。韓取聶政屍暴於市，懸購之千金，久之莫知誰。政姊嫈聞之，曰：「吾弟至賢，不可愛妾之軀，滅吾弟之名。」乃之韓，視之曰：「勇哉！氣矜之隆，是其軼賁育、高成荆矣。今死而無名，父母已没矣。兄弟無有，此爲我故也。夫愛身不揚弟之名，吾不忍也。」乃抱屍而哭之曰：「此吾弟軹深井里聶政也。」亦自殺於屍下。晉、楚、齊、衛聞之曰：「非獨聶政之能，乃其姊者烈女也。」聶政之所以名施於後世者，其姊不避菹醢之誅以揚其名也。

胡震亨曰：按女休事奇烈，第重述一過，便堪擊節。太白擬樂府有不與本辭爲異，正復難及者，此類是也。

秦女卷衣

《樂府古題要解》有《秦王卷衣曲》，言咸陽春景及宫闕之美，秦王卷衣以贈所歡也。太白作《秦女卷衣》，辭旨各殊，未詳所本。

天子居未央，妾侍（繆本作「來」）卷衣裳。顧無紫宫寵〔一〕，敢拂黄金牀〔二〕。水至亦不去〔三〕，熊來尚可當〔四〕。微身奉（繆本作「捧」）日月〔五〕，飄若螢之（繆本作「火」）光〔六〕。願君採葑菲（音斐），無以下體妨〔七〕。

〔一〕未央、紫宫，俱見前注。

〔二〕《法苑珠林》：《賢愚經》云：坐黄金牀，紡黄金縷。

〔三〕《列女傳》：楚昭王出游，留夫人漸臺之上而去。王聞江水大至，使使者迎夫人，忘持其符。夫人曰：「王與宫人約，令召宫人必以符，今使者不持符，妾不敢行。」於是使返取符。則水大至，臺崩，夫人流而死。

〔四〕《漢書》：上幸虎圈鬭獸，後宫皆坐，熊逸出圈，攀檻欲上殿，左右貴人皆驚走。馮婕妤直前當熊而立，左右格殺熊。上問：「人情驚懼，何故前當熊？」婕妤對曰：「猛獸得人而止，妾恐熊至御座，故以身當之。」元帝嗟嘆，以此倍敬重焉。

〔五〕沈約《爲六宫拜章》：奉日月之華，侍巾屣之末。

〔六〕《魏書》：螢火之光，猶增日月之曜。

〔七〕《詩·國風》：采葑采菲，無以下體。毛傳曰：葑，須也。菲，芴也。下體，根莖也。鄭箋曰：此二菜者，蔓菁與葍之類也。皆上下可食，然而其根有美時，有惡時。采之者，不可以根惡時并棄其葉。喻夫婦以禮義合，顔色相親，亦不可以顔色衰，棄其相與之禮。正義曰：言采葑菲之菜者，無以下體根莖之惡，并棄其葉，以興爲室家之法，無以其妻顔色之衰，并棄其德。

東武吟 一作《出金門後書懷留別翰林諸公》

《樂府詩集》：《古今樂録》曰：王僧虔《技録》有《東武吟行》，今不歌。《樂府解題》曰：鮑照云「主人且勿諠」，沈約云「天德深且廣」，傷時移事異，榮華徂謝也。左思《齊都賦》注云：《東武》、《太山》，皆齊之土風，弦歌謳吟之曲名也。《通典》曰：漢有東武郡，今高密諸城縣是也。《元和郡縣志》：密州諸城縣，即漢東武縣也，屬琅邪郡。樂府章所謂《東武吟》者也。《海録碎事》：《東武吟》，樂府詩，人有少壯從征伐，年老被棄游於東武者，不敢論功，但戀君耳。

好古笑流俗，素聞賢達風〔一〕。方希佐明主，長揖辭成功。白日在高天，迴光燭微躬〔二〕。恭承鳳凰詔〔三〕，欻（音旭，又音忽）起雲蘿中。清切紫霄迥〔四〕，優游丹禁通〔五〕。君王賜顔色〔六〕，聲價凌烟虹〔七〕。乘輿擁翠蓋〔八〕，扈從金城東〔九〕。寶馬麗絶景〔一〇〕，錦衣入新豐〔一一〕。依（繆本作「倚」）巖望松雪〔一二〕，對酒鳴絲桐。因學揚子雲，獻賦甘泉宫〔一三〕。天書美片善〔一四〕，清芬播無窮。歸來入咸陽，談笑皆王公（許本誤失去此二句）。一朝去金馬〔一五〕，飄落成飛蓬。賓客（繆本作「友」）日疏散，玉樽亦已空〔一六〕。才力猶可倚（一作「恃」），不慚世上雄。閑作《東武吟》，曲盡情未終。書此謝知己，吾尋黄、綺翁（一作「扁舟尋釣翁」）〔一七〕。

〔一〕劉峻《廣絶交論》：斯賢達之素交。

〔二〕沈約詩：便欲息微躬。

〔三〕《漢書》：恭承嘉惠兮。顔師古注：恭，敬也。《十六國春秋》：石虎在臺上有詔書，以五色紙著鳳凰口中，鳳既銜詔，侍人放數百丈緋繩，轆轤迴轉，狀若飛翔，飛下端門。鳳以木作之，五色文身，脚皆用金。

〔四〕《宋書》：殷淳居黄門爲清切。《魏書》：對九重之清切，望八襲之崢嶸。

〔五〕梁簡文帝《圍城賦》：升紫霄之丹地，排玉殿之金扉。《隋書》：分司丹禁，侍衛左右。上官儀詩：清切丹禁静。

〔六〕顔之推詩：楚王賜顔色，出入章華裏。

〔七〕鮑照詩：輝石亂烟虹。

〔八〕賈誼《新書》：天子車曰乘輿。《淮南子》：建翠蓋。高誘注：翠蓋，以翠鳥羽飾蓋也。

〔九〕《上林賦》：扈從横行，出乎四校之中。晉灼注：扈，大也。《封氏聞見記》：百官從駕，謂之扈從。蓋臣下侍從至尊，各供所職，猶僕御扈養以從上，故謂之扈從耳。《上林賦》云：扈從横行。顔監釋云：謂扈從縱恣而行也。據顔此解，乃讀從爲放縱，不取行從之義，所未詳也。《石林燕語》：從駕謂之扈從，始司馬相如《上林賦》。晉灼以扈爲大，張揖謂跋扈從横，不安鹵簿。故顔師古因之，亦以爲跋扈恣縱而行。果爾，從蓋作去聲。侍天子而言跋扈可乎？唐封演以爲扈養以從，猶之僕御，此或近之。張協詩：朱軒耀金城。劉良注：金城，長安城也。

〔一〇〕《史記》：中廐之寶馬，臣得賜之。《水經注》：魏武與張繡戰於宛，馬名絶景，爲流矢所中。

〔一一〕《舊唐書》：京兆府有昭應縣，本隋之新豐縣治，古新豐城北。天寶三載，分新豐、萬年置會昌縣。七載，省新豐縣，改會昌爲昭應，治温泉宫之西北。琦按：自乘輿擁翠蓋而下，是指其侍從温泉宫而言。宫在新豐縣之驪山下，正直唐京師之東。太白入朝，在天寶二三載，是時新豐尚未省也。

〔一二〕顔延年詩：依巖聽緒風。又曰：庭昏見野陰，山明望松雪。

〔一三〕《漢書》：揚雄待詔承明之庭，正月從上甘泉還，奏《甘泉賦》以風。桓譚《新論》：揚子雲從成帝祠甘泉，詔雄作賦，思精苦，困倦小卧，夢五臟出外，以手收而納之，及覺，病喘悸少氣。王筠詩：自知心所愛，獻賦甘泉宫。

〔一四〕鮑照詩：片善辭草萊。

〔一五〕《漢書》：公孫弘拜爲博士，待詔金馬門。

〔一六〕曹植詩：玉樽盈桂酒。

〔一七〕夏黄公、綺里季事，見四卷注。

邯音寒鄲才人嫁爲厮養卒婦

胡震亨曰：謝朓有此詩。薪僕曰厮，炊僕曰養。朓蓋設言其事，寓臣妾淪擲之感。楊升庵以爲此卒即御趙王武臣歸者，恐未必然。

妾本叢（蕭本作「崇」）臺女〔一〕，揚蛾（繆本作「娥」）入丹闕〔二〕。自倚顔如花，寧知有凋歇。一辭玉階下，去若朝雲没。每憶邯鄲城，深宮夢秋月。君王不可見，惆悵至明發〔三〕。

〔一〕《漢書》：趙王宮叢臺災。顔師古注：連聚非一，故名叢臺。蓋本六國時趙王故臺也，在邯鄲城中。《元和郡縣志》：叢臺，在磁州邯鄲縣城内東北隅。

〔二〕沈約詩：揚蛾一含睇，便娟好且修。

〔三〕明發，天光初發，謂明旦時也，詳見二卷注。

出自薊北門行

《樂府古題要解》：《出自薊北門行》，其詞與《從軍行》同，而兼言燕、薊風物及突騎悍勇之狀，與《吴趨行》同也。

虜陣横北荒，胡星耀精芒〔一〕。羽書速驚電〔二〕，烽火晝連光。虎竹救邊急〔三〕，戎車森已行〔四〕。明主不安席〔五〕，按劍心飛揚〔六〕。推轂出猛將〔七〕，連旗登戰場〔八〕。兵威衝絶幕（繆本作「漠」）〔九〕，殺氣淩穹蒼〔一〇〕。列卒（一作「陣」）赤山下〔一一〕，開營紫塞傍〔一二〕。孟冬風沙緊〔一三〕，旌旗（一作「旆」）颯凋傷〔一四〕。畫角悲海月〔一五〕，征衣卷天霜。揮刃斬樓蘭〔一六〕，彎弓射賢王〔一七〕。單（音蟬）于一平蕩，種落自奔亡〔一八〕。收功報天子，行歌（一作「歌舞」）歸咸陽。

〔一〕《漢書》：昴曰旄頭，胡星也。

〔二〕《後漢書》：傷敗踵係，羽書日聞。章懷太子注：羽書，即檄書也。《魏武奏事》曰：邊有警急，即插羽以示急也。

〔三〕虎竹，見五卷注。

〔四〕《詩・小雅》：戎車既安。《宋書》：戎車立乘，夏曰鉤車，殷曰寅車，周曰元戎，建牙麾邪注之，載金鼓羽幢，置甲弩於軾上。

〔五〕《史記》：項羽曰：「國兵新破，王坐不安席。」

〔六〕鮑照詩：天子按劍怒。《楚辭》：心飛揚兮浩蕩。

〔七〕《漢書》：上古王者遣將也，跽而推轂曰：「閫以内，寡人制之；閫以外，將軍制之。」

〔八〕《晉書·温嶠傳》：西陽太守鄧岳、尋陽太守褚誕等，連旗相繼。

〔九〕《漢書》：衛青復將六將軍絶幕，大克獲。應劭注：幕，沙幕，匈奴之南界也。臣瓚注：沙土曰幕，直度曰絶。顔師古注：應、瓚二説皆是也。而説者或云是塞外地名，非矣。幕者，即今之突厥中磧耳。李陵歌曰：徑萬里兮度沙幕。

〔一〇〕《爾雅》：穹蒼，蒼天也。邢昺疏：李巡云：仰視天形，穹窿而高，其色蒼蒼，故曰穹蒼。

〔一一〕《後漢書》：遼東太守祭肜，使鮮卑擊赤山烏桓，大破之，斬其渠帥。又《烏桓傳》：赤山在遼東西北數千里。

〔一二〕紫塞詳見三卷注。

〔一三〕《廣雅》：緊，急也。

〔一四〕《説文》：颯，翔風也。

〔一五〕《廣韻》：大角，軍器。徐廣《車服儀制》曰：角，前世書記所不載。或曰本出羌胡，以驚中國之馬。《太平御覽》：《宋樂志》曰：角長五尺，形如竹筒，本細末稍大，未詳所起。今鹵簿及軍中用之，或以竹木，或以皮爲之，無定制。按：古軍法有吹角，此器俗名拔邏迴，蓋胡虜警軍之音，所以書傳無之。海内離亂，至侯景圍臺城方用之也。梁簡文帝詩：城高短簫發，林空畫角悲。

〔一六〕傅介子斬樓蘭王事，見本卷注。

〔一七〕《漢書·匈奴傳》：單于姓攣鞮氏，其國稱之曰撐犁孤塗單于，匈奴謂天爲撐犁，謂子爲孤塗。

單于者，廣大之貌也。言其象天單于然也。置左右賢王，自左右賢王以下，至當户，大者萬餘騎，小者數千，凡二十四長，立號曰萬騎。

〔一八〕種落，謂其種類及部落也。《魏志》：正始七年，韓那奚等數十國各率種落降。

洛陽陌

胡震亨曰：即《横吹曲》之《洛陽道》也。

白玉誰家郎，回車渡天津〔一〕。看花東陌上，驚動洛陽人。

〔一〕天津，洛陽橋名，見二卷注。

北上行

《樂府古題要解》：《苦寒行》，晉樂奏魏武帝「北上太行山」，備言冰雪谿谷之苦。或謂《北上行》，蓋因魏武帝作此詞，今人效之。

北上何所苦，北上緣太行〔一〕。磴（音凳）道盤且峻〔二〕，巉巖凌穹蒼〔三〕。馬足蹶側石，車輪摧高崗〔四〕。沙塵接幽州，烽火連朔方。殺氣毒劍戟，嚴風裂衣裳〔五〕。奔鯨夾黄河〔六〕，鑿齒屯洛陽〔七〕。前行無歸日，返顧思舊鄉。慘慽（繆本作「戚」）冰雪裏，悲號絶中腸〔八〕。尺布不掩體，皮膚劇（音極）枯桑〔九〕。汲水澗谷阻，採薪隴（音籠）坂長〔一〇〕。猛虎又掉（徒了切，條上聲。又，徒弔切，條去聲）尾，磨牙皓秋霜。草木不可湌（同餐），飢飲零露漿〔一一〕。嘆此北上苦，停驂爲之傷〔一二〕。何日王道平〔一三〕，開顔覩天光〔一四〕。

〔一〕《北邊備對》：太行山，南自河陽懷縣，迤邐北出，直至燕北，無有間斷。此其爲山，不同他地，蓋數百千里，自麓至脊，皆陡峻不可登越，獨有八處，粗通微徑，名之曰陘。

〔二〕《西京賦》：磴道邐倚而正東。李善注：磴道，閣道也。《廣韻》：磴，小坂也。《韻會》：磴，登陟之道也。

〔三〕《廣雅》：巉巖，高也。

〔四〕魏武帝《苦寒行》：北上太行山，艱哉何巍巍。羊腸坂詰屈，車輪爲之摧。

〔五〕《初學記》：冬風曰嚴風。

〔六〕《十六國春秋》：志瓛奔鯨，截彼醜類。

〔七〕《淮南子》：堯之時鑿齒爲民害，堯乃使羿誅鑿齒於疇華之野。高誘注：鑿齒，獸名。齒長三尺，其狀如鑿，下徹頷下而持戈盾。羿善射，堯使羿射殺之。按：天寶十四載，安禄山反於范陽，引兵南向，河北州縣望風瓦解，遂克太原，連破靈昌、陳留、滎陽諸郡，遂陷東京。范陽，本唐幽州之地，詩所謂「沙塵接幽州」者，蓋指此事而言。其曰「烽火連朔方」者，禄山遣其黨高秀巖寇振武軍，朔方節度使郭子儀擊敗之。振武軍去朔方治所甚遠，其烽火相望，告急可知。其曰「奔鯨夾黄河」者，指從逆諸將，如崔乾祐之徒，縱横於汲、鄴諸郡也。其曰「鑿齒屯洛陽」者，謂禄山據東京僭號也。

〔八〕魏文帝詩：向風長嘆息，斷絶我中腸。

〔九〕《説文》：劇，尤甚也。

〔一〇〕壠坂，謂山之岡壠坡坂。《後漢書》「上壠阪，陟高岡」是也。或引《三秦記》天水之壠坂爲注者，非是。

〔一一〕陸機詩：渴飲堅冰漿，飢待零露湌。

〔一三〕鄭康成《毛詩箋》：驂，兩騑也。《左傳正義》：初駕馬者，以二馬夾轅而已。又駕一馬與兩服爲參，故謂之驂。又駕一馬，乃謂之駟。《説文》云：驂，駕三馬也。駟，一乘也。兩服爲主，以漸參之，兩旁二馬，遂名爲驂。故總舉一乘，則謂之駟。指其騑馬，則謂之驂。《詩》稱「兩驂如舞」，二馬皆稱驂。《禮記》：説驂而賻之，一馬亦稱驂，是本其初參，遂以爲名也。又《禮記正義》：車有一轅而駟馬駕之，中央兩馬夾轅者名服馬，兩邊名騑馬，亦曰驂馬。故《詩》云「兩服上襄，兩驂雁行」。《通鑑辨誤》：史炤《釋文》曰：三馬爲驂。余按王肅云：古者一轅之車，夏后駕兩馬謂之麗，殷益以一騑謂之驂，周又益以一騑謂之駟。自時厥後，夾轅曰服，兩旁曰驂。《詩》所謂「兩服上襄，兩驂雁行」者也。

〔一三〕《書・洪範》：王道平平。

〔一四〕謝靈運詩：開顔披心胸。

短歌行

按《樂府詩集》：《短歌行》乃相和歌平調七曲之一。《樂府解題》曰：《短歌行》，魏武帝「對酒當歌，人生幾何」，晉陸機「置酒高堂，悲歌臨觴」，皆言當及時爲樂也。又按《古今注》謂：長歌短歌，言人生壽命長短有定分，不可妄求也。考之魏武帝、陸士衡及唐人諸篇，皆言人運短促，當及時自勉。然二曲一致，初無壽夭之分。李善曰：古詩云「長歌正激烈」，魏文帝《燕歌行》曰「短歌微吟不能長」，傅玄《豔歌行》曰「咄來長歌續短歌」，皆指歌聲之長短耳，非言壽命也。斯蓋命題之意歟？

白日何短短，百年苦易滿。蒼穹浩茫茫〔一〕，萬劫太極長〔二〕。麻姑垂兩鬢，一半已成霜〔三〕。天公見玉女，大笑億千場〔四〕。吾欲攬六龍，迴車挂扶桑〔五〕。北斗酌美酒〔六〕，勸龍各一觴。富貴非所願〔七〕，爲（一作「與」）人駐頹（一作「顏」，一作「流」）光。

〔一〕《拾遺記》：天清地曠浩茫茫。

〔二〕《法苑珠林》：夫劫者，蓋是紀時之名，猶年號耳。高誘《淮南子注》：太極，天地始形之時也。

〔三〕蕭士贇注：麻姑鬢成霜事，未詳所祖，恐只《大人賦》西王母皬然白首之意。

〔四〕天公與玉女投壺大笑事，見三卷注。

〔五〕劉向《九嘆》：維六龍於扶桑。

〔六〕《楚辭·小司命》：援北斗兮酌桂漿。

〔七〕《歸去來辭》：富貴非吾願。

空城雀

《樂府詩集》：《樂府解題》曰：鮑照《空城雀》云：「雀乳四鷇，空城之阿。」言輕飛近集，茹腹辛傷，免網羅而已。

嗷嗷空城雀〔一〕，身計何戚促。本與鷦鷯（音僚）群〔二〕，不隨鳳凰族。提攜四黄口〔三〕，飲乳未嘗足。食君糠秕餘〔四〕，嘗恐烏鳶逐〔五〕。恥涉太行險〔六〕，羞營覆車粟〔七〕。天命有定端，守分絶所欲。

〔一〕《説文》：嗷，衆口愁也。《高唐賦》：衆雀嗷嗷。

〔二〕《埤雅·釋鳥》云：桃蟲，鷦，其雌鴱。陸機曰：今鷦鷯是也，似黄雀而小。《説苑》曰：鷦鷯巢於葦苕，繫之以髮。鳩性拙，鷦性巧，故鷦俗呼「巧婦」，一名工雀，一名女匠。其喙尖如錐，取茅秀爲巢，巢至精密，以麻紩之，如刺韈然，故一名韈雀。

〔三〕《家語》：孔子見羅雀者，所得皆黄口小雀。

〔四〕《説文》：穅，穀皮也。秕，不成粟也。

〔五〕《韻會》：鳶，鷙鳥也，似鴟而小。

〔六〕歐陽建詩：不涉太行險，誰知斯路難。

〔七〕《藝文類聚》：《益部耆舊傳》曰：楊宣爲河内太守，行縣，有群雀鳴桑樹上，宣謂吏曰：「前有覆車粟，此雀相隨，欲往食之。」行數里，果如其言。

菩薩蠻

平林漠漠烟如織〔一〕，寒山一帶傷心碧。暝色入高樓〔二〕，有人樓上愁。玉階空佇立〔三〕，宿鳥歸飛急。何處是歸程，長亭連（一作「更」）短亭〔四〕。

〔一〕謝朓詩：生烟紛漠漠。吕向注：漠漠，分散也。

〔二〕謝靈運詩：林壑斂暝色。

〔三〕《詩·國風》：佇立以泣。毛傳曰：佇立，久立也。王褒《燕歌行》：長望閨中空佇立。

〔四〕庾信《哀江南賦》：十里五里，長亭短亭。《海録碎事》：十里一長亭，五里一短亭。

《詩人玉屑》：鼎州滄水驛有《菩薩蠻》云「平林漠漠烟如織」云云。曾子宣家有《古風集》，此詞乃太白作也，見《古今詩話》。《湘山野録》：「平林漠漠烟如織」云云，此詞不知何人寫在鼎州滄水驛樓，復不知何人所撰。魏道輔泰見而愛之，後至長沙得古集於曾子宣内翰家，乃知李白所作。《寄園寄所寄》：《筆談》：小曲有「咸陽沽酒寶釵空」之句，云李白作，《花間集》乃云張泌所爲，未知孰是。楊繪《本事曲子》云：近傳一闋云李白製，即今《菩薩蠻》，其詞非白不能及。此皆定其爲太白之作者也。胡應麟《筆叢》：《菩薩蠻》之名，當起於晚唐世。按《杜陽雜編》云：大中初，女蠻國貢雙龍犀、明霞錦，其國人危髻金冠，瓔珞被體，故謂之《菩薩蠻》。當時倡優遂製《菩薩蠻》曲，文士亦往往聲其詞。《南部新書》亦載此事。則太白之世，尚未有斯題，何得預製其曲耶？此則辯其非太白之作者也。餘見下首注。

憶秦娥

簫聲咽，秦娥夢斷秦樓月。秦樓月，年年柳色，灞陵傷別〔一〕。樂游原上清秋節〔二〕，咸陽古道音塵絶〔三〕。音塵絶，西風殘照，漢家陵（一作「宫」）闕。

〔一〕《三輔黄圖》：霸橋，在長安東，跨水作橋。漢人送客至此橋，折柳贈别。《天寶遺事》：長安東灞陵有橋，來迎去送，皆至此爲離别之地，故人呼之爲「銷魂橋」。《雍録》：漢世凡東出函、潼，必自灞陵始，故贈行者於此折柳爲别也。

〔二〕《長安志》：樂游原，在萬年縣南八里。《漢書》：宣帝起樂游廟，在曲江北，亦曰樂游原。《雍録》：唐曲江，本秦隑州，至漢爲宣帝樂游廟，亦名樂游苑，亦名樂游原。基地最高，四望寬敞，隋營京城，宇文愷以其地在京城東南隅，地高不便，故闕此地不爲居人坊巷，而鑿之爲池以厭勝之。又會黄渠水，自城外南來，可以穿城而入，故隋世遂從城外包之，入城爲芙蓉池，且爲芙蓉園也。長安中，太平公主於原上置亭游賞，後賜寧、申、岐、薛四王。正月晦日、三月三日、九月九日，京城士女，咸即此祓禊，帟幕雲布，車馬填塞，詞人樂飲賦詩。

〔三〕蔡琰《胡笳》：故鄉隔兮音塵絶。

《筆叢》云：今詩餘名《望江南》外，《菩薩蠻》、《憶秦娥》稱最古，以草堂二詞出太白也。近世文人學士，咸以爲然。予謂：太白在當時，直以風雅自任，即近體盛行，七言律鄙不肯爲，寧屑事此。且二詞雖工麗，而氣亦衰颯，于太白超然之致，不啻穹壤，藉令真出青蓮，必不作如是語。詳其意調，絶類温方城輩，蓋晚唐人詞，嫁名太白。若懷素草書、李赤姑孰耳。原二詞嫁名太白，亦有故。《草堂詞》，宋人編。青蓮詩亦稱《草堂集》。後世以二詞出唐人，而無名氏，故僞題太白，以冠斯編耶？

琦按：宋黄玉林《絶妙詞選》以太白《菩薩蠻》、《憶秦娥》二詞，爲百代詞曲之祖。然考古本《太白集》中，缺此二首。蕭本乃有之，其真贋誠未易定決。《筆叢》所辯，未爲無見，至謂其出自《草堂詩餘》之僞題，則非也。蓋《菩薩蠻》一詞，自北宋時，已傳爲太白之作矣。